Iso Müller

Die Herren von Tarasp

Iso Müller

Die Herren von Tarasp

Desertina Verlag Disentis

Fotos:
P. Daniel Schönbächler OSB, Disentis

Hergestellt in den Werkstätten der
Stampa Romontscha Condrau SA, Disentis
ISBN 3 85637 013 7

Inhaltsverzeichnis

Vorwort zur zweiten, ergänzten Auflage

Die wichtigste Vorarbeit für die Geschichte der Tarasper leisteten das Tiroler Urkundenbuch von Franz Huter und das Bündner Urkundenbuch von Elisabeth Meyer-Marthaler und Franz Perret. Die Quellenlage ist freilich eigenartig. Wir können die Familie urkundlich erst in der 2. Hälfte des 11. Jh. erfassen, als sie die Sonnenhöhe ihrer Entwicklung erstiegen hatte. Der langsame Aufstieg des Geschlechtes ist uns nur durch Rückschlüsse und daher in bescheidenem Masse erkennbar.

Die Arbeit beschränkt sich aus praktischen Gründen auf das Engadiner Geschlecht. Die anderen, mit ihm verbundenen Familien werden nur insofern gestreift, als dies notwendig ist. Das letzte Kapitel über das Erbe der Tarasper kann und will nur in grossen Zügen die Brücke zur Gegenwart aufzeigen.

Um die inhaltlich mehrfach veränderte Neuauflage machten sich verdient Johann Peter Fanzun, Schlossverwalter in Tarasp, P. Josef Joos, Stiftsarchivar in Marienberg, Dr. Josef Riedmann, Univ.-Prof. in Innsbruck, P. Daniel Schönbächler, Disentis, Illustrator des Buches, endlich P. Athanasius Dudli, Disentis, Korrektor. Nicht zu vergessen ist Ruedi Henny, der interessierte Leiter des Desertina-Verlages.

Was inhaltlich nochmals zu diskutieren war, hat der Verfasser unter dem Titel: «Neue Tarasper-Studien», die in Heft 5/6 des Jahrganges 1985 im «Bündner Monatsblatt» erschienen sind, vorgelegt. Verschiedene Anregungen brachte «Das Burgenbuch von Graubünden» von Otto P. Clavadetscher und Werner Meyer, Zürich 1984.

Disentis, im Sommer 1985 P. Dr. Iso Müller

I. Das Unterengadin

Der Raum, in dem die Tarasper Familie ihre bedeutendste Rolle spielte, wo gleichsam ihr Herzstück lag, war das Unterengadin. Sein Name weist auf den Inn hin. Die Landschaft am oberen Teil des Flusses, von dessen Quelle am Maloja bis Puntota (pons alta), der wichtigen Brücke zwischen Scanfs und Zernez, wird als Oberengadin bezeichnet. Daran schliesst sich das abwechslungsreiche Unterengadin bis zur Querschlucht von Martinsbruck/Martina.

Nach Norden ist das Unterengadin durch die hohe Silvretta-Gruppe vom Paznauntal abgeschnitten, das sich indes durch Nebentäler erreichen lässt. So kann man dem Schergenbach entlang über Samnaun und das Samnauner Joch ins Fimbertal gelangen. Zu diesem Ziel führen auch die Wege durch das Sinestratal oder die Val Tasna. Wichtiger sind die offenen Türen, die das Unterengadin an seinen beiden Enden hat. Im Westen war freilich der Weg bei Süs/Susch über den Flüelapass in das später von Walsern bewohnte Davoser Hochtal und von dort ins Rheintal von nur lokaler Bedeutung. Von grosser Wichtigkeit waren die Wege nach dem Süden. Von Zernez aus gelangte man über den hohen Ofenpass (2155 m), romanisch Fuorn genannt, ins Münstertal und von dort an die Ufer der Etsch. Vor allem konnte der Verkehr über Nauders und Finstermünz in das Tiroler Oberinntal zur bayerischen Hochebene geleitet werden. Noch näher lag der Weg vom Nauderser Gebiet über den niedrigen Reschenpass (1510 m) zur Malser Heide und damit wieder ins Tal der Etsch.

Schon in der Spätantike war der Weg über den Reschen von militärischer Wichtigkeit. Drusus begann hier den Bau einer Strasse, die unter Kaiser Claudius im Jahre 46 vollendet wurde (Via Claudia Augusta). Auch wenn sie nach dem zweiten Jahrhundert keine Erneuerung und Pflege erfuhr, so erwies sie sich doch immer noch für Reisende und Transporte nützlich.[1] Im Westen gab es einen Römerweg vom Oberhalbstein über Julier und Maloja nach dem Süden.[2] Existierte zwischen der Reschen- und Julierroute eine verbindende Engadiner Strasse? Gewiss stellt das Engadin tektonisch einer Fahrstrasse keine wesentlichen Hindernisse entgegen, auch war das Tal schon in vorrömischer Zeit begangen. Römische Funde und Spuren von Siedlungen sind mehrfach belegt. Sie beweisen, dass das Engadin zwischen zwei wichtigen Durchgangsrouten lag. Wie es mit diesen in Kontakt blieb, ob nur durch einen alten Räterweg oder durch einen «provinzialrömischen Verbindungsweg» (Sandberger) oder sogar durch «eine alte Römerstrasse» (Clavadetscher), wird immer noch diskutiert. Eigentliche Reste einer römischen Kunststrasse sind indes bislang nicht gefunden worden.[3]

Auf die spätrömische folgte die *fränkische Herrschaft* (536), die aber erst im Laufe der Zeit das Land mehr erfasste. Davon erfahren wir im Reichsurbar aus der Mitte des 9. Jh., das Herbergen in Zuoz und Ardez aufzählt, ferner eine Station für den Pferdewechsel im oberengadinischen Sils. Besonders wichtig ist die Ardezer Herberge, denn von dort aus führte der Weg über Schuls und das Scarltal nach dem Münstertal, aber auch über Remüs und Nauders zum Reschenpass. Diese Herbergen dürften schon in vorkarolingischer Zeit von der fränkisch-königlichen Regierung begründet worden sein.[4] Für den Besitz des Reiches oder des Königs in Rätien, auch im Engadin und im Vintschgau scheinen Örtlichkeitsnamen zu sprechen, die auf curtis oder colonia dominica oder auch pratum dominicum zurückgehen. Die Forschung ist hier noch ganz im Flusse.[5]

Im gleichen Reichsurbar finden wir die rätischen Landschaften bereits in Amtsbezirke (Ministerien) eingeteilt. Ein Minister Richpert hatte das Oberengadin (Endena) zu betreuen, ein Minister Remedius die Täler des Unterengadins, des Münstertales und des Vintschgaues. Die letzteren drei Gebiete wurden später in eine Grafschaft Vintschgau-Unterengadin zusammengefasst. Wir wissen, dass ein Graf Berthold sie 930/31 verwaltete.[6] 967 ist auch die Rede von der «rätischen Grafschaft im Vintschgau und Engadin» (comitatus Recie in vallibus Venuste et Ignadine).[7] Diese Grafschaft kam 1027 durch Kaiser Konrad II. an die Bischofskirche von Trient, die sie indes Mitte des 12. Jh. (1141) als Lehen an die Grafen von Tirol gab.[8] Aus all dem ist ersichtlich, wie sehr wir uns die neuzeitlichen Staatsgrenzen wegdenken müssen, wenn wir die Verhältnisse der Tarasper Zeit verstehen wollen.

Die Besiedlung des Inntales erfolgte vom Raume Nauders–Landeck aus, ebenso auch vom Vintschgau über den Reschenpass. Daher besass das Unterengadin eine ältere und dichtere Bevölkerung als das Oberengadin. So war auch die Pfarrei Remüs älter als die von Samaden.[9]

In *Remüs/Ramosch* bestand im 6. Jh. eine Petruskirche, an der St. Florin im 7. Jh. als Pfarrer wirkte.[10] Wie sehr sein Grab Pilger anzog, verrät uns der Ende des 8. oder im 9. Jh. durchgeführte Neubau des Gotteshauses, dem im 10./11. Jh. ein Nordannex hinzugefügt wurde.[11] Zu Beginn des 10. Jh. betreute die Kirche der Priester Reginward, der sie seinem Neffen Hartbert übergab, was König Heinrich I. (919–936) im Jahre 930 bestätigte, ein sicheres Zeichen, dass sie eine königliche Eigenkirche war.[12] Hartbert erlangte später den bischöflichen Stuhl von Chur (951–971/72), was auch auf die Pfarrei Remüs zurückstrahlte. Im dortigen Dorfe hatte das bischöfliche Chur den grössten Besitz. So konnte Bischof Hildibald (ca. 972–988), der Nachfolger Hartberts, dem Domkapitel seinen eigenen Zentralhof samt zwei Höfen in Schuls/Scuol, dazu noch Höfe in Sins/Sent, Fetan/Ftan, Remüs/Ramosch und Schleins/Tschlin schenken.[13] Noch 1117 liess das Domstift durch Papst Paschalis II. seine Güter oder Leute in Remüs und überhaupt im Engadin bestätigen.[14]

Von Remüs aus ist wohl *Sins/Sent* kirchlich organisiert worden, weshalb auch hier das Petruspatrozinium zu finden ist. Es handelt sich um eine Eigenkirche des Königs, denn Heinrich I. bestätigte 930 dem Priester Hartbert nicht nur die Kirche von Remüs, sondern auch die von Sins. In der Dorfschaft Sins hatte Bischof Hildibald (10. Jh.) auch einen Hof, der mit dem Grosshof in Remüs zusammenhing und den er seinen Kanonikern schenkte.[15] In Sins wohnte Hezilo, der Schreiber der Grafschaft Vintschgau–Unterengadin (1148/49–1181), ein gebildeter und angesehener Laie.[16]

In der Gemeinde *Schleins/Tschlin* hatte der schon mehrfach genannte Bischof Hildibald einen Hof samt sonstigem Besitz, den er dem Domkapitel übergab. In dem Urbar des Churer Domkapitels aus der Mitte des 12. Jh. scheinen die Güter von Sins wie von Schleins gleichsam Teile des Grosshofes von Remüs zu sein.[17] Also auch hier wieder starker Einfluss von Chur. Das Leben in Schleins muss zumindest im Hochmittelalter rege gewesen sein, denn dort gab es zwei Kirchen des romanischen Stiles, die eine dem Täufer geweiht, dem Heiligen der Wüste, bezeichnend für die Lage des Dorfes, die andere dem hl. Blasius. Für die Leute am rechten Innufer sorgte die wohl noch Ende des 12. Jh. entstandene Kirche des hl. Nikolaus von Myra (S. Nicla). Die Lage dieses Gotteshauses weist auf Remüs hin, von wo aus Schleins vermutlich kirchlich organisiert wurde.[18]

Zur Gemeinde Schleins gehört auch *Martinsbruck/Punt Martina.* Wie schon der Name sagt, bestand dort eine wichtige Brücke, über die man nach Nauders zum Reschenpass gelangen konnte. Die Brücke war genauso Grenze wie die zwischen Zernez und Scanfs, weshalb das Unterengadin einfach als Gebiet zwischen Martinsbruck und Puntota umschrieben wurde.[19]

Bei Martinsbruck begann die Talenge und ein grosser Forst, der in einer Urkunde von 1161 Venostenwald (Vinestanam silvam) hiess, ein Name, der an die Venosten, die Bewohner des Vintschgaus, erinnerte.[20] Der ehemals noch umfangreichere Forst bildet die zentrale Mitte, von der man im Osten ins Oberinntal, im Süden über den Reschen ins Obervintschgau und im Westen ins Engadin gelangen konnte. Er war zugleich verbindend und trennend. Schon 1241 erscheint der neue

Name *Finstermünz* (Vinsterminze).[21] Hier im Gebiete von Nauders endet die Talenge, die bei Martinsbruck ihren Anfang genommen hatte.

Wandern wir dem Innufer entlang aufwärts, so stossen wir auf *Schuls/Scuol.* Unser oft zitierte Bischof Hildibald (10. Jh.) schenkte dem Churer Domstift zwei Höfe in Schuls, die als Teile des Grosshofes von Remüs notiert sind. Die Kanoniker besassen noch im 12. Jh. ein Bauerngut.[22] Doch hatte Chur im weiteren Gebiet der Pfarrei, in Tarasp und im Scarltal, weder Besitzungen noch Rechte. Deshalb ist es fraglich, ob der bischöfliche Einfluss die Gründung einer Kirche und einer Pfarrei veranlasste. Das Gotteshaus liegt auf einem Felsensporn (Munt Baselgia), auf dem eine urgeschichtliche Siedlung bestand, die wohl noch in römischer Zeit weiterlebte. Das christliche Heiligtum an diesem Orte stand unter dem Schutze des Drachentöters, des hl. Georg, dem ja auch der ähnlich situierte Sakralbau bei Räzüns unterstellt war. In Schuls wurde die romanische Apsis der 1178 erstmals erwähnten Pfarrkirche ergraben. Zu ihr gehörte auch der Turm, der dem 12. Jh. zugewiesen wird. Die Gründung dieses Gotteshauses wird uns noch später eingehender interessieren.[23]

Nordwestlich von Schuls liegt auf einer Anhöhe *Fetan/Ftan,* schon im 12. Jh. als Dorfschaft bezeugt (vicus bzw. villa).[24] Dementsprechend muss es auch eine hochmittelalterliche Kirche gegeben haben. Deren Petruspatrozinium ist um 1410 belegt.[25] Die frühmittelalterliche Zeit erhellt einzig die Tatsache, dass der schon oft genannte Bischof Hildibald (10. Jh.) einen Hof in Fetan dem Domkapitel überliess. Demgegenüber sind zahlreiche Nachrichten überliefert, welche anderweitigen Grossbesitz, nämlich den der Tarasper, belegen.

Am Inn aufwärts stossen wir auf *Ardez.* Das Reichsurbar des 9. Jh. vermerkt hier eine Herberge, die wohl schon auf vorkarolingische Zeit zurückgeht. Von Ardez aus entwickelte sich eine grosse Landpfarrei, die die ganze Bevölkerung von Val Tasna bis zur Innschlucht unterhalb Zernez, ja auch die Leute am rechten Ufer in Suren umfasste. Die kirchliche Gesamtorganisation entstammt dem Frühmittelalter.[26] In der Epoche des 13. Jh. erhielt selbst die genannte Siedlung in Suren ein Gotteshaus (halbrunde Apsis). Von der Ardezer Mutterpfarrei trennten sich 1325 Süs/Susch und Lavin, viel später, 1494, auch Guarda.[27]

Gegen Westen hin bildet *Zernez* die Grenze. Die Wichtigkeit des Ortes belegt das 1971 ergrabene römische Wohnhaus, woraus man auf eine römische Siedlung

Abb. 1 *Ansicht von Tarasp*

(villa) schloss. Auf dem Friedhof fand man Mauern eines halbkreisförmigen und leicht eingebogenen Chors.[28] Das Patrozinium der Mauritiuskirche ist uns erstmals urkundlich 1283 belegt.[29] Das Gotteshaus erscheint später im bischöflichen Einkünfterodel von 1290/98 und dürfte wohl eine Gründung des bischöflichen Churs gewesen sein.[30]

Der kurze Gang durch das Unterengadin zeigt uns, dass die wirtschaftliche Kultur und die christliche Organisation schon im Frühmittelalter begannen, besonders von Remüs/Ramosch her, und sich dann später weiterentwickelten. Die Bevölkerung wird im 10. Jh. eher zurückgegangen sein. Dazu trugen schon die politischen Verhältnisse bei, standen doch Unterengadin und Vintschgau in der Zeit von 926 bis spätestens 955 unter bayerischer Herrschaft. Dazu brachten die Ungarnzüge in Oberitalien und Bayern sowie in Alemannien viel Unsicherheit.[31] So kam es, dass Güter, deren Besitzer ausgestorben oder verschollen waren, dem Herrscher anheimfielen. Daher konnte Otto I. im Jahre 967 solch erbloses Gut im Vintschgau und Engadin dem Churer Erzpriester Victor übergeben.[32] Die Tarasper waren es nun, die die Sicherheit des Gebietes gewährleisteten und die christliche Organisation und Kultur planmässig weiterführten.

II. Die oberitalienische Heimat

Im letzten Drittel des 11. Jh. erscheinen die Tarasper im Unterengadin im hellen Licht der Geschichte und in glücklichster Position: vier Brüder, davon zwei mit Nachwuchs, eine Burg, bedeutender Besitz im Unterengadin und weit darüber hinaus, gewichtiges Ansehen im weltlichen und kirchlichen Bereich. Aber ihre Herkunft und ihre Entwicklung liegen im dunkeln. Keine Urkunde berichtet darüber, einzig Rückschlüsse aus späteren Nachrichten und Verhältnissen sind möglich.

Befragen wir zuerst die Tradition, wie sie *Goswin,* der Chronist des Klosters Marienberg, im 14. Jh. überliefert. Danach wären die Vorfahren römische Bürger gewesen (cives Romani), die die Tiberstadt verliessen und nach Mailand zogen, von wo sie aus Hass vertrieben wurden. Sie flüchteten nach Norden und liessen sich zuerst in Fetan nieder, erst später erbauten sie ihre Burg über dem Südufer des Inn im heutigen Tarasp. Goswin selbst stellt diese Tradition nur als ein Gerede hin (fabulose dicitur).[1] Zunächst muss man Rom ausklammern. Zur Zeit Goswins wollten die Florentiner Humanisten Petrarca und Boccaccio den Glanz der antiken Roma erneuern, was die ganze gebildete Welt beeinflusste. Daher wähnte man im Spätmittelalter, ein vertriebener Kaiser Curio habe Chur gegründet.[2] So glaubten auch die Familien der Planta und Salis, von den alten Römern abzustammen.[3] Solche Konstruktionen und Vordatierungen sind aus dem Fehlen von Dokumenten und aus dem Mangel an wissenschaftlichem Denken zu erklären, aber auch aus dem Bestreben, der eigenen Sippe den Ruhm einer alten und hohen Abkunft zu verschaffen.

Goswin findet die Flucht aus Mailand begreiflich, indem er auf die bekannten Streitigkeiten hinwies, die unter den oberitalienischen Städten viel Unheil verursachten. Neuere Forschung wollte daher den Exodus der Tarasper mit dem Streite zwischen Adel und Valvassoren zur Zeit des Mailänder Erzbischofs Aribert († 1045) und des Kaisers Konrad II. (1024–39) verbinden.[4] Wenn aber diese Vorfahren erst Mitte des 11. Jh. ins Unterengadin gekommen wären, dann hätten sie kaum die Bedeutung und Macht erlangt, dass sie sich schon 1079/80 um den Churer Bischofsstuhl bemühen und 1095/96 bereits aus ihrem grossen Besitz ihre klösterliche Neugründung in Schuls sogar mit Gütern im Paznauntal und in Obermais beschenken konnten. Die Einwanderung muss mithin bedeutend früher stattgefunden haben.

Suchen wir zunächst die Richtung der Herkunft zu erkennen. Bei der Erforschung älterer Geschlechter wie beispielsweise der Welfen hat es sich gezeigt, dass nicht die grossen Besitzkomplexe am weitesten zurückreichen, sondern eher «ziemlich wahllos verstreute Einzelbesitzungen».[5] Solche hatten nun die Tarasper an den Ufern der Etsch, so in Glurns und Naturns, in Mais und Marling. Im *Gebiete von Como* lag auch Selvino.[6] Kommt hinzu, dass die Matscher, die mit den Taraspern zusammenhingen, Eigentum im Veltlin besassen, sogar die kleine und mittlere Gerichtsbarkeit in Grossura und Bormio. Selbst in Tirano und Mazzo gab es Rechte der Matscher. 1187 wurde das Feudum illorum de Trespete, das Lehen der Tarasper zu Tresivio, Tirano und Mazzo im Gebiete des Bistums Como von Bischof Anselm der Familie der Matsch von Venosta übergeben. Hier erscheint das *Feudum de Trespete* als ein schon längst bestehender und bekannter Begriff, der daher auch nicht erklärt werden musste.[7] Die Matscher hatten ebenso Häuser in der Stadt Como als Lehen, die offenbar auch von dem Feudum de Trespete herkamen.[8] All dies dürfte doch darauf hinweisen, dass die Tarasper vordem in Como und im Gebiete des dortigen Bistums heimisch waren.

Schwieriger ist Goswins Bericht zu erklären, dass die Tarasper von *Mailand* nach Como kamen. Schon in der zweiten Hälfte des 9. Jh. (880) wurde Como weltlich der lombardischen Metropole unterstellt. Der Erzbischof von Mailand blieb auch dann noch der überlegene Fürst, als der Bischof von Como im 10. Jh. Positionen in Chiavenna und auf der Isola Comacina erobert hatte. Die Antithese zwischen beiden Städten mag schon der Umstand verschärft haben, dass Como zum Erzbistum Aquileja gehörte, nicht zum Metropolitanverband der Ambrosiusstadt, dem indes Chur integriert war. Trotzdem gab es zwischen Chur und Como keine bedeutenden Schwierigkeiten, obwohl beide Bistümer auf weite Strecken aneinandergrenzten (Engadin, Veltlin, Poschiavo, Bormio).[9] All dies lässt es möglich erscheinen, dass die Tarasper von Mailand ins schwächere Como und von dort ins befreundete Churer Gebiet zogen. Aber positive Belege fehlen.

Man kann aber darauf hinweisen, dass die Hauptmasse der Tarasper Besitzungen im *Unterengadin* liegt, an das sich im Osten etwa Nauders und im Süden Burgeis mit seinem Taraspischen Erbe anschliesst. Die Dichte dieser Güter in dem umschriebenen Gebiet lässt an eine alte und ursprüngliche Grundherrschaft denken. In diese Richtung weist ja auch die Dotation des Klosters in Schuls, dem die Tarasper 1095/96 die Hälfte der Zehnten der freien Leute und die Hälfte der Lämmerzehnten schenkten. Das ist kein Hinweis auf einen Pfarrzehnten, sondern auf Fiskalzehnten, die auf Hoheitsrechte schliessen lassen.[10] Was noch vorbehalten war, erhielt das Kloster 1131.[11]

Wie schon im Eingangskapitel ausgeführt, hatte die karolingische Reichsverwaltung das Unterengadin, das Münstertal und den Vintschgau zu einem Ministerium vereinigt, dem Mitte des 9. Jh. Remedius als königlicher Lehensmann vorstand. Doch in der Zeit von 926 bis 1079 hatten wieder die Grafen von Oberrätien das Reichsgut in ihrer Hand. Sie verschwanden aber ein Jahrhundert früher als die Grafen von Unterrätien, die noch bis 1158 ihre Macht innehatten. Dieses frühe Abbröckeln der oberrätischen Grafschaft kam wohl daher, dass die Tarasper deren Machtgrundlagen ausgehöhlt oder übernommen hatten. Ihre Stellung war ähnlich wie die der Grafen, sie standen wirtschaftlich-politisch nur unter dem König. Es bestand mithin eine gewisse Kontinuität vom Reichsgutverwalter Remedius in der Mitte des 9. Jh. bis zu Eberhard von Tarasp, dem ersten uns bekannten Senior der Familie im ausgehenden 11. Jahrhundert. Die Tarasper hätten wohl kaum eine so bedeutende Macht kurzfristig erreichen können, wenn sie sie nicht schon gefestigt erhalten hätten. Der Zusammenhang zwischen Reichsgutverwaltern und Taraspern kann durch Verwandtschaft oder Verschwägerung oder auch nur durch Übergabe der Verwaltung zustande gekommen sein.[12]

Trotzdem muss das Geschlecht nicht aus dem Unterengadin oder aus Rätien stammen, weil man zwischen Herrschaft und Sippe unterscheiden muss. Die Vazer Herrschaft wuchs auch aus dem ehemaligen Reichsgut zu Obervaz heraus, welche dann eine Familie aus dem Linzgau in der Gegend des Bodensees übernahm, die späteren Herren von Vaz, die um das Jahr 1100 schon bedeutend waren.[13]

Gegen eine Einwanderung der Tarasper aus dem Süden scheinen die *deutschen Namen* der ersten uns bekannten Familienschicht aus dem Ende des 11. Jh. zu sprechen, nämlich Eberhard, Ulrich, Gebezo (Gebhard) und Egino (Egeno). Seitdem Karl der Grosse 774 die Lombardei seinem Reiche einverleibt und Otto I. (936–973) sich als rex Italicorum erklärt und die oberitalienische Herrschaft gefestigt hatte, wanderten zahlreiche Franken und Alemannen in die südlichen Gebiete, um sich dort anzusiedeln oder wenigstens zeitweise als Beamte des Reiches oder als Vertreter der Kirche zu wirken.[14]

An der Spitze der vier Brüder der Tarasper steht *Eberhard.* Nicht wenige bedeutende Träger dieses Namens lassen sich in Oberitalien in der Zeit vom 9. bis 11. Jh. nachweisen. Eberhard von Friaul verwaltete 828 die Mark Friaul und starb in Italien 864/866. Seine fränkische Herkunft ist belegt.[15] Graf Everardus, verwurzelt in der Grafschaft Tortona, war 865 als Inhaber eines Hofamtes unter Kaiser Ludwig II. (855–875) bei einem Placitum in Como anzutreffen, gestorben 899. Dass er fränkischer Herkunft war, ist erwiesen.[16] Wiederum ein Graf Heverardus setzte sich 958 in Verona bei Kaiser Berengar II. von Italien (950–963) für den Besitz der Abtei Leno (im Gebiete von Bergamo) ein.[17] Fügen wir noch zwei Geistliche hinzu. Bischof Eberhardus von Como liess 1004 seiner Bischofskirche die Burg Bellinzona verleihen und dem Klerus der Kirche die Klausen und die Brücke zu Chiavenna bestätigen.[18] Eberhardus (Eppo), früher kaiserlicher Kanzler Heinrichs III. in der Zeit von 1040 bis 1042, erscheint 1047 als Patriarch von Aquileja.[19] Wenn schon hervorragende Persönlichkeiten diesen Namen trugen, dann noch viel mehr solche der mittleren oder unteren Schicht, wovon uns auch Beispiele überliefert sind.[20]

Wenden wir uns dem Namen *Ulrich* zu, den der Bruder Eberhards von Tarasp trug. Tatsächlich finden wir auch solche Oberhirten in Oberitalien. Bischof Odelricus von Bergamo ist 954–968 nachweisbar.[21] Von Bischof Oldericus von Cremona (973–1004) ist seine fränkische Herkunft überliefert (ex genere Francorum).[22] Bischof Odelricus von Trient regierte Anfang des 11. Jh.[23] Wenig später wirkte Bischof Oldericus von Brescia (1031–53).[24] Gleichzeitig mit dem Tarasper Ulrich in Chur leitete ein Odalricus das Bistum von Padua (1095).[25] Laien dieses Namens sind schon früh nachzuweisen. Ein Odelricus im Bistum Como wurde 879 vom Papst exkommuniziert.[26] Graf Odelricus von Asti hielt 887 in Asti ein Placitum.[27] Der Alemanne Odelricus, ein einflussreicher Pfalzgraf bei Berengar I., erlitt 921 in den Brescianer Bergen den Tod durch die Hand der Ungarn.[28] Endlich sei noch der Langobarde Odelricus erwähnt, der 954 in Bergamo eine Schenkungsurkunde des Bischofs als Vicecomes unterzeichnete.[29] Selbstverständlich handelt es sich hier nur um eine Auslese, denn es gab noch andere Ulriche vor der Jahrtausendwende im nördlichen Italien.[30]

Erwähnen wir nun den dritten Tarasper, dessen Name *Gebezo* oder auch Gebizo lautet, der auch sonst in den Tarasper Urkunden vorkommt.[31] Es handelt sich um einen Kurz- oder Kosenamen für Gebhard, denn dessen Sohn und dessen Grossneffe nannten sich Gebhard. Grössere Bedeutung hatte Graf Gebahard von Treviso, der aus nordalpinem Gebiete stammte, in Treviso (nördlich von Venedig) ein Kloster bauen liess und Boten nach Jerusalem sandte, um Reliquien zu erhalten (gest. um 800).[32] Chronologisch schwierig zu erfassen sind Gebehardus und Gebaart, die im Totenbuch von S. Salvatore zu Brescia eingetragen sind.[33] An der Spitze des Sprengels von Ravenna stand 1034–1037 Erzbischof Gebehardus.[34] Bischof Gebizo von Cesena (südl. von Ravenna) lebte um 1075–83. Schliesslich ist noch Gebizo aus Köln zu erwähnen, der Benediktinermönch von Monte Cassino war (gest. 1078/87).[35]

Der jüngste der vier Brüder hiess *Egeno*. Die alten Namensformen lauteten Agino und Egino, verkürzt Egno.[36] Der Name findet sich bei den Nachkommen dieses Taraspers immer wieder, vor allem auch in der Linie der Matscher. Als frühmittelalterlicher Beleg darf der Alemanne Egino, Bischof von Verona, hervorgehoben werden, der die letzten Jahre seines Lebens († 802) zurückgezogen auf der Reichenau zubrachte.[37] Zwei Persönlichkeiten dieses Namens sind auch im Totenbuch von S. Salvatore in Brescia notiert.[38] Ein Bischof Aginus von Bergamo war 844 in Rom tätig.[39] Graf Adelbert von Parma, aus nordalpiner Gegend stammend, hatte einen Vasallen Agino, der 921 in Parma Zeuge war.[40] Graf Rudolf von Modena wie auch seine Gemahlin Witburga waren fränkischer Abkunft. Der Vater der Gräfin hiess Agino und ist 926 erwähnt.[41]

Abschliessend lässt sich sagen, dass vor allem die Namen der beiden ältesten Tarasper sich in Oberitalien im 10. und 11. Jh. finden. 1004 regierte sogar ein Bischof Eberhard in Como. Auffällig sind die vielen Bischöfe namens Ulrich, so in Bergamo und Cremona, in Trient und Padua. Nicht so deutlich ist Gebhard (Gebizo) belegt, immerhin gerade in Treviso, Ravenna und Cesena. Egino lässt sich am wenigsten nachweisen, war aber in Oberitalien zu Hause. Nichts spricht mithin dagegen, die ursprüngliche Heimat der Tarasper in Oberitalien zu suchen.

Freilich können die Namen der ältesten vier Tarasper auch von dem Onomastikon ihrer Zeit in deutschen Landen beeinflusst oder bestärkt worden sein. Eberhard war sehr verbreitet. Wir erinnern an Eberhard, der 934 das Kloster Einsiedeln gründete († 958), an Bischof Eberhard von Bamberg († 1040) und an Eberhard von Nellenburg, der 1049 das Kloster in Schaffhausen ins Leben rief († 1078/79).[42] Nicht weniger bekannt waren Bischof Ulrich von Augsburg († 973) und Bischof Gebhard von Konstanz († 995). Das schliesst die Herkunft von Süden nicht aus, wie Tarasper Güter und Häuser in Como (1187, 1201) andeuten (s.u.).

Es bleibt noch die Frage, zu welcher Zeit eigentlich die Tarasper oder deren Vorgänger ins Inntal eingewandert sind und dann die Nachfolge der Reichsgutverwaltung übernommen haben. Schon der verdiente Tiroler Rechtshistoriker Otto Stolz kam zur Überzeugung, dass die Tarasper im 10. oder 11. Jh. die Gerichtsbarkeit ausübten, auch über das Gebiet von Nauders am Inn, da letzteres erst 1273 Sitz eines voll ausgebildeten landesfürstlichen Gerichtes war.[43] Wenn sie aber die Gerichtsbarkeit ausübten, dann sind sie kaum erst ins Land gekommen. Otto P. Clavadetscher denkt eher an die vorottonische Zeit, «als das Königsgut noch nicht in die Hand der Grafen übergegangen war und Grafschaft und Reichsgutverwaltung noch nicht miteinander verschmolzen waren». Damit wären die zweite Hälfte des 9. Jh. und die ersten Jahrzehnte des 10. Jh. ins Auge gefasst.[44] Allgemein treten ja an Stelle der «fluktuierenden Geschlechter» der Karolingerzeit die Familienfolgen, die Anfänge zahlreicher europäischer Dynastien. Das 9.–11. Jh. ist die «Phase des Aufbruchs der Adelsgeschlechter» in der Geschichte.[45]

III. Die genealogischen Zusammenhänge

1. Die Familie der Tarasper

Wie schon im vorhergehenden Kapitel ausgeführt, sind uns erstmals vier Brüder in der Notiz über die Gründung des Klosters in Schuls 1095/96 überliefert. Es handelte sich damals um eine schon betagte Familie.[1] Die Eltern waren offenbar bereits gestorben, jedenfalls werden weder Vater noch Mutter erwähnt. Der älteste Eberhard war kinderlos und daher bereits in Jahren, weshalb er ein Kloster ins Leben rief, das ihn beerben sollte. Bischof Ulrich konnte schon 1079/80 als Dompropst auftreten und dann später 1089–1096 die Churer Diözese leiten. So blieben für die Weiterführung des Geschlechtes nur noch die jüngeren Brüder Gebhard I. und Egino I. übrig.

Der Sohn Gebhards I. hiess *Ulrich II.*, der zusammen mit seinem Bruder Friedrich I. in einer Schenkung von 1118/26 an das bayerische Chorherrenstift Rottenbuch Zeuge war.[2] Es waren aber im ganzen drei Brüder, Ulrich II. und Friedrich I. sowie Gebhard II., die alle 1142 belegt sind.[3] Der zweite Ulrich war ganz bedeutend, denn er erscheint 1131 als Vogt nicht nur der Klosterkirche St. Maria, sondern auch des Bistums (advocati ambarum ecclesiarum). Er ist deshalb mit dem im Urbar des Churer Domkapitels aus der Mitte des 12. Jh. genannten aduocatus Udolricus personengleich.[4]

Ulrich II. war mit *Irmgard* verheiratet. Von dieser Ehe wissen wir aus einer Jahrzeitstiftung von 1161, die Ulrich III. und seine Gemahlin Uta für sich, ihren Sohn Ulrich IV. und auch für ihre Eltern Ulrich und Irmgard machten.[5] Im Anniversar Ulrichs III. für Berntrudis von 1163 wird der Eltern nur allgemein gedacht.[6] Vermutlich waren letztere schon einige Zeit gestorben. Sein Ende scheint der zweite Ulrich in Chur gefunden zu haben, denn sein Ableben findet sich nicht im Marienberger Totenbuch, wohl aber im Nekrolog der Churer Bischofskirche, und zwar in einem Eintrag aus der Mitte des 12. Jh. zum 28. September: «Odalricus de Traspes obiit.» Er ist der einzige Tarasper, der im Churer Anniversar erwähnt wird.[7]

Über Irmgard lesen wir im Marienberger Nekrolog zum 19. September: «Obiit Arnoldus comes de Grifenstain, qui fuit ex parte matris frater fundatoris.»[8] Mithin war Arnold von Greifenstein der Bruder Ulrichs III. So verstehen wir die Urkunde von 1148/49, in der Arnold III. von *Morit bzw. Greifenstein* seinem Halbbruder

Die Tarasper

- NN
  - Eberhard 1095/96
  - Ulrich I. 1089/96 Bischof
  - Gebhard I. 1095/96
    - Ulrich II. 1118/26 1142 † vor 1161 ∞ Irmgard (von Eppan) Witwe von Arnold II. von Morit-Greifenstein
      - Ulrich III. 1146–77 ∞ Uta (von Ronsberg) 1161–63
        - Ulrich IV. 1161–73 Prior
      - Friedrich II. † 1146/49
        - Gebhard III. 1163–ca.1170
        - Irmgard 1163
        - Adelheid 1161/64
        - Heilwig 1163
    - Friedrich I. 1118/26 1142
    - Gebhard II. 1131 1142
  - Egino I. 1095/96
    - Egino II. 1131
    - Heinrich 1131

Ulrich (fratri suo Odalrico) einen Hof in Schlanders gab, für den letzterer einen Hof in Passeier abtrat.[9] Somit ergibt sich folgendes Schema für die beiden Heiraten Irmgards:

1. Ehe: Arnold II. von Morit. Sohn: Arnold III. von Morit.
2. Ehe: Ulrich II. von Tarasp. Sohn: Ulrich III. von Tarasp.

Die Familie von Morit nannte sich seit etwa 1125 nach der Burg Greifenstein. Beide Orte suchte man im Gebiet von Bozen.[10] Als erster Vertreter ist Arnold I., Vogt der bischöflichen Kirche von Brixen, zu betrachten (2. Hälfte 11. Jh.).[11] Sein Sohn oder Nachfolger war *Arnold II.*, der uns 1090–1125 mehrfach wiederum als Vogt der Brixener Kirche begegnet.[12] Seine Gemahlin war *Irmgard*, die später als Witwe Ulrich II. von Tarasp heiratete und die Mutter Ulrichs III. wurde. So verstehen wir die oben angeführten Hinweise, dass Ulrich III. für seine Eltern Ulrich II. und Irmgard ein Anniversar stiftete und dass Arnold III. von Morit im Marienberger Totenbuch erwähnt wurde. Zu fragen bleibt, aus welcher Familie Irmgard selbst stammte. Da im Nekrolog von Marienberg acht Gedächtnisse auf die Tarasper und sieben auf die Eppaner kommen, folgerte man daraus eine enge Verbundenheit beider Geschlechter und dachte an eine Eppaner Abkunft Irmgards.[13]

Aus der Ehe Irmgards mit Arnold II. stammte *Arnold III.* († 1166), der erstmals 1124/25 als Graf erscheint (Arnoldus comes de Morith).[14] Seit 1125/30 finden wir ihn im wichtigen Amt eines Vogtes der Bischofskirche von Brixen.[15] Er übte auch die Vogtei über das bayerische Kloster Innichen aus.[16] Schon erwähnt ist, dass er 1148/49 mit dem Tarasper Ulrich III., seinem Halbbruder, einen Hof in Schlanders gegen einen in Passeier austauschte.[17] Mit seiner Gemahlin Mathilde beschenkte er nicht nur die Brixener Bischofskirche, sondern auch geistliche Stiftungen wie Neustift bei Brixen, Weihenstephan (Niederbayern) und Schäftlarn (Oberbayern).[18]

Arnold III. und Mathilde riefen selbst das *Kloster Au* bei Bozen ins Leben, das Maria geweiht war und von Augustinerchorherren bevölkert wurde. Kaiser Friedrich I. bestätigte die Gründung im Herbst 1166 und übergab deren Vogtei den Grafen Friedrich und Heinrich von Eppan.[19] Papst Alexander III. nahm die Stiftung am 31. Januar 1174 in seinen Schutz. Darin werden die Gründer bereits als verstorben gemeldet (bone memorie).[20] Auch die Bestätigungen durch Papst Urban III. im Jahre 1186 und durch Kaiser Rotbart im Jahre 1189 gedenken der beiden Gründer in Dankbarkeit.[21] Das Kloster wurde 1405 durch Überschwemmungen zerstört und darauf 1406 in die Burg Gries verlegt.[22]

Die Gründung von Au war gleichsam als Vorsorge für den Tod gedacht. Arnold III. hatte schon auf die Vogteien über Brixen und Innichen vor seinem Ableben verzichtet, wahrscheinlich nicht ganz freiwillig. Der Lebensabend des Paares war nicht ungetrübt, schrieb doch Mathilde an den mit ihr verwandten Abt von Tegernsee: «Wir müssen das Leben der Armen führen, wir Elenden.» Der Tod Arnolds, wohl am 19. September 1166, schien eine Erlösung zu sein.[23] Der Graf starb kinderlos. Nachher führten deren Ritter oder Ministerialen den Namen Morit weiter.[24] Die eigentlichen besitzrechtlichen Nachfolger waren die Herren Friedrich († 1185) und Heinrich († 1204) von Eppan, denen auch Friedrich I. die Vogtei über das Kloster Au übergab (1166).[25] Friedfertige Leute waren die beiden Eppaner nicht, denn sie überfielen zwei Kardinäle, die Papst Hadrian IV. an den deutschen Hof gesandt hatte. Der Welfe Heinrich der Löwe erzwang deren Freigabe.[26] Den Wandel der Zeiten offenbarte am deutlichsten die Tatsache, dass die beiden Eppaner die Burg Greifenstein in ihre Hände bekamen.[27] Den Tod seines Halbbruders Arnold III. von Morit-Greifenstein und das Absinken seiner Familie überlebte Ulrich III. von Tarasp († 1177) um einige wenige Jahre.

Erstmals begegneten uns die beiden Halbbrüder Arnold III. von Morit und *Ulrich III. von Tarasp* in einer Tauschurkunde von 1148/49. Ulrich ist aber schon vorher nachzuweisen, denn 1146 und 1149/50 begab er sich in Angelegenheiten seines Familienklosters in Schuls bzw. in Burgeis (St. Stephan) nach Rom.[28] In der Schenkung von 1160 an das Bistum Chur urkundet er allein. Darin vermachte er seinen Anteil der Burg Tarasp. Der andere Teil wird wohl seinem Bruder Friedrich II. gehört haben.[29] Die ganze Familie, nämlich Ulrich, seine Gemahlin Uta und deren Sohn Ulrich IV., oder wenigstens Ulrich und Uta werden mehrfach in der Zeit um 1160/63 erwähnt.[30]

Auf ihrer Pilgerfahrt ins hl. Land kehrte *Uta* nicht mehr zurück. Daher stiftete Ulrich III. für deren zurückgekehrte Begleiterin Berntrudis eine Klause. Das Datum dieser Urkunde, nämlich 1163, ist nicht ganz gesichert.[31] Den Todestag Utas setzt das Marienberger Anniversar auf den 2. Dezember an.[32]

Uta darf der Familie der Ursin zugeordnet werden, die um 1130 auf die Burg *Ronsberg* im bayerischen Bezirk Oberdorf zog. Sie nahm eine Spitzenstellung unter den welfischen Lehensleuten ein.[33] Die Ronsberger wie die Tarasper waren bei Schenkungen an das bayerisch-welfische Chorherrenstift Rottenbuch beteiligt (1118/26).[34] Dann lagen die Besitzungen beider Familien im Südtirol in «Gemengelage». Die Ronsberger besassen Güter im vintschgauischen Kortsch samt der dortigen Georgskapelle und einen Weinberg in Baslan (Meraner Gegend).

Rupert II. von Ronsberg (bzw. Ursin) übergab sie dem Kloster Ottobeuren, deren Vogtei die Familie im 11. und 12. Jh. innehatte.[35] Gerade wegen dieses Vogteirechtes mussten die Tarasper mit den Ronsbergern in Verbindung treten, um Mönche aus Ottobeuren für die Tarasper Stiftung in Schuls zu erhalten. Deren erster Abt Adalbert (1142–52) stammte sogar selbst aus der Ronsberger Familie, war er doch ein Sohn Ruperts II. und Irmgards.[36]

Endlich ist auch die gemeinsame Schenkungsurkunde der Tarasper und Ronsberger an die Nonnen von Müstair aus dem Anfang des Jahres 1163 zu nennen. Es handelt sich um die beiden Schwestern Uta und Irmgard von Ronsberg, die zwei Höfe in Taufers übergaben.[37] Als wichtigster Beleg kommt hinzu, dass am 2. Dezember, dem Todestag Utas von Tarasp, auch im Nekrolog von Ottobeuren eine «Uota sanctimonialis» steht, zweifellos unsere Uta, die sich ja am Ende ihres Lebens dem Kloster Marienberg anschloss. «Da die Tarasper im Ottobeurer Nekrolog genauso wenig eingetragen sind wie andere tirolische Adelige, die Ronsberger hingegen ausnahmslos mit ihren Todesdaten darin verzeichnet sind, muss Uta eine Ronsbergerin gewesen sein.»[38]

Weder Uta († 1163) noch Ulrich III. († 1177) erlebten die eigentliche Glanzzeit der Ronsberger. Während sich die früheren Familienmitglieder nicht unmittelbar in die hohe Politik einmischten, änderte sich dies 1181. So nahm auch Markgraf Heinrich am Italienzug Heinrichs VI. teil und hauchte 1191 in Apulien sein Leben aus. Die Sippe erlosch schon 1212 mit Markgraf Berthold, in der gleichen Zeit etwa, in der auch die Tarasper dasselbe Schicksal traf.[39]

Bevor wir von Ulrich III. auf seinen Bruder Friedrich II. übergehen, müssen wir noch sein Verhältnis zu den *Herren von Burgeis-Wangen* ins Licht setzen. Vermutlich hatten sie ihren Sitz zwischen dem Dorf Burgeis und Marienberg.[40] Um die Mitte des 12. Jh. spielten Heinrich und Albero eine Rolle. Ob deren Mutter eine Tarasperin war, etwa Irmgard oder Adelheid oder Heilwig, also Nichten Ulrichs III., ist möglich.[41] Gewiss ist, dass beide Familien miteinander eng verbunden waren. Darauf weist schon das mehrfache Erscheinen von Heinrich und Albero in vier Urkunden der Tarasper aus der Zeit von 1161 bis 1167 hin, und zwar unmittelbar nach den Matschern, die mit den Taraspern blutsverwandt waren.[42] In einer Erklärung Eginos II. von Matsch von 1193 erscheinen sie sogar noch vor Konrad von Matsch.[43]

Weiterhin fällt auf, dass in einer Schenkung Arnolds III. von Morit an die Kirche von Brixen vom Jahre 1165/66 als Zeugen nacheinander auftreten: «Vlrich nobilis, Albero nobilis.» Das will doch heissen, dass damals *Ulrich III. von Tarasp* und *Albero von Burgeis* einem edelfreien Geschlecht angehörten.[44] In einem Tausch des Churer Domkapitels mit Marienberg oder Müstair lesen wir in der Zeugenreihe: «Gebardus de Traspes, Rodulfus de Uazz, Henricus de (Burgus) et suus frater Albero.»[45] Mithin folgten beide Brüder unmittelbar dem Freiherrn Rudolf I. von Vaz (1169–94). Dass übrigens Heinrich von Burgeis 1173 anstelle des Klostervogtes von Marienberg bei einem Tausch zwischen den Frickingern und der Abtei auftrat, offenbart doch, wie nahe die Burgeiser den Taraspern, den Vögten von Marienberg, standen.[46]

Bei einer Schenkung eines Brixener Ministerialen an die Augustinerchorherren von Neustift bei Brixen vom Jahre 1174/78 unterschrieb sich Albero erstmals als «Alber de Wange».[47] Diesen Namen wird er weiter tragen. Es handelt sich um das Dorf Wangen bei Bozen, in dem er Besitzrecht erworben hatte.[48] Er erlangte bei Friedrich I. hohe Gunst, erscheint er doch als Zeuge, übrigens stets nach einem Eppaner, in Urkunden, die der Herrscher in Oberitalien (1177), im elsässischen Hagenau (1184) und auf dem Saalfeld beim thüringischen Meiningen (1188) erliess.[49] Ein Sohn Alberos war Friedrich, der als Bischof die Trienter Diözese kraftvoll leitete (1207–1219). Die Familie derer von Burgeis-Wangen wird uns später nochmals beim Schicksal der Tarasper Güter beschäftigen.[50]

Ein Bruder Ulrichs III. war *Friedrich II.* Für sein Anniversar gab er dem Kloster seinen Hof auf dem Berg in Nals und starb an einem 10. April.[51] Das muss nach 1146 geschehen sein, denn erst damals kamen die Benediktiner von Schuls nach St.Stephan in Burgeis, wo Friedrich begraben wurde. Nachdem das Kloster 1149/50 auf den heutigen Platz verlegt worden war, wurde die Leiche Friedrichs II. dorthin übertragen und erneut beigesetzt.[52]

Es gibt keine urkundliche Nachricht zu Lebzeiten Friedrichs, aber die Informationen, die nach seinem Tode über ihn weitergingen, bezeugen zweifellos seine Stellung in der Genealogie der Tarasper. 1148/49 ist belegt, dass Ulrich III. mit seinem Bruder Friedrich ein väterliches Allod in Passeier geteilt hatte.[53] 1163 erfahren wir, dass Irmgard und Heilwig Töchter Friedrichs II. waren. Sie schenkten dem Kloster Müstair einen Hof im obersten Dorfteil von Schlanders, den einst Friedrich innehatte (que fuit Friderici).[54] Friedrich II. selbst hatte einen Hof in Schuls dem dortigen Marienkloster gegeben.[55] Als dessen Sohn wird noch 1178 Gebhard III. gemeldet.[56] Dieser stiftete eine Jahrzeit nicht nur für sich, sondern auch für seinen Vater.[57]

Friedrichs Töchter Irmgard und Heilwig schenkten den Nonnen von Müstair mit Zustimmung ihres Bruders Gebhard nicht nur den genannten Hof ihres Vaters in Schlanders, sondern auch sonst viele Güter von Nals bis Ardez.[58] Gebhard III. und alle seine drei Schwestern *Irmgard, Adelheid und Heilwig* übergaben ihrerseits 1161/64 Güter in Nals im Etschgebiet, im Vintschgau und Unterengadin dem Kloster Marienberg.[59] In der Bestätigung des Papstes Alexander III. von 1178 werden einfach Gebehardus et sorores ipsius erwähnt.[60] Es ist merkwürdig, dass das Marienberger Nekrolog des 14. Jh., aber auch die Chronik Goswins selbst über diese drei Töchter nichts Näheres überliefern. Sie werden nur im Text der zitierten Urkunde erwähnt.[61]

Während man früher glaubte, Heilwig habe in das Geschlecht derer von Burgeis-Wangen geheiratet, denkt man heute eher an die Familie der *Frickinger*.[62] Sie stammten aus Frickingen am Bodensee (Bezirk Überlingen) und bewohnten die Burg *Steinsberg*, die im späten 12. Jh. bei Ardez errichtet worden war. Besitz und Leute hatten sie nicht so sehr hier, als vielmehr im Etschgebiet bis hinunter nach Bozen.[63] Urkundlich in rätischen Landen ist erstmals Burkart von Frickingen 1163 nachzuweisen. Er schenkte damals den Nonnen von Müstair einen kleinen Hof bei Marling, doch tat er dies nur mit Erlaubnis seines Vogtes Ulrich III. von Tarasp. In der gleichen Urkunde schenkten auch die Tarasper und Ronsberger der Frauenabtei umfangreichen Besitz.[64] Zehn Jahre später, 1173, übergaben die beiden Brüder Albert und Burkart dem Kloster Marienberg einen Hof in Burgeis, um dafür einen solchen in Ardez zu erhalten und damit ihre bescheidene Grundherrschaft zu konzentrieren. In dieser Urkunde erscheint eine Heilwig als Mutter der beiden Brüder.[65] Ganz begreiflich, dass man versucht ist, sie mit Heilwig von Tarasp zu identifizieren, zumal ja eine Verwandtschaft zwischen Taraspern und Frickingern ohnehin zweifellos vorhanden ist. Eine Gewissheit ist nicht zu erreichen.[66] Übrigens war die Herrlichkeit der Frickinger schon nach wenigen Jahrzehnten dahin. Albert († 1209) verkaufte Burg, Besitzungen und Leute dem Churer Bischof Reinher von Torre (1194–1209).[67]

Der Bruder der drei Schwestern, *Gebhard III.*, war mithin der Sohn Friedrichs II. und Neffe Ulrichs III. Das lässt sich schon aus den für das Schwesterntrio angeführten Belegen ersehen, besonders deutlich aus der Urkunde von 1164/67.[68] Ebenso klar spricht die Urkunde Alexanders III. von 1178.[69] Erstmals begegnet uns Gebhard Anfang 1163, als er gleichsam als Vogt seiner Schwestern auftrat und deren Schenkungen erlaubte.[70] 1161/64 übergab er Güter an Marienberg und gestattete die Anheimgabe von Gütern durch Sigibant von Flies.[71] 1167 tauschte Gebhard selbst mit Marienberg Güter aus.[72] Wie er gegen seinen Onkel

Ulrich III. und dessen Schenkungen und Verfügung über die Marienberger Klostervogtei auftrat, wird uns noch ausführlich beschäftigen.[73]

Der dritte Gebhard bestellte in Marienberg sein Anniversar, das auch seinem Vater zugutekommen sollte. Hier wollte er auch begraben sein. Nach dem klösterlichen Totenbuch starb er an einem 8. April.[74] Das Jahrzeitbuch von Mals aus dem 12. Jh. notierte sich zum 7. April: Obiit Gebehardus occisus de Traspes.[75] Er fand mithin ein gewaltsames Ende, nicht vor dem Sommer 1170.[76]

Anders das *Ableben Ulrichs III.* In einer Tauschurkunde Marienbergs von 1173/77 wird der ganze Konvent angeführt, an der Spitze: dominus Odalricus de Traspes, dominus Odalricus prior. Also der Vater, dann wahrscheinlich der Sohn Ulrich IV. als Prior der Abtei.[77] Das Todesdatum ist durch das Marienberger Necrologium gesichert, es ist der 24. Dezember 1177.[78]

Ulrich IV. ist uns zuerst mit den Eltern in den Schenkungsurkunden von 1161 und 1164 belegt.[79] 1173 war er wohl bereits im Kloster.[80] Bald darauf erscheint er 1173/77 in der Stellung eines Priors, wie schon bemerkt.[81] Nun lässt sich in einer 1210 in Marienberg ausgestellten Urkunde gleich nach dem Abt wiederum ein Odalricus prior nachweisen.[82] Es ist nicht wahrscheinlich, dass er noch mit Ulrich IV. personengleich ist. Sicher starb er an einem 2. Februar. Das berichtet uns das Marienberger Totenbuch des 14. Jh., nicht ohne zu bemerken, dass auch er seinen Erbteil dem Kloster vermachte.[83]

Damit schliesst der eigentliche engadinische Zweig der Tarasper. Ob und wie auch Albert von Tarasp (1169) dazu gehörte, wissen wir nicht.[84] Das gilt auch von Walter von Tarasp (1164/73).[85] Vermutungen sind hier müssig, weil Anhaltspunkte fehlen. Ausser Betracht fällt auch Wulflin de Traspes de Stainsperch, ein ritterlicher Burgmann des Tarasper Schlosses, der 1297 vom tirolischen Landesfürsten einen Beitrag zu seiner Rüstung erhielt.[86]

2. Die Familien der Matsch und der Venosta

Der jüngste der vier ersten uns bekannten Tarasper im ausgehenden 11. Jh. hiess *Egino I.* Da wir von ihm weder in urkundlichen noch chronikalischen Quellen etwas erfahren, darf auf seine lange Abwesenheit geschlossen werden. Man denkt dabei mit Recht an die Verwaltung der Tarasper Güter im Süden.[1]

Nun wurde 1131 die Klosterkirche von Schuls nicht nur mit der Erlaubnis von deren Vogt *Ulrich II.* von Tarasp eingeweiht, sondern auch auf Bitten von dessen Verwandten Egino und Heinrich sowie Gebhard. Dass Egino und Heinrich gleich nach Ulrich II. auftreten, beweist schon deren engen Zusammenhang. Der Name Egino deutet auf seinen Vater Egino I. hin. Gebhard geht ebenso auf seinen Vater Gebhard I. zurück. Er war Vetter (Geschwisterkind) zu Egino und Heinrich. Die beiden Brüder und deren Vetter konnte die Urkunde nur durch den weiteren Begriff Verwandte (consanguinei) erfassen (siehe Stammtafel).[2] Von Egino II. und Heinrich wissen wir ebensowenig wie von deren Vater Egino I., so dass man deren hauptsächliches Wirken ausserhalb des Unterengadins suchen muss.

Unser *Egino II.* von Tarasp könnte personengleich sein mit jenem Egino de Valle Venusta, der 1130/31 den Priester Johannes von St. Stephan in Mazzo (Veltlin) und den Notar Tedaldus dazu bestimmte, einen Streit in Tirano zu entscheiden.[3] Im Vintschgau (Valle Venusta) hatten ja die Tarasper viele Besitzungen, die wegen ihrer Entfernung eine eigene Oberaufsicht benötigten. Sie konnte zugleich auch die sonstigen Rechte und Besitztümer im Bistum Como im Auge behalten. Wenn übrigens Egino II. im Vintschgau residierte, dann ist es wahrscheinlich, dass er sich eine wehrhafte Wohnung errichtete (Obermatsch?).

Im rätischen Urkundenmaterial begegnet uns 1158 *Hartwig I. von Matsch*, und zwar als Zeuge einer Vergabung der Leute des Dorfes Tirol. Er wird gleich nach Ulrich III. von Tarasp genannt.[4] Das ist ein Zeichen für den Zusammenhang der Tarasper mit den Matschern. Hartwig I. dürfte von Egino II. von Tarasp abstammen. Darauf deuten die Vornamen seiner Kinder hin: Egino I. von Matsch weist auf Egino I. und Egino II. von Tarasp hin, also auf Gross- und Urgrossvater, Friedrich I. von Matsch zeigt auf Friedrich I. von Tarasp hin, den Vetter Eginos II. von Tarasp (siehe Stammtafel der Tarasper). Am wichtigsten aber ist wohl, dass Egino I. von Matsch von Ulrich III. von Tarasp für die Vogtei des Klosters Schuls/Marienberg in Aussicht genommen wurde (1164/67).

Was sich hier aus den rätischen Quellen ergibt, das scheinen Dokumente des Bistums Como zu bestätigen. Wegen der veltlinischen Pfarreien Mazzo und Villa entstand ein Streit, wobei Hartwig, der Sohn Eganos de Venosta, und Egano, der Sohn Hartwigs, dem ehemaligen Bischof von Como, Ardizo, gegenüberstanden. Das berichtet uns eine Entscheidung vom Oktober 1150.[5] Freilich heisst nun der Vater nicht Egino de Valle Venusta (1130/31), sondern Egano de Venosta. Trotzdem dürfte es um die gleiche Person gehen. Phonetisch stehen sich i und e, aber auch e und a nahe.[6] Schon bei den Taraspern hatten wir Egino und Egeno,

Tarasp – Matsch – Venosta
(Auszug)

- Egino I. von *Tarasp* (Verwalter in Oberitalien) 1095/96
  - Egino II. von *Tarasp-Venosta* 1131
    - Hartwig I. von *Matsch* (1150) 1158–67 (Obermatsch)
      - Egino I. von Matsch 1163–89. Vogt des Klosters u. des Bistums ∞ Mathilde † 1173
        - Egino II. von Matsch 1193–1213/14. Vogt des Klosters, † vor 1238 Nov. 25.
          - Hartwig II. von Matsch 1214–50. Vogt des Klosters u. des Bistums
      - Friedrich I. von Matsch 1160–64/67
      - Konrad von Matsch 1163–93.
  - Heinrich 1131
    - Eganus I. de *Venosta* 1187 † vor 1201 April 16 Gerichtsherr in Mazzo
      - Eganus II. de Venosta 1187–1201
      - Gabardus I. de Venosta 1187–1220 Pedenale (Mazzo)
        - Gabardus II. 1226–43 Pedenale (Mazzo)
        - Conradus 1226–43 Pedenale (Mazzo)
        - Eganus III. 1226

Ghebizo und Gebezo (= Gebhard).[7] Bei den Matschern finden wir 1187 Eganus statt Egenus, Gabardus statt Gebhardus.[8] Übrigens wechselten im Mittelalter nicht nur die Formen der Vornamen, sondern auch die Bezeichnungen ihrer Sitze und die Angaben ihrer Abstammung.[9] Dass statt de Venosta, wie bei seinem Vater, nun de Matcis steht, ist insofern begreiflich, als einfach der weitere Begriff des Vintschgaus auf Matsch konzentriert und reduziert wird, wo offenbar schon eine Burg stand. Die Belege für die Matscher Burgen dürften nur zufällig so spät sein (Obermatsch 1239, Untermatsch 1297).[10] Matsch steht also für das ganze Vintschgau, in dem Hartwig I. Ansehen und Rechte hatte, weshalb er auch 1158 als Zeuge im Dorf Tirol auftreten konnte.

Nach der zitierten Quelle von 1250 hiess einer der Söhne Hartwigs I. von Matsch Egano. Eigentlich waren es drei Söhne, *Egino I. von Matsch, Friedrich und Konrad,* die in der Schenkung an das Kloster Müstair vom Jahre 1163 und in der Versöhnungsurkunde Ulrichs III. von 1164/67 angeführt sind.[11] In einer Marienberger Urkunde von 1164, welche Gaben des dritten Ulrich von Tarasp und seiner Familie meldet, finden wir nach dem Vater Hartwig wenigstens Friedrich und Konrad.[12] Hartwig selbst erscheint allein mit Friedrich in zwei Vergabungen von 1161/64 an das Tarasper Familienkloster.[13] Offensichtlich war *Friedrich* von einiger Bedeutung, weshalb er identisch sein dürfte mit Fridericus de Matia, der uns in einer Schenkung Ulrichs III. an die Churer Kirche von 1160 überliefert ist.[14] Endlich sind Egino und Konrad 1167 in einer Urkunde für Marienberg notiert.[15]

Heben wir noch *Egino I.* hervor, der von Ulrich III. als Vogt des Klosters Marienberg ausersehen und auch tatsächlich als dominus Egino advocatus bezeichnet wurde.[16] Er verzichtete zugunsten Gebhards III. auf dieses Amt. Da dieser 1170 zum letzten Male erscheint und wohl bald darauf starb, konnte Egino I. wiederum die Vogtei übernehmen. Jedenfalls ist er 1173 als Klostervogt tätig.[17] Vermutlich war er noch 1189 als Zeuge in der Burg Ulten anwesend (in presencia . . . Heginonis de Maco).[18] Seine Bedeutung erhellt daraus, dass er Vogt der Churer Bischofskirche war.[19] Daher stiftete er auch in der Bistumskathedrale eine Jahrzeit, wofür er den dritten Teil seiner Zehnten in Fetan schenkte, der einen ganz gewichtigen Ertrag bedeutete.[20] Verheiratet war er mit Mechtild, die der Bischofskirche einen goldenen Kelch verschaffte. Doch bestellte sie ihr Anniversar in Marienberg. Nach ihrem am 26. November 1173 erfolgten Tode wurde sie auch dort begraben.[21]

Der dritte Sohn Hartwigs I. war *Konrad,* wie uns die oben zitierten Urkunden von 1163 und 1164/67 belehrten. Wie schon angegeben, erschienen auch Friedrich und Konrad 1164. Hinzuzufügen ist nun, dass Egino und Konrad 1167 als Zeugen bei einem Tausch Gebhards von Tarasp an Marienberg notiert sind.[22] Auch in der Erklärung über die Verleihung der Vogtei von 1193 wird Konrad als Zeuge angeführt.[23] Er hatte selbst Beziehungen zum Churer Bischofssitz, begreiflich, da ja sein Bruder Egino I. Vogt des Bistums war. So verordnete Bischof Reinher della Torre (1194–1209) bei der Weihe des Kreuzaltares in der Churer Kirche Einkünfte von Andeer «pro anima domini Conradi de Mazis».[24] Dazu könnte stimmen, dass Konrad nicht im Marienberger, sondern im Churer Nekrologium zum 2. September als Chonradus Maziensis eingetragen ist.[25] Worin freilich seine Verbundenheit mit dem Sitz der Oberhirten bestand, wissen wir nicht.[26]

Egino II. war offenbar noch nicht allzulange Klostervogt, als er 1193 Marienberg eine ausführliche Erklärung über die Herkunft der Vogtei ausstellte.[27] Als Vertreter der Abtei trat er 1196 zum Schutze von Käufen ein.[28] Dann war er 1201 im Streite zwischen Marienberg und der Pfarrei Burgeis tätig.[29] Als das Kloster gegen die Leute von Kortsch 1209 Klage führte, verteidigte er das Gotteshaus.[30] Noch 1210 stellte er sich dem Kloster als Zeugen in der Angelegenheit des Hofes Tschaflur zur Verfügung.[31] Daneben tritt er in seinen eigenen Interessen an den ihm gehörigen Erzadern in Poschiavo in den Jahren 1200–13 auf.[32] 1214 erscheinen er selbst und auch sein Sohn Hartwig als früherer Käufer eines Gutes.[33] Sicher war er am 25. November 1238 nicht mehr am Leben.[34]

Der Sohn Eginos II. von Matsch hiess *Hartwig II.*, wie wir aus einer Verkaufsurkunde von 1214 wissen.[35] Er besass im Gebiet von Como Bedeutendes, sonst wäre er nicht im Frieden zwischen Bischof Arnold von Matsch und Como von 1219 ausdrücklich mit seinen Lehensleuten und Gütern ausgenommen worden.[36] Seine spätere Stellung im Süden muss erst noch genauer erforscht werden.[37] Doch ist er 1228 in Glurns als Zeuge zu erweisen.[38] Besondere Beziehungen verbanden ihn mit dem Taraspischen Zweige der Venosta.

Nach einer Notiz von 1187 belehnte Henricus de Turri, Bischof von Como (1162–65), Eganus I. de Venosta mit Gütern.[39] Dass letzterer auf die Tarasper zurückgeht, erhellt deutlich aus dem Namen seiner beiden Söhne Eganus II. und Gabardus, die auf die erste uns bekannte Tarasper Familie (1095/96), auf Gebhard I. und Egino I., verweisen. Ob Eganus de Venosta von Heinrich oder von Egino II. von Tarasp abstammt, wissen wir nicht. Egino II. erscheint immerhin auch als Eganus de Venosta. Es war dann Bischof Anselm von Como (1170–93),

Abb. 2 *Castello Pedenale in Mazzo.*

der Eganus und seine beiden Söhne 1187 neu belehnte, und zwar in erster Linie mit Lehen der Tarasper (de feudo illorum de Trespete), die in Tresivio und Tirano und sonst noch im Bistum Como lagen. Über die Leute von Mazzo erhielten sie die Gerichtsbarkeit, indes nicht die hohe, welche Mord, Sakrileg und Ehebruch betrafen, die wohl dem Bischof von Como, dem Oberlehensherr, vorbehalten waren. Die Familie des Eganus hatte auch das Recht, die königlichen Abgaben und 60 Scheffel jährlich von Grossura (Veltlin) und die Zehnten von Bormio abzuforderen.[40]

Eganus II. von Venosta und sein Bruder Gabardus I. erreichten 1201, dass ihre Rechte bei den Friedensverträgen zwischen der Gemeinde Bormio und der Stadt Como nicht berührt wurden. Eine frühere Abmachung ihres damals schon verstorbenen Vaters Eganus I. blieb ebenfalls in Kraft.[41] Gabardus I. wohnte in der Burg Pedenale in Mazzo.[42] Vermutlich lebte er noch 1220.[43] Indes war er 1226 nicht mehr am Leben, denn damals teilte seine Familie das Erbe, indem Gabardus II. viele Zinsen und Leute in Poschiavo und im Engadin erhielt, was seine Brüder Konrad und Eganus III. offenbar akzeptierten.[44]

Von Eganus III. erfahren wir nichts mehr, dafür um so mehr von dessen Brüdern *Gabardus II.* und *Conradus*. Ihnen überliess *Hartwig II. von Matsch* in einer Urkunde vom 13. April 1238 für 760 Pfund Imperialen die Familienlehen im Bistum Como.[45] Was darunter zu verstehen ist, zeigen uns die folgenden Urkunden vom 24. bis 25. November 1238. Danach gab der genannte Matscher dem Brüderpaar seine Vasallen, Güter und Rechte im Gebiet von Bormio und in den Bistümern Como und Brescia zu Lehen. Falls er aber selbst männliche oder weibliche Nachkommen erhalten sollte, behielt er sich das Rückfallsrecht vor.[45a]

Schon ein gutes halbes Jahr später tauschten Gabardus und Conradus gegenseitig ihre Lehen aus und teilten die ihnen von Hartwig II. von Matsch übertragenen Lehen in Poschiavo und Bormio. Dabei erfahren wir, dass die beiden Brüder, genau wie schon ihr Vater, auf der Burg Pedenale in Mazzo wohnten. Ihr Verwandter Hartwig indes hatte seinen Daueraufenthalt in der Burg Matsch im Obervintschgau. Zwischen beiden Burgen bestanden gute Beziehungen, da man sich gegenseitig Dienstleute überliess.[46] Hier vernehmen wir also erstmals von der tirolischen Burg Matsch, genauer von Obermatsch. Untermatsch ist erst 1297 erwähnt, besass auch keine Kapelle wie Obermatsch.[47] Da die beiden Burgen im Churer Kirchensprengel liegen, war es leicht möglich, dass Hartwig II. die Vogtei über die Churer Bischofskirche erhalten konnte.[48] In einer Urkunde des Grafen Albert III. von Tirol, die 1240 in Neuhaus bei Terlan (Bozener Gegend) ausgestellt wurde, eröffnete Hartwig die Reihe der Zeugen, gewiss ein Zeichen für seine Bedeutung.[49]

Weiterhin begegnet uns Hartwig von Matsch Ende 1243 in einer Urkunde, kraft deren ihm Konrad von Venosta, wohnhaft in Pedenale, eine Forderung an die Herren von Reichenberg abtritt. Es handelte sich um die Aussteuer von Konrads Tochter Graciola.[50]

1238 hatte Hartwig noch keine Söhne, wohl aber 1243. Vermutlich war seine erste Ehe ohne einen Nachkommen geblieben, seine zweite aber hatte nun zum Ziele geführt. So nahm er die früher an die Brüder Gabardus II. und Konrad übergebenen Lehen wieder zurück, was er sich ja ohnehin bei der Verleihung ausbedungen hatte. Die beiden Brüder verzichteten daher am 24. November 1243 auf der Burg Pedenale in Mazzo auf die Lehen Hartwigs in den Gebieten von Bormio und Poschiavo, in den Diözesen Como und Brescia. Auch sonstige Treueverpflichtungen wurden aufgelöst. Hingegen versprachen die beiden Brüder, die Besitzungen Hartwigs zu verteidigen.[51]

Das Totenbuch von Marienberg verzeichnet zum 20. Dezember: «Obiit dominus Hertwicus advocatus MCCL.» Damit ist er nicht als Vogt der Churer Kirche, sondern des Klosters Marienberg hervorgehoben.[52]

Wir verlassen das Thema nicht, ohne das mehrfach berührte *Mazzo* noch näher ins Auge zu fassen, das östlich von Tirano gegen Grosotto hin in fruchtbarer Talebene liegt und von den Ortschaften gleichen Namens in Chiavenna und Mailand unterschieden werden muss.[53] Das Alter der Pfarrei ist belegbar, denn schon König Lothar I. (822–855) bestätigte 824 die drei Kirchen von Mazzo, Bormio und Puschlav dem Bistum Como und stellte sie unter Königsschutz.[54] In die hochmittelalterliche Feudalzeit weisen die Familientürme von Mazzo, deren es früher mehrere gab, wie uns noch Francesco Quadri (1695–1756) in seinem Werke über das Veltlin zu berichten weiss.[55] Ganz bedeutend war das Castello di Pedenale, auf dem schon Gabardus I. von Venosta (1187–1220) lebte, ebenso seine beiden Söhne Gabardus II. und Conradus.[56] Aber schon der Grossvater der letzteren beiden, Eganus I. de Venosta (1187), besass in Mazzo die Gerichtsbarkeit.[57]

Fast gleichzeitig besass Hartwig I. von Matsch (1158–67), sicher ein naher Verwandter, höchst wahrscheinlich der Bruder von Eganus I. von Venosta, in Matsch (Obermatsch) seine Burg.[58] Beide Ortsnamen gehen in ihrer alten Form

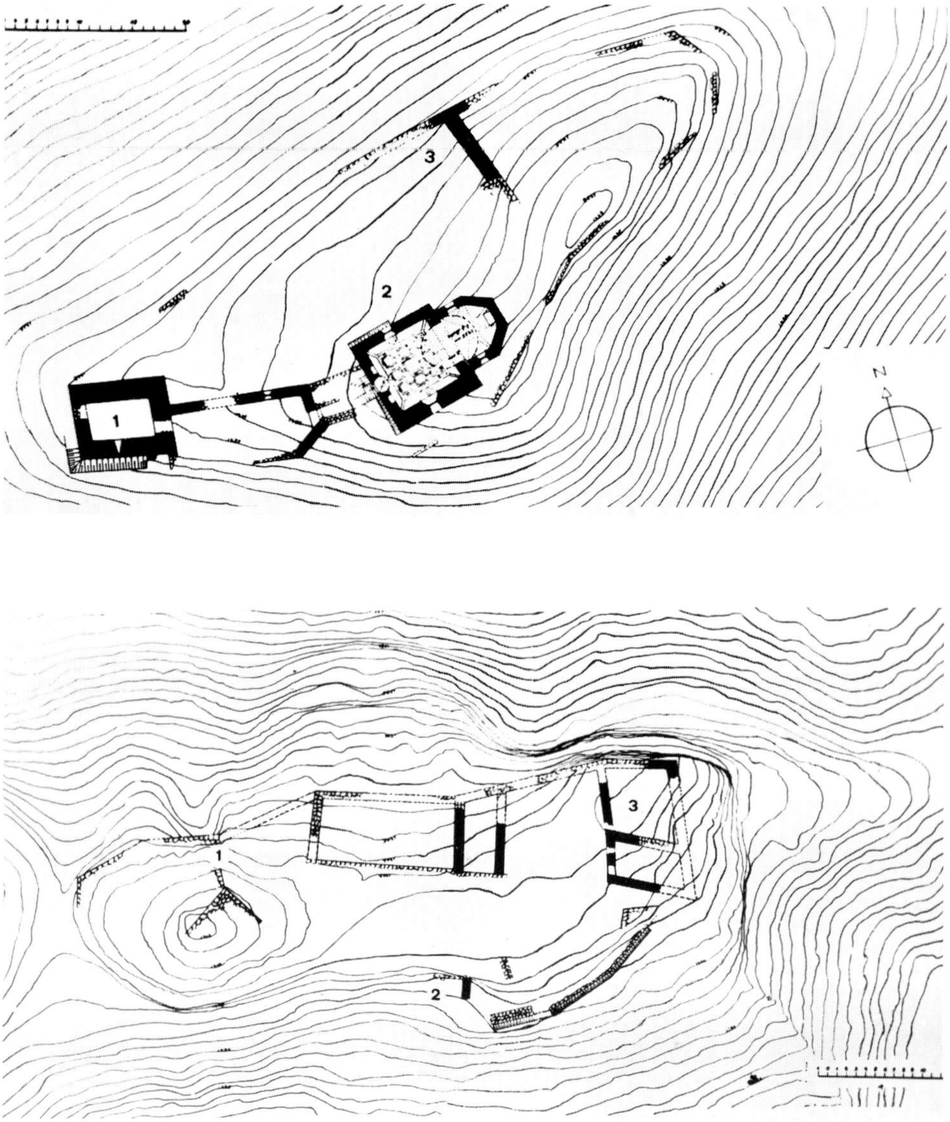

Abb. 3 *Obermatsch und Untermatsch*

Amatia auf das lateinische mattea im Sinne einer Keule zurück. Es ist daher nicht unwahrscheinlich, dass das tirolische Matsch ein Ableger des veltlinischen Mazzo sein könnte.[59] Letzteres war dem Bistum Como integriert, das als weltliche Herrschaft fast alle Türme des Sprengels zu Eigentum hatte. Gerade im Gebiete von Como besass Ulrich III. von Tarasp ein Lehen, das er 1164/67 seinem Neffen Gebhard III. überliess.[60] Im gleichen Bistum bestand 1187 ein Lehen der Tarasper (de feudo illorum de Trespete), das sich auf Tresivio (westlich von Tirano, vor Sondrio) und andere Orte des Comenser Sprengels konzentrierte.[61] So belegen verwandtschaftliche und besitzrechtliche Querverbindungen zwischen Tarasp und Como (sowie Tresivio), aber auch zwischen Mazzo und Matsch sowie zwischen Pedenale und Obermatsch den gemeinsamen Ursprung der Matscher und der de Venosta von den Taraspern.

Zusammenfassend lässt sich über die ganze Familiengruppe sagen: Die Vorgänger oder Ahnen der Tarasper stammten aus dem Gebiete des Bistums Como und begannen etwa zu Beginn oder im Verlauf des 10. Jh. ihr Hauptgewicht nach dem Unterengadin zu verlegen, behielten aber Besitzungen und Rechte an den Ufern der Adda bei und bewahrten überhaupt den Zusammenhang mit ihrer früheren Heimat. Dass die Familie Ende des 11. Jh. den Junior der vier uns bekannten Brüder nach Süden sandte, wo er und seine Nachkommen sich dauernd niederliessen, ist eine Arbeitshypothese, die sehr viel erklären kann. Mitte des 12. Jh. teilte sich dieses Geschlecht im Süden in den Zweig der Matscher und der Venosta. Die ersteren blieben im Vintschgau, die letzteren im Veltlin.

IV. Besitz und Familia

Was die Tarasper an Boden oder Eigenleuten besassen, erfahren wir fast immer nur durch Schenkungen oder Jahrzeitstiftungen oder auch durch Austausch von Gütern. Wie die Familie zu ihrem Besitz kam, lesen wir nur selten. Rückschlüsse aus diesem «Negativbild» (Sandberger) sind nur beschränkt möglich.[1]

1. Unterengadin

Hier geht es nicht immer um die einzelnen Besitzungen, sondern gesamthaft und undifferenziert um das Gebiet, in dem die Tarasper am meisten innehatten und das man als Stammland bezeichnen kann. Im Westen bildet die hohe Brücke zwischen den Gemeinden Zernez und Scanfs die Grenze, *Pontalt/Puntota* genannt. Dort endete ja auch die Gamertinger Herrschaft (1137). Im Osten sind mehrere Einschnitte zu beachten. Die engere und ältere Grenze war die Schlucht bei der Einmündung der Clemgia in den Inn gegenüber Schuls. Sie heisst *Klus/Clüsa* und erscheint erstmals 1160, als Ulrich III. dem Churer Bistum alles schenkte, was er bis zu diesem Punkte besass.[2] Die weitere und jüngere Grenze finden wir bei der Enge des Inn zu *Martinsbruck/Martina.*[3] Swiker II. von Reichenberg erwähnt 1239 erstmals Martinsbruck als östliche Grenze des Gebietes, das er von den Taraspern erhalten hatte und das er nun Graf Albert III. von Tirol verkaufte. Dass hier eine nicht ursprüngliche Grenze vorliegt, erklärt sich daraus, dass zwischen der Tarasper Klus und Martinsbruck das vom bischöflichen Chur belegte Remüser Gebiet lag, zu dem die Tarasper Familie nicht so früh Zugang fand.

Nach Martinsbruck begann die Gegend von *Nauders,* ein altbesiedeltes Land, das seit dem 10. Jh. der Grafschaft Vintschgau einverleibt war, zu der auch Unterengadin gehörte. Dass die Pfarrei Nauders mit der Kaplanei *Finstermünz* zum Bistum Chur gehörte, bestärkte den Zusammenhang.[4] Hier war nun insofern eine Grenze, als Uta, die Gemahlin Ulrichs III., 1161 an Marienberg ihr Erbe schenkte, das innerhalb des Venostenwaldes (infra Vinestanam silvam) bei Finstermünz und Nauders lag.[5] Da Uta aus der Familie der Ursin-Ronsberg stammte, ist dies begreiflich. Dieses Geschlecht war um 1100 von den Welfen in Tirol eingesetzt worden und hatte seine Güter zur Hauptsache im oberen Inntal von Innsbruck bis Finstermünz-Nauders.[6]

Im eigentlichen *Nauders* hatten die Tarasper wichtigen Besitz. Ulrich III. schenkte den Marienbergern 1150 ein Grundstück mit dem vierten Teil der

Zehnten. Ebenso übergab die Familie 1161 ihrer Abtei einen Hof in Nauders, der mitten im Dorfe lag, samt dem vierten Teil der Zehnten und anderem Zubehör. Die Päpste bestätigten dem Kloster seinen diesbezüglichen Besitz (Alexander III. 1178, Lucius III. 1182, Honorius III. 1220 und Innonzenz IV. 1249). Noch Abt Konrad von Marienberg (1271–98) besass die Güter in Nauders, die Ulrich III. geschenkt hatte. Von besonderem Gewicht ist, dass die Matscher, die Rechtsnachfolger der Tarasper, ganz bedeutenden Besitz in Nauders hatten und dass die mit den Taraspern verbundene Familie der Burgeis-Wangen noch 1290 das Patronat über die dortige Kirche ausübte.[7]

Vom Nauderser Gebiet, genauer von Finstermünz, aus geht der Weg über das Spissertal nach *Samnaun,* dessen Hauptgebiet zur Pfarrei Remüs, dessen untere Teile (Spiss und Gstalda) aber zur Pfarrei Nauders gehörten. Die päpstlichen Urkunden von 1220 und 1249, indes nur in ihrer um 1300 erweiterten Form, melden uns Besitzungen von Marienberg im Samnaunertal.[8] Nach Goswins Bericht bestimmte der Marienberger Abt Hermann († 1304) und der Ritter Gebhard von Tarasp, der offensichtlich nicht zur engeren Unterengadiner Familie gehörte, dass die Einkünfte von Samnaun vom betreffenden Meier bis zum Kloster gebracht werden müssen.[9] Das Fehlen Samnauns in den früheren Papsturkunden (1178, 1182) und in denen von 1220 und 1249 machen es unsicher, ob Marienberg von den Taraspern Rechte in Samnaun erhielt.

In der Gemeinde *Schleins/Tschlin* besassen die Tarasper nichts, soweit wir wissen. Wohl war Albert von Rodund noch unter Abt Gebhard (1163–79) in Marienberg eingetreten und hatte auch den Hof Tschaflur als Aussteuer gebracht, allein dessen Familie hatte keine Beziehung zu den Taraspern.[10]

In *Remüs/Ramosch,* der ältesten Pfarrei des Unterengadins, hatte das bischöfliche Chur die meisten und frühesten Besitzungen. Aber die Güter und Rechte der Tarasper waren hier auch alt und bedeutend. So schenkten Ulrich III. und seine Familie 1161 dem Kloster Marienberg einen Hof im Dorfe Remüs, der oberhalb der Florinuskirche lag und zu dem drei Familien gehörten. Auch Gebhard und seine Schwestern übergaben dem gleichen Kloster 1161/64 die Petrisa und die Kinder des Wydo. 1167 werden Nannes und Dietmar von Remüs als Ministerialen Gebhards von Tarasp bezeichnet. Vermutlich errichteten die Tarasper für ihre dortigen Leute eine Kapelle, die sie dem hl. Petrus, dem früheren Patron der Pfarrkirche (vor 930), widmeten. Sie ging an Marienberg über, das sie sich durch die Päpste Alexander III. (1178) und Lucius III. (1182) bestätigen liess. Noch Abt

Konrad von Marienberg (1271–98) erinnerte sich an die geschenkten Güter in Remüs, die er nun freilich mit solchen im Vintschgau austauschte.

Im Westen von Remüs liegt *Sins/Sent,* aus dem die Tarasper mehrfach ihre Leute als Zeugen für ihre Urkunden holten.[11] Das kam nicht von ungefähr. Schon Ulrich III. schenkte 1161 an Marienberg ein Grundstück in Seglias und ein anderes in Zoppanaina, dazu einen Mansus (Zinsgut), den der in Fetan lebende Adelbert von Sindes (Sins) innehatte. Ob die Alp Mutane, die Gebhard III. und seine Schwestern ihrem Sippenkloster 1161/64 übermachten, in Sins oder Tarasp lag, bleibt offen. Die vier päpstlichen Bestätigungen für den Marienberger Besitz aus der Zeit von 1178–1249 erwähnen jeweils auch Güter in Sins.

Die Hauptgrundlage der Taraspischen Besitzungen war in *Schuls/Scuol.* Schon als Dotation für das Kloster in Schuls bestimmte Eberhard 1095/96 einen Hof in Funtanatscha. Dann wohnten dort Dienstleute, die Ulrich III. 1160 der Churer Bischofskirche übergab. Der gleiche Tarasper schenkte 1161 den Hof Buorcha mit allem Zubehör und Leuten an Marienberg. Auch dem Kloster Müstair übergaben Irmgard und Heilwig von Tarasp einen Hof in Dualatsch. Marienberg erhielt 1161/64 von Gebhard III. und seinen Schwestern je einen Hof in Funtanatscha und Dualatsch, dazu nicht wenige Leute. Endlich überliess Ulrich III. 1164/67 Egino I. von Matsch einen Hof in Schuls. Mithin waren es sechs Höfe, die einzig in Schuls den Taraspern gehörten. Dazu ist noch ein Hof in Vulpera zu rechnen (siehe unten). Wahrlich Grund genug, für die Leute dieses grossen Besitzes ein Gotteshaus zu erstellen.

Das dürfte nun die *Dorfkirche St.Georg* auf dem Felsensporn gewesen sein. Daher bestätigte auch Papst Alexander III. 1178 dem Kloster Marienberg nicht nur allgemein alles, was es in Schuls besass, sondern noch ausdrücklich die Georgskirche mit Taufrecht. Sie steht in der Urkunde an erster Stelle. Ähnlich drückt sich die Schutzurkunde des Papstes Lucius III. von 1182 aus. Von wem sollte nun auch Marienberg, das Eigenkloster der Tarasper war, die Kirche erhalten haben, wenn nicht von seinem Gründer und Vogt? Dass die Kirche später an das bischöfliche Chur kam, das um 1300 mit einer gefälschten Urkunde seine Ansprüche anmeldete, kann an der anfänglichen Rechtslage nichts ändern, dürfte aber vielleicht auf irgendwelche Mithilfe Churs bei der Gründung der Pfarrei zurückgehen. Das Gotteshaus muss noch vor der Errichtung des Klosters (1095/96), vor allem vor der Weihe der dort ebenfalls gebauten Klosterkirche (1131) entstanden sein.

In *Vulpera* hatten die Tarasper einen Hof, den sie ihrem Hauskloster in Schuls 1095/96 zur Dotation gaben. 1163 schenkten Irmgard und Heilwig von Tarasp dem Kloster Müstair eine alpa Mutana, die mit der Höhe Mottana in der Gemeinde arasp identifiziert werden kann. In Tarasp waren sowohl ein Ernest mit seinen Söhnen wie auch ein Rodegerus Taraspische Dienstleute, die beide 1160 an die Churer Kirche übergeben wurden.

Von Schuls aus gelangt man an den Ufern der Clemgia ins *Scarltal.* Zwei dortige Alpen gab schon Eberhard von Tarasp zur Gründung des Klosters in Schuls 1195/96. Auch Ulrich II. und sein Bruder Friedrich I. hatten einen Teil der Alp Astras der Benediktinerzelle in Schuls geschenkt, und zwar vor 1142. Ein Lehen im Scarltal bekam auch Gebhard III. (1164/67). Nicht ausgeschlossen ist, dass die kleine romanische Kapelle im Tal anfänglich eine Eigenkirche der Tarasper war.[11a]

Nordwestlich von Schuls, fast gegenüber der Burg Tarasp, liegt auf einer Anhöhe das Dorf *Fetan/Ftan.* Dort ist schon 1150 ein Tarasper Lehensmann Ropertus (Rupreht) nachzuweisen, der 1160 mitsamt seinen Söhnen von Ulrich III. dem Bistum übergeben wurde. 1161 überliess der Tarasper mit seiner Familie Marienberg nicht nur ein Grundstück, das ein Liutfrid bebaute, sondern auch Boden, den Tarasper Lehensleute von Sins/Sent und Remüs/Ramosch sowie von Schleins/Tschlin und von Ardez betreuten. Die sogenannte Falcidia (Falsicia), das Viertel des Erbes, hatte eine eigene Familie in Fetan inne. Irmgard und Heilwig von Tarasp schenkten 1163 die Alp Tasna (Gem. Fetan) den Nonnen von Müstair. Endlich gaben Gebhard von Tarasp und seine Schwestern ihrem Sippenkloster 1161/64 eine Wiese in der Val Tasna (Gem. Fetan). Als Falcidia diente der Hof Salina in Fetan.[12] Ebenso schenkten sie Johannes de Falone, einen Lehensmann auf Munt Falun (Dorfteil von Fetan). Mit den Taraspern verbunden war auch Sigibant von Flies (bei Landeck), der Marienberg 1161/64 einen Hof auf dem Berge zu Fetan (Munclü) verehrte.

Zur Vogtei über das Kloster gehörte auch 1164/67 ein Hof in Fetan. 1167 transferierte Marienberg einen Hof in Fetan an Gebhard von Tarasp, den ihm selbst früher Ulrich III. überlassen hatte. Der Abt des genannten Klosters übergab 1173 der Familie der Frickinger einen Hof in Ardez, zu dem auch Besitztum in Obtasna (Val Tasna, Gem. Fetan) gehörte. Wenn nicht alles täuscht, dürfte die Abtei dabei über ehemaliges Tarasper Gut verfügt haben. Wahrscheinlich stammte auch ein Teil des Matscher-Besitzes in Fetan von den Taraspern. So hatte Egino I. von Matsch (1163–89) dort wichtige Zehnten inne, von denen er einen Drittel an die Bischofskirche in Chur für eine Jahrzeit bestimmte.[13] Vogt Ulrich IV. von Matsch besass in Fetan 1369/71 viele Güter, vor allem auch einen oder zwei Türme.[14]

Gesamthaft gesehen waren die Tarasper in Fetan weit mehr begütert als das Churer Domstift. Man kann sich daher fragen, ob nicht auch die gleiche Familie eine Kirche im Hochmittelalter wenn nicht errichtet, so doch wesentlich unterstützt hat, obwohl eine solche erst 1380 belegt (Vikar) und das Petruspatrozinium erst 1492 überliefert ist (Grabungen fehlen).

Nicht weniger wichtig als Fetan war *Ardez,* eine grosse Land- und Missionspfarrei, zu der auch Guarda und Lavin gehörten. Das Domkapitel besass dort im 12. Jh. nennenswerte Einnahmen, aber eigentlich viel erhielt Chur dort erst durch die Schenkung Ulrichs III. von 1160. Dazu kaufte Bischof Reinher von Torre (1194–1209) von den Frickingern die Burg Steinsberg samt sonstigem Besitz und Leuten. Was die Tarasper dort hatten, war viel bedeutender. 1160 schenkte Ulrich III. der Bischofskirche vier ganze Familien. Zumindest ebenso viele überliess der gleiche Wohltäter auch in Guarda. Ulrich III. übergab zudem 1161 dem Kloster Marienberg einen Hof unter dem Weg samt Eigenleuten wie auch die Alp Sampuoir. Dazu kam noch eine Quart in Fetan, die Conradus de Ardez innehatte. Damit noch nicht genug. Die gleiche Urkunde von 1161 erwähnt unter den Marienberg zukommenden Abgaben auch solche von Sadögna im Dorfe Süs/Susch, das damals noch zur Pfarrei Ardez gehörte.

Irmgard und Heilwig von Tarasp schenkten 1163 dem Kloster Müstair einen Hof im Dorf Ardez. Ebenso übereignete Gebhard von Tarasp und seine Schwestern 1161/64 der Abtei Marienberg einen Hof in Ardez oberhalb des Weges. Sie übergaben ihrem Hauskloster auch Chono Sanell de Ganda samt seinen Kindern. Er dürfte aus dem Weiler Gonda in Lavin stammen, der zur Pfarrei Ardez gehörte.[15] Marienberg überliess tauschweise 1173 den Frickingern einen Hof in Ardez, zu dem auch ein Johannes aus Guarda gehörte. Wenn nicht alles trügt, so hatte das Kloster den Hof von seiner Gründerfamilie erhalten. Die Mönchsfamilie besass noch später Rechte im Dorfe Ardez, wie die Bestätigungen von vier Päpsten (1178–1249) nahelegen.

Die Tarasper waren die Meistbesitzenden in Ardez, was doch auf ihren wesentlichen Anteil an der Errichtung der kirchlichen Organisation hindeutet. Die Frikkinger kamen für eine Gründung der Pfarrei zu spät und waren zudem von den Taraspern abhängig. Für die Initiative der letzteren spricht, dass Egino I. von

Matsch, wohl der Enkel Eginos II. von Tarasp (1131), den Churer Kanonikern den vierten Teil an der Ardezer Marienkirche schenkte.[16] Die Gemahlin Eginos von Matsch hatte ja auch der Churer Kirche einen Kelch verehrt.[17] Es lässt sich nun vermuten, dass überhaupt die erste Tarasper Familie (Eberhard, Ulrich, Gebhard, Egino) alle vier Besitztitel hatte. Wie dem auch sein mag, die Tarasper haben in Ardez besitzmässig, lehensrechtlich und wohl auch kirchlich eine ganz bedeutende Rolle gespielt.

Die erste uns überlieferte Beziehung von *Zernez* mit den Taraspern dürfte die Tatsache gewesen sein, dass ein Gumpo von Zernez 1131 dem Marienkloster in Schuls Güter übergab. Die Tarasper selbst schenkten ihrer Abtei, die seit 1149/50 an den heutigen Standort übertragen worden war, 1161/64 einen dortigen Hof. Wenn dann das Kloster 1173 den Frickingern die Familie der Adeleita von Zernez überantwortete, so liegt der Verdacht nahe, Marienberg habe sie von den Taraspern erhalten. Mehr als letztere hatte wohl das bischöfliche Chur Interesse an Zernez, weil von dort der Weg über den Ofenpass nach Müstair ging, das ein wichtiges Eigenkloster des Churer Oberhirten war.

Was die Landschaft von Puntota bis Martinsbruck geben konnte, zeigt uns der Verkauf des dortigen früheren Tarasper Besitztums durch *Swiker II. von Reichenberg* (über Taufers) an Graf Albert III. von Tirol im Jahre 1239.[18] Es handelte sich um alle Allode und Lehensgüter samt den dazugehörigen Leuten. Darunter befanden sich 38 Paare von Eigenleuten und Lehensleuten, von denen der Mann oder die Frau leibeigen war. Dazu kamen 83, von denen der Reichenberger einen oder mehrere Teile besass. Hier ging es um Kinder von Ehen verschiedener Herren, was einen komplizierten Rechtsstand ergab. Der Gesamtertrag des Reichenbergers betrug jährlich 850 Schot Käse. Berechnet man den Käse etwa zu fünf Kilo, so steigt die Endsumme auf 4250 Kilo.[19] Dafür musste der Tiroler Graf 600 Trienter Mark geben. 1258 beträgt der Tiroler Besitz im Unterengadin 330 Mark Silber Vintschgauer Währung. Ebensoviel kostete im gleichen Jahr der Kauf der Festung Reams.[20] Dabei müssen wir stets vor Augen halten, dass der Reichenberger von den Taraspern nur das erhalten konnte, was nach den reichen Schenkungen an das Bistum und an Marienberg noch übrigblieb.

Soviel auch die Tarasper im Unterengadin besassen, die Landschaft als Ganzes gehörte nicht ihnen, denn vor und neben ihnen konnte sich das bischöfliche Chur wichtige Positionen sichern – so in Remüs – und sie noch ausbauen, wie der Erwerb von Steinsberg beweist. Es zeigt sich auch hier, dass es in den damaligen

Jahrhunderten keinen ganzheitlichen Flächenstaat gab, sondern nur Herrschaften und Besitztümer, die einander oft durchdrangen.

2. Paznaun, Inntal und Bayern

Das Unterengadin ist durch die hohe Bergkette, die sich vom Silvretta- bis zum Samnauner Gebirge hinzieht, von *Paznaun* getrennt, durch das die Trisanna fliesst, bis sie bei Landeck in den Inn einmündet. Durch Nebentäler und Passwege kam man, zumal in den Sommermonaten, ohne grosse Hindernisse vom Unterengadin ins Paznaun. Die Ausnützung der dortigen hochgelegenen Alpengebiete durch die Engadiner war um so leichter, als das Tal selbst nur sehr dünn besiedelt war und weder kirchlich noch politisch eine Einheit bildete.[1]

Die Unterengadiner konnten zunächst einmal durch die Val Sinestra in das Fimbertal vordringen und von dort zur Hauptsiedlung *Ischgl* gelangen. Urkundlich tritt der Ort im ausgehenden 14. Jh. auf, dürfte aber schon älter sein.[2] Die dortige Nikolauskirche (1443 erwähnt) stand unter der Peterskirche von Sins/Sent und erhielt ihre Selbständigkeit erst, als die Mutterkirche zur Reformation übertrat. Wie lebhaft der Verkehr von Sins nach Ischgl war, zeigt die Tatsache, dass man 1567 nicht mehr sicher war, ob Ischgl (und Galtür) zu Bünden oder zum Gericht Nauders gehörte.[3] Ischgl, wie überhaupt der obere Teil des Paznaun, blieb bis 1816 dem Churer Bistum integriert.

Auf dem rechten Ufer der Fimber lag die erste Alp, die Eberhard von Tarasp 1095/96 dem Kloster in Schuls schenkte, die Alp Ida, identisch mit der grössten noch erhaltenen Ida-Alp.[4] Abgaben dieses klösterlichen Besitzes erscheinen noch 1390 im Marienberger Urbar.[5] Wie die Alp Ida, so liegt auch die Alp Rafin (Ruvina) im Gemeindegebiet von Ischgl, und zwar auf der linken Seite des Fimberbaches.[6] Fügen wir hier gleich noch Tarasper Besitz im Raume von Ischgl an, der erst später an Marienberg kam. So übergab Ulrich III. im Jahre 1163 die Alp Fimba (Alp Finua) dem gleichen Kloster, um dadurch den Unterhalt für die Inkluse Berntrudis zu sichern. Auch dort besass Marienberg noch Ende des 14. Jh. Einkünfte.[7] Zehn Jahre später schenkte Ulrich III. seinem Hauskloster die Alp Mathon (alpem Mutanam) zu einem bescheidenen Zins, dazu noch den Lehensmann Albert. Mathon liegt westlich von Ischgl, am rechten Ufer der Trisanna, und ist einer der ältesten Weiler des Paznaun. Auch dort besass die Marienberger Abtei noch im ausgehenden 14. Jh. Abgaben.[8]

Wenn wir von Ischgl der Trisanna aufwärts ins oberste Paznaun wandern, treffen wir auf den Hauptort *Galtür*. Die Engadiner konnten von Val Tasna über Fütschöl (östlich der Augstenköpfe) ins Jamtal gelangen, das unmittelbar nach Galtür führte. Für den Zusammenhang beider Täler spricht, dass Galtür zur Pfarrei Ardez gehörte, obwohl beide Orte durch einen Weg von 7 bis 8 Stunden voneinander getrennt waren. Galtür begegnet uns erstmals 1320. Bereits im Jahre 1383 erlaubte der Churer Bischof den dortigen Leuten einen Priester mit seelsorglichen Rechten. Die volle Eigenständigkeit wird Galtür erst erhalten haben, als Ardez sich der Reformation anschloss.[9]

Westlich von Galtür, über dem linken Ufer der Trisanna, lag die Alp Vallüla, die schon Eberhard von Tarasp 1095/96 dem Kloster in Schuls übergab.[10] Aus der gleichen Schenkung stammt auch die Alp Zeinis am Passweg von Galtür in das Montafon.[11] Noch im ausgehenden 14. Jh. besass Marienberg diese Alp.[12] Erst 1161 schenkten Ulrich III. und seine Familie die Alp Jam im Jamtal ihrem Hauskloster.[13] Offenbar besassen die Tarasper dort verschiedene Rechte. Jedenfalls hatten die Matscher im 14. Jh. eine Alp, von der im 18. Jh. an das Schloss Tarasp Zinsen geliefert werden mussten.[14]

Von Nauders am Inn abwärts gehend, stossen wir auf *Flies*, einen Ort, der schon 1120 genannt ist und dessen Pfarrer ein Säkulum später, 1220, erscheint.[15] Nicht weniger als fünf Ministerialen übergab hier der Tarasper auch wieder 1160 der Bischofskirche. Für die Falsicia bezeichnete er hier einen Otmar mit seinen beiden Schwestern und deren Söhnen. Im Gebiete des späteren Landeck lag *Stanz*, dessen Peterskirche die Mutterkirche des ganzen Stanzertales war und bis ins 13. Jh. eine Rolle spielte.[16] Hier hatte schon Eberhard von Tarasp die zwei leibeigenen Brüder Vitalis und Chuno, die als Fischer arbeiteten, dem Kloster in Schuls geschenkt. Im Jahre 1150 bedachte sie der Marienberger Abt mit dem Churer Ministerialrecht, freilich nicht ohne gewisse Belastungen.[17]

Wiederum um ein Erbviertel handelt es sich in der Tarasper Schenkung an Marienberg vom Jahre 1164. Es werden die Orte Vilpian (zwischen Bozen und Meran) und Bennes genannt. Letzteres ist kaum mit Pens im obersten Sarntal gleichzusetzen. Vielmehr fällt auf, dass die päpstlichen Bestätigungen für den Marienberger Besitz von 1178 und 1182 nacheinander Nauders, Ötztal, Wenns (in vico Wennes) und Flies aufzählen. Dieses *Wenns im Pitztal* ist als Ort schon 1153/60 überliefert. Es nimmt sich aus wie eine Exklave in der alten Pfarrei Imst und war sicher seit 1233 Pfarrei.[18] Dort besass Marienberg gemäss Urbar von 1390 viele Güter. Auch tritt es in der Reihenfolge zweimal nach dem Paznaun auf.[19] Man hat schon vermutet, dass die Güter im Pitztal über die Ronsberger «erheiratet» wurden.[20]

Im *Ötztal,* östlich des Pitztales, besass wenigstens Marienberg gemäss seiner Papstbriefe von 1178 und 1182 Besitzungen, wie schon die Reihenfolge der Orte nahelegt: Nauders, Ötztal, Wenns, Flies. So weit entfernten Besitz mag das Kloster von den Taraspern her erhalten haben, die ja an den gleichen Orten Eigentum hatten (Nauders, Wenns, Flies). Die Tarasper ihrerseits waren hierin nur die Erben der Ronsberger, die zu Beginn des 12. Jh. im Ötztal besitzmässig angesiedelt waren, so in Niederthei (vor 1145) und dann hoch oben im Tale in Sölden (vor 1166).[21] So verstehen wir auch, dass die beiden Ronsbergerinnen Uta und Irmgard 1163 von ihrem Ötztaler Besitz an Müstair abtraten.[22]

Auf den ersten Blick überrascht ein Lehensmann Hiltebold in *Hiltenfingen,* das etwa 40 km südlich von Augsburg liegt, an der Strasse Augsburg – Schwabmünchen – Mindelheim, etwa 4 km südwestlich von Schwabmünchen, zu dessen Bezirk es gehört. Der Lehensmann lässt sich über Uta von Tarasp auf die Ronsberger zurückführen, die Vögte von Ottobeuren waren, das noch um 1500 zwei Höfe in Hiltenfingen besass.[23] Die Ronsberger sind auch die Gründer des Klosters Irsee (1182/91) im Bistum Augsburg. Diese Abtei liess 1239 ihren Besitz durch Gregor IX. bestätigen. Unter den angeführten Orten findet sich auch Hiltenfingen.[24] Schliesslich hatten die Ronsberger in Hiltenfingen die Gerichtsbarkeit inne, und zwar bis zu ihrem Aussterben.[25]

3. Churrätien ohne Unterengadin

Zunächst interessieren uns das *Oberengadin* und das *Bergell*, zwei Täler, die durch den Maloja verbunden waren. Es fällt auf, dass die Tarasper in diesen Landschaften nur wenig zur Verfügung hatten, in Celerina/Schlarigna eine Familie und zwei Personen, in Samaden/Samedan ein einziges Lehen, in Casaccia zwei Familien und in Vicosoprano zwei Brüder und deren Schwestern.

Bergell und Oberengadin hatten ähnliche Schicksale. 960 schenkte Otto I. das Bergell mit Zubehör der Kirche von Chur, was die folgenden Herrscher bis Heinrich IV. (1061) bestätigten.[1] Vielleicht schon vor Bergell erhielt die bischöfliche Kirche auch Hoheitsrechte im Oberengadin.[2] Dazu kam noch bedeutender Grundbesitz dadurch, dass die Gamertinger 1137/39 ihr dortiges Eigentum, besonders auch die wichtigen Niederlassungen zu Samaden und Zuoz, der Churer

Kirche kaufweise überliessen.[3] So herrschte in beiden Tälern die gleiche Macht. Wieso trotzdem noch die Tarasper sowohl im Bergell wie im Oberengadin einige wenige Eigenleute besassen, wissen wir nicht, vermuten aber, dass sie nicht nur das unterengadinische Ministerium, sondern auch Teile der anderen Ministerien erhalten konnten.[4]

Vom Oberengadin führte der Weg über den Julierpass ins *Oberhalbstein,* zu dem man auch über den Septimer vom Bergell her gelangen konnte. Für einen alten Verkehr sprechen die schon im 9. Jh. belegten Pferdeställe in Sils/Segl (Engadin) und in Bivio sowie die Herberge in Marmels/Marmorera.[5] Gerade in *Marmels* weist die Strasse durch den Felsen eine solche Enge auf, dass hier leicht eine Überwachung stattfinden konnte. In ähnlicher Weise befand sich in Castelmur/ Müraia (Bergell) eine Befestigung.[6] Hier im Oberhalbstein handelte es sich um die wohl im 11. Jh. unter überhängendem Felsen errichtete Burg, zu der auch eine Kapelle mit halbrunder Chornische gehörte.[7] Die Anlage war Eigentum der Tarasper. Ulrich III. gab 1160 der Bischofskirche den Andreas von Marmels, der die Burg als Lehen behalten und seiner Familie (Sohn oder Tochter) weitergeben sollte.[8] Damit war Andreas mehr oder weniger Eigentümer der Burg, die als Quasi-Allod gelten konnte. So wurden die Marmelser als Churer Ministerialen eingestuft. Dass hier Andreas 1192 auf seiner Burg den Kardinallegaten Cinthius in Gefangenschaft hielt, zeigt die politischen Aspirationen der Familie.[9] Doch blieben die Marmelser bischöfliche Ministerialen und bestärkten die Churer Herrschaftsrechte im Oberhalbstein.[10]

In der Mitte des Oberhalbsteins liegt *Tinzen/Tinizong,* ein wichtiger Transitplatz, wo schon im 9. Jh. ein fränkischer Hof bestand.[11] Eine Pfarreikirche unter dem Patrozinium des hl. Blasius dürfte indes nicht vor der Jahrtausendwende entstanden sein.[12] Die Tarasper besassen hier Bedeutendes. Schon 1150 ist Rudrihc von Tinzen als Ritter (miles) Ulrichs III. nachgewiesen, der bei einer Urkunde des Marienberger Abtes als Zeuge amtete. In der Schenkung an die Bischofskirche von 1160 überliess Ulrich den Priester Odalricus mit seinem Allod und seinen Dienstleuten (familia). Er ist personengleich mit dem Odalricus presbyter de Tinnazune, der im Churer Jahrzeitbuch im ausgehenden 12. Jh. zum 20. April notiert ist.[13] Ulrich übergab Chur auch noch mehrere Ministerialenfamilien, so Roderich mit Brüdern und Schwestern, Mathilde von Marmorera und Wida mit ihren Söhnen.

Zur Bedeutung des Ortes trugen auch die Herren von Tinzen, eine feudale Familie daselbst, bei. Zu ihr gehörte Marquard von Tinzen, der 1160 als Zeuge der Taraspischen Schenkung an Chur amtete.[14] Er hatte von den Taraspern ein Lehen in Samaden, das Ulrich III. 1164/67 seinem Neffen Gebhard III. übergab, und begegnet uns noch 1173 in Burgeis als Zeuge bei einem Tausch zwischen den Frickingern und Marienberg.[15]

Nördlich von Tinzen liegt *Savognin/Schweiningen,* wo die Tarasper Ministerialenfamilien hatten, so Chonrad mit seinen Brüdern und Hezilo mit Schwester und Mutter, die alle 1160 an Chur kamen. Diese Nachricht bestätigt die Bedeutung Savognins, wo schon eine frühmittelalterliche Kirche St. Michael ergraben wurde und der Turm von St. Martin aus dem 12. Jh. stammt.[16]

Nördlich davon liegt *Reams/Riom*, dessen Kirche, dem hl. Laurentius geweiht, die Urkirche des Tales war (6./7. Jh.). Sie erscheint im 9. Jh. als königliche Eigenkirche, weshalb sie auch von Kaiser Arnulf (887–899) einem Ruopertus geschenkt werden konnte, der sie aber samt seinen Gütern 904 dem Reichskloster Lorsch (südöstl. Mainz) übergab.[17] Von da an fehlen Nachrichten bis 1258, da Beral von Burgeis-Wangen die im 12. Jh. erbaute Burg und den Hof in Reams, dazu den Kirchensatz von Reams und Tinzen dem Churer Bischof überliess.[18] Es war Heinrich von Montfort (1251–72), dessen Mutter Mechtildis aus dem Geschlechte der Herren von Burgeis stammte.[19] Diese letzteren waren auch mit den Taraspern eng verbunden.[20] Daher kann man vermuten, dass die Herren von Burgeis-Wangen die Kirchenpatronate von Reams und Tinzen, auch Güter und Bauten, von den Taraspern erhalten haben, etwa zur gleichen Zeit, als Ulrich III. Chur beschenkte (1160).[21]

Wenn wir uns weiter in Rätien umsehen, so fällt auf, dass die Tarasper nördlich und östlich vom Oberhalbstein nichts mehr besassen, weder im Albulagebiet noch am Heinzenberg noch im Domleschg. Je mehr wir uns der Kapitale des Landes nähern, um so mehr sind hier bischöfliche Besitzungen und Rechte zu erkennen. Einzig im *Schanfigg* übergab Ulrich III. im Jahre 1160 eine Mathilde und deren Sohn. Die Landschaft ist altes Kulturland. Schon im Testament des Bischofs Tello von Chur vom Jahre 765 tritt ein Kuriale Ursicinus von Schanfigg auf.[22] Für die Tarasper waren dortige Eigenleute sehr entfernt und isoliert. Hier hatten das benediktinische Pfäfers und das bischöfliche Chur ihre Positionen. Im 9. Jh. gehörten dem ersteren die Urpfarrei St. Peter und dem letzteren die Eusebiuskirche.[23] Schliesslich erlangte der Bischof die wichtigsten Rechte.[24] So hatten die Tarasper im Schanfigg kaum etwas zu suchen. Ihre Eigenleute waren wie zufällig dort niedergelassen.

Als letzter Posten darf eine Frideruna mit ihren Söhnen angesprochen werden, die Ulrich III. im Jahre 1160 dem Bischof von Chur übergab. Sie war in *Chressebrunne* zuhause, einer Örtlichkeit, die nur durch drei Chressigbrunna lokalisiert werden kann, die im Prättigau (Seewis und Küblis) und im Kreis der Fünf Dörfer (in Says bei Trimmis) liegen.[25] Zwischen Landquart und Chur baute das Bistum eine Grundherrschaft auf, nachdem es 955 von Otto I. den Königshof in Zizers erhalten hatte. Im Prättigau erlangten die Grafen von Bregenz die Gewalt.[26] Nirgends lässt sich eine Anknüpfung an die Tarasper ersehen. Daher kann man sich fragen, ob nicht Bischof Ulrich I. von Tarasp irgendwie in Chressebrunne Rechte erhalten hatte. Das dürfte auch bei dem Tarasper Besitz im Schanfigg zur Diskussion stehen.

4. Südtirol

Auf der Passhöhe des Reschen gab es kein Hospiz. Nur auf der Südseite gründete Ulrich Primele von Burgeis 1140 eine Unterkunft mit einer Kirche des hl. Valentin.[1] Dementsprechend waren die obersten Gebirgszonen wenig bewohnt. Zwischen der Passhöhe und St.Valentin lag *Graun*, wo die Tarasper wenigstens ein Lehen hatten (Urk. 1164/67). Je mehr wir indes gegen Süden kommen, desto mehr Kulturland finden wir. Da sind vor allem oberhalb Marienberg die Höfe *Pramaiur* zu melden, von denen Ulrich III. 1161 und Gebhard III. und dessen Schwestern 1161/64 je einen an das dortige Kloster schenkten. Die Einkünfte von Pramaiur sind auch im Klosterurbar aus dem Ende des 14. Jh. notiert.[2] Zwischen Pramaiur und Schuls ist in der Schenkung Gebhards und seiner Schwestern auch eine Burg mit Zubehör erwähnt (castrum et ea que pertinent). Es gibt im Umkreis von Burgeis mehrere Burgen, die teilweise erst noch ergraben oder erforscht werden müssen.[3]

Erst Goswin hat das genannte castrum mit der oberhalb Marienberg gelegenen Burg *Castellaz* identifiziert.[4] Der gleiche Chronist glaubte anderseits, Ulrich III. hätte diese Burg zerstört, damit von dorther seiner Abtei keine Gefahr mehr drohen könne.[5] Gebhard von Tarasp und seine Schwestern hätten demnach nur eine abgebaute Burg 1161/64 an Marienberg geschenkt, möglich an sich deshalb, weil Castellaz auf fruchtbarem Gebiete lag und ihr Zubehör (ea que pertinent) wertvoll war. Die Geschichte von Castellaz ist noch sehr problematisch. Zerstörungen von Burgen passen eher in die Zeit des 13. und 14. Jh.[6] Auch müsste die Mauertechnik von Castellaz archäologisch noch mehr untersucht werden.[7]

Marienberg gehörte zu *Burgeis*, wo schon Gebhard II. († 1142) Güter in Marzelag schenkte. Sie kommen mehrfach im Marienberger Urbar von 1390 vor.[8] Bei der grossen Schenkung an die Bischofskirche von 1160 sind von Burgeis nur zwei Töchter angegeben. Ulrich III. und seine Familie übergaben 1161 und Gebhard III. und seine Schwestern 1161/64 je einen Hof auf dem Brühl bzw. in der Dorfmitte dem Kloster Marienberg. An den gleichen Orten überliessen Irmgard und Heilwig wie auch Ulrich III. von Tarasp den Nonnen von Müstair 1163 je einen Hof.[9] Papst Alexander III. bekräftigte 1178 ausdrücklich die Schenkungen in Burgeis. Der Passus findet sich auch in den Bestätigungsurkunden von Lucius III. (1182) und Honorius III. (1220). Wo der 1164 von Ulrich III. überlassene Mansus (Zinsgut) lag, wissen wir nicht. Es bleibt ferner offen, ob das Grundstück und der Garten, den der Marienberger Abt Gebhard 1170/77 seinem Diener Sigibert im Dorfe Burgeis gab, von den Taraspern stammte.[10] Erst in der Besitzbestätigung des Papstes Honorius III. von 1220 ist die Burgeiser Marienkirche angegeben.[11]

1131 weihte der Churer Bischof Konrad in Burgeis die *Zenokapelle* ein.[12] Zweimal erfahren wir aus Urkunden, dass sie im Besitze des Herzogs *Welf VI.* (1116–91) war. Offensichtlich handelte es sich um eine welfische Stiftung, vielleicht schon unter dem älteren Bruder des Welfen, Heinrich dem Stolzen († 1139), gebaut. Nun schenkte der sechste Welf, Herzog von Spoleto und Tuszien, die Kapelle an Ulrich II. und dessen Gemahlin Uta.[13]

Die Gründung der Zenokapelle durch die Welfen darf nicht überraschen. Die Familie stand den rätischen Tälern nicht ferne. Eine Tochter Etichos II. (10. Jh.) erhielt einen Edlen aus Rätien zum Gemahl, dessen Name freilich nicht überliefert ist. Dann hatte zur gleichen Zeit Rudolf I. Besitz in Ems, Flims und Lugnez. Heinrich, der Sohn Rudolfs II., fand auf der Jagd bei Lana um die Jahrtausendwende den Tod, was auf dortigen Welfenbesitz hindeutet.[14] Aber gerade in diesem Meraner Gebiet besassen die Tarasper nicht wenige Güter. Noch viel mehr gilt dies von Burgeis, wo die Welfen auf ihrem Boden die Zenokapelle errichteten. Die Schenkung setzt eine gewisse Bekanntschaft, wenn nicht sogar Freundschaft zwischen beiden Adeligen voraus, die sich auch tatsächlich geistig sehr nahestanden. Der Welfe war bekannt als Kreuzfahrer (1147/48) und Jerusalem-Pilger (1167), als Gründer des Prämonstratenserklosters Steingaden im Bistum Augsburg (1147), hochgeschätzt als Wohltäter kirchlicher Stiftungen und des armen Volkes.[15]

Das Datum der Übergabe ist nicht überliefert, wohl aber die Art und Weise. Sie geschah auf einer öffentlichen Wiese von Burgeis unter Beteiligung einer grossen Menge von Leuten in aller rechtlicher Form. Dass die Bevölkerung so grosse Anteilnahme zeigte, lässt auf deren Interesse und wohl auch schon deren Mitspracherecht in der Pfarrei schliessen. Ulrich III. und seine Gemahlin Uta wollten bei der Kapelle ein Frauenkloster gründen, was indes nicht gelang. Bischof Adalgott von Chur (1151–60) gab der Kirche im Einverständnis mit dem Pfarrer Chuno verschiedene Zehnten und Grundstücke.[16]

In Burgeis besassen die Tarasper bedeutend mehr als in *Mals*. Hier gehörten ihnen nur zwei Männer mit deren Schwestern, die 1160 an die Bischofskirche übergingen. Grund für diese Tatsache ist wohl, dass hier altbesiedelter Boden vorlag, dessen Bevölkerung auch im Dienste des Bischofs stand, z.B. die Gebrüder Swiker, Purchard und Ulrich.[17] Zu erwähnen ist auch, dass Graf Albert III. von Tirol 1211 in Mals einen Gütertausch vollzog, wobei ebenso Freie wie auch Tiroler Eigenleute als Zeugen amteten.[18]

Mehr besass die Tarasper Familie im weiteren Umkreis von Mals, so im hochgelegenen *Schlinig*, wo Ulrich III. zusammen mit seiner Gemahlin Uta und ihrem Sohne Ulrich IV. 1161 einen Hof an Marienberg übergaben. Gebhard III. tauschte 1167 die Alp Montfort bei Schlinig für Engadiner Besitz mit dem gleichen Kloster ein. Sie begegnet uns wieder als curtis in monte forti im Marienberger Urbar von 1390.[19]

In *Schleis* hatte Ulrich III. einen Ritter (miles) Fridericus, der auch in Fetan eine Quart zur Pflege innehatte. In der Tarasper Schenkung an das Bistum finden wir einige Leute aus Schleis, so darunter auch eine Ita und eine Frideruna mit deren Söhnen.[20] Im nahen *Laatsch* erhielt die Bischofskirche 1160 nicht nur die Familie eines Marquard, sondern auch die Söhne und Verwandten einer Elisabeta, dazu noch andere Personen.[21] In einer Tarasper Schenkung an Marienberg von 1164 traten als Zeugen die beiden Laatscher Marquard und Conrad auf.[22] In *Tartsch* verschenkte Ulrich III. einen Ulrich samt seinen Söhnen der Churer Kirche (1160).

Während in Schleis, Laatsch und Tartsch die Schenkungen Leute betrafen, handelte es sich in *Glurns* einzig um Land. Ulrich III. vergabte dort 1163 ein Grundstück an Müstair. Dort war auch ein Gut, das dem jeweiligen Klostervogt zufiel und das der Tarasper 1164/67 für Egino von Matsch bestimmt hatte. Am wichtigsten war der Hof in Salina, der Söleshof, der wohl schon im 8. Jh. existierte. Zu diesem Gut gehörte die Jakobskapelle. Salina in Glurns ist wohl zu unterscheiden von Salina in oder bei Fetan.[23] Den Glurnser Söleshof belegen uns erst die Bestätigungen der Päpste Alexander III. von 1178 und Lucius III. von 1182.

Die bisherigen Güter und Leute waren gesamthaft im eigentlichen Obervintschgau zu suchen. Im folgenden Gebiet von Schluderns bis Laas können wir kein Eigentum der Tarasper feststellen. Doch häufen sich dann im Mittelvintschgau mit dem Zentrum in Schlanders die Rechtstitel. Da ist zuerst *Kortsch* zu nennen, wo die Familie zwei Höfe besass. Den einen, Hirschenhof genannt, schenkte sie 1161 an Marienberg, den anderen fügte sie noch 1164 hinzu. In Abhängigkeit vom grossen Hirschenhof stand der kleine, den Ulrich III. 1163 an Müstair übergab. Daneben besass Ulrich III. noch anderes Land, das er 1163 zum Unterhalt der Inklusin Berntrudis bestimmte und an Marienberg übertrug. Dessen Äbte liessen allgemein ihre Kortscher Besitzungen durch die Päpste Alexander III. und Lucius III. bestätigen.

In *Schlanders* selbst hatten die Tarasper je einen Hof im untern und obern Dorf, mithin wohl auf beiden Seiten der Talstrasse (der obere Weg). Der Hof im Unterdorf begegnet uns zuerst 1148/49 in den Händen Arnolds III. von Morit, der Vogt des Hochstiftes Brixen war. 1164 gehörte zu diesem Hof auch eine Kapelle, die dem Bistumspatron St.Ingenuin geweiht war. Sie ist kaum erst damals errichtet worden. R. Loose hat vermutet, dass Arnold diesen Hof nicht als Erbgut, sondern als Brixener Vogt besass.[24] Er gab ihn nun 1148/49 seinem Halbbruder Ulrich III. von Tarasp, dessen Güter in Schlanders ja ohnehin auf zwei Seiten an diesen Hof grenzten. Die Familie Ulrichs III. schenkte den unteren Hof in Schlanders 1164 an das Kloster Marienberg. Der obere Hof stammte von Friedrich II. († 1146/49), dem Bruder Ulrichs III., und wurde von dessen Töchtern Irmgard und Heilwig 1163 den Nonnen von Müstair übergeben. Alle drei Schwestern, Irmgard, Adelheid und Heilwig, sowie deren Bruder Gebhard III. überliessen schliesslich 1161/64 Marienberg noch einen kleinen Hof, der offenbar dem grösseren im Oberdorf zugeordnet war. Zu Schlanders gehörten endlich auch Hof, Berg und Wald Matatsch auf dem Sonnenberg über dem Dorf, die Ulrich III. 1164 seinem Hauskloster übermachte.[25]

Vom Gebiet von Schlanders an finden wir auf weite Strecken keinen Tarasper Besitz mehr. Beim *Töllgraben* treffen wir auf eine Landschaft, die schon damals im Vintschgau eine Sonderstellung behauptete und später als Landgericht Meran oder Burggrafenamt in Erscheinung treten wird.[26] Daher schenkte Ulrich III. 1160 der Churer Kirche alle Ministerialen unterhalb der Töll. Anderseits gab er alle seine Leute oberhalb der Töll seinem Neffen Gebhard III. in seiner Versöhnungsurkunde von 1164/67.[27] Auf der Töll lag auch ein Hof mit einer Mühle, den die Familie Ulrichs III. 1164 den Mönchen von Marienberg überliess.

Über die Töll gelangt der Wanderer in die gesegnete Meraner Gegend, wo Obst, Trauben und Wein in reicher Fülle zur Verfügung stehen. Daher hatten hier Adel und Klöster ihre Positionen. Gleich beim Eingang lag *Plars,* wo der Hof stand, den die Familie Ulrichs III. 1164 den Marienbergern verschrieb. Gemäss der gleichen Urkunde kam auch ein Hof in *Algund*, östlich von Plars, hinzu.

Dass wir in Meran keinen Tarasper Besitz finden, überrascht nicht, denn die Siedlung bei der Passer erlangte erst im 13. Jh. einige Bedeutung. Es ist vielmehr *Mais*, dessen Name schon auf das römische Maia zurückgeht, welches damals von Wichtigkeit war. Schon in Obermais lag ein Hof, den Eberhard von Tarasp für die Ausstattung seines Schulser Klosters bestimmt hatte. Der Konvent besass dort auch einen Weinberg, den er 1148/49 mit einem anderen im gleichen Gebiete austauschte.[28] Man kann sich mit Recht fragen, ob hier nicht ursprünglich Tarasper Eigengut vorliegt. Jedenfalls liess sich Marienberg 1178 und 1182 seine dortigen Grundstücke von Rom bestätigen. In Untermais erhielt die Abtei von Graf Arnold von Morit (Greifenstein), dem Halbbruder Ulrichs III., den Feldenhof.[29]

Bevor wir uns weiter im Süden nach Tarasper Besitz umsehen, steigen wir an den Ufern der Passer, die sich bei Meran in die Etsch ergiesst, ins *Passeiertal* hinauf. In der Mitte des Tales stand die Hauptkirche des *hl. Martin*, erstmals urkundlich 1148/49 erwähnt.[30] Sie dürfte wohl ins ausgehende 11. Jh. zurückgehen, errichtet von der Churer Bischofskirche, die damit das rechte Ufer der Passer als Gebiet des rätischen Sprengels betonen wollte, da am andern Ufer rechtlich schon die Trienter Diözese auftrat. Bischof Adalgott (1151–60) schenkte die ihm gehörige Martinskirche später dem Kloster Marienberg.[31]

Zuoberst auf der linken Talseite weihte Bischof Gebhard von Trient 1116 eine Kirche zu Ehren des aquitanischen *Heiligen Leonhard* ein, der erst durch seine Vita des 11. Jh. grössere Verehrung erlangt hatte. Es handelt sich wahrscheinlich um eine Stiftung der Welfen, die ja im Etschgebiet bedeutendes Besitztum hatten.[32] Schon das Patrozinium weist auf bayerisch-welfischen Einfluss hin.[33] Die Kapelle, welche die Welfen dem Trienter Oberhirten übergeben hatten, blieb eine Filiale der Martinskirche zu Schenna (nördl. von Meran), die ihre Rechte auf den Zehnten, auf Spendung der Taufe und Vollziehung des Begräbnisses nicht aufgeben wollte. Nun erscheint Ulrich II. von Tarasp um 1120/24 als Vogt der Bevölkerung, wohl nicht als Herrschaftsvogt, sondern als Handlungsvogt, der beauftragt wurde, die Ablösungssumme (200 Schafe und 300 Scheffel Hafer) an den Welfen Heinrich IX., den Schwarzen, zu übergeben.[34] Von Schenna konnte sich allerdings die Kirche St.Leonhard erst trennen, nachdem ihr Ulrich III. von Tarasp reiche Schenkungen übergeben hatte.[35]

Die beiden Vertreter, der Welfe und der Tarasper, mussten den Leuten von Passeier im gegebenen Augenblick als günstig erscheinen. *Heinrich IX., Herzog von Bayern* (1120–26), hatte ja den Welfenbesitz in Italien geordnet und war nur vorübergehend in die Kämpfe der Welfen gegen den Salier Heinrich IV. verwikkelt. Gerade in den Jahren 1121 und 1122 nahm er an den Verhandlungen teil, die zum Konkordat von Worms führten.[36] *Ulrich II. von Tarasp* pflegte wie sein Bruder Friedrich freundschaftliche Beziehungen zu den Welfen, weshalb sie auch Zeugen bei den Schenkungen von 1118/24 an die Welfenstiftung Rottenbuch (Oberbayern) waren.[37] Zudem hatte er auch ein Allod bei der Martinskirche in Passeier, wohl ein Erbe von seinem Vater Gebhard I., das seine Söhne Ulrich III. und Friedrich II. bekamen. Ulrich III. gab seinen Teil seinem Halbbruder Arnold von Morit.[38] Letzterer schenkte sein Erbe, ganz oder teilweise, dem Kloster Marienberg.[39] Auch das Erbstück, das Friedrich II. erhalten hatte, ging an dessen Sohn Gebhard III. und dessen Schwestern über, die es 1161/64 auch Marienberg überliessen.[40] So diente der ehemalige Besitz der Tarasper im Passeiertal doch wieder ihrem Familienkloster.[41]

Wenden wir uns erneut dem Etschtal zu, wo zwischen der Meraner und Bozener Gegend *Nals* liegt. Hier besass schon Friedrich II. von Tarasp († 1146/49) einen Hof, den er für ein Anniversar dem Hauskloster übereignete. Das war nur ein Teil des dortigen Tarasper Besitzes, denn seine Töchter Irmgard und Heilwig übergaben 1163 der Abtei eine Hofstatt bei der Peterskirche und dazu noch einen Hof, mit dem wohl jener kleinere Hof verbunden war, den Gebhard III. und alle drei Schwestern 1161/64 hinzufügten. Marienberg liess sich all seine Rechte in Nals durch die Päpste 1178 und 1182 bestätigen. Die Güter sind im Urbar von 1390 notiert.[42]

Auf dem linken Etschufer, gegenüber Nals, liegt *Vilpian,* wo die Familie Ulrichs III. 1164 Boden als Erbviertel angab. Sehr schwierig sind die andern mitgenannten Orte zu identifizieren. Bei Bennes dachte man an *Pens* zuoberst im Sarntal, durch das die Talfer fliesst, die bei Bozen in die Etsch mündet. Wie schon bemerkt, kommt eher Wenns im Pitztal (Oberinntal) in Frage, wo Marienberger Besitz nachweisbar ist. *Valmal*, das nach Vilpian und Bennes genannt wird, ist ein verbreiteter Örtlichkeitsname und schwer zu bestimmen.[43]

In der bekannten Schenkung an das Bistum von 1160 finden wir Gerild mit drei Söhnen und zwei Töchtern in *Morit* sowie Irmingard mit ihren Söhnen in *Riede*. Früher suchte man beide Orte im Umkreis von Bozen.[44] Sicher lag dort bei Terlan *Greifenstein*, wo Mergardis mit fünf Kindern weilte. In *Tenna* (Tenne) wird Gota mit drei Söhnen erwähnt. Es gibt mehrere Örtlichkeiten dieses Namens im Gebiete von Trient. Am ehesten möchte man an das Tenna denken, das östlich von Trient am Lago di Caldonazza liegt.[45]

5. *Oberitalien*

Je südlicher die Rechte der Tarasper liegen, um so seltener sind sie, aber auch um so wichtiger. Ulrich III. gab seinem Neffen Gebhard anlässlich ihrer Versöhnung 1164/67 ein Lehen in der Diözese *Como*. Letztere umfasste nicht nur das Gebiet der Adda mit Chiavenna, dann Veltlin und Bormio, sondern auch das Puschlav (bis 1869) und das Südtessin (bis 1888). Das in Diskussion stehende Lehen muss ein grösseres Ausmass gehabt haben, sonst hätte sich nicht die Bischofskirche von Como darum bemüht. Leider ist seine genaue Lage nicht angegeben, doch können wir das Veltlin vermuten, wo ja auch das Ursprungsgebiet der Tarasper war. Für die südliche Abkunft der Familie spricht auch das Lehen, das Siband aus Selvino bei Bergamo innehatte, wie uns wiederum die Urkunde von 1164/67 meldet.[1]

Wenn die angeführten Lokalisationen richtig sind, dann besassen die Tarasper in nicht weniger als einem halben Dutzend Bistümern ihren Besitz, in Augsburg (Hiltenfingen), in Chur (mit Vintschgau), in Säben-Brixen (Oberinntal), in Como (Veltlin), in Trient (Etschtal) und in Bergamo (Selvino).

6. *Die Familia*

Von der Familie im engeren Sinne des Wortes unterscheidet sich die Familia dadurch, dass sie eine vom Herrn abhängige und in sich zusammengehörige Gemeinschaft bildet. So begegnet uns in den Tarasper Urkunden die Bezeichnung: de familia dominorum (1161, 1161/64). Die zahlenmässige Grösse dieser Tarasper Gesamtheit lässt sich nicht genau umschreiben. Wohl werden oft auch die weiblichen Personen mit Namen angegeben, ja es ist sogar einmal die Rede von einer Schwiegertochter (cum nuro suo 1161/64), aber die Texte der Urkunden sind meist viel zu allgemein gehalten, wie schon das oft vorkommende cum filiis suis zeigt.

Zahlreich sind auch die anderen Sammelnamen (infantes, fratres, sorores, familia). Wenn in der Versöhnungsurkunde von 1164/67 alle Tarasper Leute unter und über der Töllgrenze ohne Namen und Zahlen angeführt werden, so verunmöglicht dies jede nähere Umschreibung.

Die Angaben über die Personen beziehen sich fast zur Hälfte auf solche im Unterengadin. Die übrigen Leute wohnten ausserhalb dieses Gebietes. Das dürfte auch ein Hinweis für die gesamte Tarasper Herrschaft sein.

Bei den Personennamen handelt es sich fast immer um Einnamigkeit, die allgemein im lateinischen wie germanischen Onomastikon des Frühmittelalters herrschte. Erst das Wachstum der Bevölkerung und die vermehrte Geschäftsaufzeichnung führten im 11./12. Jh. zur Zweinamigkeit. Doppelnamen in Rätien belegt uns schon die Urkunde von Lüen aus dem Jahre 1084.[1] Im Wallis begann man diese Praxis zu Anfang, im Freiburgischen zu Ende des 12. Säkulums.[2] In den Tarasper Urkunden finden sich einige wenige Fälle, bei denen das Patronymikum auftritt: Albertum et Hermannum filios Maphei, Pertoldum filium Wicmanni, Heinricum et filium eius Eberhardum et Heinricum et Gerdrutam matrem eorum zu 1160, Albero filius Martini zu 1167. In Schleis wird sogar einer nur unter dem Namen seines Vaters, ohne persönliche Bezeichnung, angegeben (filium Friderici zu 1160). Die Entwicklung führte dann wie von selbst zur Zweinamigkeit. Dafür dürfte Chono Sanell de Gonda (Lavin) ein freilich isolierter Beleg sein (1161/64).

Unter den Leuten der Tarasper Familia nehmen die *Ministerialen* oder Dienstleute den ersten Platz ein. Wie der Urkunde Ulrichs III. an Chur von 1160 zu entnehmen ist, handelt es sich hier um solche beiderlei Geschlechts (ministeriales meos utriusque sexus), so z.B. um Elisabeta und Richenza von Laatsch, Ita und Friderune von Schleis, Gerdruta von Schuls, Mahtilda von Fetan und andere mehr, mithin nicht nur um Verwaltungsbeamte oder Krieger, wie dies der Begriff Ministerialen später meint. In der Versöhnungsurkunde von 1164/67 werden die 1160 an Chur übergebenen Ministerialen als solche höherer Art charakterisiert (nobiliores ministerialium suorum), während die 1161 an Marienberg Anheimgestellten als Angehörige niederer Stufe erklärt werden (reliquos humiliores de familia). Diese letztere Urkunde erwähnt überhaupt keine Ministerialen. Im gleichen Dokument von 1164/67 gibt es einen andern Sammelbegriff: omnes homines suos nobiles et ignobiles infra Telles (unterhalb der Töllgrenze). Bei all diesen Belegen für nobiles handelt es sich noch nicht um die eigentliche Oberschicht der Edelfreien, die in Rätien erstmals um 1170 bei den Taraspern und den

Herren von Burgeis-Wangen vorkommen.[3] Man muss sie sogar eher als Eigenleute ansehen, sonst hätte ja Ulrich III. im Jahre 1160 nicht wenige Ministerialen an Chur schenken können. Das gilt vom juristischen Standpunkt aus, was nicht deren politische und soziale Bedeutung mindern kann.[4]

Die Lage der Ministerialen war in Rätien keineswegs einheitlich. 1150 gestattete Abt Adalbert von Marienberg einigen wenigen Eigenleuten das Churer Ministerialenrecht (legem Curiensium ministerialium), aber doch nur unter beträchtlichen Beschränkungen und Belastungen.[5] Anders Ulrich III., der 1160 seinen an Chur übergebenen Ministerialen das volle Recht der dortigen Ministerialen zusicherte. In der genannten Verfügung von 1150 umschrieb der Abt Wesen und Würde des Ministerialenrechtes als liberius et honestius vivere. Daher der Begriff honestior familia für die Ministerialen.[6] Ähnlich kennzeichnete Mitte des 12. Jh. die Chronik von Ebersheim den Stand der Ministerialen, die aber bereits kriegerisch für Kirche und Reich auftraten.[7] Ob die Tarasper Ministerialen sich auch in Kämpfe einliessen oder einlassen mussten? Genaue Belege liegen nicht vor. Jedenfalls wurde die Tarasper Burg 1164/67 von den bischöflichen Ministerialen zurükkerobert, vielleicht mit Absicht, damit nicht die Ministerialien Ulrichs III. und die seines Neffen Gebhard III. einander gegenüberstehen mussten.[8] Übrigens konnten zwei Ministerialen Gebhards III. in einer Urkunde von 1167 als Zeugen auftreten, waren mithin auch nach dem Streite noch angesehen.[9]

Im Tarasper Verband finden wir auch milites, die man als *Ritter* bezeichnen darf, deren Eigencharakter freilich nicht so klar hervortritt.[10] Die Ritter Gebhards III. taten sich bei der Eroberung der Tarasper Burg gegen die dortige bischöfliche Besatzung hervor, nahmen letztere gefangen und töteten sie.[11] Ulrich III. werden 1150 drei Ritter zugeschrieben: Rudrihc von Tinzenb, Rupreht von Fetan und Friedrich von Schleis, die als Zeugen walteten.[12] Die beiden ersten dürften mit den 1160 erwähnten Ministerialen Roderic von Tinzen und Ropert von Fetan personengleich sein, was besagt, dass sie einen Aufstieg erreichen konnten.[13] Die Ritter empfingen auch Lehen. Gemäss der Versöhnungsurkunde von 1164/67 erhielt Gebhard III. solche Ritterlehen in Samaden, im Scarltal und in Graun, dazu noch entferntere, so je eines in Hiltenfingen (Bayern) und in Selvino (Bergamo).[14] Im Vergleich zu den Ministerialen war die Zahl der Tarasper Ritter sehr bescheiden.

Eine dritte Schicht der Familia waren die *Eigenleute* (in servicio, de familia), die ganz ihrem Herrn anheimgegeben waren, nicht etwa nur zur Hälfte oder noch weniger, wie dies in den Urkunden derer von Matsch-Venosta von 1226 oder von

Swiker von Reichenberg von 1239 der Fall war.[15] Bei der Gründung des Schulser Klosters zu Ende des 11. Jh. schenkten die Tarasper gemäss dem Gründungsbericht keine Eigenleute. Erst später erfahren wir, dass der Hauptgründer Eberhard doch zwei Eigenleute aus Stanz im Inntal dazugab, die dann 1150 zu Churer Ministerialen vorrücken konnten.[16] Wie sehr die Eigenleute auch sonst geschätzt waren, zeigt ihr mehrfaches Auftreten als Zeugen. So werden in der Urkunde von 1164 die Eigenleute des Tiroler Grafen Bertold angeführt (de servientibus comitis Bertoldi) und gleich anschliessend die Ulrichs III. (de servientibus domini Vdalrici).[17] Indes treffen wir in der gleichen Anordnung 1161 und 1161/64 nach den Eigenleuten Marienbergs (de servientibus s. Marie) die der Tarasper, aber nicht unter der alten Formel, sondern einer andern: de familia dominorum.[18]

Es gab schliesslich auch *Freie* (liberi homines), die schon bei der Gründung des Schulser Klosters und dann bei der Weihe der Klosterkirche 1131 Zehnten abgaben (z.B. die Hälfte des Lämmerzehnten).[19] Man leitet diese Zehnten von früheren Abgaben an das Königsgut ab.[20] Solche Freie gab es nicht nur im Unterengadin, sondern auch im Oberinntal und Vintschgau.[21]

So umfasste die Tarasper Familia rechtlich und sozial keine einheitliche Bevölkerung, sondern verschiedenartige Schichten und Gruppen, wie dies im Mittelalter und lange danach im Abendland organisch gewachsene Tradition war.[22]

V. Die Burg der Tarasper

Wenn die mittelalterliche Burg den geistigen und militärischen Mittelpunkt einer Herrschaft darstellt, so wird niemand den Sitz der Tarasper an der Peripherie ihres Besitzes suchen, etwa im Umkreis von Augsburg oder in der Nähe von Bergamo, sondern in Rätien selbst, aber auch hier nicht im Bergell oder Oberhalbstein, sondern im Unterengadin. Hier haben sie ihre Herrschaft geerbt, hier lagen ihre Eigengüter in erstaunlicher Dichte. Immerhin wird man nicht an Remüs oder Zernez, sondern eher an Fetan und Schuls denken, die am meisten durch Taraspisches Eigentum hervorstechen.

Es ist daher gar nicht so unglaubhaft, wenn Goswin berichtet, dass die Tarasper früher in *Fetan* wohnhaft waren, wo sie ein repräsentatives Wohnhaus besassen.[1] Die sonnigen Abhänge dieses Gebietes mussten ja geradezu anziehend wirken. Dort war auch ein Turm auf dem Dorfplatz, ferner ein solcher unterhalb Gross-Fetan, der als Besitz der Matscher um 1370 nachweisbar ist.[2] Man weiss ja, wie oft die Matscher die Besitznachfolger der Tarasper waren.[3] Aber für die Taraspische Herrschaft im Unterengadin empfahl sich eher ein grösserer und zentralerer Ort. Möglicherweise veränderten die Tarasper anfänglich ihren Sitz abwechslungsweise.

Die Familie besass im nahen *Schuls* gesamthaft viel mehr als in Fetan. Hier bestanden im Mittelalter auch zwei Türme, einer am Rande des oberen Dorfes und einer im unteren Dorf. Letzterer könnte von den Taraspern an die Matscher bzw. an die Familie Porta übergegangen sein.[4] Beim Aufstieg zum Munt Baselgia hatten die Tarasper ein Haus, dessen Spuren noch im 14. Jh. sichtbar waren.[5] Dann sprechen manche Gründe dafür, dass die Tarasper, die in Schuls ein halbes Dutzend Höfe besassen, Kirche und Pfarrei begründeten.[6] St.Georg als Schutzpatron für eine Kirche, die wie eine Burg auf einem Felsen steht, mag als passend erachtet worden sein. Wie im österreichischen Raum die Burgen in unmittelbarer Verbindung mit ihrer Mutterpfarrei blieben, so wohl auch hier.[7] Das Gebiet von Tarasp gehörte zur Pfarrei Schuls, war aber doch von der geschlossenen Dorfsiedlung ziemlich entfernt und auf beträchtlicher Höhe (Schuls 1243 m, Tarasp 1404 m).[8] Diese Loslösung vom Talvolk zeigte sinnfällig die sozial gehobene Lage der Tarasper, denen damals weit und breit keine andere Familie an Macht und Geist gleichkam.[9]

Es ist eine idyllische Episode, die uns der Marienberger Chronist des 14. Jh. über die Anfänge der Burg Tarasp erzählt. Von Fetan aus hatten sich einmal

Hirten mit ihren Schafherden über den Inn gewagt und seien zu dem Hügel gelangt, auf den sie ihren Herrn Ulrich aufmerksam machten. Und richtig, der Tarasper sah sich den Platz an, hielt ihn für eine Festung geeignet und liess darauf dort seine Burg errichten.[10]

War diese Bergkuppe wirklich vor der Ankunft der Tarasper so unbeachtet und unberührt? Schon die eisenzeitlichen Spuren in Zernez und Süs, die Padnal-Namen in Giarsun (bei Guarda) und bei Fetan deuten auf alte Siedlungen hin.[11] Auf die römische Zeit weisen drei Münzen aus den Jahren zwischen 175 und 326 sowie auch spätrömische Keramikfragmente, alles Funde in Schuls.[12] Von hier steigen wir hinauf in das Tarasper Gebiet. In Sparsels, also unmittelbar vor der späteren Burg, fand man eine Kupfermünze des Kaisers Tiberius (14–37).[13] Im Dorf sind noch weitere Fundmünzen zu registrieren, so ein Sesterz des Kaisers Severus Alexander (222–235).[14] In der Nähe des Bades, wohl im Gebiet von Vulpera, entdeckte man eine Kleinbronze des Kaisers Claudius II. (268–270).[15] Für die folgenden Jahrhunderte fehlen Zeugnisse, soweit bislang bekannt, aber dann gibt auf einmal der im Schloss Tarasp selbst schon 1916 gefundene Gold-Triens des Langobardenkönigs Agilulf (590–615) zu denken.[16] All dies belegt noch keine Siedlung, aber zeigt doch, dass der auffällige Felsen und seine Umgebung schon lange vor dem Burgenbau die Blicke und Schritte vorbeiziehender Wanderer oder näherer Siedler auf sich zogen.

Der Burgfelsen lag bezeichnenderweise ausserhalb des alten Engadiner Weges, der auf der linken Uferseite des Inn von Ardez über Fetan nach Schuls und Remüs führte. Nur auf einem Nebenweg ging man von Ardez über den Inn nach Aschera und von dort nach Fontana, dem Tarasper Dorfteil mit der späteren Pfarrkirche, um dann unterhalb des Burghügels nach Sparsels zu gelangen, von wo man über Vulpera nach Schuls hinuntersteigen konnte.

Ist schon das Tarasper Gelände hoch gelegen (1404 m), so noch mehr der schiefrige Felsen mit seiner Burg. Gegen Angriffe ist der Platz sehr geschützt, abschüssig besonders gegen Süden. Von ihrer sicheren Hochlage aus konnte die Besatzung nicht nur das gegenüberliegende Fetan, sondern auch weite Gebiete des Inntals beobachten und bewachen. Der heutige Besucher erkennt beispielsweise von ihr herab sofort den Turm der Burg Steinsberg bei Ardez.[17]

Abb. 4 *Grundriss der Burg Tarasp*

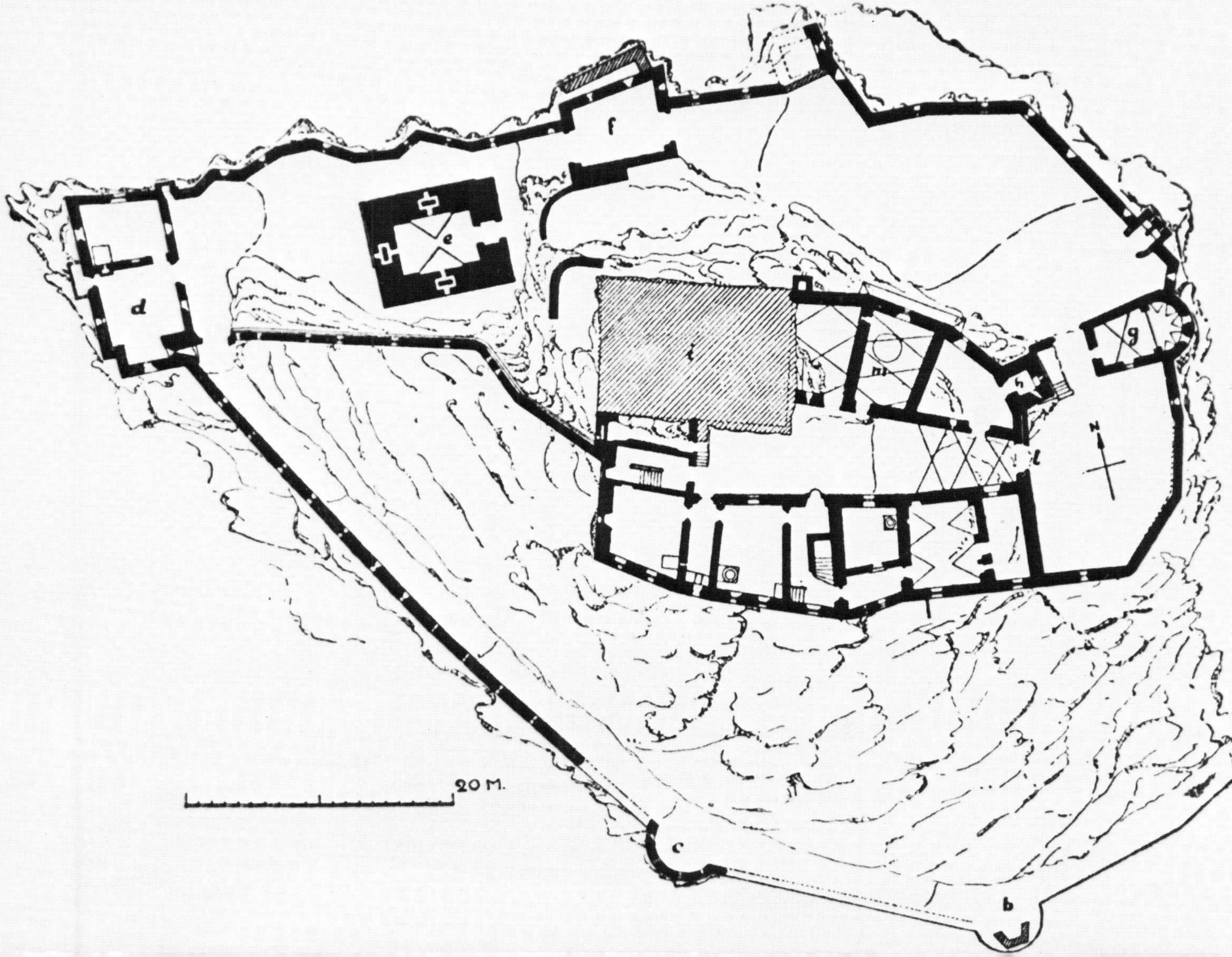

a
b
c
d
e
f
g
h
i
l
m
N
20 M.

Der *Name* der Burg erscheint urkundlich erst in Dokumenten aus dem 12. Jh. und lautet Trasbes, Traspes, Traspe und ähnlich. Im 13. Jh. mögen die späteren und heutigen Formen wie Tarasp aufgekommen sein, die dann im 14. Jh. verbreitet werden, freilich neben solchen früherer Art. Goswin verwendet im 14. Jh. die neuere Form, wenn er keine genauen Urkundenvorlagen zur Verfügung hat, wie etwa im Gründungsbericht des Klosters in Schuls (de Taraspes).[18] Der gleiche Chronist bietet uns erstmals zwei Deutungen des Namens. Nach der ersten hätte der aus Mailand vertriebene Ulrich seine Burg Traspes, das heisst verlorene Hoffnung, genannt (tradita bzw. tracta spes). Besser als diese sprachliche Spielerei ist die zweite Ableitung von aspera terra, weil ja auch die Burg auf einem steilen Berghügel liege (in aspero monte).[19] Nach einem halben Jahrtausend hat kein Geringerer als Robert von Planta diese Etymologie als richtig erkannt, indem er einen Lokativ terrae asperae voraussetzte. In ähnlicher Weise geht ja auch der Name der Burg Aspermont bei Trimmis auf asperum montem zurück.[20] In der bündnerisch-romanischen Toponomastik sind daher nur Aspermont und Tarasp als Belege für das sonst nicht nachweisbare asper zu betrachten. Tarasp wird daher als «rauhes Land» oder als «Ödland» und «Kolonisationsgebiet» verstanden.[21] Dabei ist aber einschränkend zu beachten, dass die Tarasper schon 1095/96 einen Hof im naheliegenden Vulpera innehatten, den sie ihrem Hauskloster in Schuls schenkten.[22] Mit der Ableitung des Burgnamens von terrae asperae kann man nicht die romanische Abkunft der Tarasper beweisen, wohl aber, dass sie auf die romanische Umgebung Rücksicht nahmen.[23]

Wenden wir uns nun der Burg selbst zu. Jeder Besucher bestaunt heute die beherrschende, ja königliche Stellung des Baues. Man kann kaum glauben, dass sie nicht schon von Anfang an so eindrucksvoll dastand. Aber bereits der Unterengadiner Ulrich Campell im 16. Jh. bemerkte, dass die Burg «nicht so alt ist, wie es scheint und geglaubt wird, sondern neu ist, aber ausgebaut und befestigt».[24]

Das erste Ziel einer Festung war nicht Schönheit, sondern Sicherheit. Schon deshalb legten die Erbauer den Zugang, der früher kürzer und steiler war, von Süden her so an, dass der Besucher von weitem leicht erkannt werden konnte, weil er seine offene Flanke, die rechte Handseite, den Burgbewohnern zeigen musste.

Vorbedingung für das Wohnen auf einer Burg war die *Wasserversorgung*. Man wird schon früh einen Behälter zum Auffangen des Regenwassers errichtet haben,

Abb. 5–6 *Burg Tarasp von Osten und Südosten*

wohl an der Stelle, wo heute die 1732 gründlich renovierte Zisterne steht.[25] Im Norden des Burgfelsens und ausserhalb der Burg selbst befand sich ein Schachtbrunnen, eine alte Anlage, die heute wieder klargelegt ist. Zu einer Burg gehören auch noch sonstige Wasseranlagen. Der *See* im Süden stammt vielleicht noch aus der Anfangszeit des Baues und dürfte künstlich erweitert worden sein. Aus der Neuzeit stammt er nicht, denn schon Ulrich Campell im 16. Jh. kannte und lobte ihn als Reservoir bester Fische.[26] Im See wurde eine Pfeilspitze aus Eisen gefunden, die man dem 13. Jh. zuweist. Vier Eisenschlüssel, die teilweise aus dem See, teilweise aus dem Schlosse stammen, können auf das 12. oder 13. Jh. datiert werden.[27] In der Zeit der Tarasper sind diese Eisenteile wohl kaum in den See geworfen worden, denn im ganzen Mittelalter war das Metall sehr gesucht, weshalb man auf den damaligen Schlachtfeldern selten Waffenstücke gefunden hat.

Die Anfänge der Burg gehen wohl auf das späte 11. Jh. zurück. Nach dem Bericht Goswins über die Gründung des Klosters in Schuls (1095/96) wohnten damals vier Brüder in der dortigen Burg (in castro de Taraspes). Damit meint der Chronist die Anlage, wie sie noch zu seiner Zeit, also im 14. Jh. bestand.[28] Da Eberhard keine Kinder hatte, anderseits Ulrich dem geistlichen Stande angehörte, musste die Burg gar nicht so grossartig sein. Vermutlich war Eberhard, der älteste der Brüder, der Erbauer der Burg. In diese Anfangszeit könnte die Umfassungsmauer der Oberburg in den unteren Teilen angesetzt werden.[29] Die *Oberburg* selbst war der wichtigste Teil der mittelalterlichen Anlage, deren Gebäude sich um einen nicht grossen Innenhof aneinanderreihten. Auf dem höchsten Punkt des Felsens erhebt sich im Nordwesten das monumentale Haupthaus mit einem wehrhaften zweigeschossigen Palas, kein Bau im Stile der früheren Steinhäuser, sondern im Sinne der italienischen Adelspalazzi, weshalb Werner Meyer an eine Datierung in das späte 12. oder frühe 13. Jh. denkt und damit den Bau den Nachfolgern der Tarasper zuschreibt. Ihnen werden weitere Bauten zugewiesen, so im 13. Jh. das Bossenquaderwerk, im 14. und 15. Jh. der übrige Ausbau der Oberburg.[30]

Im Osten der Burganlage befindet sich ein fünfstöckiger *Glockenturm*, früher wohl freistehend, der an der Ost- und Südseite des dritten Stockwerkes romanische Blendarkaden aufweist. Stilistisch gehört er zur ersten uns erhaltenen Schicht von romanischen Kirchtürmen im Rätien. Die ähnlichen Türme auf der Jörgenburg bei Waltensburg, bei der Kirche St. Eusebius in Brigels und bei S. Maria del Castello in Mesocco sind aber bedeutend mehr gegliedert.[31] Unser Tarasper Turm ist einfach und bescheiden, wie einige romanische Türme des Obervintschgaus, so z.B. in

ANNO 1732
ISTDISEN CISTERNAVFKEISE
RLICHE·KOSTEN·ERWEITERT·
VNDERTIEFERT·VNDVON GRV=
NT·AVF·MITNEIEN·YVADER·STE=
IN·VÖLLIG RENOVIERT·WORDEN

Tartsch und Naturns. Letztere übertrifft er indes durch seine hohe Lage und Grösse.[32]

Dem Kirchturm entspricht die *Kapelle*, die am östlichen Felsenabhang liegt und anfänglich ohne Anschluss an die Ringmauer allein dastand. Ihr Grundriss besteht aus einem etwas überstelzten Halbrund des Chörleins, an das sich ohne jeden Einzug unmittelbar das Schiff anschloss. Das lässt einen Zeitansatz auf das 11. oder frühe 12. Jh. zu.[33] Die heutige Decke und das Obergeschoss entstanden erst später. Das Täufer-Patrozinium meldet uns die barocke Überlieferung, wonach der Gottesdienst am Feste des Vorläufers Christi von jeher nicht in der Pfarrkirche stattfand, sondern in der Burgkapelle, zu der man in Prozession hinzog.[34] Das gleiche Patrozinium wies schon das karolingische Kloster in Müstair auf. Auch die frühmittelalterliche und auf einem Felsen stehende Kirche in Hochrialt am Hinterrhein ist in diesem Zusammenhang zu nennen.[35] Das ganze Gotteshaus in Tarasp war um so begreiflicher, als Ulrich von Tarasp bereits 1079/80 als Churer Dompropst eine bedeutende Rolle spielte, die durch seine Erhebung zum Bischof (1089–96) noch mehr ins Licht trat. Dazu war Ulrich II. von Tarasp, der Sohn Gebhards, Vogt des Klosters in Schuls und sogar des ganzen Bistums Chur (1131).

Bereits J. Rudolf Rahn machte auf die *romanischen Malereien* an der *Chorapsis* aufmerksam, die aber durch ein neues Gewölbe späterer Zeit arg beschädigt wurden. Vorhanden ist noch eine fast lebensgrosse Figur rechts vom Rundfenster, die ein gelbes Untergewand und darüber eine schwere dunkelrote Toga trägt. Die verhüllte Rechte hält ein geschlossenes Buch in Händen, das ein edelsteinbesetztes Kreuz aufweist.[36] Schon Josef Zemp hat auf die Ähnlichkeiten mit den freilich sehr beschädigten Malereien im sogenannten Norbertraum von Müstair hingewiesen, die dem ausgehenden 11. Jh. zugeschrieben werden.[37] Nach dem Buch zu schliessen, handelte es sich hier um einen Evangelisten oder Apostel. Die Figur wird kaum allein den Raum geziert haben. Man darf wohl an eine entsprechende Darstellung auf der nördlichen Seite denken.

Zu dieser rotbraunen Schicht des 11./12. Jh. gehören auch die Verzierungen des sogenannten Fensters über dem Altar, so der Perlstab und der Wellblattfries.[38]

Abb. 7 *Zisterne der Burg*

Wenden wir uns der *Unterburg* zu, die fast gleichzeitig mit der Oberburg entstanden sein dürfte. Vor allem gehört die Umfassungsmauer noch zum älteren Bestand. Nach der Lage bei der Kapelle könnte man wenigstens eine teilweise Befestigung der Unterburg bereits im 12. Jh. annehmen. Ende des 15. Jh. war die gesamte Unterburg mit einer Mauer geschützt, daher auch später mit Bauten versehen.

Nachdem 1464 Österreich in den Besitz der Burg gekommen war, veränderte sich die Anlage äusserlich wie innerlich vielfach, worüber die ersten schriftlichen Nachrichten vorliegen. Besondere Verteidigungswerke waren im 16. Jh. geplant. Damit sind wir in eine Epoche vorgerückt, die weitab von der Tarasperzeit liegt, die uns hier im Grunde genommen einzig interessiert. Die Erfassung der Burg in bautechnisch-kunstgeschichtlicher Hinsicht ist eine Aufgabe für sich, welche die Burgenbücher von Rahn (1909), Poeschel (1930) und Clavadetscher und Meyer (1984) zu leisten sich bemühten.[39]

Das heutige *Inventar* der Kapelle wie der ganzen Burg hat mit der Familie der Tarasper keine Beziehung. Doch wäre es möglich, dass manches von der früheren Ausstattung in deren Eigenkloster Marienberg gekommen ist. Tatsächlich berichtet uns der Chronist Goswin von solchen Gegenständen, die er selbst noch gesehen hatte. Da sind zuerst zwei *Fastentücher* aus Leinwand zu nennen. Sie dienten zur Verhüllung des Altares während der Fastenzeit und waren meist am Eingang zum Chore aufgehängt. Eines der beiden Tarasper Exemplare war bestickt und wahrscheinlich auch mit Leinenfarben bemalt. Es wies neben Figuren und Szenen aus dem Alten Testament auch die Bilder von Ulrich III. und seiner Gemahlin Uta auf. Eine kurze Legende mahnte die Mönche, beim Anblick der Porträte der Dargestellten im Gebete zu gedenken.[40] Auch die Grafenfamilie Heinrichs IV. von Andechs-Diessen besass ein solches Fastentuch, das nach dem 1228 erfolgten Tode des Grafen in den Besitz des Augustinerchorherrenstifts Diessen (Oberbayern) überging.[41]

Unser Marienberger Gewährsmann berichtet uns von einem *Ornat* und von Alben, die Ulrich und Uta für ihre monastische Gründung zurückliessen.[42] Ornat (ornatus) bedeutet das, was Bischof Werner (1132–51) dem Dom von Münster in Westfalen 1137 schenkte: Tunika, Stola, Dalmatika und Kasel.[43] Von dieser Ausstattung hat sich im Tarasper Kloster vor allem eine Kasel mit Stola erhalten. Die

Abb. 8 *Glockenturm der Burg*

Kasel war das eigentliche Messgewand in Form einer Glocke, das im 10./11. Jh. aufkam und im 12. Jh. allgemein wurde. Die in Marienberg erhaltene Kasel zeigt auf der Vorderseite Christus in der Goldmandorla, die von zwei Engeln getragen wird. Die Rückseite weist in der Mitte ein Agnus Dei auf, umgeben von den vier Evangelistensymbolen. Als Ornament der Stickerei ziert das Ganze ein Baum, der sich in Zweige mit Blättern und Blüten auflöst und noch deutlich romanisch wirkt. Auf der dazugehörigen Stola sind in zwei Reihen von je acht Figuren 16 Heilige dargestellt. Die entsprechenden Legenden mit einzelnen unzialen Buchstaben deuten auf die zweite Hälfte des 12. oder allenfalls auf den Anfang des 13. Jh. hin. Die Figur Ulrichs ist unter dem Bilde des Täufers, des Patrons der Tarasper Burg, angebracht, die Utas unter dem des hl. Sebastian. Von ihm wie auch von Panafreta und Climaria, die ebenfalls in Bilde auf der Stola dargestellt sind, liess Ulrich noch selbst von Köln Reliquien kommen. Als 1201 die Marienberger Klosterkirche eingeweiht wurde, hinterlegte der Churer Bischof Reinher von Torre Überbleibsel gerade dieser Kölner Heiligen (Sebastian, Panafreta, Climaria).[44]

Es gibt allerdings noch ältere Kaseln, die sich erhalten haben, so die Ulrichskasel des 10. Jh., die Albuinkasel und das Messgewand von St. Urban aus dem 10./11. Jh., die Kasel von Brauweiler aus dem 11. Jh. und die des hl. Thomas von Canterbury im Dom von Palermo aus dem Jahre 1116. Dann aber folgt das Tarasper Messgewand aus dem ausgehenden 12. Jh., dem die Glockenkasel von Pleif im Lugnez aus dem 13. Jh. anzuschliessen ist.[45]

Goswin erwähnt gleich nach dem Ornat auch *Alben*, die ebenfalls den Namen der Stifter aufgewiesen haben. Diese Alben, eine Art Untertunika aus Leinwand, brauchte man nicht nur unter der Kasel, sondern auch sonst zu liturgischen Diensten. Seit dem 10. und 11. Jh. wurden sie immer mehr mit Stickereien versehen. Um ein solches Zierstück handelt es sich in Marienberg. Dass darauf die Namen oder vielleicht auch nur deren Initialen angebracht werden konnten, belegt die aus dem 12. Jh. stammende Albe des Bischofs Hugo von Grenoble († 1132), die sich in der Valsainte befindet und an der man nicht nur Stickereien, sondern auch Buchstaben in grüner Seide entdeckt.[46]

Die Tarasper schenkten auch einen *Kelch* an Marienberg, um dadurch ihr Andenken zu verewigen.[47] Die Nachricht ist um so glaubhafter, als auch eine Verwandte der Tarasper, Mechtild († 1173), die Gemahlin Eginos I. von Matsch, der Churer Kirche einen goldenen Kelch überwies. Begreiflich, da Egino I. selbst Vogt der Bischofskirche war.[48] Für die liturgische Feier waren die Kelche wichtiger als die Kaseln. Sie waren gewöhnlich aus Silber, oft aber auch aus Gold, mithin nicht nur vergoldet. Disentis flüchtete um 940 bereits 14 silberne Kelche und einen goldenen nach Zürich, um sie gegen die Sarazenen zu sichern.[49] In unserem Falle handelt es sich nicht um einen Spendekelch, also um einen Kelch zum Austeilen der Eucharistie, sondern um einen eigentlichen kostbaren Messkelch, da ja solche für die Gemeinschaft der Mönche von Marienberg nötig waren. Nach allem dürfte er auch keine Henkel aufgewiesen haben. Sowohl der Tarasper Kelch für Marienberg wie der der Matscher für Chur sind verlorengegangen. Wenn derjenige des Benediktinerklosters nicht schon früher abhandenkam, so sicher spätestens während der Besetzung der Bayern, als das Kloster 1807–1816 aufgehoben und ausgeplündert wurde. Das zeigt an, dass er aus edlem Metall, wohl aus Silber oder Gold, bestand und daher wertvoller erschien als Textilien wie Casula und Stola, die für Soldaten kaum einen grossen Wert bedeuteten.[50]

Zum Unterschied von den bisherigen sakralen Gegenständen bekamen die Marienberger Mönche auch einen *Teppich* oder eine Decke mit rein weltlichen Darstellungen, etwa Jagdszenen oder landwirtschaftlichen Arbeiten (Aussaat, Ernte), oder auch häuslichen Beschäftigungen (Nähen, Kochen).[51] Nicht ausgeschlossen ist ein eigentlicher Bildteppich, wie solche schon im 10. Jh. in Frankreich belegt sind und im 12. Jh. allgemein verbreitet waren. Zierstücke dieser Art verschönerten den Palas (Herrensaal) oder die Kemenate (Frauengemach). Dabei ist orientalischer Einfluss zu erwägen, kehrte doch Berntrudis, die Begleiterin Utas auf der Fahrt nach Jerusalem, nach deren Tod 1163 mit vielen Kostbarkeiten zurück. Nach der Ausdrucksweise Goswins müsste es sich nicht um eine bewusste Schenkung an Marienberg handeln, sondern um ein Stück, das für die Burg angeschafft wurde, dann aber nach dem Klostereintritt oder dem Tod Ulrichs Marienberg zufiel.[52]

Schwieriger ist die Nachricht Goswins zu deuten, wonach sich im Schlafzimmer Ulrichs III. eine Darstellung seiner *Vertreibung aus Mailand* befunden haben soll.[53] Spuren einer Wandmalerei sind bislang nicht gefunden worden. Tafelmalereien sind im 12. Jh. in Rätien durchaus möglich, liess doch Dekan Genzo († 1195) in der Churer Bischofskirche ein solches Bild anbringen (tabulam supra aram). Dafür stehen auch die Bilder an der Decke in Zillis ein.[54] Ob solche schon auf der Tarasper Burg vorhanden waren, ist eher zu bezweifeln. An ein Thema aus der Familiengeschichte, also an den Exodus aus der lombardischen Metropole, wird man um so weniger denken, als diese Episode, wenn sie überhaupt stattfand, in weit frühere Zeiten zu datieren ist. Ein biblischer Gegenstand ist viel wahrscheinlicher, so die Vertreibung der Stammeltern aus dem Paradies, die schon in karolingischer Zeit beliebt war.[55]

Für das geistige Leben in der Burg waren auch Pergamenthandschriften notwendig. So gab es ein *Psalterium fundatricis*, also einen Psalter Utas, der nach deren Tod für die Abschrift der Versöhnungsurkunde zwischen Ulrich III. und seinem Neffen Gebhard III. benutzt wurde.[56] Wir haben ja schon im 9. Jh. in St. Gallen das prächtige Psalterium aureum. Im 11. und 12. Jh. gab es in Bischofskirchen und Klöstern sowie sogar in Pfarrkirchen schöne Psalterien. Die Meldung Goswins lässt durchblicken, dass Uta eine gebildete Frau war, welche die lateinischen Psalmen lesen und verstehen konnte.[57]

An der heutigen Burg erblickt man manche alte *Wappen*, aber keines der Tarasper. Es ist uns überhaupt kein solches erhalten, weder in Urkunden noch auf Siegeln. Und doch wäre es merkwürdig, wenn unsere Familie mit den vielen Beziehungen zu den Kreuzzügen und zum süddeutschen und tirolischen Adel kein Wappen gehabt hätte, obwohl solche in der ersten Hälfte des 12. Jh. fast gleichzeitig in Frankreich und England, Deutschland und Italien erscheinen.[58] Wie uns Goswin berichtet, besass Ulrich III. († 1177) zwei Schilde, von denen einer ein goldenes Kreuz im weissen Feld, der andere einen Halbkreis oder Regenbogen aufwies. Unser Gewährsmann deutet den ersten Schild als «Schild des Glaubens» (Eph. 6, 16) und den zweiten als Erinnerung und Mahnung an das Endgericht. Beide Schilde waren noch zu Goswins Zeiten im Kloster vorhanden.[59]

Der Kreuzschild ist durchaus glaubhaft. Sicher trugen ja die Heere schon beim ersten Kreuzzug das Kreuz Christi in verschiedenen Farben.[60] Auch die Johanniter, deren militärische Tätigkeit 1137 bezeugt ist, wiesen in ihrem Wappen ein silbernes Kreuz in Rot auf.[61] Das gleiche Zeichen ist 1151 bei den Grafen von Savoyen nachzuweisen.[62]

Der zweite Schild war indes der ursprüngliche. Goswin selbst bezeugt in einer Randbemerkung, dass der Regenbogen das wahre Wappen auf Helm und Schild Ulrichs III. sei (vera arma fundatoris yris in galea et in clipeo). Zwischen beiden Schilden stellt unser Chronist in einer Zeichnung unter einem Dreiviertelskreis nicht ein Haus, wie es scheinen möchte, sondern deutlich einen Helm dar, und zwar

Abb. 9 *Burgkapelle*

Abb. 10–11 *Messgewand der Tarasper*

Abb. 12 *Ulrich III. und Uta (Stola)*

einen ganz typischen Kübelhelm mit Sehschlitz und Atemlöchern, mit Helmdecke und Helmzier, wie dies freilich erst im 14. Jh. möglich war.[63] Die Tarasper trugen im 11. und 12. Jh. Kalottenhelme, wie sie in Chamoson (Wallis) und Niederrealta (Graubünden) gefunden wurden.[64] Trotzdem kann Goswin von einem alten Zeichen unserer Familie gewusst haben, erwähnt er doch auch einen Kelch der Tarasper, der auf einer ornamentalen Traube, wohl am Fusse des Kelches, das Regenbogenzeichen aufwies.[65]

Tatsächlich war der Regenbogen ein Symbol des Friedens (Gen. 9, 8–17) oder der göttlichen Herrlichkeit (Apok. 4, 3 und 10, 1 f.) wie auch des Weltgerichtes. Daher erscheint er auf einem Wandbild der Majestas aus S. Clemente de Tahull, das um 1123 entstanden ist und sich im Museum für katalonische Kunst in Barcelona befindet.[66] Im Siegel eines Flacon Métral von Villeneuve (Waadt) von 1263 erblickt man im Schild einen schräg links liegenden Regenbogen, wozu oben drei Sterne den Himmel und unten drei Kleeblätter die Erde bedeuten.[67] So ganz isoliert ist mithin das Tarasper Zeichen des Regenbogens nicht.

Wenn Kreuz und Regenbogen als eigentliche heraldische Wappenzeichen gelten sollen, müssten sie als dauerhaft, in der Familie erblich und ein Symbol des Besitzes und der Herrschaft sein.[68] Aber gerade dies ist aus Mangel an Dokumenten und Monumenten bei den Taraspern nicht zu beweisen. Es fangen aber auch die Siegel im weiteren Umkreis von Tarasp erst in den letzten Jahren Ulrichs III. († 1177) an. 1173 führt Abt Gebhard von Marienberg ein Wappensiegel, die Grafen von Tirol 1190/1200, die Vazer 1216, Propst Swiker von Müstair 1233, Albero von Wangen 1237.[69] Daher dürfte es sich bei den Taraspern auch um ein Wappen aus der zweiten Hälfte des 12. Jh., also aus der heraldischen Frühzeit, handeln.[70]

Die Wappenschilde blieben noch bis ins 16. Jh. erhalten. Wie eine freilich erst späte Tradition wissen will, fügten die Eidgenossen, die nach dem Siege an der Calven im Jahre 1499 nach Marienberg kamen, der Abtei keinen Schaden zu, weil sie erfahren hatten, dass das Bündner Geschlecht der Tarasper, deren Schild sie mit eigenen Augen sehen konnten, das Kloster gegründet hatte.[71] Seit dieser Zeit ungefähr vereinigte Marienberg auf seinem vertikal geteilten Schild Kreuz und Regenbogen und benützt ihn heute noch in dankbarer Erinnerung an seine Gründer.

Wenn die Tarasper eine Burg und ein Wappen hatten, dazu noch eine Herrschaft, so war das ein Zeichen für ihren hohen *Stand* in der mittelalterlichen Gesellschaftsstruktur. Zu der obersten Schicht der Grafen gehörten sie nicht. Aber sie schlossen sich unmittelbar an diese Stufe an. In ähnlicher Weise werden in andern

cu aureo signo sce crucis in albo scuto. Secundu clipeum in quo
secularia arma sua depinxerunt. qui fuit cu viride. idest cu smaragdo
in quo intelligi potest diem iudicii semp in mente sua habuisse. & isti sunt
sepulti sunt in suo monasterio. & usque in presentem diem videntur.

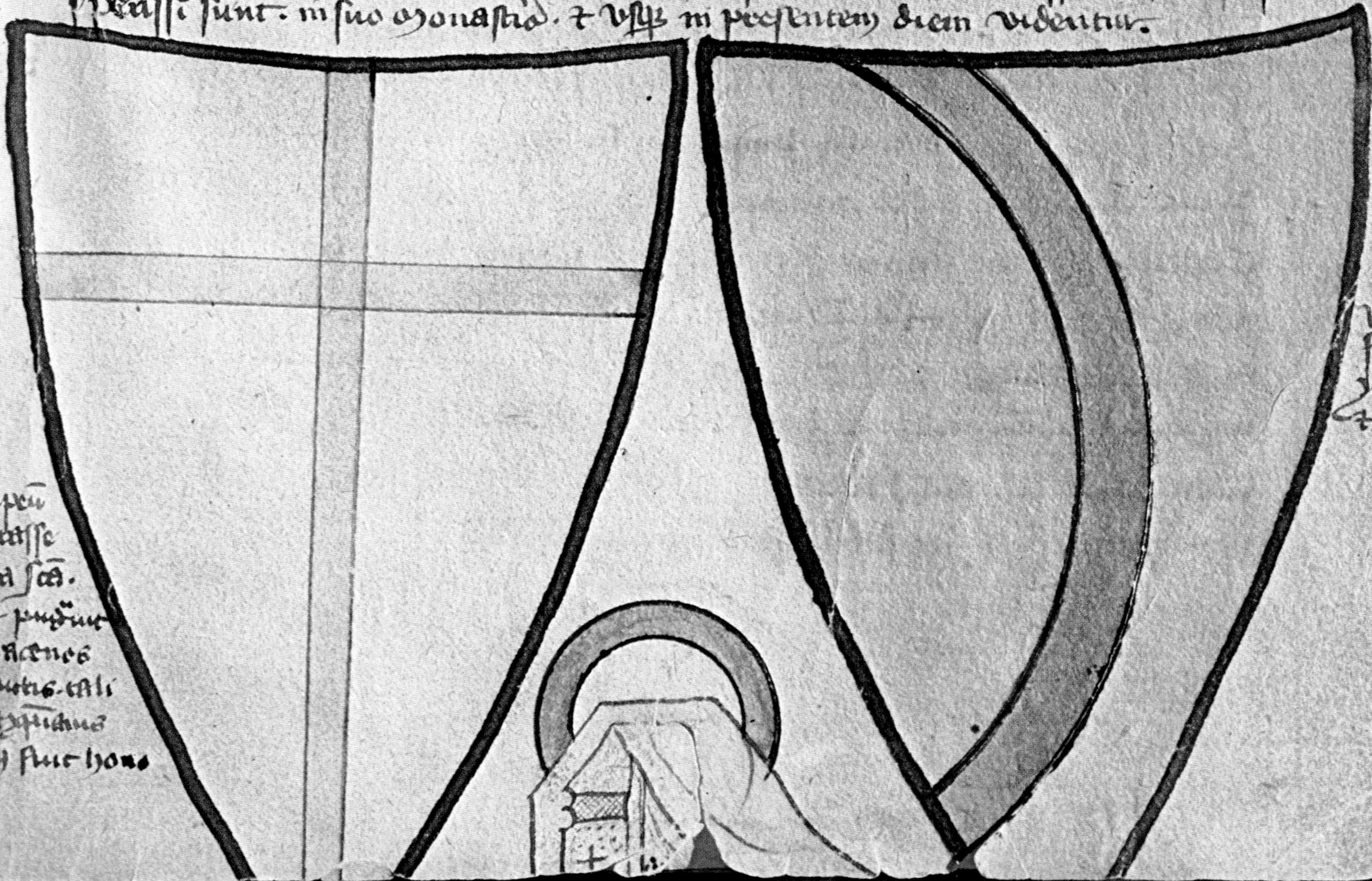

u clipeu
portasse
terra scta.
ite qr pugnaut
sarracenos
pis viris. tali
ipeo & picturis
aliterby fuit hono
tus.

va arma
fundatoris
yris. in gal
& in clipeo.

Gebieten die Barone unmittelbar nach den Grafen aufgezählt.[72] So erscheint auch Werner von Reichersberg († 1086) in der Salzburger Bischofsgeschichte, die ein Admonter Mönch im ausgehenden 12. Jh. (nach 1181) schrieb, als nobilis et liber baro Bawariae.[73] In einer im Dorf Tirol ausgestellten Urkunde von 1158 werden zuerst die Tiroler Grafen Albert II. und Berthold I., dann Ulrich III. von Tarasp sowie Hartwig I. von Matsch und die übrigen Barone genannt.[74] In einer Schenkung des Grafen Arnold III. von Greifenstein von 1165/70 erscheinen in der Zeugenreihe zuerst die Grafen Berthold von Tirol und Konrad von Vallei, darauf Ulrich III. von Tarasp und Albero von Burgeis-Wangen, die als nobiles, als Edelfreie, tituliert sind. Das ist der erste Beleg für diese geschlossene Adelsschicht in Rätien, zu der später noch andere hinzukommen werden (Matsch, Vaz, Räzüns usw.).[75]

In der Bestätigung für Marienberg, die Kaiser Friedrich I. im Jahre 1169 in Ulm ausstellte, wird der gleiche Ulrich III. als vir libere conditionis charakterisiert.[76] Der Ausdruck liberae conditionis kommt im 12. Jh. mehrfach vor und bedeutet eine Steigerung des Nobilis-Titels. So wird in diesem Sinne in der Chronik von Ebersheim aus der Mitte des 12. Jh. eine Familie so geschildert: (familia) adeo nobilis et bellicosa, ut nimirum libere condicioni comparetur.[77] In unserem Zusammenhang will dies sagen, dass Ulrich III. in voller Freiheit über seinen Eigenbesitz zugunsten des Hausklosters Marienberg verfügen konnte und kann, auch wenn die Zustimmung einer Oberhoheit nicht vorliegt.[78]

Welche Vorzugsstellung die Tarasper innehatten, verrät uns ein Tauschbrief des Churer Domkapitels aus der Zeit um 1170, in dem Gebhard III. an der Spitze der Zeugen auftritt, erst nach ihm Rudolf I. von Vaz (1169–94).[79] Aber es war bei vielen Adeligen, auch Grafen, der Brauch, sich einfach als Herren (domini) zu bezeichnen. So werden Ulrich III. wie Gebhard III. als domini urkundlich erwähnt.[80] Dementsprechend gehören die Eigenleute schlechthin zur familia dominorum.[81] Das war ganz im Sinne des französischen Seigneur gemeint.[82]

Es sind daher verschiedene Bezeichnungen für den gesellschaftlichen Rang der Tarasper möglich. Eigentlich waren sie Herren oder Edelfreie. Letztere Bezeichnung ist mit dem späteren Titel Freiherren identisch. Als ihr würdiges und weithin sichtbares Symbol konnte ihre mächtige Burg gelten.

Abb. 13 *Wappen der Tarasper*

VI. Das Wirken der Tarasper Familie

1. Bischof Ulrich I., Klostergründer Eberhard, Kloster- und Bistumsvogt Ulrich II.

Die Persönlichkeit, die den Charakter der Familie am deutlichsten geoffenbart hat und auch am frühesten geschichtlich hervortritt, war keine andere als Ulrich, in der Familiengenealogie als Ulrich I. und in der Churer Bischofsliste als Ulrich II. eingestuft.[1] Damals forderte der stürmische *Investiturstreit*, der Kampf um die Einsetzung der Bischöfe unter Gregor VII. (1073–85), eine klare Stellungnahme. Der Streit entspann sich erst recht, nachdem der Salierherrscher Heinrich IV. (1056–1106) in Canossa am 28. Januar 1077 vom Banne gelöst worden war. Schon am folgenden 15. März wählten die Fürsten Rudolf von Schwaben zum Gegenkönig. Die Dinge trieben ihrem Höhepunkt zu, als 1180 zuerst der Bann und dann die Absetzung Heinrichs IV. wiederholt wurden (2. März), aber auch eine Synode von Brixen Papst Gregor absetzte und in Klemens III. einen kaiserlichen Gegenpapst aufstellte (25. Juni).

Gerade in dieser kritischen Zeit starb Ende 1078 der bisherige Churer Oberhirte Heinrich I. (1070–78). Schon die ersten Februartage des folgenden Jahres 1079 benützte Herzog Welf IV. von Bayern zu einem Einfall in Rätien, um für sich und den Gegenkönig Rudolf von Schwaben Positionen zu erobern und wohl auch die Churer Bischofswahl in seinem Sinne zu lenken. Der Welfe konnte sich aber nicht behaupten.[2]

In Chur selbst standen sich 1079 und noch Anfang 1080 die päpstliche und die kaiserliche Partei gegenüber. Die Annalen Bertholds berichten zu 1079, dass die Sedisvakanz über ein Jahr dauerte und dass Klerus, Adel und Volk den frommen Dompropst Ulrich erwählt hätten, doch sei dann gegen aller Wunsch und Willen der kaiserliche Kandidat, der Augsburger Dompropst Norbert, ein intriganter und habsüchtiger Mann, zum Bischof erhoben worden.[3] Gewiss ist dieser Bericht in der Hitze des Kampfes geschrieben und daher eine typische Schwarzweissmalerei, die es auf Kontrastwirkung abgesehen hat. Aber zumindest darf man daraus schliessen, dass Ulrich damals ernstlich in Frage stand und dass einzig die Macht des deutschen Königs Heinrich IV. seinen Mitbewerber Norbert durchbringen konnte. Wie sehr dieser der kaiserlichen Partei zugeschworen war, sieht man daraus, dass er auch in der Brixener Synode vom 25. Juni 1080 die Absetzung des Papstes Gregor unterschrieb.[4] Daher konnte er sich erst fast fünf Jahre später, am

2. Februar 1085, weihen lassen, nachdem auf dem Mainzer Metropolitansitz kein Gregorianer mehr war, sondern Wezilo, der Anhänger Heinrichs IV.[5] Daraufhin sprachen die Teilnehmer der Synode von Quedlinburg am 20. April 1085 über Norbert und andere Bischöfe mit brennenden Kerzen in Händen das Anathem aus.[6] An der noch im April des gleichen Jahres stattfindenden Versammlung der kaisertreuen Bischöfe hat wohl Norbert nicht teilgenommen. Seine Stellung scheint überhaupt im Bistum Chur nicht ernstlich angegriffen worden zu sein.[7]

Bischof Norbert förderte das bischöfliche Eigenkloster in Müstair sehr, nahm dort Wohnung und erstellte eine Doppelkapelle. 1087 weihte er Kirche und Kloster neu ein. So waren nun im Norden des Reschenpasses die gregorianisch gesinnten und mächtigen Tarasper zu Hause, im Süden des Weges aber der kaiserlich orientierte Churer Bischof. Beide Parteien hatten im Vintschgau wesentliche Besitzungen und konnten sich gegenseitig beaufsichtigen.[8]

Als Bischof Norbert am 26. Januar 1088 das Zeitliche gesegnet hatte, durfte nun Ulrich von Tarasp seine Erhebung erwarten. Heinrich IV. war nicht mehr so stark und stellte auch keinen Kandidaten auf, soviel wir wissen. Es gab aber trotzdem eine fast einjährige Sedisvakanz, deren Gründe uns nicht bekannt sind. Vielleicht hängt dies mit der Päpstestadt zusammen. Nach dem Tode Victors III. († 16. September 1087) dauerte es ein halbes Jahr, bis Urban II. gewählt worden war (12. März 1088). Er bestellte schon einen Monat später Bischof Gebhard III. von Konstanz, einen mutigen Gregorianer, zu seinem Vertrauensmann in Deutschland und trug ihm die Besetzung von Abteien und Bistümern auf, so auch die von Augsburg und Chur (18. April 1089).[9] In der rätischen Bischofsstadt entledigte sich der Konstanzer Bischof seiner Aufgabe mit Erfolg, so dass dort an einem unbekannten Tage des Jahres 1089 Ulrich von Tarasp zum Bischof erhoben wurde.[10]

Nachrichten aus der Regierungszeit des Taraspers sind sehr wenige erhalten. Von der Gründung des Klosters in Schuls durch seinen Bruder Eberhard und auch durch ihn selbst wird noch die Rede sein. Der gebannte Kaiser Heinrich IV. versuchte aber doch, in das Churer Alpenbistum einzudringen, dessen Oberhirte ja kaum für ihn begeistert war. So übertrug der Herrscher im März 1095 von Padua aus die Reichsabtei Pfäfers seinem Anhänger Bischof Burkard von Basel. Wenigstens von diesem Kloster aus konnte er die ihm abgeneigte bischöfliche Kurie an der Plessur belästigen.[11]

Elisabeth Meyer-Marthaler fasst in ihrer Studie über das Bistum Chur zur Zeit des Investiturstreites ihren Eindruck über die Regierung des Tarasper Bischofs in die Worte zusammen: «Dieser Bischof scheint jedoch im Gegensatz zu seinen Vorgängern nie aktiv in den Kampf zwischen Kaiser und Papst eingegriffen zu haben, obschon jener in diesen Jahren bis weit in die Alpengebiete hineingetragen worden sein muss und von der Lombardei aus wohl auch Rätien mit seinen Pässen berührt hat. Anderseits weist auch nichts darauf hin, dass er in seiner sechsjährigen Regierungszeit jemals in seinem Amte angefochten worden wäre.»[12]

Bischof Ulrich starb im Jahre 1096. Im Nekrologium der Churer Bischofskirche ist er zu diesem Jahre am 30. Juli eingetragen.[13] Im Amt des Oberhirten folgte ihm der Augsburger Domherr Wido, der ebenso sein Bistum ausserhalb der grossen Kämpfe zwischen Kirche und Reich hielt. Später trat er mehr als Mittler zwischen den Parteien auf. Er starb am 17. Mai 1122 und hatte daher keinen Anteil an den Verhandlungen, die noch am 23. September des gleichen Jahres 1122 zum Wormser Konkordat führten, das den Investiturstreit beendete.[14]

Bischof Ulrich war nicht der älteste seiner Familie, diese führende Stelle hatte *Eberhard* inne, von dem es in klassischer Kürze, aber inhaltsschwer heisst: «Da er keine Erben hatte, machte er Christus zum Erben.»[15] Den damaligen verheirateten Christen war die Kinderlosigkeit zwar keine bittere Schmach wie den Juden, wohl aber ein drückender Schmerz. Jedem Familienältesten musste die eheliche Unfruchtbarkeit als ein Unglück erscheinen, da sie die Kontinuität des Geschlechtes unterbrach und den Fortbestand von Besitz und Herrschaft in Frage stellte. Nichts Naheliegenderes, als sich um Hilfe an die Heiligen zu wenden, um durch ihre Fürsprache Nachkommenschaft zu erhalten. In diesem Sinne wallfahrtete man im 10. Jh. zum Grabe der hl. Verena in Zurzach, und zwar nicht nur das Volk, sondern auch die Mitglieder der burgundischen Königs- und der alemannischen Herzogsfamilie. Das Zurzacher Mirakelbuch aus dem Anfang des 11. Jh. berichtet uns von fünf solchen Episoden. Daneben galt auch die hl. Odilia, deren Reliquien auf dem elsässischen Odilienberg verehrt wurden, als Kinderspenderin.[16] Die Eltern des späteren Bischofs Benno II. von Osnabrück (1068–88) im schwäbischen Löhningen machten in dieser gleichen Absicht eine Wallfahrt nach Rom und versprachen, ihr Kind für den geistlichen Stand zu bestimmen.[17]

Eine Wallfahrt Eberhards von Tarasp ist nicht überliefert, wohl aber, dass er das *Marienkloster in Schuls* ins Leben rief. Dazu luden monastische Anregungen des süddeutschen Raumes ein, vor allem des Klosters Hirsau, das 1065 von Mönchen aus Einsiedeln erneuert wurde und unter Abt Wilhelm (1069–91) eine

Blütezeit erlebte. Ihm übergab die Herzogin Haziga von Scheyern das Kloster Margarethenzell (1077). Die Hirsauer reformierten auch das Kloster Schaffhausen (1079), das die Nellenburger 1049/50 ins Leben gerufen hatten. Seit 1083/85 lenkten sie St. Georgen im Schwarzwald und führten 1085 ihre Gewohnheiten in Petershausen bei Konstanz ein. Zwiefalten gründete Abt Wilhelm von Hirsau 1089. Noch vor 1091 besiedelten Hirsauer Benediktiner das Kloster Blaubeuren. Endlich gehörte zu diesem Einfluss auch St. Peter im Schwarzwald (1093). Ausserhalb des Hirsauer Kreises gab es noch andere Gründungen in dieser Zeit, so Rottenbuch (1074) und Rott am Inn (1081). Dieser monastische Frühling konnte nicht ohne Eindruck auf die Tarasper bleiben.[18]

Da die gregorianische Reform die Autorität und Bedeutung der Kirche gehoben hatte, schien es gegeben, nur in engem Kontakt mit der *römischen Kurie* die Klostergründung durchzuführen. Nun nahm ja auch Bischof Ulrich an der Gründung seines Bruders Eberhard teil (una cum fratre suo Udalrico Curiensi episcopo).[19] Als Gregorianer hatte er gute Beziehungen zur Kurie. So gelang es ihm, zu einem hervorragenden Mitarbeiter Gregors VII., zum *Kardinal Gregor* aus Pavia, eine Brücke zu schlagen. Dieser hohe Kleriker gehörte noch selbst zum Gefolge des Papstes in Canossa (28. Januar 1077). Er diente der Kirche auch unter Urban II. (1088–99). Im März 1095 unterschrieb er das Konzil von Piacenza und weilte am 18. Oktober des gleichen Jahres in Clermont bei der Eröffnung des Konzils, an dem der Papst zum Kampfe gegen das Vordringen des Islams aufrief. Im folgenden Jahre 1096 begleitete Kardinal Gregor Urban II. auf seiner weiteren Reise in Frankreich (März: Marmoutier, Tours, Poitiers). Also gerade in den Jahren 1095 und 1096 konnte Bischof Ulrich den Kardinal Gregor um seine Erlaubnis zur Weihe des neuen Klosters bitten (cenobium . . . dedicari impetravit). Eine spätere Zeit ist schon infolge des Todes unseres Churer Bischofs (30. Juli 1096) nicht mehr möglich. Der Kardinal begegnet uns ebenfalls nur noch im April 1098 als Legat in Mailand.[20] Wir können daher 1095/96 als das Abschlussdatum für die Gründung des Klosters in Schuls buchen. Durch den Kardinal Gregor war die Stiftung auch als Eigenkloster der Tarasper erklärt.[21]

Eberhard war der materielle Gründer des neuen Klosters. Er übergab ihm vier Höfe und sechs Alpen. Die Höfe lagen in Tarasp selbst, dann in Funtanatscha, heute ein Teil des Dorfes Schuls, in Vulpera und in Obermais, südlich von Meran. Zwei Alpen befanden sich im Scarltal, wovon eine Astras hiess, vier im Paznaun, von denen Ida und Rafin noch Zehnten hatten, nicht aber Vallüla und Zeinis. Das war ein ansehnlicher Besitz, dessen Bewirtschaftung der kleine Konvent ohne landwirtschaftliche Dienstleute kaum bewältigen konnte. Zur Dotation des Klo-

sters gehörten auch die Hälfte der Zehnten der freien Leute und die Hälfte der Lämmerzehnten, wohl nur im Gebiete von Tarasp (in eodem monte), alles frühere Fiskalzehnten, welche die Tarasper von Beamten erhalten hatten.[22]

Als Hauptgründer ist Eberhard stets bezeichnet worden, nicht nur im Gründungsbericht, sondern auch in eigentlichen Urkunden späterer Zeit.[23] Er starb vor der Neuweihe von 1131, sonst wäre er in der diesbezüglichen Urkunde noch als lebend und handelnd angeführt worden. Im Marienberger Kalendar des 14. Jh. ist sein Anniversar zum 30. November eingetragen.[24] Merkwürdigerweise erscheint sein Name in der engeren Familie nie mehr. Es lässt sich nur ein Tarasper Dienstmann Eberhard nachweisen, den Ulrich III. 1160 der Churer Kirche übergab.[25] Da der Klostergründer keine Familie hinterliess, fiel auch sein Name leichter in Vergessenheit.

Wo war der Standort des Klosters? Wir erinnern uns, dass die Tarasper es waren, welche die Kirche St. Georg und damit auch die Pfarrei ins Leben riefen. Das Gotteshaus lag auf einem Felsensporn, dem Kirchhügel (Munt Baselgia), auf dem aber noch genügend Platz für eine zweite kleinere Kirche mit einem Klösterlein war. Schon Goswin berichtet, dass dort nahe am Eingang zur Kirche, die geostet war und daher den Eingang im Westen hatte, die Wohnung der Mönche lag. 1390 besass Marienberg die Schulser Pfarrkirche und dazu die dabeiliegende Kapelle. Noch Ulrich Campell meldet uns von einem Heiligtum neben der Pfarrkirche auf dem lieblichen Plateau (planities amoenissima).[26] Bereits nach drei Jahrzehnten wurden Kloster und Kirche ein Opfer der Flammen.[27]

Der Neubau wurde am 7. Juli 1131 feierlich vom Churer Bischof Konrad I. von Biberegg (1122–45) eingeweiht. Die Schutzherrschaft über das neue Gotteshaus übernahm wiederum die Gottesmutter. Als Nebenpatron amtete der Apostel Bartholomäus, dessen «Zahn im Apostelaltar verwahrt» wurde. Der Kult des Heiligen war in Rätien schon tief eingewurzelt, datiert doch die Bartholomäuskirche von Grabs im Rheintal ins 6. Jahrhundert. Reliquien gab es schon früh, nicht nur in Benevent (9. Jh.) und Rom (10. Jh.), sondern auch noch vor 1131 in den hirsauisch beeinflussten Klöstern (Schaffhausen, Petershausen, Zwiefalten, Blaubeuren).

Hinter dem Neubau standen die Tarasper, so Ulrich II., der als Vogt des Klosters und des Bistums amtete, ferner Egino II. und Heinrich, die Söhne Eginos I.,

Abb. 14 *St. Stephan in Burgeis*

dann deren Vetter Gebhard II., der Sohn Gebhards I. Bei der Weihe grenzte der Churer Oberhirte den klösterlichen Friedhof ab, auf dem sich auch Gläubige des Bistums Chur bestatten lassen konnten. Damit übergab Konrad von Biberegg für sich und seine Nachfolger dem Kloster das freie Begräbnisrecht (ius sepeliendi), das lange nicht alle Bischöfe des 12. Jh. zugestehen wollten, weshalb sie dann von Rom dazu gezwungen werden mussten. Da neben dem Volk auch der Klerus zustimmte, war kein Widerstand der unterengadinischen Pfarreien zu fürchten. Für das Kloster war das Privileg von Wichtigkeit, denn nun blieb es mit der Umwelt in lebendiger Verbindung, konnte Legate und Anniversarien annehmen, die seinen Unterhalt erleichterten. Damit war auch der Grund gelegt, dass die Tarasper auf dem Gottesacker ihres Hausklosters bestattet werden konnten.[28]

Die Weihe war Anlass, die Dotation des Klosters zu vermehren. Egino II. und Heinrich von Tarasp schenkten ihr Erbgut in Tarasp und einen bedeutenden Acker. Dazu kamen noch Äcker auf dem Hof Viluorna in Schuls, die Berlinda von Sils (OE) und ihr in Schuls lebender Bruder Sugundus sowie ihr Verwandter Gumpo in Zernez zur freien Verfügung stellten.[29]

Wie sehr Schuls ein Sippenkloster war, zeigt die Tatsache, dass Ulrich II. mit Rat und Hilfe seiner Brüder Friedrich I. und Gebhard II. gemäss erblichem Gründerrecht die bisherigen Leiter des Klosters (Prioren, Verwalter) durch einen *Abt* ersetzte. Dabei spielten die Beziehungen der Tarasper zu den *Ronsbergern* eine wesentliche Rolle. Letztere hatten die Vogtei über Ottobeuren inne und konnten den reformfreudigen Mönch Rupert aus dem hirsauisch inspirierten Schwarzwaldkloster St. Georgen für ihren Konvent gewinnen, der dann auch durch seine segensreiche Abtsregierung (1102–1144) eine Blütezeit heraufführte. Nun hatten die Ronsberger im Etschgebiet Besitzungen und standen daher mit den dort auch vielfach begüterten Taraspern in Kontakt. So waren sich die Vögte des schwäbischen wie des rätischen Klosters nahe.[30]

Infolge dieser Verbundenheit war es begreiflich, dass der Ottobeurer Vogt Rupert II. von Ronsberg seinen leiblichen Sohn Adalbert (Albert) als Abt für Schuls zur Verfügung stellte. Er mag schon einige Jahre sein Amt ausgeübt haben, bevor er 1142 erstmals urkundlich auftrat (Adelbertus primus eiusdem celle consecratus abbas).[31] Seine Benediktion wird er vom Churer Diözesanbischof erhalten haben. Er bekleidete sein Amt bis zu seinem Ableben am 11. Januar 1152.[32] Aus der ganzen Angelegenheit ersieht man, wie sich Reformgeist und Eigenkirchenrecht verbinden liessen. Von einer Libertas im Sinne einer Ablösung von der Gründerfamilie ist keine Rede. Das Kloster war auch noch wenig stark.

Schuls war keine Reichsabtei, es blieb Adelskloster. Die bleibende Vogtei der Tarasper bedeutete für den Konvent Bestand und Sicherheit, aber umgekehrt war das Hauskloster für die Tarasper auch ein Garant des Ansehens und der Hilfe.[33]

Wie sehr die Tarasper Familie an ihrer Stiftung hing, zeigte sich immer wieder. Als Ulrich II. und Friedrich I. erfahren hatten, dass ihr Bruder *Gebhard II.* auf der Pilgerreise nach Jerusalem gestorben sei, stifteten sie für ihn im Kloster eine Jahrzeit. Dafür gaben sie einen nochmaligen Teil der Alp Astras im Scarltal, nachdem ein bedeutender schon bei der Gründung geschenkt worden war. Diese Alp hatten die beiden Brüder und die Vorgänger des Abtes einem *Arbo* für jährlich 12 Schafe als Lehen übergeben. Offensichtlich wegen ungenügender Leistung nahm Abt Adalbert das Lehen zurück, überliess es aber 1142 auf Bitten der Tarasper Familie erneut dem Arbo, seinem Sohne und seinen Nachfolgern. Nun verlangte der Abt die Abgabe von 20 Schafen und den dritten Teil der Rübenernte. Was an Weihnachten noch nicht abgeliefert ist, wird verdoppelt. Ist auch an Ostern nicht alles in Ordnung, dann können Abt und Konvent die Alp wieder an sich ziehen. Die Käse sind von Arbo und seinen Nachkommen nach Schuls zu schaffen. Die Rüben werden die Brüder des Klosters selbst herbeibringen. Als Zeugen dieser Urkunde traten nach dem Abt auch Ulrich II. und Friedrich I. von Tarasp auf. Vogtei und Kloster waren mithin unter sich einig.[34]

2. Ulrich III. und die Verlegung des Klosters

Schon der Inhalt der Abmachung von 1142 verrät, dass das Kloster nicht mit allen Lehensleuten im besten Einvernehmen stand. In dieser Hinsicht ist die Tradition, die Goswin im 14. Jh. aufzeichnete, bemerkenswert, wonach die Mönche von den Talbewohnern «unerträgliche Rücksichtslosigkeit» (intollerabilem inportunitatem) auf sich nehmen mussten. Vermutlich fürchteten die Einheimischen, die neue Gründung könnte ihnen Boden und Unterhalt schmälern. Eine andere Ursache bestand nach Goswin in der «armutsvollen Lage» (non modicam paupertatem). Vielleicht war es das rauhe Klima der Berge, das dem Ronsberger Abt, der aus der süddeutschen Hügellandschaft herkam, nicht gut bekam. Man wird aber auch nicht vergessen dürfen, dass der Brand, welcher die Neuweihe von 1131 verursachte, die Mönche ziemlich erschüttert hatte. So reifte der Plan heran, über den Reschen in den warmen Süden zu ziehen, um so mehr, als die Mönche im bisherigen Bistum Chur verbleiben konnten.

Ohne Zustimmung des Tarasper Vogtes und ohne seine wesentliche Mithilfe hätten die Mönche nicht von Schuls ausziehen können. Nun fand sich gerade in dem jungen Ulrich III., dem Sohn Ulrichs II., ein Mann, der hier initiativ voranging. Zusammen mit Abt Adalbert zog er 1146 nach Rom zu Papst Eugen III. (1145–53), um ihm die unhaltbare Lage auseinanderzusetzen.[1] Oft sandten damals Vögte oder Äbte von Klöstern Bittsteller nach Rom, so Burkard von Nellenburg für die Abtei Schaffhausen (1087), Abt Wilhelm von Hirsau beorderte den Mönch Rupert (später Abt von Ottobeuren, 1102–45), Abt Isingrin von Ottobeuren reiste persönlich nach der Tiberstadt (1152 oder 1153), ebenso der Engelberger Abt Berchtold (1187).[2]

Das Kloster konnte nur auf Boden verlegt werden, den ihm die Vogtfamilie der Tarasper zur Verfügung stellte. Das war der Fall bei der *Kapelle St. Stephan*, die an einem steilen Abhang weit oberhalb des Dorfes Burgeis liegt, westlich des heutigen Klosters Marienberg. Der zweistöckige Sakralbau besteht aus einem rechteckigen Schiff und einem geraden, geschlossenen Chor, dessen zwei Schlitzfenster von Blendbogen umrahmt sind. Kunstgeschichtlich ist diese Kapelle mit der Kreuzkapelle vor dem Kloster Müstair und der Vigiliuskirche in Morter (Vintschgau) zu vergleichen. Im Grunde genommen ist sie, wenn man spätere Abänderungen ausklammert, als vorromanisch zu bezeichnen. Sie darf auf Ende des 10. oder die erste Hälfte des 11. Jh. datiert werden.[3]

Nur eine einzige Urkunde von 1148/49 belegt uns das Wirken des Abtes Adalbert am neuen Ort. Bero (Albero) von Tschars (Untervintschgau) gab dem Kloster in St. Stephan zu Burgeis einen Weinberg bei Mais, erhielt aber dafür ebendort einen anderen. Dabei vermittelte Ulrich III. von Tarasp sowohl als Vogt für Bero wie für die Abtei. Ersterer war zudem noch Lehensmann Heinrichs des Löwen. Bei der Beurkundung in Mals waren nicht weniger als zehn Zeugen anwesend.[4]

Nachdem die Mönche schon in Schuls seelsorglich tätig waren, freilich, ohne das der Dorfkirche vorbehaltene Taufrecht zu erreichen, widmeten sie sich auch hier der Betreuung der Umgebung. Erst in der späteren Zeit, als das Kloster schon im heutigen Marienberg stand, wollten sie auch St. Stephan zu einer Pfarrkirche mit Taufrecht erheben. In der Schutzurkunde Alexanders III. von 1178 wagten sie dies noch nicht, wohl aber in den entsprechenden Urkunden des Papstes Lucius III. von 1182 und des Papstes Honorius III. von 1220. Sie unterliessen aber diese ihre

Abb. 15 *Liturgische Weiheszene*

Forderung in der um 1300 erweiterten Urkunde von 1220. Ähnlich ging es auch in Disentis, dessen Mönche 1154 sogar Seelsorgeposten in der Lombardei usurpierten, sie aber schon 1185 nicht mehr erwähnten. All dies kam daher, dass die Klöster damals vielfach von der Seelsorge entfernt wurden, aber trotz kirchlicher Verbote nach Pfarrcirechten strebten. Während die Disentiser ihre lombardischen Seelsorgeposten schon damals für immer verloren, konnten die Marienberger das ihnen so nahe gelegene St. Stephan bis heute wenigstens als ihren Besitz bewahren.[5]

Die Schulser Mönchsfamilie blieb in St. Stephan nur drei oder vier Jahre. Goswin gibt dafür zwei Gründe an, zuerst die Hoffnung auf eine friedlichere und ungestörtere Umgebung und dann wirtschaftliche Notwendigkeiten (pro pace et multa utilitate).[6] So sonnig der Ort war, so war er doch Wind und Wetter sehr ausgesetzt. Weil der Tarasper gleich nach Verlegung des Klosters seinen ganzen Besitz in Nauders dem Konvent überliess, müssen doch wohl ökonomische Gründe entscheidend gewesen sein.[7] Die Abtei wurde zwar nur um etwa zehn Gehminuten nach Osten verlegt, war aber nun im Tal der Almeina, eines Bächleins, das von Castellaz über den Berg herabfliesst, viel verborgener und weit über der oft von Stürmen heimgesuchten Malser Heide.[8]

Die Verlegung geschah nicht ohne kirchliche Erlaubnis. Im Auftrag des Abtes, der einen entsprechenden Bittbrief mitgab, wanderte Ulrich III. selbst nochmals zum Apostolischen Stuhl. Papst Eugen III. hielt sich im Spätherbst 1149 bis zum Sommer 1150 in Rom auf, sonst weilte er in Mittelitalien, wo ihn der Tarasper auch aufsuchen konnte. Ulrich erreichte sein Ziel und erhielt die Erlaubnis zur Translozierung durch eine Urkunde zugesichert.[9] Ein gleicher Fall ereignete sich am 23. Mai 1150, als Eugen III. dem Abt des Prämonstratenserklosters Middelburg (Holland) die Einwilligung zur Ortsveränderung gab, die diesem zuvor schon der Bischof von Utrecht erteilt hatte.[10]

Rom stimmte nicht nur der Verlegung der Abtei zu, sondern gewährte auch den *päpstlichen Schutz*, was eine vorherige Kommendation an den hl. Petrus voraussetzte. Dafür sprachen schon die Zeichen der Zeit. Die Kirche hatte im Wormser Konkordat von 1122 den Investiturstreit siegreich beendet. An sie lehnten sich jetzt nicht nur die deutschen Herrscher an, sondern auch die Klöster, so Pfäfers (1116) und Disentis (1127) im Bistum Chur, Lützel und Beinwil (1147) im Bistum Basel. Genau die gleiche Protektion erreichten 1149 St. Luzi in Chur und 1150 Tegernsee und Rottenbuch im Bistum Freising, Lobbes im Hennegau und Kempten im Bistum Konstanz. Für den päpstlichen Schutz zahlte Marienberg einen Zins in der Höhe einer Goldmünze, gewöhnlich entrichtet in Form einer byzantinischen oder arabischen Münze. Diese jährliche Abgabe des Klosters Marienberg findet sich auch in den Rechnungsbüchern der Kurie von ca. 1188 und 1192/98 eingetragen.[11]

Durch den päpstlichen Schutz blieb die Stellung des Klosters dem Bischof gegenüber gleich. Er und nicht der Abt hatte die Weihegewalt. Aber an die Stelle des bisherigen Eigenkirchenherrn hatte nun der Oberhirte in der Tiberstadt die Abtei gegen Übergriffe und Rechtsverletzungen zu schützen. Mit dem neuen Verhältnis war auch die freie Abtwahl, ohne Eingriff der Gründerfamilie, gegeben.[12] Tatsächlich nahm sich Rom des Klosters nun auch wirklich an, aber die Tarasper blieben nach wie vor die Vögte von Marienberg, wie die immer wiederkehrende Bemerkung «mit Erlaubnis des Vogtes» (cum manu advocati nostri) zeigt. Dies wohl auch deshalb, weil die Tarasper wirklich Vögte im alten und guten Sinne waren und das Kloster grosszügig schützten und förderten.

Die Abtei konnte nun in gesicherter Rechtsstellung von St. Stephan in östlicher Richtung nach dem heutigen Standort verlegt werden. Wie sehr sich die Mönche für immer entscheiden wollten, geht daraus hervor, dass sie die Leiche Friedrichs II. von Tarasp, eines Bruders Ulrich III., die bei St. Stephan beigesetzt worden war, in den Friedhof am neuen Ort übertrugen. Damit war auch deutlich betont, dass das Marienkloster den Taraspern nach wie vor als Eigenkirchenbesitz verblieb.[13]

Spätestens am 11. März 1150 war das neue Kloster bezogen, denn damals traten Abt und Konvent in einer zu Marienberg ausgestellten Urkunde erstmals auf. Wir lernen hier die Zweiteilung des Konventes kennen, die *Mönche* (Heinricus, Albertus, Hugo, Reinwinus) und die *Konversen* (Laurentius, Alexander, Uictor).[14] Letztere legten weder Gelübde ab noch besorgten sie den liturgischen Dienst, sondern waren eine Art «Laienhelfer». Es handelt sich hier um Laienbrüder, wie sie Hirsau 1075/79 nach älterem Vorbild eingeführt hatte. Nachdem die Hirsauer Reform 1102 auch in Ottobeuren Einzug halten konnte, gelangte das Institut der «Laien» (laici) über Ottobeuren auch ins Kloster Schuls-Marienberg. Erst in späteren Zeiten wurden diese Laienbrüder zur Profess zugelassen und so dem Kloster integriert.[15]

Bei der Weihe des neuen Klosters in Marienberg übergab Ulrich III. sein ganzes Gut in Nauders dem Kloster, um dadurch die Einnahmen der einzelnen

Abb. 16–17 *Abtei Marienberg*

Mitglieder zu vermehren.[16] Diese Sondereinnahmen, Präbenden genannt, entstanden dadurch, dass schon in karolingischer Zeit das Vermögen zwischen Abt und Konvent geteilt wurde. Die Mönche wollten dadurch zu grosse Ausgaben ihrer Äbte verhindern. Vom Konventvermögen erhielten die Offizialen grössere Anteile als die gewöhnlichen Mönche. Das entsprach nicht der Regel des hl. Benedikt, der gerade dem einzelnen Mönch und nicht dem Kloster als solchem die Armut vorschrieb (Armut des Kindes). Dennoch sahen die Mönche des Mittelalters in den Präbenden eine rechtmässige Tradition. So ordnete auch Abt Gerold von Pfäfers (1110–1116/25) das Pfründenwesen seines Klosters, wie es schon von seinen Vorgängern gehalten wurde.[17] Daher ist es begreiflich, dass der Tarasper Vogt die Einkünfte der einzelnen Konventsmitglieder vergrösserte.

In der Urkunde von 1150 tritt uns Abt Adalbert zum letzten Mal entgegen. Er beschloss sein Leben am 11. Januar 1152. Seiner gedachten das Totenbuch von Marienberg, aber auch das seiner Mutterabtei Ottobeuren und endlich auch das der Abtei Füssen, die mit Ottobeuren verbunden war. Der Ronsberger Abt war der grosse Vertrauensmann und Mitarbeiter der Tarasper.[18]

Die Urkunde von 1150, die uns soviel über die inneren Verhältnisse des Klosters berichtete, hatte zum Hauptinhalt ein ganz anderes Thema. Darin verliehen Abt und Konvent den Brüdern *Vitalis und Chuno von Stanz* (Oberinntal, bei Landeck) mit Genehmigung des Vogtes Ulrich von Tarasp das Churer Ministerialenrecht. Ihnen hatte Eberhard von Tarasp bei der Schulser Klostergründung die Besorgung des Fischfanges übertragen. Die Familie hatte sich dann durch ihr Wachstum und ihren steigenden Reichtum vom Fischtribut freimachen können. Er wurde ihr nun erlassen, doch hatte sie den Abt und seine Boten bei deren Besuch gastfrei zu halten, der Abtei bei grosser Not oder sonstigen bedeutenden Ausgaben, so bei längeren Reisen, bei der Weihe des Klosters oder des Abtes, auch bei Güterkauf, ausgiebig zu helfen. Ferner blieben diesen Ministerialen weitere Abhängigkeiten nicht erspart. Beim Ableben eines Familienmitgliedes (Todfall) ist das kostbarste Pferd oder Vieh (Besthaupt) oder das kostbarste Kleid (Gewandfall) abzugeben. Die beiden Stanzer durften auch nicht jemanden ehelichen, der nicht zur Familie des Klosters gehörte (extra clientelam claustri) oder ausserhalb des Kreises freier Leute (extra libertatem) stand. Damit wollten jeweils die Grundherren ihr Recht am neuen Ehepartner und vor allem an dessen Kindern nicht schmälern und so keine Arbeitskräfte verlieren. Übertreter dieses Verbotes der Ungenossenehe konnte der Abt in den früheren Dienst zurückrufen oder überhaupt deren Stand bestimmen. Ähnlich wie die beiden Stanzer erhielten auch ein Hatto und seine Söhne entsprechend begrenzte Rechte.

Offenbar vollzog Marienberg hier das erste Mal eine so bedingte Entlassung in das mildere Ministerialenrecht von Chur. Deshalb umgab man die Beurkundung mit grösstmöglicher Feierlichkeit. Von seiten des Abtes wie der Churer Kirche mussten Zeugen in Fülle auftreten, von denen 37 mit Namen aufgeführt sind. Auf den Konvent folgte Ulrich III. von Tarasp mit seinen drei Rittern (milites) aus Tinzen (Oberhalbstein), Fetan (Unterengadin) und Schleis (Obervintschgau). Auch Churer Ministerialen aus Remüs, Nauders und Mals fehlten nicht. Am Schlusse entdecken wir nicht weniger als 23 Freie (liberi homines), von denen nur drei aus Burgeis, die übrigen aber alle aus dem Gebiet des Innknies bei Landeck stammen, aus Zams und Stanz, aus Flies und Prutz. Es ist, als ob dies Aufgebot von so vielen Zeugen aus oft weiter Entfernung nach Marienberg für Abt Adalbert und Ulrich III. eine Art «grosser Familienzusammenkunft» darstellen sollte.[19]

3. Bischof Adalgott und Ulrich III.

Einer der bedeutenderen Oberhirten des Churer Sprengels war ohne Zweifel Bischof Adalgott, auch wenn er nur neun Jahre, von 1151 bis 1160, regierte. Als Schüler des hl. Bernhard von Clairvaux erfüllte ihn der heisse Wunsch, der Reform der Kirche zum vollen Sieg zu verhelfen. Zunächst wandte er 1154–57 seine ganze Aufmerksamkeit den Klöstern zu, indem er das junge Prämonstratenserpriorat St. Luzi in Chur stärkte und die Frauenkonvente von Cazis, Müstair und Schänis erneuerte. Er drang auf klösterliches Leben, auf die Feier der Liturgie, auf Einhaltung der Klausur und auf die Übung der Nächstenliebe.[1]

Umgekehrt erhielt der Oberhirte selbst von Ulrich III. von Tarasp eine ungemein wichtige Zuwendung, die auf den 25. März 1160 datiert. Wir haben hier keineswegs die einzige und früheste Beziehung zwischen Chur und Tarasp zur Zeit unseres Zisterzienserbischofs vor uns, wohl aber die entscheidendste und aufschlussreichste, die eine neue Phase in der Geschichte der Tarasper Familie beleuchtet. Die Schenkung geschah auf ausdrücklichen Rat des Bischofs und unmittelbar in dessen Hände.[2]

Es handelt sich um Dienstleute im Unterengadin (Schuls, Fetan, Tarasp, Ardez, Guarda) und im Obervintschgau (Laatsch, Schleis, Mals), dann auch in Flies im Oberinntal (bei Landeck) und im Schanfigg. Schon die letzten zwei Posten fallen auf, noch mehr aber die Entlassung von Ministerialen im Oberhalbstein (Savognin und Tinzen) sowie im Bergell (Vicosoprano und Casaccia). Damit gab der Tarasper eigentlich das Wesentliche seines Fernbesitzes auf. Das bedeutete

eine Stärkung der bischöflichen Macht im Oberhalbstein und nun auch im Engadin, nachdem ihr dort schon 1137/39 der Besitz der Grafen von Gamertingen-Achalm durch Kauf zugefallen war. Am meisten überrascht es aber, dass Ulrich III. sogar seinen Teil an der Tarasper Familienburg dem Bischof überliess, so dass vermutlich die andere Hälfte seinem Bruder Friedrich II. übrigblieb. Vorläufig konnte Ulrich weiterhin entweder im bischöflichen oder Taraspischen Teil wohnen.

Wo die Beurkundung stattfand, ist nicht erwähnt. Die Art und Weise aber deutet auf eine Versammlung fast des ganzen rätischen Adels hin. Zuerst treten 11 Zeugen aus dem Laienadel auf, und zwar in folgender Reihe, die für eines jeden Macht bezeichnend ist: Walter I. von Vaz und sein gleichnamiger Sohn Walter II., Heinrich I. von Räzüns, Friedrich I. von Matsch, Kuno von Sagens, Walter von Löwenberg, Albert von Kästris, Reiner von Sax, Konrad von Kästris, Marquard von Tinzen und Bernhard von Pagig (Schanfigg). Schlägt man die entsprechenden Familiengeschichten nach, so sind unsere Zeugen meist die ältesten Belege für die erste oder dann zweite Generation ihrer Familie. Die Seite des Bischofs vertraten Dompropst Egino, später Bischof, und Domdekan Egino und dazu wohl noch einige Geistliche (et ceteri fratres eorum). Am Schluss bekräftigen genau 12 Ministerialen das Schenkungsgeschäft. Sie stammten vor allem aus dem Unterengadin und Obervintschgau (besonders Swiker und Ulrich von Reichenberg), dann von Mittelrätien (Salux, Masein, Juvalta). Endlich kommen noch je einer aus Chur und aus Bludesch (Vorarlberg) hinzu. Es waren mithin im ganzen 25 mit Namen bezeichnete Zeugen, welche die feudale Oberschicht Rätiens repräsentieren konnten.

Zahl und Ansehen der Zeugen entsprachen dem Umfang und der Wichtigkeit der Urkunde. Der dritte Ulrich begab sich hier so vieler Macht, dass dahinter eine tiefere Absicht lag. Wer seine eigene Burgwohnung aufgibt, hat doch wohl den Gedanken, sich bei günstiger Gelegenheit von seiner Herrschaft zurückzuziehen. Zwar lebte noch seine Gemahlin Uta, die damals bereits an ihre geplante Wallfahrt nach Jerusalem dachte. Es war auch 1160 schon klar, dass dem Ehepaar nur der einzige Sohn beschieden war, der dann in Marienberg eintrat.

Dazu lud auch die Zeitströmung ein, die gegen den wachsenden Reichtum und Luxus auf das arme Leben Christi hinwies. Dieses Paupertas-Ideal priesen die Wanderprediger Robert von Arbrissel († 1117) ebenso wie Bernhard von Clair-

Abb. 18 *Uta-Bild (Krypta)*

vaux († 1153).[3] Die Zisterzienser wie die Kartäuser, die Prämonstratenser wie die Augustinerchorherren wollten Pauperes Christi sein.[4] Bezeichnend ist schliesslich, dass Papst Alexander III. (1159–81) als Pauper Papa charakterisiert wurde, wie er ja auch als erster Bürgerpapst galt.[5] So ist durchaus anzunehmen, dass diese neue Geistigkeit von Cîteaux und Clairvaux auch auf den Zisterzienser-Reformbischof Adalgott in Chur einwirkte und damit auch den edel gesinnten Ulrich III. erfassen konnte.

Es fehlte hierin nicht an Vorbildern. Eberhard VI. von Nellenburg († ca. 1078) trat in das von ihm gestiftete Kloster in Schaffhausen ein.[6] Ebenso zog sich Konrad von Sellenbüren in sein im Jahre 1020 gegründetes Kloster Engelberg zurück.[7] Der Bayernherzog Heinrich IX., der Schwarze, sicherte sich eine Zelle in der welfischen Abtei Weingarten, wo er 1126 starb.[8] Mehrere Mitglieder der süddeutschen Grafen von Gamertingen-Achalm traten ins Kloster, vornehmlich in Zwiefalten, ein, so dass die Familie aus Mangel an Nachwuchs 1137/39 ihre Besitzungen im Oberengadin der Churer Bischofskirche verkaufte.[9] Die Familie der Ronsberger bevorzugte Ottobeuren, über das sie die Vogtei in Händen hatte. So tat dies auch Rupert II. in der ersten Hälfte des 12. Jh., der Vater des Abtes Adalbert von Marienberg († 1152), mit dem Ulrich III. eng zusammenarbeitete. Das Beispiel Ruperts II. mag um so mehr auf den Tarasper eingewirkt haben, als ja auch seine Gemahlin Uta dem Ronsberger Geschlecht entstammte.[10] Mithin sagte schon Erwin Poeschel mit vollem Recht von des Taraspers Schenkungen und Klostereintritt: «So tat er nichts anderes als viele Edle seiner Zeit.»[11]

Man kann sich fragen, ob beim Churer Oberhirten nicht machtpolitische Überlegungen irgendwie eine Rolle spielten.[12] Ein hochmittelalterlicher und fürstlicher Bischof war selbstverständlich für das Geistliche und Weltliche tätig. Bischof Adalgott sorgte in materieller Hinsicht für das Bistum wie für die von ihm beeinflussten Klöster (St. Luzi, Cazis).[13] So «verwendete er wegen des bevorstehenden Aussterbens der Hauptlinie der Tarasper seinen ganzen Einfluss darauf», deren Besitz durch Zuwendung an das Bistum «einer völligen Entfremdung zu entziehen».[14] Die Stellung der Reichskirche in der mittelalterlichen Welt, die Verbundenheit Bischof Adalgotts mit den Staufen, mit Konrad III. und vor allem Friedrich I., erklären dieses Eintreten zur Genüge.[15] Damit trafen sich aber auch die innerkirchlichen Motivationen, die Ideale der persönlichen Entäusserung, die der Oberhirte dem dritten Ulrich vermittelte.

Abb. 19–21 *Krypta. Architektur und Malerei*

Die Schenkung von 1160 stellt nicht die einzige Verbundenheit zwischen Bischof Adalgott und Ulrich III. dar. Beide setzten nämlich in einer uns verlorenen Urkunde auch fest, dass die zukünftigen *Vögte von Marienberg* jeweils einen Hof vom Abt als Lehen erhalten werden, sich aber dafür hüten sollen, nach Art gewisser Vögte die Abtei zu bedrücken. Nach der uns einzig überlieferten Inhaltsangabe von 1193 wäre die Verordnung zuerst für die Zeit nach dem Ableben des Taraspers gedacht gewesen, dann aber durch dessen Klostereintritt früher praktisch geworden. Da der genaue Text uns nicht bekannt ist, lässt sich darüber nichts aussagen. Die Abmachung wird uns noch später beschäftigen.[16]

Wenige Monate nach der Schenkung an das Bistum fand am 13. Juli 1160 die *Weihe der Krypta von Marienberg* statt. Die Berichte melden uns nur das Datum, die Weihe der drei Altäre durch den Bischof Adalgott und die Namen der dabei hinterlegten Reliquien.[17] Über den Verlauf der liturgischen Zeremonien und die Festteilnehmer erfahren wir nichts. Dass aber auch Ulrich III., der grosse Förderer der Abtei, dazu eingeladen war, liegt auf der Hand. Zudem war ja der Konsekrator sein hochgeschätzter Mentor. Kommt hinzu, dass unter den rekondierten Überbleibseln von Heiligen auch solche der Kölner Jungfrauen waren, die zu denen gehörten, die Ulrich III. kommen liess.[18]

Marienberg ahmte das bischöfliche Chur nach, wo man unter der Regierung des Bischofs Adalgott zwar den ganzen Neubau der Bistumskirche ins Auge fasste, aber zuerst nur die Errichtung der hinteren Krypta in Angriff nahm, und zwar als selbständigen Teil.[19] Das nähere Vorbild für die klösterliche Krypta wird wohl Ottobeuren gewesen sein, von dem ja die Äbte dieser Zeit (1142–80) herkamen und wo sich schon eine Krypta befand, die dann unter Abt Bernold (1180–94) erneuert wurde.[20]

Wenn sich Goswin nicht irrte, dann begab sich der Churer Oberhirte schon 1156 erstmals nach Marienberg, um die Krypta der Kirche einzuweihen. Da er ja das nahegelegene Nonnenstift Müstair vor 1157 reformierte, wäre ein solcher Besuch durchaus begreiflich gewesen, nur hätte es sich damals um die Grundlegung des Baues gehandelt.[21] Vier Jahre später war das Werk vollendet, so dass Bischof Adalgott am 13. Juli 1160 die Weihe vornehmen konnte. Zum Andenken an den Konsekrator liess man dessen leider heute ausgelöschtes Bild darstellen, darunter die Reimverse anbringen:

Presul Adelgotus, ad cuncta decencia promptus,
Consecrat hanc criptam, divinis usibus aptam.[22]

Hier wird der Churer Bischof als «für alles Edle begeistert» charakterisiert, ähnlich wie damals auch Bischof Adhémar von Puy († 1098) allgemein als idealgesinnter Mann bezeichnet wurde (facilis ad omne bonum). Schliesslich gehen solche Bezeichnungen auf Worte des hl. Paulus zurück (2. Tim. 2, 21: ad omne opus bonum paratum, ferner Ephes. 5, 3: sicut decet sanctos).[23] Das hohe Lob, das die Marienberger dem Konsekrator zollten, dürfte wohl auch darauf hinweisen, dass dieser spätestens damals dem Kloster die Martinskirche im Passeiertal inkorporierte.[24]

Sehen wir uns die Krypta näher an, denn ohne Zweifel war sie schon zu Lebzeiten Ulrichs III. vollständig künstlerisch ausgestaltet. Auf steiler Treppe gelangte man vom Kirchenchor zu ihr hinunter. Sie besteht aus einem mit Kreuzgewölbe versehenen Hauptraum, der mit drei Nischen abschliesst, von denen die mittlere die übrigen an Grösse übertrifft. Indessen sind die Nischen sehr flach und geradlinig hintermauert, wie dies ähnlich bei andern rätischen Kirchenbauten zu beobachten ist, bei der Benediktskapelle von Mals (9. Jh.) und der Agathakapelle von Disentis (12. Jh.). Das Überraschende der Krypta ist nicht ihre Architektur, sondern ihre Malerei, die 1887 und 1888 abgedeckt und 1927 vom Trienter Denkmalamt gereinigt wurde. Als 1980 die erst im 17. Jh. in die Krypta eingebauten Grabstätten der Äbte und Mönche abgebrochen wurden, kam erst der ganze Aufbau des Raumes zum Vorschein und ermöglichte die Freilegung weiterer Malereien.

Im Zentrum der Mittelapsis sitzt Christus in dunkelrotem Kleid als Weltenrichter, wie der Gestus seiner Hand und das offene Buch verraten. Dass hier die Majestas Domini in Erscheinung tritt, zeigen die konzentrischen Farbenzonen, zuerst in Grau und Blau, dann in Grün und Gelb. Der Christusfigur am nächsten sind zwei Cherubime, darauf folgen zwei Engel mit Schriftbändern, ferner die Apostelfürsten und Evangelistensymbole, die auf einem Boden mit «schematischem Graswuchs» stehen. Engelsfiguren bedecken auch die Flächen des Kreuzgewölbes, ebenso die nun abgedeckte Rückwand.

Der «Meister von Marienberg» offenbart in der Eigenart der Typen und in der Maltechnik den romanisch-byzantinischen Stil. Das zeigt sich auch in der flächenhaften Darstellung ohne jegliche Perspektive. Das Erregendste sind die schwerelosen Cherubime und Engel, die mit ihren überschlanken Figuren und den weit aufgerissenen Augen ihre ekstatische Geisteshaltung zum Ausdruck bringen. Die ganze Apsismalerei «gehört zu den grossartigsten und farblich interessantesten Fassungen dieses Themas» und erscheint im «Südalpengebiet als etwas Ausserordentliches». Die Formensprache verrät keinen näheren Einfluss der Ottobeurer Handschriften, sondern zeigt weit mehr nach Norden und nach Westen (Otto Demus).[25]

Chronologisch sind die Malereien um 1160 anzusetzen, dem Konsekrationsjahr der Krypta. Das Fragment eines tonsurierten Kopfes in der Apsismalerei dürfte an den Abt Mazelin (1152–58) erinnern, unter dem die Krypta gebaut wurde. Im Unterschied zu Marienberg zeigen die romanischen Malereien von Müstair aus dem letzten Drittel des 12. Jh. dynamisch bewegte Gruppen und lebhaft gestikulierende Figuren, die dann auch auf die Malereien von Hocheppan aus dem Anfang des 13. Jh. wirkten. An die Bilder der Marienberger Krypta schliessen sich indes die Malereien der Nikolauskirche in Burgeis aus dem Jahre 1199 an, die ebenfalls das «Ewigkeitsbild der Majestas Domini» darstellen.[26]

Mit der Vollendung der Krypta waren weder der Klosterbau noch die Abteikirche neu errichtet, aber doch wohl in naher Sicht. Deshalb erbaute man an den Mauern der neuen Krypta eine vorläufige Wohnung für den Konvent (Refektorium, Dormitorium). Darauf weisen noch die 1971 an der Aussenseite der Krypta entdeckten Malereien. Ein Bild zeigt zwei Personen, die sich in einer baumreichen Landschaft bewegen. Ein anderes weist eine Draperie auf, in deren Mitte ein fast lebensgrosser Mann in einem weissen Mantel, mit einer roten Kopfbedeckung und einem Stab in der Hand erscheint. In beiden Bildern vermutet man Ulrich III. auf dem Weg ins Heilige Land. Erhalten ist auch eine Malerei, die in einem Raum drei Lampions und zwei Personen darstellt, von denen eine die Hände gegen Himmel erhebt. Wahrscheinlich handelt es sich um eine liturgische Feier, etwa um die Einweihung des neuen Klosters von 1149/50.[27] Goswin spricht von diesen Bildern allgemein und hebt dazu noch eine Darstellung des Gekreuzigten und das Porträt des Abtes Mazelinus (1152–58) hervor.[28]

Die Weihe der Krypta vom 13. Juli 1160 war ein Höhepunkt im Leben Ulrichs III. von Tarasp wie auch des Bischofs Adalgott. Gut zwei Monate später, am 3.Oktober 1160, beschloss der reformfreudige Zisterzienser sein irdisches Wirken.[29] Ohne Bischof Adalgott ist wohl das Leben des dritten Ulrich nicht zu verstehen.

4. Ulrich III. und die Klöster Marienberg und Müstair

Was Ulrich III. im Todesjahr des Bischofs Adalgott getan hatte, war keine momentane Inspiration, die ebensoschnell verflog, wie sie gekommen war, sondern der Anfang einer überlegten Aufgabe eines grossen Teils seiner Herrschaft. Das führte der Tarasper in den nächsten Jahren folgerichtig weiter. Nicht nur die Diözese Chur war eine Institution der Kirche, auch die Klöster gehörten dazu, hierin zuvorderst das Taraspische Sippenkloster.

In den ersten Monaten von 1161 vergabten *Ulrich und Uta* Güter und Leute im Unterengadin wie im Mittel- und Obervintschgau, im Paznaun wie im Inntal (Nauders) an Marienberg. Schliesslich wird pauschal alles mit einbezogen, was innerhalb des Venostenwaldes bei Finstermünz das Erbe Utas war. Nicht weniger als 25 Zeugen aus dem Obervintschgau und dem Unterengadin bekräftigen die Schenkung. Unter ihnen sind Hartwig I. von Matsch samt seinem Sohn Friedrich I. sowie die Brüder Heinrich und Albero von Burgeis nennenswert.[1]

Die Tarasper förderten nicht nur ihre Eigenabtei, sondern auch das Nonnenstift *Müstair*, das schon räumlich ersterer sehr nahe stand. Dafür sprachen besondere Umstände. Wie schon früher berichtet, wollten Ulrich III. und Uta bei der 1131 geweihten Zenokapelle in Burgeis einen Frauenkonvent gründen, was indes nicht zum Ziel führte.[2] Statt dessen scheinen sie nun dem Kloster von Müstair ihre Sorge zugewandt zu haben. Darum wird ja auch Ulrich III. in einer um das Jahr 1300 verfertigten Urkunde als Gründer sowohl der Männerabtei Marienberg wie des Frauenklosters Müstair bezeichnet.[3] Jedenfalls übergab Ulrich III. in einer zu Anfang des Jahres 1163 datierten Schenkung an Müstair nicht nur einen Kleinhof in Kortsch und einen grösseren in Burgeis, sondern auch die genannte Zenokapelle. Es war für das Nonnenstift ein Novum, dass es auch Kapellen erhielt.[4]

Die Schenkung des Taraspers von 1163 an Müstair war nur ein Teil einer grossen Gesamturkunde (universalis tradicio), an der neben den Taraspern auch die Familien der Frickinger und Ronsberger Anteil hatten. Offenbar waren alle diese Wohltäter irgendwie untereinander verwandt. Man darf darin auch das ansteckende Vorbild Ulrichs III. sehen, dessen Nichten *Irmgard und Heilwig*, die Töchter Friedrichs II. von Tarasp, im Einverständnis mit ihrem Bruder Gebhard III. Höfe in Nals, Schlanders und Burgeis im Etschgebiet und solche in Schuls und Ardez im Inngebiet Müstair übergaben (Anfang der Urkunde).

In der Schenkungsurkunde folgt dann *Burkard von Frickingen* mit einem Kleinhof in Marling (bei Meran). Dies konnte er nur mit der Erlaubnis seines Vogtes Ulrich III. von Tarasp tun. Die in der Bodenseegegend beheimatete Familie besass Güter im Vintschgau, verlegte aber seit 1173 ihr Schwergewicht nach Ardez. Die Herrlichkeit der Frickinger dauerte nicht lange, denn schon Albert († 1209), der Bruder Burkards, verkaufte sein ganzes Erbe an den Bischof von Chur.[5]

An der dritten Stelle der Urkunde steht die Schenkung *Ulrichs III.* selbst, von der schon die Rede war. Am Schluss sind Uta (Ota) und Irmengard von *Ronsberg* angeführt, die zwei Höfe in Taufers den Nonnen übergaben. Sie werden als Schwestern des Abtes Adalbert von Schuls-Marienberg (1142–52) angesehen.[6]

Bezeichnend ist, dass vor allem nähere Familienangehörige als Zeugen erscheinen, so Ulrich IV., Sohn Ulrichs III., Gebhard III., der Neffe Ulrichs III., Hartwig I. von Matsch und seine Söhne Egino I. und Friedrich I. sowie Konrad. Der Familie schliesst sich Heinrich von Burgeis an. Im ganzen sind es 19 Zeugen, darunter auch Swiker I. von Aspermont (Gem. Trimmis). Die Übergabe der Urkunde geschah in Müstair selbst, wohl in der Kirche, unter dem Beisein des neu gewählten, aber erst 1167 geweihten Churer Bischofs Egino (1160–70). Am Schlusse bestätigte Hezilo von Sent, der Kanzler des Vintschgaues, die Schenkung und die Urkunde (hoc privilegium et hanc cartam).

Als wohl im gleichen Jahre 1163 Uta, die Gemahlin Ulrichs, auf ihrer Pilgerreise nach Jerusalem gestorben war, brachte deren fromme Begleiterin *Berntrudis* nicht nur den Leichnam, sondern auch die mitgeführte Habe von einem fernen Land durch fremde Hoheitsgebiete zurück, um gemäss der Familientradition die Grablege in Marienberg vorzunehmen. Ähnlich hatte auch Irmgard aus der Ronsberger Familie, die Schwester des Abtes Adalbert von Marienberg, den Leichnam ihres in Kärnten gestorbenen Gemahls unter grosser persönlicher Gefahr nach Ottobeuren gebracht.[7] Ulrich III. stiftete auf den Wunsch der zurückgekehrten Berntrudis für sie und ihre Nachfolger oder Nachfolgerinnen eine Eremitage bei der Klosterkirche, wobei wohl das Beispiel der 1047 kanonisierten Wiborada von St.Gallen († 926), von der Marienberg 1160 Reliquien besass, wegleitend gewesen ist.[8] Für die Erhaltung der Rekluse schenkte Ulrich dem Kloster Marienberg ein Grundstück in Kortsch (bei Schlanders) und ein zweites auf der Alp im Fimbertal (Paznaun). Wie wichtig für den Tarasper diese Stiftung war, zeigen die 15 Zeugen, an deren Spitze die Grafen Albert II. und Berthold I. von Tirol standen, denen bedeutende Männer vor allem aus dem Etschgebiet (Dorf

Tirol, Montalban bei Castelbell, Schluderns, Mals, Schleis), aber auch solche des Unterengadins folgten. Die Urkunde bedrohte am Schlusse jeden Abt von Marienberg, der an der Verfügung etwas ändert, mit dem Anathem.[9]

Von Ulrich und Uta sowie deren Sohn Ulrich IV. stammen noch weitere Zuwendungen an *Marienberg*, die auf 1164 datiert werden.[10] Es handelt sich um Höfe in Algund, Plars und Töll, Schlanders und auf dem Schlanderer Sonnenberg (Matatsch) sowie in Kortsch. In Töll und Schlanders gehört je eine Mühle dazu, in Schlanders die Kapelle des hl. Ingenuin.[11] Sie wird im 14. Jh. mehrfach als Eigentum von Marienberg bezeichnet.[12]

Die Schenkung übergibt die Tarasper Familie in die Hände der Grafen Albert II. und Berthold I. von Tirol. Fast 40 Zeugen nennt die Urkunde, vor allem auch Verwandte, so Hartwig I. von Matsch und seine beiden Söhne Friedrich I. und Konrad, dann die Gebrüder Heinrich und Albero von Burgeis. Daran reihen sich Leute vom Unterengadin, aber auch vom Etschgebiet, von Laatsch bis Marling. Am Schlusse werden Gruppen zusammengefasst, so die Eigenleute von Marienberg, des Grafen Berthold I. von Tirol und von Ulrich III. von Tarasp (de servientibus s. Marie, comitis Bertoldi, domini Vdalrici).[13]

Dem Beispiel Ulrichs III. folgten auch sein Neffe *Gebhard III.* und dessen *Schwestern Irmgard, Adelheid* und *Heilwig* und setzten sich für Marienberg ein, wie wir aus einer Urkunde von 1161/64 erfahren.[14] Es handelt sich um drei Kleinhöfe in Nals, St. Martin im Passeiertal und in Schlanders.[15] Ferner kamen Höfe in Burgeis und Pramaiur (ob Marienberg), in Schuls (Funtanatscha und Dualatsch) sowie in Ardez hinzu.[16] Eigenleute sind genannt im Unterengadin (Schuls, Fetan, Lavin, Zernez), aber auch in Celerina und in Casaccia. Das Erbviertel in der Urkunde bezieht sich auf den Söleshof in Fetan und einen Hof in Zernez.[17] Am Schluss zählen wir 32 Zeugen, vor allem Hartwig I. von Matsch und seinen Sohn Friedrich und dann Heinrich und Albero von Burgeis. Ihnen folgen solche aus dem Vintschgau und dem Unterengadin. Auch hier ordnet unser Dokument wie schon vorher 1164 die Zeugen: Eigenleute von Marienberg (de servientibus s. Marie) und der Tarasper (de familia dominorum). Unter den letzteren entdecken wir als Schluss der Urkunde drei Priester: Ernest (Hernest), Victor, Swiker. Vielleicht ist Victor mit dem Priester Victor aus Burgeis, nachgewiesen in der Tarasper Urkunde von 1161, personengleich. Es ist nicht ausgeschlossen, dass die Tarasper auf ihren Pfarreien, nämlich in Schuls und Ardez, geistliche Eigenleute hatten.[18]

Die gleiche Urkunde enthält noch vier andere Schenkungen an Marienberg, war also wie diejenige von 1163 an Müstair eine universalis tradicio. Zuerst wird *Swiker von Mals* genannt, der zehn Scheffel von einem Land unterhalb des Melanzhofes in Schlanders abtrat.[19] Das Erbviertel bezieht sich auf einen Besitz in Burgeis (Montisello). Sieben Zeugen bekräftigen die Urkunde, von denen der letzte ein Heinrich von Fetan war. Für die Abtei und für sich nahm ein Vdalricus die Schenkung an, nicht der Abt, sondern wohl der Kämmerer oder Ökonom, vielleicht personengleich mit dem 1173 an der Spitze des Konventes stehenden Odalricus.[20] Drei weitere Urkunden stammen von Leuten aus Flies bei Landeck und beweisen, dass die Bewohner des oberen Inntales über den Reschen gern ins Gebiet der Etsch gelangten. Da ist *Heinrich von Flies* zu nennen, der zuerst verheiratet war, dann als Konverse ins Kloster trat, dem er mit Zustimmung seiner Kinder sein Eigengut in Schlinig vermachte. *Gebhard von Flies* gab mit Erlaubnis seines Lehensherrns Ulrich III. und dem Rat seiner Brüder Güter in Schleis. Endlich vermachte *Sigiband von Flies* mit Gutheissung seines Lehensherrn Gebhards III. von Tarasp Erträgnisse in Burgeis, dann seinen ganzen Besitz in Schleis und einen Hof Munclü auf dem Fetaner Berg (Gem. Schuls). Alles geht erst nach dem Tod Sigibands und seines Bruders in den Besitz der Abtei über. Acht Zeugen aus Schleis bestätigen die Verfügung. Die ganze fünfteilige Urkunde unterschrieb Kanzler Hezilo von Sent.[21]

Zusammenfassend ergibt sich, dass die Tarasper sowohl Müstair wie Marienberg unterstützten. Dem ersteren neigten sie sich zu, nachdem sie ihm bei der Umwandlung der Männerabtei in ein Frauenstift (ca. 1130–57) behilflich gewesen waren. Ihre ganze Liebe aber schenkten sie begreiflicherweise dem von ihnen selbst gegründeten Marienkloster in Schuls. Ihm standen sie auch bei der Verlegung nach Marienberg kraftvoll zur Seite. Dass diese Abtei nun weiter von der Familienburg entfernt war, minderte ihr Wohlwollen gewiss nicht, sondern vertiefte es eher. Die Sympathie für Marienberg wussten die Tarasper zudem nicht nur auf ihre hohen Verwandten, sondern auch auf ihre Dienstleute zu übertragen.

5. Der Tarasper Familienstreit: Gebhard III. gegen Ulrich III.

Gebhard III., Sohn Friedrichs II., also einen Neffen Ulrichs III., verdross es, dass sein Onkel zuerst 1160 dem Bistum Chur und dann 1161 wie auch 1164 der Abtei Marienberg soviel übergab, obwohl das gesetzliche Erbviertel eingehalten worden war. Die Schenkung an Müstair führte er als Grund seiner Unzufriedenheit nicht an, wohl weil sie nicht so gross war.[1] Was aber eigentlich die Unzufriedenheit des Neffen zu einem Zornesausbruch steigerte, war die Tatsache, dass Ulrich III. nicht ihn als den nächsten Verwandten, sondern einen entfernteren, Egino I. von Matsch (1163–89), und dessen Nachfolger, zum Marienberger Vogt bestimmte.[2] Ulrich III. hatte schon mit Bischof Adalgott abgemacht, dass dem jeweiligen Vogt ein Hof zu geben sei, dass er sich aber dafür nicht in die inneren Angelegenheiten, z.B. in die Abtwahl, einmischen und auch keine Abgaben oder Gastereien verlangen dürfe, ausgenommen einmal im Jahre in grosser Not.[3] Diese Bedingungen, so glaubte Ulrich III., hätte Gebhard III. wohl kaum eingehalten.

Der Neffe war nun nicht mehr zurückzuhalten und suchte die Schenkungen seines Onkels in seine Hand zu bringen. Den Churer Teil der Tarasper Burg liess er durch seine Mannen stürmen, die bischöfliche Burghut gefangennehmen und ihres Lebens berauben sowie die ganze Anlage besetzen. Wie konnte Gebhard die Burg so schnell überwältigen? 1160 übergab Ulrich III. dem Bistum nur seinen eigenen Burganteil, den andern besass wohl sein Bruder Friedrich II., der ihn dann seinem Sohne Gebhard III. überliess. Wenn er schon die halbe Burg in Händen hatte, konnte er die bischöfliche Besatzung eher überraschen. Daraufhin taten sich Bischof Egino von Chur (1066–70), wohl erwählt, aber noch nicht geweiht, ferner Ulrich III. von Tarasp und sein Vogt Egino I. von Matsch zusammen, liessen die Burg durch die Churer Ministerialen belagern, deren verwegene Besatzung zur Übergabe zwingen und dazu bringen, dass sie den Frieden beschwor (sog. Urfehde).

Der unheilvolle Riss in der Tarasper Familie war an sich schon ein Unglück für Churrätien, besonders aber gefährlich für die Besitzungen, die Ulrich III. dem Bistum geschenkt hatte. Um bald einen Frieden zu vermitteln, lud der Oberhirte beide Parteien zu einer Versöhnung in sein Eigenkloster Müstair ein. In erster Linie machte Gebhard sein Unrecht an der Churer Kirche gut, indem er für den Fall kinderlosen Ablebens seinen Teil an der Burg und alles, was ihm infolge Erbschaft innerhalb der Klus gehörte, der Bischofskirche vermachte. Man kann sagen, dass Gebhard diese Besitzungen dem Bischof überlassen hatte, denn schon damals konnte er kaum mehr auf Familiennachwuchs hoffen. Von einem Tarasper Grundstück oberhalb Pontalt schenkte Gebhard seinen Teil ebenfalls dem Bischof, um so mehr, als schon vorher Ulrich III. das ihm dort zugefallene Stück dem Bistum übermacht hatte. Um die Versöhnung zu fördern, bekam Gebhard den Burganteil und das Erbe innerhalb der Klus als Lehen, was Ulrich III. dem Bischof geschenkt hatte.

Es galt nun auch, mit Ulrich III. von Tarasp und Egino I. von Matsch Frieden zu schliessen. Der Matscher verzichtete auf die Vogtei und auf das Grundstück in Glurns, das mit der Übernahme der Vogtei zusammenhing. Beides erhielt Gebhard unter den gleichen Bedingungen. Damit noch nicht genug, Gebhard wurde noch ein Hof in Schuls gegeben, den einst dessen Vater Friedrich II. an Marienberg geschenkt hatte. Offenbar hatte man die Abtei dafür entschädigt.

Um ja alle seine kirchlichen Vergabungen rechtskräftig zu machen, überliess Ulrich seinem Neffen den noch zu seinen Lebzeiten für sich vorbehaltenen Viertel der Schenkungen an Chur und Marienberg. Ferner übereignete der Onkel ihm noch alle den Rittern zu Lehen gemachten Grundstücke (Kriegslehen), ausgenommen jene, die an Egino I. von Matsch, an Hiltebold von Hiltenfingen (Bayern) und an Siband von Selvino (Bergamo) gegeben waren. Dazu kamen die Eigenleute unterhalb der Grenzscheide von Töll. Ferner durfte der Neffe noch drei Lehen der Churer Kirche beanspruchen (Graun, Scarltal, Samaden), dazu noch ein Lehen, das die Kirche von Como innehatte.

Gebhard versprach eidlich, alles zu unterlassen, was die beschenkten Kirchen oder seinen Onkel beunruhigen könnte. Er wollte auch nicht in Frage stellen, was Ulrich III. oder er selbst aus Liebe zu seinen Schwestern den Nonnen von Müstair geschenkt hatte.[4] Sollte Gebhard etwas gegen die Abmachung oder das Vogtprivileg unternehmen, so verliert er die Vogtei samt dem zugehörigen Hof. Letzteren soll in diesem Falle Egino I. von Matsch oder dessen nächster Leibeserbe erhalten. Auch Gebhards Gut in Fetan sollen die Mönche von Marienberg frei in Besitz haben, und zwar unter dem Schutz des Bischofs, seiner Ministerialen und seines Bistumsvogtes. Endlich wird Gebhard noch verpflichtet, dem Churer Oberhirten, seinem Onkel Ulrich III. und dem Vogt Egino I. von Matsch oder dessen Erben 200 Mark zu entrichten, falls er sich nicht an die Bestimmungen hält.

Die Urkunde gibt sich als eine Versöhnung (reconciliacio) aus, wie der Text dreimal betont, aber sie ist eher ein Freundschaftsvertrag (amicicia), wie der Wortlaut ebenfalls dreimal bezeugt. Die ganze Wahrheit sagt gegen Schluss des Dokumentes ein einziger kurzer Satz: «All dies gab er (Ulrich III.) ihm ganz und gar um der Liebe willen.» (Hec omnia causa dilectionis illi donaverat et dimisit.) Es ging nicht nur um die Verleihung der Vogtei, sondern um eine überreiche Schenkung. Aus dem Umfang der Urkunde erklärt sich die Neunzahl der Bürgen (fideiiussores), die alle aus dem Vintschgau stammen, einzig Hezilo von Sent nicht. Daran schliessen sich nicht weniger als 36 Zeugen, die allermeisten wiederum aus dem Vintschgau, immerhin auch solche aus der Ferne, so von Schwangau (Bayern), von Sils (Oberengadin) und von Flies (Nordtirol), dazu noch einer von Morit (Südtirol).[5] Der Ernst der ganzen Urkunde hätte nicht deutlicher zum Ausdruck gebracht werden können.

Die Versöhnungsurkunde von 1164/67 wirft Fragen auf. Hatte Ulrich III. das *Recht*, seinem Neffen Gebhard III., der ihm in der Verwandtschaft am nächsten stand, die Vogtei vorzuenthalten? Allgemein galt der nächste oder älteste Verwandte als der Erbe der Familienämter (proximus bzw. senior heres).[6] So sollte bei den Lenzburgern der älteste der Sippe den Vorzug haben, wie Graf Ulrich 1036 bestimmte.[7] Auch Friedrich I. setzte 1152 fest, dass nach dem Tod des jetzigen Klostervogtes von Beinwil dessen nächster Erbe das Amt übernehme.[8] Wieder war es Barbarossa, der 1166 die Vogtei über das Kloster Au bei Bozen den Grafen von Eppan bestätigte, und zwar in der Weise, dass stets der älteste Erbe nachzufolgen habe.[9] Das wiederholte der Herrscher nochmals 1189.[10] Manchmal war nur die Rede von den unmittelbaren Erben, so, als Ulrich von Neuenburg 1180 über seine Lehen verfügte.[11] Graf Rudolf von Thierstein behielt 1207 die Vogtei über Kirchen dem Ältesten seiner Sippe vor.[12]

Der Grundsatz wurde aber deshalb nicht stur eingehalten, weil die Vögte wegen tatsächlichen oder doch möglichen Missbrauchs ihres Amtes als absetzbar erklärt wurden. So sah schon Ulrich von Lenzburg 1036 vor, dass die Vögte von Beromünster bei anmassendem Verhalten ihr Amt dem Kaiser übergeben müssen.[13] Die Klöster liessen sich in dieser Zeit in ihren Schutzbriefen oft die Absetzbarkeit der Vögte bestätigen, auch die rätischen Abteien Disentis und Pfäfers.[14] Die Reformklöster stellten sogar die Institution der Vögte grundsätzlich in Frage. So wollte Hirsau schon 1075 die Bestimmung über den Vogt dem Abt überlassen.[15] Dass auch der Abt von Benediktbeuren den Vogt einsetzen kann, verordnete der Staufe Friedrich I. im Jahr 1155.[16]

Schliesslich ging es auch in der hohen Politik des Reiches ähnlich zu. Konrad I. von Franken (911–918) übergab die Königskrone nicht seinem Bruder, sondern dem starken Sachsenherzog Heinrich. Auch empfahl König Konrad III. 1152 den Fürsten nicht sein Söhnchen, sondern seinen reifen Neffen Friedrich Rotbart zum Nachfolger.

So können wir kaum Ulrich III. das Recht absprechen, sich die nähere Auswahl des Vogtes innerhalb seiner ganzen Verwandtschaft vorbehalten zu haben. Wir kennen freilich die besonderen Gründe nicht, warum er seinen Neffen überging. Aber die Art und Weise, wie Gebhard III. seine vermeintlichen Rechte durchzusetzen suchte, ist keineswegs dazu angetan, ihn als einen geeigneten Schützer eines Klosters zu empfehlen.

Die Versöhnung war durchaus ernst gemeint. Onkel und Neffe fanden sich noch im Verlaufe des Jahres 1167 zu einem Tausch zusammen. Der Marienberger Abt Gebhard gab unserem Gebhard III. von Tarasp einen Hof in Fetan samt der Familie eines Lehensmannes sowie auch Lehensmänner in Schuls und Wiler (Lage unbekannt). Dafür erhielt das Kloster die Güter Gebhards auf der Alp Schlinig und der Alp Montfort (bei Schlinig). Die Abtei tauschte mithin die fernen Besitzungen mit solchen in der Nähe ein. Hier erscheint Ulrich III. noch als Klostervogt, zumal der Hof von Fetan von ihm an Marienberg gekommen war.[17] Die Wichtigkeit des Tausches unterstreichen 23 Zeugen, unter denen Egino I. von Matsch und sein Bruder Konrad, dann auch Heinrich und Albero von Burgeis hervorragen. Für Gebhard traten seine Ministerialen Nannes und Dietmar in Remüs ein. Vom Unterengadin stammte noch Adelbert von Sent. Alle übrigen waren im Tirol beheimatet, fünf davon Freie in Burgeis. Waren alle Zeugen damals auch wirklich in Marienberg, wo die Urkunde unterzeichnet wurde, dann machte sich dies wie ein Versöhnungsfest aus, waren doch nicht nur Ulrich III., sondern auch Egino I. von Matsch und Gebhard III. anwesend.

Gemäss der Vereinbarung sollte Gebhard III. die Rechte eines Vogtes bekommen.[18] In dieser Eigenschaft trat er Anfang 1170 auf, da Abt Gebhard von Marienberg nur mit seiner Erlaubnis Gaben eines Priesters von Schlanders annahm.[19] Er begegnet uns auch als Zeuge in einem Tauschvertrag des Churer Domkapitels mit einem Kloster (Müstair oder Marienberg), der vor Juni/August 1170 angesetzt werden muss. Dabei konnte Egino I. von Matsch, sein ehemaliger Konkurrent in der Vogtei von Marienberg, jetzt als Vogt des Domkapitels auftreten.[20]

Wir kennen das tragische Ende unseres dritten Gebhard. Das Malser Jahrzeitbuch notierte sich um 1200 zum 7. April: «Obiit Gebehardus occisus de Traspes.» Es lässt sich kaum ein anderer Tarasper finden, auf den diese Nachricht bezogen werden könnte. War es ein Jagdunglück? Jedenfalls passt das gewaltsame Ende irgendwie zu seinem draufgängerischen Temperament.[21]

Es wäre aber ungerecht, Gebhard und Ulrich zu einer effektvollen Schwarzweissmalerei zusammenzustellen. Vergessen wir nicht, dass er ganz im Sinne seiner Familie seinen Schwestern Schenkungen an Müstair erlaubte und Marienberg selbst mit Wohltaten bedachte. Dort verordnete er auch seine Jahrzeit, und dort wollte er auch begraben sein. Ausser der Versöhnungsurkunde berichtet uns Goswin nichts Nachteiliges über ihn. Sein Name findet sich neben dem Ulrichs III. auch in den Besitzbestätigungen, die die Päpste Alexander III. im Jahre 1178 und Lucius III. im Jahre 1182 für Marienberg erliessen.[22]

VII. Das Ende der Tarasper und ihr Nachleben in Marienberg

1. Das Erlöschen der Familie

Ulrich III. hatte wohl schon 1160, anlässlich seiner Schenkung an das Bistum Chur, den Gedanken gefasst, sich von der Welt zurückzuziehen. Die Versöhnungsurkunde von 1164/67 charakterisierte ja die vielfache Veräusserung seines Eigentums mit dem Hinweis, dass er «nach der Vorschrift des Herrn auf all seinen Besitz verzichten und die Muttergottes und die hl. Kirche, seine Mutter, zur Erbin machen wollte». Man würde nun meinen, dass gerade die Erfahrung mit seinem Neffen ihn bewogen haben wird, nun selbst die Stille einer Klosterzelle aufzusuchen.

Dem war nun nicht so, wie die *Urkunde Friedrichs I.* vom 9. Oktober 1169 beweist. Darin liess der Tarasper die Marienberger Abtei durch den Kaiser bestätigen. Dass er sich an den Herrscher wandte, wollte er sicher nicht als Anerkennung von dessen Papstschisma (1160–77) interpretiert haben. Bei der Beurkundung in Ulm war Ulrich persönlich zugegen, sonst wäre er nicht so ehrenvoll als «freier Mann» (vir libere conditionis) charakterisiert worden, der um des eigenen und seiner Vorfahren Seelenheiles willen seinen Eigenbesitz (allodium) dem Kloster übermachte. Die Urkunde bringt die Verleihung des päpstlichen Schutzes von 1149/50 in Erinnerung, für den jedes Jahr ein Byzantiner auf den Altar des hl. Petrus zu legen sei. Nur so könne das Kloster seine freie Stellung unter dem päpstlichen Schutz bleibend behalten.

Man kann sich fragen, ob die Abgabe an den rechtmässigen Papst Alexander III. oder den Gegenpapst Friedrichs, damals Kalixt III. (1168–79), zu entrichten war, worüber sich die Urkunde wohlweislich ausschweigt.[1] Barbarossa wollte mit der Anerkennung Marienbergs sein Interesse an den Gebieten und Schöpfungen der Tarasper bezeugen, sich gleichsam den Weg über den Reschen sichern. Bezeichnend dafür ist, dass der Kaiser bald nachher, am 15. Mai 1170, die Vogtei über das Bistum Chur seinem jungen Sohn Friedrich von Schwaben als Lehen übergab und dafür Bischof Egino von Chur (1160–70), einen treuen Freund der Staufen, von den Hof- und Reichsdiensten befreite.[2] Es ging um das rätische Passland, um den Weg nach Italien.

Ulrich III. kommt noch in mehreren Urkunden vor, deren Datierung aber nicht genau angegeben werden kann. So erscheint er als Zeuge bei einer Schenkung eines Rebgeländes in Bozen von 1156/72, die dem Benediktinerkloster Weihenstephan (Bayern) zugedacht war.[3] In gleicher Eigenschaft tritt unser «Ulrich nobilis» 1165/70 auf, als sein Halbbruder Graf *Arnold III. von Greifenstein* und dessen Gemahlin Mathilde Eigenleute als Ministerialen der Kirche von Brixen übergaben. Unter den vielen Zeugen sei Albero nobilis, also Albero von Burgeis-Wangen, nicht unerwähnt.[4] Wann Ulrich III. die Kirche St.Leonhard im Passeiertal durch Überlassung von Zinsen und Einkünften so stärkte, dass sie sich von der Pfarrei Schenna (bei Meran) trennen konnte, können wir nicht feststellen.[5]

In der gleichen misslichen Lage befinden wir uns in der Angelegenheit des *Sigeband von Flies*, der zusammen mit seinem Vater und seinen Brüdern mit Erlaubnis seines Lehensherrn Ulrichs III. an Marienberg den Hof Latasch bei Schlinig und ein Grundstück in Schleis schenkte, dafür aber sein Grab bei seinem Lehensherrn beanspruchte, gewiss ein Zeichen tiefer Verbundenheit.[6] Er trat später als Konverse ins Kloster Marienberg ein.[7]

Auf sicherem chronologischem Boden befinden wir uns mit der Urkunde aus dem beginnenden Jahr 1173, worin Ulrich III. dem Kloster Marienberg seinen *Eigenmann Albert* samt der Alp Mutana im Unterengadin überliess. Doch bat der Tarasper, dass Albert und seine Erben die Alp zu einem bescheidenen Zins in Wachs behalten dürfe. Mangelt es aber an Nachkommenschaft, so fällt der Vertrag dahin, so dass die Abtei nach ihrem freien Ermessen darüber verfügen kann. Bei der Abmachung war Marienberg vertreten durch Abt Gebhard und den Klostervogt Egino I. von Matsch, der nach dem Hinscheiden des kinderlosen Gebhard III. das Amt erhalten hatte. Die Urkunde ist die letzte, die Ulrich öffentlich in seinem Namen erliess. Als Zeugen amteten nach dem Klostervogt Heinrich von Burgeis, Walther von Mals und Berthold von Glurns, ferner vier Marienberger Dienstleute und dazu noch sechs Klostermitglieder, nämlich Odalricus, Waltherus, Egino, Bertholdus, Johannes und Conradus. Dass die Namen des Konventes sich nicht mit denen von 1150 decken, überrascht nicht, denn damals trat man vielfach nicht im jugendlichen Alter ein, auch war die Lebensdauer bedeutend bescheidener als heute. An der Spitze der Klostermitglieder steht Odalricus, vermutlich personengleich mit Ulrich IV., dem Sohn des dritten Ulrich, der wohl damals schon eine Vorzugsstellung als Prior innehatte.[8]

Am wichtigsten für uns ist eine Urkunde von 1173/77, nicht des Inhalts wegen, da es sich nur um einen Tausch zwischen dem Abt Gebhard und seinem getreuen Diener Sigisbert handelt, wohl aber deshalb, weil neben sechs Laien auch der *ganze Konvent* mit Namen als Zeuge auftritt (omnes huius loci fratres). An dessen Spitze steht Dominus Odalricus de Traspis, also Ulrich III., dem unmittelbar sein Sohn folgt: Dominus Odalricus prior. Offensichtlich war der Vater ehrenhalber an die Spitze gestellt, während der Sohn die eigentliche Leitung des Klosters innehatte.[9] Man darf sich den Klostereintritt des Vaters nicht so kirchlich und monastisch vorstellen, wie es die spätere Disziplin vorschrieb. Zur Zeit des Taraspers bezeugte Eugen III. 1145/46 ausdrücklich, dass sowohl die Frömmigkeit wie die Profess jemanden zum Mönch machen kann (monachum aut prona devotio aut propria professio facit).[10] Jetzt verwirklichte Ulrich III. seinen schon 1160 gefassten Entschluss, sich von der Welt zurückzuziehen, wie dies so viele seiner Verwandtschaft und Bekanntschaft vor ihm ins Werk gesetzt hatten.[11] Der Konvent, in den er aufgenommen wurde, umfasste eine kleine Mönchsfamilie, neben Prior Ulrich IV. zwei Priester (Waltherus und Egino), zwei Diakone (Odalricus und Johannes) sowie zwei Konversen (Odalricus und Geroldus). Man kann sich leicht vorstellen, wie in deren Mitte der betagte grosse Wohltäter seine letzten Lebensjahre in Besinnlichkeit zubringen konnte.

Nach den Berichten Goswins erfasste Ulrich III. am Schlusse seines Lebens eine Krankheit, die seinen Hinschied am Vorabend des Weihnachtsfestes, am 24. Dezember 1177, herbeiführte. Sein Anniversar wurde jeweils vom ganzen Konvent durch Almosenverteilung, Messen und Stundengebet begangen.[12] Wie sehr er noch am Ende des 12. Jh. in gesegnetem Andenken stand, zeigt eine damalige Urkunde, die ihn als «seligen und glücklichen Ulrich» (beatus et felix Vdalricus) wie auch als «gut und ehrenhaft» (bonus et honestus) charakterisierte und Uta als seine «glückliche Gemahlin» (felix uxor) pries.[13] Eine andere Urkunde, die Egino II. von Matsch 1193 veranlasste, hob die Güte des Taraspers hervor (bone memorie, bonus fundator).[14]

Ulrich IV. versah die Stelle eines Priors sicher bis zum Tode seines Vaters, wahrscheinlich aber noch länger. Der 1210 nachgewiesene Odalricus prior kann mit ihm identisch sein, doch spricht die allgemeine Lebensdauer damaliger Zeit eher dagegen. Nur sein Sterbetag, der 2. Februar, nicht sein Todesjahr ist bekannt.[15]

Die Abtei bemühte sich wohl bald, das Andenken ihrer Wohltäter, die die klösterliche Entwicklung so grosszügig gefördert hatten, in der *Krypta* der Kirche festzuhalten. Rechts von der Hauptapsis wurden Ulrich und Uta dargestellt, während links davon Bischof Adalgott zu sehen war, der die Krypta 1160 eingeweiht

Abb. 22 *Portal der Klosterkirche*

hatte. Weder das Bild des Bischofs noch das Ulrichs ist erhalten, wohl aber Kopf und Hände der betenden Uta. Goswin bemerkte dazu, sie sei mit einer «Kukulle oder einem monastischen Habit» bekleidet gewesen.[16] Nach einer Notiz des gleichen Klosterchronisten erschien Ulrich III. selbst auf der Malerei als Pilger in rauher Kleidung, eine Meerespalme in der Hand.[17] In dieser Richtung waren schon die Malereien an der Aussenseite der Krypta zu deuten.[18] Die Palme ist zwar vieldeutig, allein, es könnte der bekannte Brauch vorliegen, dass Jerusalempilger Palmzweige als Zeichen der glücklich vollendeten Fahrt nach Hause mitbrachten (Jericho-Palmen).[19] Der Inhalt der Malereien, die Interpretation Goswins, ferner das Beispiel Utas, dazu das Kreuz im Wappen lassen die Pilgerfahrt Ulrichs III. als gesichert erscheinen.

Die Figuren bedeckten nur die untere Hälfte der Mauer, in der oberen waren etwa ein halbes Dutzend Schriftzonen halbkreisartig um das Bild der Hand Gottes angeordnet. Deutlich erhalten ist einzig die oberste Inschrift, die Ulrich gewidmet ist: MVNERA · FERT · CHRISTO · QUE · MUNDO · (SUB)TRAHIT · ISTO, was nichts anderes bedeutet, als dass er Christus darbringt, was er dieser Welt entzieht. Die übrigen Legenden sind nur fragmentarisch erhalten, doch hat sie Goswin notiert, als noch ihr ganzer Wortlaut lesbar war. Der Verfasser, wohl der Ludimagister des Klosters, suchte Hexameter nachzuahmen. Er hatte ein Ohr für den Klang der Wörter, wie die Verwendung von Binnenreimen belegt. Inhaltlich erfahren wir keine grossen Neuigkeiten. Ausdrücklich als Mönch wird nur Ulrich bezeichnet (habitum sumit monachatus). Die beiden Tarasper wollten das liturgische Leben Marienbergs fördern (ad templi cultum) und erhofften dafür die Hilfe der himmlischen Schutzherrin der Abtei (succurrat virgo Maria).[20]

2. Die Sicherung des Hausklosters

Ulrich III. von Tarasp hatte es noch erlebt, dass Friedrich I. und Alexander III. in Venedig am 23. Juli 1177 Frieden geschlossen hatten. Obgleich der Staufer 1169 in Ulm dem Tarasper die Stiftung von Marienberg anerkannt hatte, vertraute doch Abt Gebhard (1163–79) der kaiserlichen Macht nicht blind und liess sich lieber von *Alexander III.*, dem Sieger im Papstschisma, am 18. Oktober 1178 einen Schutzbrief geben, der im wesentlichen auf das Privileg zurückgriff, das der Gründerabt Adalbert 1149/50 von Eugen III. erhalten hatte. Das Kloster bleibt dem apostolischen Stuhl anvertraut, dem es dafür den jährlichen Byzantiner zu zahlen hat. Dem Diözesanbischof ist Marienberg weiterhin unterstellt. Die Urkunde zählt die Kirchen und Kapellen des Klosters auf, dann alle sonstigen

Besitzungen, wie wir sie fast ausnahmslos in den Schenkungen der Tarasper Familie aus den Jahren zwischen 1161 und 1164 kennen. Ausdrücklich werden Ulrich III. sowie sein Neffe Gebhard und dessen Schwestern als Wohltäter erwähnt.[1]

Die übrigen Anweisungen betrafen das monastische Leben nach der Benediktinerregel, die freie Aufnahme von Laien und Säkularpriestern ins Noviziat, das Recht, jeden auf dem Klosterfriedhof zu bestatten, ferner die Garantie einer freien Abtwahl. All diese Bestimmungen finden sich auch in sonstigen Urkunden der päpstlichen Kanzlei an andere Klöster und Institutionen, so dass nicht etwa auf besondere Verhältnisse oder gar Schwierigkeiten Marienbergs geschlossen werden kann.[2] Davon macht nur eine Verordnung eine Ausnahme, die freie Abtwahl. Bislang erhielten nur Ottobeurer Mönche den Abtsstab von Marienberg. Die Tarasper hatten noch selbst den ersten Abt Adalbert (1142–52) bestimmt. Ihm folgten aus dem gleichen Kloster Mazelinus (1152–58), Swiker (1158–63) und Gebhard (1163–79). Vom folgenden *Abt Volger* wird berichtet, dass er noch vor der Abtsweihe in sein Heimatkloster zurückgegangen sei, wo er auch am 8. April 1180/81 starb.[3] Offenbar benutzten die Mönche das Ableben Ulrichs III., um nun selbst den Abt zu wählen. Das war das «gute alte Recht», das schon in der Regula Benedicti festgelegt und von den klösterlichen Reformen stets gefordert wurde. Bereits Alexander III. (1159–81) bezeichnete die freie Abtwahl als Institution des allgemeinen Rechtes.[4]

Als neuer Abt begegnet uns *Friedrich von Ulten* (1181–94), Sohn des Grafen Friedrich von Ulten, dessen Familie mit dem Kloster sehr verbunden war.[5] Unter seiner Regierungszeit erneuerte Papst *Lucius III.* am 23. Januar 1182 den Schutzbrief Alexanders III. In dieser Vorlage von 1178 stand aber noch nichts von Pfarreirechten in St. Stephan, die sich damals Marienberg zuschreiben liess, was auf die Dauer nicht haltbar war.[6] Offenbar genügte dem Kloster der päpstliche Schutz nicht. Als der junge Staufe *Heinrich VI.* (1190–97) am 6. Januar 1191 in Bozen weilte, um dann nach Süden zu ziehen und Sizilien in Besitz zu nehmen, erbaten sich die Mönche eine Bestätigung ihrer Rechte und Besitztümer. Sie fiel so allgemein aus wie die, welche Barbarossa 1169 in Ulm erlassen hatte. Heinrich VI. wollte vermutlich die Gunst der Tarasper und der mit ihnen verwandten Matscher erreichen, um sich so den Weg über den Reschenpass offenzuhalten.[7]

Es war noch unter dem Abbatiat Friedrichs von Ulten, als die Herkunft der *Klostervogtei* klargelegt wurde. Egino II. von Matsch stellte am 5. Februar 1193 der Abtei darüber einen Revers aus. Danach übergab Ulrich III., als er sich entschlossen hatte, auf das weltliche Leben zu verzichten, Egino I. von Matsch als seinem Verwandten die Vogtei samt einem Hof, aber erst nachdem dieser eidlich versichert hatte, dass er sich nicht in die Abtwahl und andere monastische Belange einmischen werde. Auch durfte er die zum Kloster gehörigen Leute nicht mit Forderungen bedrücken. Wie Egino I., so leistete auch sein Sohn Egino II. den Eid auf diese Bedingungen. Er nahm das Amt und den Hof mehr in der Hoffnung auf göttliche Belohnung denn auf zeitlichen Gewinn auf sich. Bei dieser Abmachung lag noch der Brief vor, in dem Bischof Adalgott (1151–60) und Ulrich III. die Vogteigewalt beschränkt hatten. Über 40 Zeugen aus dem Obervintschgau, dem Münstertal und aus Nauders bekräftigten die Abmachung. An der Spitze standen Heinrich und Albero von Burgeis-Wangen sowie Konrad von Matsch, der Bruder Eginos I.[8]

Wenden wir uns den eigentlich klösterlichen Angelegenheiten unter Abt Friedrich von Ulten zu. Im Jahre 1185 konnte der sonst nicht so glückliche Bischof Heinrich II. (1180–94) die *Michaelskapelle* in der Klosterkirche weihen. Die dabei hinterlegten Reliquien des Apostels Matthäus und des hl. Longinus offenbaren Zusammenhänge mit Süddeutschland (besonders mit Weingarten). Überbleibsel der Kölner Jungfrauen und Andenken an das Grab Christi bringen wiederum die Sammeltätigkeit der Tarasper in Erinnerung, von der gleich die Rede sein wird. Die Kapelle stand neben dem heutigen Betchor und wurde im 17. Jh. umgebaut.[9]

Auf Abt Friedrich von Ulten folgte *Abt Johannes* (1194–1214). Vermutlich hatte die Einweihung der Michaelskapelle 1185 nur den Anfang einer grösseren Bauperiode bedeutet, an deren Schluss nun die neue *romanische Klosterkirche* vollendet war, die Bischof Reinher della Torre von Chur (1194–1209) am 28. Oktober 1201 einweihen konnte.[10] Trotz der späteren Barockisierung ist das romanische Gotteshaus bis heute wesentlich gleichgeblieben. Es ist eine dreischiffige Pfeilerbasilika mit überhöhtem Mittelschiff, dem Chor (nach aussen gerade, nach innen halbrund) und dem Langhaus, in dessen nördlicher Mauer noch ein zwei- und dreiteiliges vermauertes Rundbogenfenster vom Dachraum aus zu erkennen ist. Erhalten hat sich auch das streng romanische Portal aus weissem Marmor, auf dessen schrägem und abgetrepptem Gewände je drei Säulen aus zweifarbigem Granit stehen.[11] Endlich stammt auch der Turm, freilich ohne das spätere Glockenhaus, aus der Bauzeit der Kirche.

Die neue Klosterkirche erhielt zahlreiche *Reliquien*, von denen nicht wenige auf die Sammeltätigkeit Ulrichs III. zurückgehen. Er liess solche Kostbarkeiten von Köln kommen. Auf diese Sendung gehen vor allem die Überbleibsel des

Bischofs und Märtyrers *Sebastian* zurück, der in der Weiheurkunde gleich nach der Trinität, dem Kreuz und der Muttergottes steht und dem in der Aufzählung wieder andere Kölner Reliquien folgen. Offenbar empfand man aber den unbekannten Bischof Sebastian als irgendwie fremd, so dass man ihn durch den in der Kirche hochgefeierten römischen Märtyrer Sebastian ersetzte. Schon das klösterliche Kalendar des 14. Jh. nennt nur das Fest der Heiligen Fabian und Sebastian am 20. Januar.[12] Das Verzeichnis der Reliquien beweist aber auch, wie sehr die Abtei unmittelbar oder mittelbar mit der Mitwelt verbunden war. Ingenuin weist auf Brixen hin, Sisinnius und Vigil auf Trient. Die Blasius-Überbleibsel dürften auf St. Blasien im Schwarzwald zurückgehen, die von Gordian und Epimachus auf Kempten und die von Walpurga auf Eichstätt. Von Chur kamen die Überreste von Lucius, von Chur oder Remüs die des Bekenners Florinus. Von Disentis stammen die Reliquien von Placidus und Sigisbert.

Bei der Weihe der Klosterkirche nahm der Churer Oberhirte auch die Konsekration der *Egidius- und Leonhardskapelle* im Kloster vor. Sie wurde Anfang des 14. Jh. durch eine neue Marienkapelle ersetzt.[13] Das Grab des hl. Egidius (8. Jh.) lag im heutigen südfranzösischen St. Gilles und zog viele Pilger an. Die Welfen gaben ihrem Hauskloster in Braunschweig Egidius zum Schutzpatron (1105). Auf ihre Initiative geht wohl auch die Egidiuskapelle in Weingarten zurück (1124). Dass daher Beziehungen der Tarasper mit den Welfen beim Marienberger Egidiuskult mitspielten, ist um so wahrscheinlicher, als dies auch beim zweiten Kapellenpatron, beim hl. Leonhard, der Fall war. Der Heilige, der im 6. Jh. in Aquitanien lebte, wurde erst durch die Vita des 11. Jh. bekannter. Das Volk verehrte ihn als Schützer der Pilger. Ein Zentrum seiner Verehrung fand sich im bayerisch-schwäbischen Raum. Von dort gelangte der Kult nach Tirol. Der Welfe Heinrich IX., der Schwarze, war an der Gründung der Leonhardskapelle im Passeiertal beteiligt, wobei bereits Ulrich II. von Tarasp eine Rolle spielte (1116/24). Ulrich III. ermöglichte noch durch Schenkungen die Erhebung der Kapelle zur Pfarrei. Von Bayern inspiriert war auch das Doppelpatrozinium St. Egidius und St. Leonhard der Kapelle, die das Kloster St. Gallen errichtete und für die es 1152 einen päpstlichen Schutzbrief erhielt. Das St. Galler Gotteshaus mag die Wahl der beiden Patrone in Marienberg beeinflusst haben.[14]

Bei seinem Aufenthalt in Marienberg entschied das bischöfliche Oberhaupt auch den Streit, der sich um die *Pfarrei Burgeis* drehte. Sie bestand schon vor der Klostergründung von Marienberg, also vor 1146/50, doch nahmen sich ihrer bald die Mönche an. Gegen Ende des 12. Jh. machten sich aber Tendenzen gegen die klösterliche Seelsorge bemerkbar. Bischof Reinher rief daher die Parteien zu einer

Anno Christi MCL Fun-
datum fuit hoc Monasterium Montis S. Mariae in honorem
Eiusdem B. Virg: ac Dei Gen: Mriae ab Illustri D. Vdalrico Comite et
Milite de Taraspis Cuius Veneranda ossa Vna cum D. Vxoris suae Vitae et Filij
Vdalrici ossibus e Loco humili et obscuro in istum qui Conspicitur celebre
locum translata atque pie tumulata sunt Sub Rmo et Amplmo Dño Jacobo
Abbate XXXVI. qui Fundatori suo Aeternum hoc Cenotaphium po-
suit et Consecravit Anno MDCXLVII. VI Idus Septembris

FVNDATOR
MONASTERII.

Konfrontation nach St.Valentin an der Calven zusammen. Sieben Geistliche des Obervintschgaus und sonst noch zwei Priester bezeugten, dass die Besetzung nie vom Volk abhing. Damit war gesagt, dass sie eine bischöfliche Eigenkirche war. Der Churer Oberhirte überliess nun den Mönchen rechtlich die ganze Pastoration, falls sie vom Bischof gerufen seien und das Einverständnis des Abtes erhalten hätten. Selbst acht Bürger von Burgeis bestätigten den Entscheid als richtig.[15] Doch gab es schon 1217 wiederum Streit, indes blieben Rom und Chur, Papst Honorius III. und die Churer Domherren bei der früheren Sentenz. Noch jetzt besorgen die Marienberger diese altehrwürdige Pfarrei.[16]

Alle diese Ereignisse von 1201 beendeten die Anlaufzeit des neuen Klosters Marienberg, das nun als gesichert gelten konnte. Dass trotz aller Hemmungen die Abtei sich entwickeln konnte, verdankte sie wesentlich dem Schutz und den Schenkungen der Tarasper. Ulrich III. erlebte nur die Errichtung und Weihe der Krypta, nicht aber die Vollendung der romanischen Klosterkirche. Doch fanden er und seine Familie vor dem grossartigen Portal die letzte Ruhestätte.

3. Die Grablege in Marienberg

Im Mittelalter liessen sich die Gründer oder Vögte von Klöstern und Kirchen auch dort bestatten, so die Welfen in Weingarten und die Ronsberger in Ottobeuren.[1] Beromünster war die Begräbnisstätte der Lenzburger (10. Jh.), Muri die der Habsburger (erste Hälfte 11. Jh.).[2] Die ersten Tarasper wurden wohl in Schuls beerdigt, zuerst in der Georgskirche, dann in der klösterlichen Marienkirche. Sicher fand Friedrich II. von Tarasp, der Bruder Ulrichs III., auf dem Friedhof von St. Stephan ob Burgeis sein Grab, wurde indes 1149/50 exhumiert und nach Marienberg übertragen.[3] Wo dort die Grablege war, verrät uns die Inschrift am Grabe des Sigeband von Flies, eines Lehensmannes Ulrich III.. Sein Leichnam ruhte vor den Toren der Klosterkirche (ante fores).[4]

Jedenfalls wurde Uta in Marienberg beerdigt, denn darum hatte Berntrudis ihre Leiche zurückgebracht. [5] Dass Ulrich III. und sein Sohn im gleichen Kloster bestattet wurden, zu dessen Konvent sie ja gehörten, ist klar. Noch Goswin bezeugt die Tradition, dass die Gründerfamilie in einem für sich selbst vorbereiteten Grab (tumba) zur Ruhe gelegt wurde.[6] Das Grab lag vor dem Kirchenportal, über das sich Kirchenbesucher niederliessen. Ein Abt wohl des 13. Jh. fand dies

Abb. 23 *Ruhestätte der Tarasper*

unschicklich und liess daher eine Art Reliquienstätte (sepulcrum) für die Überbleibsel herstellen, die mit Ornamenten aus Holz und entsprechenden Malereien ausgezeichnet war.[7] Eine Malerei stellte Ulrich III. als Ritter dar, in der Hand eine Schenkungsurkunde.[8] Der Raum war niedrig und dunkel.[9]

Durch Jahrhunderte hindurch blieben die Tarasper in ihrer Grablege, ohne dass man deren Ruhe störte. Das wurde anders, als der Tiroler *Jakob Grafinger*, gebildet in Weingarten und Dillingen, die Abstwürde erhielt (1640–53). Er fasste den grossartigen Plan, die romanische Klosterkirche in barockem Zeitstil neu zu formen. Aus der Chorapsis wurde ein Psallierchor und aus dem Querschiff ein Raum für den Hochaltar. Durch neue Mauerwände wurden die Seitenschiffe zu vier Kapellen umfunktioniert. Dabei wollte man den bisherigen Raum des Friedhofs ausgestalten und zur Errichtung einer darüber gestellten Orgelempore ausnützen.[10] Dazu mussten die Gräber der Tarasper Gründer, sofern man sie erhalten wollte, transloziert werden. So liess der Abt 1642 die Gebeine von Ulrich III., seiner Gemahlin Uta und seines Sohnes Ulrich IV. aus den bisherigen Särgen herausnehmen und in einem kleinen Sarg in einer eigenen Kapelle vor dem Altar aufstellen.[11]

Für die neue Ruhestätte schaffte der Prälat einen schwarzen Marmorstein an, auf dem ein spanisches Kreuz angebracht war. Es war nichts anderes als eine Nachbildung jenes doppelbalkigen Kreuzes mit glockenförmigen Enden, das nach der Legende 1232 durch Engel von Jerusalem nach Caravaca in Kastilien getragen worden war.[12] Seit etwa 1600 sind Kopien davon auch im Deutschen Reich verbreitet. Vor der Schlacht am Weissen Berge (Böhmen) segnete man das Liga-Heer 1620 mit einem solchen Kreuz, das in Altötting aufbewahrt wurde.[13] Dieses christliche Symbol schützte die Marienberger Abtei schon früher, ist es doch bereits auf dem Klostermodell von ca. 1640 zu erkennen. Alles spricht dafür, dass man das spanische Kreuz zur Zeit der Pest (1634–35) zur Abwehr auf dem Giebel der Kirche aufgestellt hatte.

Die barockisierte Kirche war am 4. August 1646 fertiggebaut und am 8. September gleichen Jahres unter grosser Anteilnahme von Geistlichkeit, Adel und Volk erstmals feierlich benützt worden.[14] Erst genau ein Jahr später, am 8. September 1647, wurden die Tarasper Überbleibsel in die Mauer der vordersten rechten Seitenkapelle, die dem hl. Benedikt geweiht war, eingemauert und eingeweiht, wie die Inschrift auf der darüber angebrachten Kartusche meldet.[15]

Abb. 24 *Grabendenkmal der Tarasper*

An der Rückwand der ersten rechten Seitenkapelle brachte man die in weissen Tönen gefassten Holzfiguren an, welche Ulrich III. und Uta darstellen, zwischen denen ihr Sohn Ulrich IV. seine Hände emporhebt. Über Ulrich prangt das Tarasper Doppelwappen, über Uta die Säule der Colonna. Das kam daher, dass nach einer späten Tradition die Eltern Ulrichs III. oder er selbst ursprünglich römische Bürger gewesen sein sollen, was man auf das stadtrömische Geschlecht der Colonna konkretisierte.[16] Das eigentliche Wappen der Uta von Ronsberg wäre ein in Blau gekrönter weisser Löwe gewesen.[17] Ulrich und Uta weisen auf das Klostermodell hin, das uns die ganze barocke Anlage der Abtei um 1640 zeigt. Darüber thront im Strahlenkranz Maria mit dem Kind, die Schutzherrin des Klosters, deren Darstellung genau der lieblichen Madonna über dem romanischen Kirchenportal aus dem Anfang des 15. Jh. entspricht. Die mehr geschichtlich als künstlerisch wertvollen Plastikfiguren sind irgendwie zu den Statuen der Ordensgründer an den Wänden des Mittelschiffes zu stellen, die Adam Payr von Prutz (Nordtirol) geschnitzt hatte und die im Frühling 1645 in Marienberg ankamen.[18]

Nicht nur in der Kirche selbst, auch beim Eingang zum Portal ist der Gründer dargestellt. Rechts sehen wir den Babenberger Markgraf Leopold mit Fahne und Kirchenmodell, da die Vogtei über das Kloster seit 1421 dem Haus Österreich gehörte. Als Gegenstück erscheint auf der linken Seite des Portals der Marienberger Klostergründer, eine prachtvolle Barockfigur, im Kürass und rotem Mantel, in der einen Hand die Fahne mit Wappen, in der anderen zwei Pfeile haltend. Das blühende Gesicht ist von Locken und einem roten Bart umrahmt. Auch der Heiligenschein fehlt nicht. Nach dem Stil zu schliessen, war hier der Tiroler Maler Hans Jakob Pfeil am Werk, der auch sonst in Marienberg Spuren seines Pinsels hinterliess.[19]

Mehr als die Kunst gedachte die Liturgie der Tarasper. In allen Klöstern verkündete man den Sterbetag von Gründern und Wohltätern, meist am Vortag. So wurden auch die Sterbetage von Ulrich III. am 24. Dezember, von Uta am 2. Dezember und von Ulrich IV. am 2. Februar in Marienberg angesagt. Am 24. Dezember beging man das Pontifikalrequiem für die Stifterfamilie. Als dieser Termin infolge der Weihnachtsvigil nicht mehr als liturgisch galt, verlegte der Konvent seit der Mitte des 20. Jh. die Trauerfeierlichkeit auf den 2. Dezember, den historischen Todestag Utas.

Am Allerseelentag (2. November) stellen die Mönche vor dem sogenannten Tarasper Reliquiengrab in der Benediktskapelle zwei Leuchter mit brennenden Kerzen und ein Arrangement von duftenden Blumen auf. Schliesslich begeben sich die klösterlichen Bewohner an diesem Tag in Prozession auch zum Atrium der Kirche, wo früher der Friedhof und die Gräber der Tarasper vor dem Barockumbau waren. In dieser Weise hält das geschichtsbewusste Benediktinerkloster das Andenken der Tarasper in lebendiger Erinnerung. Das war ja auch die Absicht der Gründerfamilie.

VIII. Charakter und Geistigkeit der Tarasper

Am Schlusse der eigentlichen Geschichte der Tarasper angelangt, drängt sich ein Rückblick auf, nicht um genealogische Filiationen und besitzrechtliche Feststellungen zu wiederholen, sondern um im Sinne neuerer Forschung aus den Ämtern und Taten des Geschlechtes das herauszukristallisieren, was man heute als «Selbstverständnis» einer Familie und ihr «Ahnenbewusstsein» bezeichnet.[1] Nicht Blut und Boden, Erbe und Landschaft entscheiden allein, sondern ebenso Geist und Überlieferung.

Erstmals begegnet uns das Geschlecht der Tarasper in der Person des Churer Bischofs Ulrich von Tarasp (1089–96), der schon bei der Wahl von 1079 als Anhänger der *gregorianischen Partei* gegen den kaiserlichen Anwärter Norbert von Augsburg auftreten konnte. Man würde nun erwarten, dass die Familie in den weiteren Kämpfen um die Reform nach aussen tatkräftig mithalf. Dem ist aber nicht so. Wohl standen die Tarasper grundsätzlich auf der päpstlichen Seite, mischten sich aber nicht in die erbitterten Streitigkeiten ein. Bezeichnend dafür ist, dass Ulrich III. im Jahre 1169 in Ulm den damals schismatischen Kaiser Rotbart persönlich aufsuchte. Schon einzelne Welfen hielten sich im Kampf zurück, so Heinrich IX., der Schwarze († 1126).[2] In gleicher Weise griffen die mit den Taraspern eng verbundenen Ronsberger nicht in die grossen Geschicke des Reiches und so auch des Investiturstreits ein, obwohl über ihre kirchliche Gesinnung kein Zweifel bestehen konnte.[3]

Zwar hat die Tarasper Familie nicht die Verchristlichung des Unterengadins begonnen, das ist ein Verdienst des bischöflichen Chur gewesen, das zuerst in Remüs/Ramosch die *kirchliche Organisation* begründete. Aber die Tarasper haben diese Aufgabe weitergeführt und sicher in Schuls, sehr wahrscheinlich auch in Ardez die Pfarreigründung in wesentlichen Belangen ins Werk gesetzt. Ferner hat Ulrich III. das Bistum Chur 1160 durch seine grosse Schenkung gestärkt. Dazu kommt die Gründung des Klosters in Schuls (1095/96) durch Eberhard von Tarasp. Der Konvent, der nach einem halben Jahrhundert nach Marienberg zog, wirkte auf die christliche Bevölkerung dies- und jenseits des Reschen segensreich. Nicht zu vergessen ist das Wohlwollen, das Ulrich III. und Uta dem jungen Frauenkloster Müstair entgegenbrachten.

Die Tarasper waren zugleich auch *Vögte* beider Klöster. Das eigentliche Familienkloster war Schuls, später Marienberg, das eine bedeutende geistige Rolle spielen konnte. Es wurde aber in der ganzen Zeit von Eberhard bis Ulrich III. nie Reichsabtei, sondern verblieb ein Adelskloster. Beide, die Familie wie die Abtei, hingen zusammen und gaben einander Sicherheit und Kontinuität. Wenn auch die Tarasper bis 1180 einfach die Äbte einsetzten, so liessen sie doch grundsätzlich die freie Abtwahl zu. In der Reform sah die Vogtfamilie keine Gefahr. Sie wollte nicht, dass Verwandte wie Gebhard III. oder die Matscher diese Machtstellung in einem schlimmen Sinn umdeuteten, so dass die traditionelle Symbiose gestört werden konnte. Die Burg und die Abtei, getrennt wie auch verbunden durch den Reschenpass, bildeten geistig und vogteirechtlich eine Einheit, wobei aber jedes Haus sein Eigenleben führte.[4]

Wenn wir nach tragenden Ideen der Familie fragen, so drängt sich uns sofort die *Wallfahrt nach Jerusalem* auf, die Gebhard II. (1142), Uta (1163) und Ulrich III. unternahmen. Das war die Folge der Begeisterung, die das Abendland nach der Eroberung der Heiligen Stadt im Jahre 1099 erfasste. Der grosse Aufstieg des Königreichs Jerusalem unter Balduin I. (1100–18) und Balduin II. (1118–31) zog viele Pilger an, so auch Abt Gebhard vom Kloster Allerheiligen in Schaffhausen (1096–98), der drei Jahrzehnte lang als «Prior des Heiligen Grabes» wirkte. Ähnlich wie Ulrich III. wallfahrtete 1167 auch Welf VI. (1116–91) nach der Gottesstadt, nachdem er schon am zweiten Kreuzzug teilgenommen hatte. Uta ahmte wohl das Beispiel der Nonne Hedwig von Schaffhausen nach, die zu Beginn des 11. Jh. mit Pilgern geistlichen und weltlichen Standes die «Fahrt übers Meer» wagte. Wie sehr man das fromme Wallen von Uta und Ulrich nicht vergass, zeigen die entsprechenden romanischen Malereien innerhalb und ausserhalb der Krypta von Marienberg. Das Kreuz im Wappen der Tarasper, das dann die Abtei übernahm, war das sinnvolle Zeichen für diese Geistigkeit.[5]

Mit der Wallfahrt nach Jerusalem hängt auch das eifrige Sammeln von Andenken an das Heilige Land zusammen. Hier spielte indes die Verbindung mit *Köln* eine Rolle. Ulrich III. liess sich durch den Ronsberger Abt Adalbert von Ellwangen (1136–73), einen früheren Mönch von Ottobeuren, vom «heiligen Köln» 31 Einzel- und Gruppenreliquien geben. Die Stadt am Rhein konnte sich rühmen, dass Jungfrauen in ihr in frühchristlicher Zeit ein Martyrium erlitten hatten. Als man nun 1106 auf einem römischen Friedhof Gebeine von Frauen, Männern und Kindern entdeckte, sah man sie als Überbleibsel des frühchristlichen Martyriums an, gab ihnen neue Namen und verteilte sie weithin im Abendland. Das Paket aus Köln, das unser Tarasper erhielt, wies auch solche Pseudoreliquien auf, so von Claudius von Spoleto, Climaria, Cordula, Jovinus von Evora (Portugal), Panafreta, Pantulus von Basel, Sambaria, Tisma, Ursula. Die Sendung umfasste indes auch echte

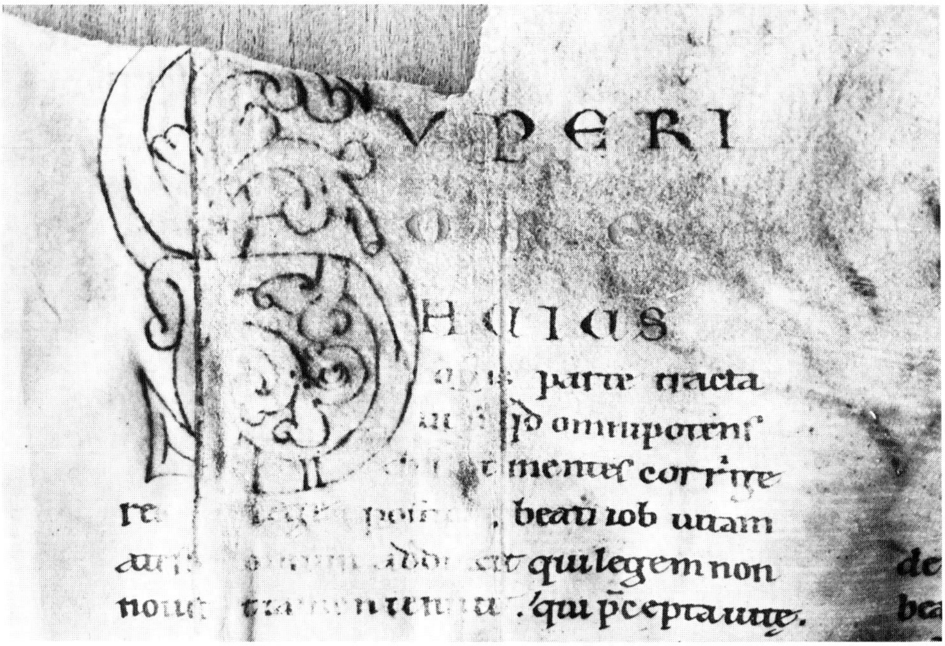

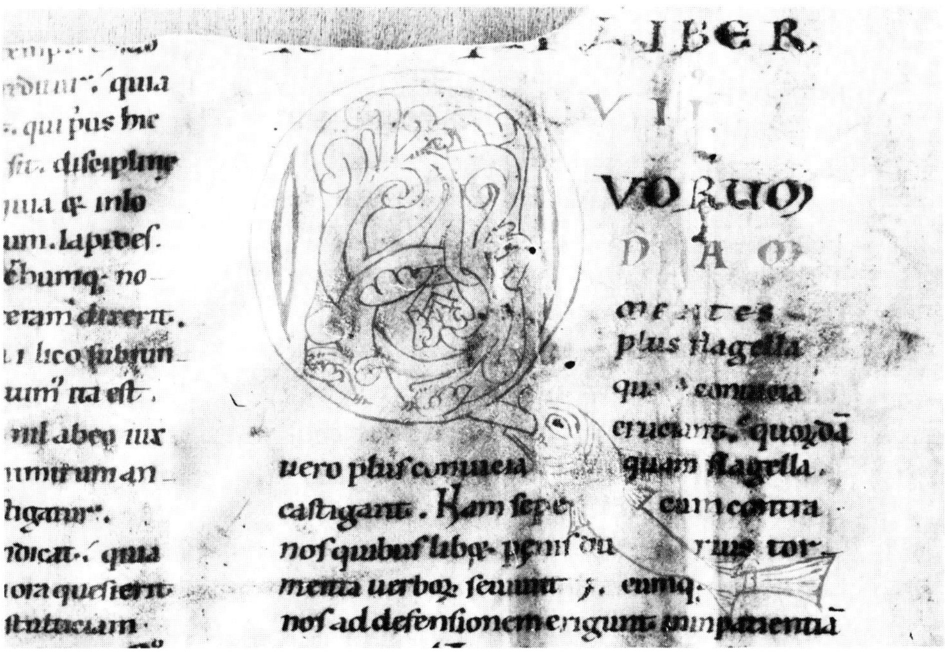

Abb. 25 *Marienberger Handschriften*

Überbleibsel, so des Kölner Erzbischofs Heribert († 1021). Ohne Kölner Schenkung hätte man wohl kaum 1201 in der Marienberger Klosterkirche 70 Reliquien hinterlegen können. Im Täuferaltar rekondierte man sogar Erinnerungen an den Propheten Habakuk. In Tarasp wie in Marienberg befanden sich auch Reliquien, die nichts anderes waren als Erinnerungen an das Heilige Land, so Teile der Krippe, des Kreuzes und des Grabes Christi, ferner von den Haaren und dem Gewand der Muttergottes. Man war damals allgemein auf eine möglichst grosse Zahl von Reliquien erpicht und sammelte daher ebenso eifrig wie sorglos. Aber gerechterweise müssen wir auch die Tarasper als Kinder ihrer Zeit betrachten, die noch keine kritische Hagiographie kannte. Die seltenen Mahner wie Abt Guibert von Nogent († ca. 1124) und Abt Thiofrit von Echternach († 1110) fanden taube Ohren. Abgesehen davon muss man doch die Ehrfurcht vor begnadeten Persönlichkeiten und die Hochschätzung biblischer Ereignisse positiv vermerken.[6]

Wenn von der Frömmigkeit der Tarasper die Rede ist, dann darf man auch an die vielen *Jahrzeitstiftungen* erinnern, die im Nekrolog von Marienberg im 14. Jh. genau aufgezählt sind.[7] Die Begründung pro remedio animae war damals durchaus aufrichtig gemeint. Die Stifter der Anniversarien verstanden die Messen als Fürbitte bei Gott, nicht derart, dass sie meinten, man könne einfach mit materiellen Gütern Sünden tilgen. Zumindest haben wir dafür bei den Taraspern keinen Beleg.[8] Diese Oblationen waren auch als Beiträge für die klösterliche Existenz gedacht. Das war biblisch begründet (1. Kor. 9, 12) und allgemein anerkannt und verbreitet. Wenn sich endlich die Tarasper im Kloster Marienberg ein Erbbegräbnis sicherten, so war dies begreiflich, denn die Mönche bewahrten das Andenken an diese Toten besser als die Gläubigen einer Pfarrei, die keine näheren Beziehungen zu ihnen hatten.[9]

Die fromme Gesinnung zeigte sich auch in den *Texten ihrer Urkunden*, die sicher den Grundgedanken der schenkenden Persönlichkeiten entsprachen, ja sie noch verdeutlichten.[10] Die Betonung der Hinfälligkeit der irdischen Güter und der Dauerhaftigkeit des Gottesreiches (1160) war ein geläufiges Argument, das biblische Gedanken ausdrückte. Der kinderlose Eberhard erkor sich Christus als Erben (1095/96).[11] Da Maria Christi Mutter war, wird ihr Ehre und Macht zugeschrieben. Sie ist die Eigentümerin (domina) des Klosters Marienberg, eine neue theologische Reflexion, die von Frankreich aus im 10.–12. Jh. verbreitet wurde (Notre-Dame). Die Schenkung an das Bistum war als Gabe an Maria gedacht (1160). Ulrich III. bestellte die Gottesmutter und die Kirche zu seinen Erben (1164/67). Hier kommt eine alte Bildtheologie zum Tragen. Schon die Kirchenväter und dann später die Theologen, angefangen bei Alkuin von York († 804) bis

Rupert von Deutz († 1135), sahen Maria als Mutter der Kirche an, weil sie Christus gebar, den Stifter der Kirche. So motivierten die Verfasser der Urkunden die Taten der Tarasper theologisch, was diesen im Sinne der Zeit durchaus genehm, ja willkommen war.

Die lateinischen Texte der Tarasper Urkunden legen die Frage nach der *Sprache* der Familie nahe. Schon die Namen wie Eberhard und Ulrich weisen auf ein deutschstämmiges Geschlecht hin, ebenso die Beziehungen zu den Ronsbergern und Welfen. Die rätische Oberschicht des 11. und 12. Jh. war überhaupt meistenteils germanischer Abkunft, so besonders die «geistlichen Fürsten» auf dem Churer Bischofsthron.[12] In Pfäfers war wohl noch 958 Einzelinus ein Rätoromane, nicht aber die drei um die Jahrtausendwende von Einsiedeln postulierten Äbte (Hartmann, Eberhard und Gebene), ebensowenig Konrad von Zwiefalten (1206–1213).[13] In Disentis stammten die Äbte Adalgott und Otker ebenfalls aus Einsiedeln. Abt Walter II. (1185–1200) gehörte zu den Freien von Klingen.[14] Marienberg bezog 1142–80 seine Äbte aus Ottobeuren. Man vergesse auch nicht, dass im 11. und Anfang des 12. Jh. deutscher Hochadel sich in Rätien niederliess, so die Grafen von Gamertingen im Oberengadin und die Herren von Frickingen im Unterengadin. In Mittelbünden erlangten die Herren von Wildenberg und die mit ihnen verbundenen Herren von Greifenstein ihre Positionen.[15] So war die Sprache der Oberschicht Deutsch, die der Unterschicht Rätoromanisch. Daher spricht man von einer Vater- und einer Muttersprache. Die Urkunden indes waren lateinisch abgefasst, das Deutsche drang erst im 14. Jh. durch.[16] Es werden die Tarasper Herren wohl in begrenzter Hinsicht doppelsprachig gewesen sein, deutsch in ihrem Familienverkehr, rätoromanisch in ihrem Kontakt mit der Bevölkerung. Darüber hinaus verstanden sie einigermassen das kirchliche und liturgische Latein, sonst hätte Uta kein Psalterium benützt und ihr Gemahl Ulrich hätte sich nicht dem klösterlichen Leben angeschlossen.[17]

Entscheidender als die Sprache ist das *Denken* der Tarasper. Ihre Grosszügigkeit zeigte sich in den *Schenkungen* an kirchliche Institutionen (Bistum, Marienberg, Müstair). Wichtig war die Stärkung der bischöflichen Macht durch die Übergabe vieler Eigenleute, besonders auch im Unterengadin (Schuls, Fetan, Ardez). Dass die Bischöfe um 1200 noch den Frickingerbesitz erhalten konnten, rundete ihre dortige Position noch mehr ab. So hatten die Tarasper auch einen Anteil daran, dass später das Unterengadin zum Gotteshausbund und damit zum darauffolgenden Kanton Graubünden kam. Freilich, ihr Kerngebiet in Tarasp selbst wurde dieser Entwicklung bis 1803 entzogen, da es in andere Hände geriet, vor allem in die Österreichs.

Die Geistigkeit der Tarasper offenbarte sich vor allem in ihrer Einstellung gegenüber den *Schicksalsschlägen*, die sie trafen. Das vollständige oder auch nur teilweise Fehlen einer Nachkommenschaft, das damalige Eltern zu Wallfahrten nach Zurzach und Odilienberg, ja sogar nach Rom drängte, nützten sie für gute Werke aus, wie die Klostergründung Eberhards und die Schenkungen Ulrichs III. belegen. Ein tragisches Familienunglück war das Vorgehen Gebhards III. gegen die eigene Verwandtschaft und den Churer Oberhirten. Mag den dritten Ulrich auch irgendwie eine Mitschuld treffen, so hat er sie doch durch sein grossmütiges Verzeihen und die Überhäufung des Schuldigen mit Wohltaten überreich gesühnt. Der religiös-kirchliche Charakter des Geschlechtes, der in Gebhard III. zuwenig, in Ulrich III. so hell hervorleuchtete, war schon vorgeprägt durch Ulrich II., der als Vogt Kloster und Bistum betreute, vor allem aber durch den Klostergründer Eberhard und den friedlichen Reformerbischof Ulrich I., die beide keine engere Familie besassen, aber der weiteren Familie ihren Geist einhauchen konnten. Das war Tarasper Tradition.

IX. Das Erbe der Tarasper

1. Chur–Reichenberg–Tirol–Matsch, 1177–1464

Wie sich die Lage im ausgehenden 12. Jh. gestaltete, hatte das Bistum nicht nur 1160 von Ulrich III. die eine Hälfte der Burg Tarasp erhalten, sondern auch durch die Versöhnungsurkunde von 1164/67 das Recht auf die andere erlangt, die Gebhard III. nur noch als Lehen behalten durfte. Nachdem er schon um 1170 kinderlos gestorben war, gehörte die ganze Burg dem Churer Hochstift. Ob dieses aber seine vollen Rechte geltend machte und wie lange, das wissen wir nicht.[1] Jedenfalls erscheinen um 1200 nicht die Churer Fürsten, sondern die Reichenberger als Erben der Burg und der engeren Herrschaft. Das Bistum hatte aber noch 1301 unterhalb der Burg einen Hof, den Bischof Siegfried von Gelnhausen Ulrich II. von Matsch tauschweise übergab.[2]

Dass gerade die *Reichenberger* dieses Erbe erlangten, könnte man mit ihrer Verwandtschaft mit den Taraspern begründen. Gemäss einer Urkunde von 1373 hatte ein Hans von Reichenberg seinen Teil an allen Lehen, welche seine Vorfahren und er gemeinschaftlich mit den Vögten von Matsch innehatten, dem Vogt Ulrich IV. von Matsch geschenkt.[3] Wenn aber die Reichenberger mit den Matschern verbunden waren, so doch wohl auch mit den Taraspern.

Die Burg Reichenberg stand oberhalb des Dorfes Taufers im Obervintschgau, unterhalb der Burg Rodunt, und wurde im 12.Jh. errichtet. Mithin war sie nicht weit vom Kloster Müstair entfernt, weshalb auch Swiker I. von Reichenberg als Zeuge einer Schenkung des Churer Bischofs Egino (1164–70) an dieses Nonnenstift erscheint.[4] Nicht unmöglich, dass dieser Swiker von der Churer Kirche die Burg Tarasp als Lehen bekommen hatte. Swiker II. tritt 1190/1200 als Zeuge in einem Güteraustausch *Alberts II. von Tirol* auf, was auf eine gewisse Verbundenheit mit den Grafen schliessen lässt.[5] Vermutlich war es dieser zweite Swiker, der die Burg Tarasp 1239 an die genannten Grafen verkaufte, zugleich mit vielem Besitz, den er wohl von den Taraspern erhalten hatte.[6] Auch nachher noch blieb Swiker mit den Tiroler Grafen in Verbindung.[7]

Nachdem Albert III. von Tirol 1253 gestorben war, gelangte die Burg durch seine Töchter an das Haus Görz-Tirol. Als Meinhard II. (1258–95) 1259 für seine Gemahlin Elisabeth als Wittum (Witwenversorgung) verschiedene Burgen bestellte, befand sich auch Tarasp darunter.[8] Nach dem Ableben Elisabeths

(† 1273) gab Meinhard II. die Burg an einen Matscher. Sicher besassen Enzelin (Egino IV.) und Ulrich II. von Matsch 1288 die Burg, sonst hätten sie sie nicht verpfänden können.[9]

Die Burg Tarasp wurde von den *Matschern* gemeinsam verwaltet. Im Jahr 1297 teilten indes die beiden Vettern Ulrich II. und Egino IV. ihr väterliches Erbe, liessen aber die Gerichtsherrschaft und noch manches Lehen ungeteilt. Egino IV. erhielt Obermatsch, Ulrich II. Untermatsch, wozu auch die Burg Tarasp gehörte. Dazu kamen noch ein Gut innerhalb der Tarasper Klus (rom. Clüsa), ein Hof in Ardez und die dazugehörige Alp Sampuoir, zwei Höfe zu Schuls und einer in Palü (Gem. Schuls). Dass hier ursprünglich Tarasper Besitz vorliegt, verrät schon die Umschreibung «innerhalb der Klus» zu Tarasp, die in den Schenkungsurkunden von 1160 und 1164/67 zu finden ist. In Schuls waren die Tarasper ohnehin sehr begütert.[10]

Wiederum begegnet uns bedeutender ehemaliger Besitz im *Matscher Rodel* von 1369/71, den einst Ulrich IV. von Matsch zusammenstellen liess. Auch hier fällt wiederum die Art der Grenzbezeichnung auf: «hinderhalb der Clus». Die Höfe in Vulpera und die Alp im Scarltal entsprechen den gleichnamigen Gütern im Gründungsbericht des Schulser Klosters. Ganz interessant ist schliesslich, dass die Burgkapelle erwähnt wird, für deren ewiges Licht ein Kälberzehnt bestimmt war («zu der Capell in die Fehsti ze Therasps»).[11] Offenbar feierte man damals im Heiligtum die Liturgie und bewahrte die Eucharistie auf.[12]

Der Besitz der Matscher wurde Mitte des 14. Jh. in Frage gestellt. Im Kampf um die deutsche Krone stellten sie sich 1347 auf die Seite Ludwigs des Bayern (1314–46) und seines Sohnes, des Markgrafen Ludwig von Brandenburg, was ihnen die Feindschaft Karls IV. von Luxemburg (1347–78) und des Churer Bischofs Ulrich V. Ribi (1331–55) einbrachte. Die ersteren siegten nicht nur Ende Juni 1347 bei Tramin, sondern für sie eroberten die Matscher auch die bischöfliche Burg Fürstenburg. Als sie aber diese Festung nicht als Lohn erhielten, schlossen sie sich 1348 der Partei Karls IV. an, wurden aber von Konrad von Teck, dem Tiroler Landeshauptmann, geschlagen, so dass sie ihre Burgen Tarasp, Untermatsch und Churburg verloren. Erst durch den Friedensschluss von Schlanders am 8. Februar 1351 bekamen sie ihre Burgen wieder zurück, freilich nicht mehr als Eigentum, sondern als Lehen.[13] Als dann Ludwig von Brandenburg und sein Sohn gestorben waren, überliess Markgräfin Margaretha (Maultasch), die Witwe Ludwigs, Tirol dem Herzog Rudolf IV. von Österreich. Daraus zogen die Matscher ihre Folgerung und übergaben am 26. Oktober 1363 ihre Festungen und ihre gesamte Macht den österreichischen Herzögen.[14]

Als Lehensleute blieben die Matscher im Besitz der Burg, indes keineswegs unangefochten. Das bischöfliche Chur beanspruchte sie, weil einst Ulrich III. von Tarasp im Jahr 1160 seinen Anteil dem Churer Oberhirten übergeben hatte. Das Gericht, das Erzherzog Ernst von Österreich sowie die Bischöfe von Brixen und Trient präsidierten, entschied am 7. Mai 1421 in Bozen, dass Tarasp entsprechend den aufgewiesenen Lehensbriefen den Matschern verbleiben solle.[15]

Nun erscheint aber am 13. November 1422 *Graf Friedrich VII. von Toggenburg* als Inhaber der Burg. Er hatte Elisabeth, die Tochter Ulrichs IV. von Matsch, geheiratet (1391) und vermutlich als Pfand für ihr Heiratsgut die Tarasper Festung erhalten.[16] Der Toggenburger schloss daher auch 1429 infolge von Anständen über das Schloss und seine Güter mit dem Ober- und Unterengadin ein Bündnis.[17] Als Friedrich VII. Ende April 1436 ohne Kinder und ohne Testament gestorben war und sich die toggenburgischen Gerichte in Rätien am 8. Juni zusammengetan hatten, fiel offensichtlich Tarasp an die Matscher zurück. Doch verkaufte Ulrich IX. von Matsch am 5. März 1464 dem *Herzog Sigmund von Tirol* (1427–96), dem Münzreichen, das Schloss um 2000 rheinische Gulden, wozu noch am gleichen Tag die zugehörigen Güter und Renten kamen. So war Tarasp, bislang tirolisches Lehen der Matscher, nun ganz dem Landesfürsten anheimgegeben.[18]

2. Habsburg–Österreich, 1464–1803

Die Unterengadiner waren wenig begeistert über die neue Burgherrschaft, da sie, wohl von Friedrich VII. von Toggenburg her, selbst Recht darauf zu haben glaubten. Im Jahre 1465 griffen sie das verhasste Bollwerk an, doch ohne es zu erobern. Es wurden nur Felder verwüstet und Gefangene gemacht. Die Vermittlung des Churer Bischofs Ortlieb von Brandis und der Drei Bünde erreichte wenigstens, dass das Schloss keine grössere Besatzung haben dürfe, als zur Bewachung nötig sei.[1] Die Lage erwies sich indes als sehr kritisch, als 1467 mit dem Erzherzog von Österreich viel Volk zunächst ins Münstertal und dann auch ins Unterengadin gelangte.[2] Die Ereignisse, die zum Schwabenkrieg führten, vermehrten die Spannung. Daher gab Kaiser Maximilian I. am 5. Juni 1499, wenige Tage nach der Calvenschlacht, dem Pfleger (Kastellan) der Burg, Heinrich von Rotenstein, den Befehl, die Talleute, die zur Huldigung aufgeboten waren, nicht zu nahe an das Schloss kommen zu lassen.[3] Die Huldigung fand nicht statt, aber Engadiner überfielen schon am 5. August danach Tarasp, raubten das Vieh und töteten ein halbes Dutzend Mann.[4]

Den Wechsel des Burgbesitzers zeigten nach aussen hin der an der Südseite hoch oben angebrachte Reichsadler mit der Kette des Goldenen Vlieses und dazu noch der rote Tiroler Adler an. Zudem sind an den Mauern mehrere rötliche Andreaskreuze zu sehen, weil der Apostel Andreas der Patron des Ordens vom Goldenen Vlies war. 1430 hatte ihn der Burgunderherzog Philipp der Gute begründet, und sein Sohn Karl der Kühne machte das Andreaskreuz zum Symbol von Burgund. Da Maximilian I., der Maria, die Tochter Karls des Kühnen, geheiratet hatte, Mitglied des Vliesordens geworden war und 1490 die Regierung Tirols übernommen hatte, fand dieses Kreuz auch im Vintschgau Verbreitung. Der Stil unserer heraldischen Zierden passt in diese Zeit.[5]

Die weithin sichtbaren Adlerwappen wirkten freilich wenig erfreulich auf die Talbewohner. Nachdem schon jahrzehntelang das Verhältnis zum österreichischen Tarasp getrübt war, reizten die Schulser im Sommer 1524 einen Jüngling auf, unterhalb des Schlosses zu rufen: «Hie Sweitz Grund und Boden.» Einen anderen veranlassten sie zu einer öffentlichen Schmähung: «Leben die Drey Püntt, sterb der Künig und die Schlösser zerspringend und alle, die darynn sein.» Vergeblich forderte Österreich die Bestrafung der Herausforderer.[6]

Der neue Schlossherr konnte bald wichtige Aufgaben wahrnehmen, als im Unterengadin konfessionelle Wirren ausbrachen, in die auch die Untertanen der Tarasper Herrschaft hineingerissen wurden. Um dies zu verstehen, müssen wir die wachsende Entwicklung der Besiedlung in Erinnerung rufen.

Die früh- oder hochmittelalterliche Bevölkerung des Unterengadins konzentrierte sich in den Dorfschaften Remüs und Sent, Schuls und Fetan, Ardez und Zernez. Von einer alten Siedlung in Tarasp ist keine Rede. Die Herren von Tarasp suchten ja ihre Burg ausserhalb der Siedlungen zu errichten, um ihre überragende Stellung auch nach aussen zu belegen. So war die unmittelbare Umgebung der Burg nicht besiedelt. Schon die Ableitung des Namens Tarasp von terra aspera, von Roh-Land, deutet dies an. Der Name des darunter liegenden Vulpera hängt mit vulpes = Fuchs zusammen und bezeichnet eigentlich eine von den Füchsen gern besuchte Stelle.[7] Aber diese sonnige Terrasse eignete sich zu gut für die Landwirtschaft, als dass sie unbeachtet geblieben wäre. Schon die Tarasper schenkten Ende des 11. Jh. einen Hof in Vulpera ihrem Hauskloster in Schuls.[8]

In Tarasp selbst ist 1160 nur ein Ernst mit seinen Söhnen und ein Rodegerus nachzuweisen.[9] In den Urbarien des Churer Domkapitels aus der Zeit des 12.–14. Jh. ist weder Tarasp noch Vulpera genannt. Einzig im Einkünfterodel der Churer Kirche von 1290/98 wird Tarasp mit Abgaben von Getreide und Käse, von Schafen und Schweinen registriert.[10] Man kann sagen, dass sich Tarasp jetzt im Übergang vom Hoch- zum Spätmittelalter als selbständiger Teil des Schulser Bereiches herauskristallisierte. Ein Dorfmeister ist 1551 belegt, dürfte aber doch als Einrichtung irgendwie in die frühere Zeit zurückgehen.[11]

In kirchlicher Hinsicht war Tarasp der Pfarrei von Schuls integriert. Noch 1368 verlieh Herzog Leopold I. dem Vogt Ulrich von Matsch Höfe, die sowohl jenseits der Klus (Clüsa) wie auch unter der Festung Tarasp lagen und der Pfarrei Schuls angehörten.[12] Letztere errichtete 1516 eine grössere spätgotische Kirche, die selbst den Taraspern Platz genug bieten konnte. Die Entfernung von Schuls war nicht so gross, dass sie für die damalige Zeit eine schwere Behinderung des Kirchenbesuches dargestellt hätte. Zur kirchlichen Verselbständigung brauchte es daher einen ausserordentlichen Anlass.

Als sich die *Reformation* im Engadin ausbreitete, standen sich in Schuls 1532–37 zwei Parteien gegenüber, von denen die eine für, die andere aber gegen die neue Bewegung eintrat.[13] Zur letzteren Richtung gehörte auch Tarasp, zumal es unter österreichischer Herrschaft stand, die ihren Einfluss geltend machte. Trotzdem konnten die Anhänger der Neuerung ihr Ziel durchsetzen, den katholischen Gottesdienst abschaffen, die kirchlichen Geräte verkaufen, Altäre und Bilder in den Inn werfen. Als es 1551 zur Zahlung an ein neues Geläute für die Schulser Kirche kam, verlangten die Tarasper Befreiung vom Opfergeld und Anteil am Kirchengut. Ein österreichisch-bündnerisches Schiedsgericht vom 30. Juni 1559 verwehrte ihnen dies, solange sie kein eigenes Gotteshaus besässen.[14] Das musste die österreichische Herrschaft und die Tarasper Bevölkerung nur dazu ermuntern, baldmöglichst eine Kirche zu errichten. Sie kam schon 1567 in Fontana zustande. Der Turm ist heute noch erhalten, ebenso der Chor, indes nur als Sakristei der neuen barocken Kirche, die nach den Plänen von Blasius Ploirer aus Mals 1674/78 mit drei Altären zu Ehren der Heiligen Dreifaltigkeit errichtet wurde.[15]

Der Kastellan, der die Seele der ganzen Entwicklung von Tarasp war, hiess *Eustachius von Stampa*, aus dessen Bergeller Familie schon Albrecht und Ulrich

Abb. 26 *Taler von Tarasp*

IN NICOLSPURG·ET·DOMINUS·IN·TRASP

FERD·S·R·I·PRINCEPS·A·DIETRICHSTEIN

von Stampa als Pfleger wirkten.[16] Nachweisbar ist Eustachius in seinem Amte wenigstens 1551–68.[17] Als in Schuls kein katholischer Gottesdienst mehr gehalten wurde, blieb er der dortigen Kirche ein ganzes Jahr fern und erbat sich einen katholischen Geistlichen, nicht ohne zu bemerken: «Wer auch umb ein Person mer im Schloss.» Stampa meldete auch 1551, dass die Schulser schon dreimal gewalttätig gegen Tarasp vorgerückt waren. Sollten sie noch einmal kommen, «so wirdt ich mich zu einer dapfern Gegenwer stellen».[18] Der gleiche Kastellan konnte in dem schon erwähnten Vertrag von 1559 die rechtlichen Verhältnisse zwischen Schuls und Tarasp klären. Von jetzt an durften die Schulser kein Vieh mehr auf dem Tarasper Herrschaftsboden weiden. Auch ihre Holz- und Weiderechte bis zum unmittelbaren Bereich des Burgfriedens und der dazu gehörigen Höfe waren nun rechtlich erledigt. Tarasp und Schuls standen sich auf gleicher Ebene gegenüber.[19] Hinter Schuls standen freilich der Gotteshausbund und die Drei Bünde, hinter Tarasp aber ein ganzes Kaiserreich. Dieses ungleiche Kräfteverhältnis war es, das die Schulser 1590 zum Ausspruch veranlasste: «Schuls sige ouch ein Fürst.»[20]

Gefährlich war die Lage, als im Winter 1575/76 der Erzherzog von Österreich die Burg Tarasp zur Nachtzeit mit Pulver und Spiessen, mit Winden und Brustpanzern versehen liess. Selbst Nauders und Glurns wurden befestigt. Die Talleute verhielten sich indes ruhig, um nicht als Urheber von Unruhen angeklagt zu werden.[21] Damals war wieder ein bedeutender Pfleger im Schloss, es war *Konrad Jecklin*. Er hatte sich in den italienischen Feldzügen Karls V. so ausgezeichnet, dass ihn Ferdinand I. von Österreich zum Kastellan von Tarasp erhob, in welcher Eigenschaft er uns zumindest 1573 bis ca. 1590 begegnet. Zugleich war er auch Statthalter des Erzherzogs auf dem Schloss Castels im Prättigau. Im Sommer 1580 erhielten er und der Pfleger von Mals den Auftrag, für den Hof in Innsbruck lebende Murmeltiere zu beschaffen. Erzherzog Ferdinand II. verlieh ihm 1581 die Auszeichnung von und zu Hohenrealt, die auch für seine ganze Verwandtschaft und deren Erben gelten sollte. 1590 begegnet er uns als Abgesandter des Gotteshausbundes zur Erneuerung des Bundes mit den Eidgenossen. Bei der Beschwörung des Bundes mit dem Wallis im Jahre 1600 tritt er nochmals auf.[22]

Wie schwierig die Lage von Tarasp war, zeigte sich 1612, als die Engadiner das Schloss berannten und gewaltige Zerstörungen hinterliessen, die noch lange sichtbar blieben.[23] In den Jahren 1621 und 1622 spielten sich die Kämpfe zwischen den österreichischen Invasionstruppen und den Bündnern gelegentlich in der Nähe des Schlosses ab, ohne es indes irgendwie unmittelbar zu berühren.[24] Es nahm sich aber wie eine Drohung aus, dass die Österreicher 1624 an der Fassade im Nordosten ihren Doppeladler wie auch ihren Schild in Rot-Weiss-Rot malen liessen und die Inschrift setzten: «Hie Estereih.»[25]

Die ständige Angst vor einem neuen engadinischen Angriff schloss die Bevölkerung der Burg und der Herrschaft nur noch mehr zusammen. Die 1612 vom Feuer hergenommenen drei Glocken wurden 1628 restauriert. Die Inschrift der Trinitätsglocke meldet uns die Namen der führenden Köpfe, des Pfarrers Victor Pazeller und des Richters J. Christan von Aschera. Überdies verrät uns der Text die freudige Genugtuung des Volkes über die Wiederherstellung der Glocken.[26]

Wie es um diese Zeit in Tarasp stand, berichtet uns *Fortunat Sprecher* von Bernegg († 1647) in seinem 1617 in lateinischer Sprache herausgekommenen Werk über Rätien. Damals hatte die Familie *Mohr von Liechtenegg* Burg und Nachbarschaft als Pfand inne und hielt auch im Namen Österreichs und der Grafen von Tirol im Schloss Residenz.[27] Es handelt sich um die Bündner Familie der Mohr (Moor), von der Hans Mohr 1593 als Herr zu Liechtenegg geadelt wurde und als Hauptmann auf dem Schloss zu Tarasp waltete. Als letzter Pfandinhaber amtete Hans Dietrich Mohr bis 1625.[28] Seine Tochter verlor am 19. Juni 1625 ihr Leben, als ein Blitz das Schloss in Brand steckte.[29] Die deutsche Auflage von Sprechers Werk kam erst 1672 nach dem Tod des Verfassers († 1647) heraus und bezeichnete die Burg Tarasp als «nicht ein vlustig Schloss», das «einen schönen See daran hat vnnd andere Kumlichkeiten».[30] Also Tarasp ein vergnügliches Barockschloss mit Wasserfreuden und Bequemlichkeiten!

Die Familie Mohr wurde schon 1626 durch die *Planta-Wildenberg* abgelöst. Eine der 1628 erneuerten Glocken von Tarasp zeigt das Wappen Österreichs und der Planta, zudem die Namen des Erzherzogs Leopold von Österreich und des Kastellans Rudolf Planta-Wildenberg († 1638).[31] Letzterer gab noch im gleichen Jahr 1626 das Amt eines Vizekastellans seinem Grossneffen Rudolf Planta-Steinsberg († 1640). Weil dieser oft im Schloss Rametz bei Meran oder in Steinsberg weilte, verlor er in Innsbruck sein Ansehen, was ihn zum Beitritt in die französische Partei veranlasste. Schon 1631 wurde sein Vetter Rudolf Planta-Wildenberg († 1641) Vizekastellan. Anlässlich dieser Bestellung bemerkte sein Onkel Ritter Rudolf Planta-Wildenberg, dass das Schloss schlecht gebaut und weder zur Offensive noch zur Defensive geeignet sei. Die bescheidene Herrschaft umfasse nur etwa 50 verarmte Bauern und herabgekommene Güter, die der frühere Pfleger Mohr auf Zins zurückgelassen habe. Nach der Ermordung von Rudolf Planta-Wildenberg im Jahre 1641 übernahm sein Bruder Anton das Amt. Indes bezahlte die Erzherzogin Claudia 1644 den Pfandschilling und nahm Tarasp zurück.[32]

Als 1647 die Verhandlungen zwischen dem Unterengadin und Österreich über einen Auskauf begannen, dachte man im folgenden Jahr tatsächlich daran, Tarasp einzubeziehen. Es fiel sogar der Vorschlag, den Auskauf von Maienfeld zu gestatten und das Geld davon für den von Tarasp zu verwenden. Trotz des Hinweises des Bundestags auf die Wichtigkeit einer solchen Lösung zeigten die beiden andern Bünde, die man um Hilfe dafür angegangen hatte, wenig oder kein Verständnis. Das Bergell und die Stadt Chur lehnten das Vorhaben schlechthin ab. Der hohe Auskaufspreis für Tarasp spielte auch eine Rolle. Schliesslich konnte Österreich auf den Kauf von Privatpersonen rechnen, so dass es nicht mehr für die Abgabe von Tarasp zu haben war.[33] So wurde 1652 vom geldbedürftigen Erzherzog Ferdinand Karl nur das Unterengadin freigegeben.[34]

Die Tarasper blieben unter dem Tiroler Adler, wie sie es auch aus konfessionellen Gründen wünschten. Im gegenteiligen Fall riet ihnen der erzherzogliche Unterhändler Johann Andreas Pappus, nach dem Vintschgau auszuwandern.[35] So scharf waren damals noch die Gegensätze zwischen dem reformierten Unterengadin und dem katholischen Tarasp. Letzteres stand früher unter dem Herrschaftsrichter von Schuls, ausgenommen eine kurze Zeit in der zweiten Hälfte des 16. Jh. (1574–92). Jetzt – nach dem Auskauf des Unterengadins – erhielt es ein eigenes Gericht, und zwar nicht nur das niedrige, sondern auch das hohe, so dass in Tarasp nun Stock und Galgen errichtet werden konnten. So blieb es bis 1803.[36]

Jakob Anton Vulpius, Pfarrer von Fetan (1654–1606), bedauerte in seiner Historia Raetica diesen Verlauf der Geschichte sehr: «So ist leider Tarasp dem Fürsten (Erzherzog) geblieben. Es wäre gut und notwendig gewesen, diesen bösen Dorn aus unseren Augen zu ziehen, so dass wir das Recht über diese Herrschaft bekommen hätten.»[37] Vom Standpunkt der Bündner aus begreiflich, denn die von Frankreich her verbreitete Idee eines souveränen Territorialstaates verlangte ein einheitliches Unterengadin. Dem stand freilich das unzweifelhaft historische Recht Österreichs entgegen.

1687 übergab Kaiser Leopold I. die Herrschaft Tarasp dem reichsfürstlichen Haus von *Dietrichstein*, deren Schloss im mährischen Nikolsburg stand. Daher nannten sich die Familienmitglieder Fürsten von Nikolsburg.[38] Die von Dietrichstein erhielten Tarasp als erbliches Reichslehen und hatten daher landesfürstliche Gewalt und die Reichsunmittelbarkeit inne, doch behielt sich Österreich die Militär- und Steuerhoheit.[39] Offensichtlich hatte die Familie Freude an ihrem neuen Titel. Ferdinand von Dietrichstein († 1698) bestellte 1695 in der Wiener Münzstätte einen Prunktaler und im folgenden Jahre einen Dukaten. Der Taler zeigt auf der Vorderseite die Büste des Fürsten mit Perücke und auf der Rückseite die Wappen der Familie, dazu die Initialen des Medailleurs Mathias Mittermayer. Bezeichnend ist die Legende beider Münzen: «Ferd(inandus) S(acri) R(omani) I(mperii) a Dietrichstein in Nicolspurg et Dominus in Trasp 1695.»[40]

Allein, viel taten die Dietrichstein für Tarasp nicht, vielleicht verständlich, weil sie ja das Steuerrecht nicht erhalten hatten. Dann war das Schloss schon bei der Übergabe an die neuen Burgherren baufällig, was lähmend wirkte.[41] Eine Kommission stellte 1714 den traurigen Zustand fest. Alle Kamine waren schadhaft, das Dach der Kapelle verfault, der Glockenturm ganz vernachlässigt, die Wehrmauer brüchig, die Hauptmauer gelockert.[42] Und doch war Tarasp in den Augen der österreichischen Regierung immer noch eine wichtige Festung. Sie wünschte 1719 die Anstellung eines Festungskaplans, da die Zeitverhältnisse es nicht immer zuliessen, dass die Besatzung an Sonn- und Feiertagen ihre Burg verlasse und sich in die Pfarrkirche begebe. Kaiser Karl VI. ersuchte selbst den Fürsten Walter X. von Dietrichstein, jährlich für diesen Posten 60 Florin auszulegen.[43] Vermutlich stiess der Habsburgerherrscher auf taube Ohren. Die Burgherrschaft tat auch sonst wenig. Bekannt ist einzig, dass 1732 die Zisterne im Erdgeschoss erneuert wurde.[44]

Zum ganzen Bild passt es, dass die Kastellane zur Zeit der Dietrichstein nach Herkunft und Qualität sehr verschieden geartet waren. Am meisten verdient *Benedikt Tanaglia* von Greiffenberg, ein Tiroler Landes-Bataillons-Hauptmann, erwähnt zu werden, der 1721 die Kommandantur über die «kön(igliche) Vöstung Trasb» erhielt. Er stiftete die beiden Bildhäuschen beim Aufgang zum Schloss, weshalb dort sein Wappen und das seiner Gemahlin Anna Margarita Tanaglia, einer geborenen Battaglia von Conters († 21. März 1737), prangt. Die Ausmalung der Bildstöcke scheint der Soldat Thomas Gasser übernommen zu haben. Die Wappen finden wir wieder über der Türe zum Hauptmannszimmer (1722). Auf die Munifizenz Tanaglias († 1737) geht wohl auch das Madonnenbild von 1722 zurück, das den Durchgang zum inneren Schlosshof ziert.[45]

In die Epoche der Dietrichsteiner gehört eine *Karte der Tarasper Herrschaft*, die das Vorarlberger Landesmuseum in Bregenz aufbewahrt. Als Kopist zeichnete Josef Anton Prandt. Eine Jahrzahl fehlt, doch wird vermerkt, dass die Bergwerke des Scarltales hundert Jahre nach dem Engadinerkrieg aufgehört hätten. Gemeint ist hier die österreichische Invasion von 1621/22, so dass die Karte auf die Zeit nach ca. 1722 angesetzt werden muss. Sie überrascht zunächst dadurch, dass die Sicht nicht von Süden nach Norden aufgenommen ist, sondern umgekehrt, von Norden nach Süden. Schuls, Fetan und Steinsberg bilden den Untergrund für

Tarasp, von wo der Blick in die Berge und Wälder streift. So stellte auch der Niederländer Romeyn de Hooghe (1645–1708) das 1683 von den Türken belagerte Wien von Norden her dar. In unserem Bild ist der Augenpunkt so hoch gewählt, dass alle Häuser und Bäume möglichst plastisch erscheinen können. Man wird beinahe an eine moderne Flugaufnahme gemahnt. Das höchste Ziel war die topographische Genauigkeit. Es liegt ein sauberer und systematischer Prospekt vor, der vor allem Lage und Grösse der umstrittenen Wälder darstellen will. Es geht nicht darum, die Landschaft geistig und künstlerisch zu erfassen, wie man dies unter Führung des Zeichnerpoeten Salomon Gessner in der zweiten Hälfte des 18. Jh. erstrebte, sondern es liegt eine ganz sachbezogene, man möchte sagen juristische Darstellung vor, wie sie noch in der ersten Hälfte des gleichen Säkulums üblich war.[46]

Unsere Karte macht deutlich, dass die Tarasper Herrschaft nicht sehr gross war. Die erste Nachricht darüber bietet *der Rodel der Matscher* von 1369/71, in dem diese Nachfolger der Tarasper alle Höfe, Häuser und Felder von der Klus gegenüber Schuls, also von der Talenge bei der Einmündung der Clemgia in den Inn, bis an die Grenzen des Ardezer Gebietes besassen. Ausdrücklich als Höfe werden 17 Besitzungen erwähnt. Der Rodel zählt aber auch viele Äcker und Wiesen, Gärten und Alpen sowie Zehnten auf.[47] Dass die Matscher von altersher hier gerichtliche Befugnisse ausübten, erfahren wir erst aus der Schludernser Richtung von 1467. Der 1465 eingesetzte Pfleger Oswald Schrofensteiner hatte ja bereits Rechtsfälle und Strafen unter sich.[48]

Schon 1552 erhielt Tarasp von König Ferdinand I. Lehensbriefe für acht Höfe. Kaiser Rudolf II. (1576–1612) erteilte anlässlich seines Regierungsantrittes in Tirol (1598) Briefe für 15 Höfe, die dadurch den Besitzern «zu ewigen Erb- und Zinslehen» gehörten. Damit war aber die Verpflichtung verbunden, das Schloss in Notzeiten zu verteidigen, was wohl schon seit dem 15. Jh. und vielleicht schon vorher der Brauch war. Sieben Höfe hatten 1598 noch keinen Lehensbrief.[49] Ein weiteres Urbar datiert von 1717. Die 15 Höfe sind namentlich angeführt.[50] Beachtenswert ist, dass viele Höfe in den Dokumenten, angefangen vom Matscher Rodel des 14. Jh. bis zur Karte des 18. Jh., immer wieder auftauchen und daher den eigentlichen Kern der Tarasper Herrschaft durch Jahrhunderte hindurch darstellen.[51]

Abb. 27 *Toreingang*

Um uns ein lebendiges Bild von Tarasp um die Mitte des 18. Jh. zu machen, lassen wir für einen Augenblick Namen und Zahlen der Urbare beiseite und wenden uns der originellen Schilderung zu, die *Nicolin Sererhard*, ein Unterengadiner aus Zernez, dann Pfarrer in Seewis (Prättigau), 1742 von Tarasp entwarf. Für ihn war die Burg noch «ein feines Schloss auf einem nicht allzuhochem Felsen-Büchel» (Felsen-Buckel), aber nicht von grosser militärischer Kraft: «ist von einem Castellan bewohnet, mit etlichen metallenen Stuken und auch einigen wenigen alten Soldaten zur Verwahrung versehen.» Der von Fortunat Sprecher gerühmte See erscheint ihm als ein «schlechter Weyer, mehr für die Frösche als für die Fische». Zum Schloss gehören drei Meierhöfe und bescheidene Einkünfte («kaum auf F. 500»). Dem Kastellan schreibt er Rechte in der Gerichtsbarkeit zu, weshalb er ein Gefängnis und einen Galgen besitzt («eigen Stok und Galgen»). Ihm stehen auch einige Bodenzinse und das Mitspracherecht bei der Bestellung der Obrigkeit zu. Doch wählen die Tarasper selbst ihren Ammann und ihren Rat, sind auch frei von Tribut und Zehnten. Die Bevölkerung ist nach den Worten des reformierten Pfarrers: «romanscher Sprach, alle papistisch».[52]

Tarasp stand immer noch unter den Dietrichsteinern, die indes im fernen Mähren wohnten und sich nicht in das innere Gemeindeleben einmischten. So konnten es der Richter mit den Dorfmeistern und Geschworenen der Tarasper Herrschaft wagen, den Fürsten Karl von Dietrichstein um die Erlaubnis zu bitten, ein eigenes *Gemeindesiegel* führen zu dürfen. In Anbetracht, dass die Tarasper stets treu zur Familie Dietrichstein hielten und «zur Wiederherstellung der allgemeinen Ruhe und Einigkeit» mitgeholfen hatten, durfte nun die Gemeinde ein Siegel stechen lassen. Es sollte auf einem Felsen zwei Türme vorstellen, die durch eine zinnenbewehrte Schanze verbunden waren. Das wollte zeigen, dass Tarasp eine Festung war und bleiben sollte. Darüber war in der Helmdecke das Dietrichsteiner Stammwappen vorgesehen: zwei silberne Winzermesser mit goldenen Griffen, überhöht von «einem Herzog Hüttel». Die Inschrift sollte lauten: Sigillum Communitatis Tarraspensis. Die Erlaubnis gab Karl von Dietrichstein am 1. August 1773 im Schloss seiner «fürstlichen Residenz Stadt Nicolspurg». Das Privileg war gedacht als «ein ewiges Denkmal unserer fürstlichen Gewogenheit».[53]

Für die Ausübung dieses Vorrechtes gibt es keinen Beleg. Es wertete Tarasp in keiner Weise auf. Die Festung konnte auch in dieser Zeit nur mit Mauern abschrecken, nicht mit Mannen, befanden sich doch in ihr einzig ein Büchsenmeister und drei Invalide aus der Grafschaft Tirol. Und doch sollten eigentlich dem Verwalter oder Hauptmann zwei «ordinari Guardi-Knechte», dazu ein Büchsenmeister und vor allem eine regelrechte Miliz von 25 Mann unter einem Fähnrich als

Kommandanten zur Verfügung stehen.[54] Offensichtlich vertraute man auf friedliche Zeiten und erhoffte im Notfall die Hilfe des grossen Habsburgerreiches. Im Jahre 1783 erscheint die Herrschaft Tarasp schlechthin als Teil des Kreises Oberinntal.[55]

Weil Tarasp nur ein kleines Territorium umfasste, ist dies irgendwie begreiflich. Aber es kommt nicht so sehr auf die Grösse, sondern auf die *Lage* eines Besitzes an. Tarasp nahm sich mitten im Unterengadin, dazu auf einer weithin sichtbaren Terrasse wirklich wie ein fremder Keil aus. Schon Merians Topographie Österreichs von 1649 betrachtete diesen Tiroler Teil als «aufs wenigste eine gute Vestung gegen die graubündnerischen Gräntzen».[56] Noch im ausgehenden 18. Jh. waren die kaiserlichen Gerechtsamen in Tarasp wie auch in Räzüns nach der Meinung eines österreichischen Diplomaten von Bedeutung «in den Händen eines grossen Hofes, der im rechten Zeitpunkt davon Gebrauch machen konnte». Die Herrschaft hätte mithin in der Politik eines zielbewussten Kaisers militärisch oder diplomatisch ihren nicht kleinen Wert gehabt.[57]

Aber gerade der österreichischen Initiative wegen musste Tarasp viel leiden. Kaiserlich-österreichische Truppen waren 1798 auf die Bitten der keineswegs einigen Bündner ins Land gekommen, gegen die im Frühjahr 1799 die *Franzosen* unter General Lecourbe vorgingen, um sie aus dem Unterengadin zu vertreiben. Ihnen gab das Dorf Tarasp gezwungenermassen Naturalien im Werte von 3058 Florin. 30 Mann mussten während fünf Wochen Schanzarbeit leisten. Dazu kamen noch Schäden von fast 3000 Florin. Andere Gemeinden litten noch mehr, so dass die österreichische Regierung nur eine geringe Entschädigung geben konnte.[58]

Die schweren Prüfungen der Revolutionszeit, aber auch die vorhergehende Sorglosigkeit der Dietrichsteiner wie auch die an sich traditionelle Einstellung der Bauern mögen es erklären, warum der Forstwirtschaftler Karl *Kasthofer* (1777–1853) in seiner Veröffentlichung von 1825 das elende und vernachlässigte Äussere des Dorfes und die veralteten Landwirtschaftsmethoden der Bevölkerung rügte. «Im Dorfe Tarasp sahen wir den einfachsten und rohsten Pflug, der uns noch jemals zu Gesicht gekommen.» Nicht anders urteilte er über das Schloss, in dem «alles auf Verlassenheit und Verfall deutet». Dem Berner Aufklärer und Demokraten mochte die «fürstliche Burg» an sich nicht überaus sympathisch gewesen sein.[59] Aber die feudale Herrschaft war ja schon 1803 erledigt.

Abb. 28–29 *Die verfallene Burg*

Das Ringen zwischen Franzosen und Österreichern in der Schweiz beendigte Napoleon durch seinen Sieg über die Truppen des Kaisers bei Marengo (nördl. Genua), worauf er 1801 in Lunéville den Frieden diktieren konnte. In Ergänzung dazu überliess der sogenannte *Reichsdeputationshauptschluss* von Regensburg die Herrschaft Tarasp der Helvetischen Republik (Reichsrezess 26. Februar 1803). So war Tarasp nur ein Objekt im diplomatischen Spiel der beiden Grossmächte geworden. Weil es österreichisch war, deshalb wurde es der französisch orientierten Helvetik gegeben. Die Verschacherung ging noch weiter. Fürst (Joh. Baptist) von Dietrichstein erhielt für den Verlust von Tarasp die weit ansehnlichere Herrschaft von Neuravensburg, die damit dem Kloster St.Gallen entrissen wurde. Wohl machte noch Abt Pankraz Vorster von Wien aus dem Fürsten von Dietrichstein eine persönliche Aufwartung, um ihn zum freiwilligen Verzicht auf Neuravensburg zu veranlassen, doch ohne Erfolg.[1]

Tarasp wurde dem *Kanton Graubünden* integriert, den die Mediation Napoleons 1803 durchgesetzt hatte. Nach dem Sturz der Napoleonischen Vermittlung 1813 hielt der Reformpolitiker Johann Baptista von Tscharner (1751–1835) dafür, dass Graubünden «keine rechtliche Einwendungen» gegen die erneute Besitznahme der Herrschaft Räzüns durch Österreich machen könne. Aber es solle beim Kaiser Franz I. über den «Loskauf» von Räzüns und bei dem Fürsten von Dietrichstein über den von Tarasp verhandeln und dafür auf die Rückgabe des Veltlins «als ein besonderer Stand» bedacht sein.[2] Keine dieser Forderungen erfüllte sich. Der Wiener Friede von 1815 änderte für Graubünden nichts. Es erhielt die beiden österreichischen Herrschaften, ohne sie auszukaufen, was indes ein kleiner Ersatz für den grossen Verlust des Veltlins war. Doch hätten Räzüns und Tarasp in einer Zeit, die schon längst die territoriale und nationale Einheit anstrebte, als österreichische Exklaven kaum ihre Dauerexistenz bewahren können.

Was geschah nun mit dem *Schloss* und dessen Besitz? Schon 1803 wurde alles dem Kanton übergeben, der die Güter verpachtete und dann veräusserte. Das Haupthaus des Schlosses war noch 1815 bewohnt. Der Grosse Rat (Kantonsrat) beschloss indes 1827, das ganze Schloss «so gut als möglich zu verkaufen». Es meldete sich nur Landammann Men (Dominikus) Marchi von Schuls, dem der

Abb. 30 *Fenster im Südtrakt*

Kleine Rat (Regierungsrat) am 29. Januar 1829 den Bau für 250 Florin übergab. Die Witwe Marchis verkaufte 1840 das Schloss an Gregor Pazeller, von dem es dessen Schwager Kaspar de S. Jon 1855 erhielt. Der Wechsel der verschiedenen Besitzer war dem Bau keineswegs förderlich. Daher machte Nationalrat *Dr. Andreas Rudolf von Planta-Samaden* (1819–89) der Regierung Vorwürfe, dass sie nichts gegen den Zerfall des Schlosses tue. Er war dafür auch deshalb interessiert, weil er den Tarasper Kurbetrieb heben wollte (Hotel-Kurhaus). So kam es, dass er 1856 das Schloss samt Wächterhaus und See kaufte, auch nachher noch einige Felder erwarb. Der bisherigen Ausplünderung des Schlosses setzte er ein Ende und liess sämtliche Dächer erneuern. Über seinen Sohn Oberst Rudolf Ulrich von Planta (1852–1919) gelangte das Schloss im Jahre 1900 für 20 000 Franken an *Karl August Lingner*, der sich anlässlich eines Kuraufenthaltes dafür interessierte und den Bau «zur Zierde der Gegend» unterhalten wollte. Lingner (1861–1916) hatte 1888 in Dresden die sogenannten Lingner-Werke ins Leben gerufen und damit eine kosmetisch-pharmazeutische Industrie geschaffen, die ihn in die Lage versetzte, das Nötige für Tarasp zu veranlassen.

Kaum war 1905 ein Stück der Ringmauer bei der Kapelle eingestürzt, als die Konsolidierung des Baues beginnen musste. Sie stand von 1907 bis 1914 unter der Leitung des Dresdener Architekten Walter Türcke, dessen Werk Architekt Robert Kosenbach 1914–1916 zu Ende führte. Ein ganzes Heer von Maurern und Zimmerleuten arbeitete daran, das Schloss zu sichern und wohnlich zu machen. Täfer und Möbel wurden nicht nur aus Graubünden, sondern auch aus dem Ausland gekauft und stilgerecht eingebaut. Die grossartige Sammlung von Wappenscheiben geben dem Schloss fast den Charakter eines Museums. Als alles zum Bezug des Schlosses und zur Einweihung des Baues bereitstand, da fehlte der Schlossherr, Dr. h.c. Karl August Lingner, der kurze Zeit vorher, am 5. Juni 1916, in die Ewigkeit abberufen worden war.

Der Verstorbene hatte das Schloss dem volkstümlichen König Friedrich August III. von Sachsen (1904–1918, gest. 1932) zugedacht, der indes das Legat ablehnte, worauf es dem Grossherzog Ernst Ludwig von Hessen und bei Rhein in Darmstadt (1892–1918, gest. 1937) zufiel, dem kunstsinnigen Freund Lingners, dessen Familie heute noch die ganze herrliche Anlage betreut. Seit 1919 ist das Schloss auch für die Öffentlichkeit frei. In den letzten Jahren waren es jährlich ungefähr 20 000 Personen, die mit ihrem Besuch auch das Andenken der Tarasper ehrten.[3]

Mit dem Schloss eng verbunden war das *Dorf Tarasp*, das keineswegs eine geschlossene Siedlung darstellte, sondern sich nach dem Hofsystem von Ardez bis zur Einmündung des Scarltales, also auf einer Strecke von 10 km, ausdehnte. So begreifen wir, wie Campell im 16. Jh. dort 405 Hausbesitzer oder Familien zählte. Im Vergleich dazu wiesen Fetan ca. 200 und Schuls sowie Sent je 300 Häuser auf.[4] Die Bevölkerung von Tarasp übertraf doch kaum die des ganzen Schuls und die des halben Fetan, aber die Zahl der Bauten kam auf 405. Um das Jahr 1630 waren es 242 Einwohner.[5] Trotz aller Wirren kam Tarasp im Jahre 1806 auf 320 Personen.[6] Das war nicht zuletzt auf die bedeutende Einwanderung aus den Nachbargebieten Tirols zurückzuführen. Ende des 19. Jh. zogen wieder viele infolge wirtschaftlicher Not nach Amerika aus. Mit dem aufblühenden Kurbetrieb konnte ein Teil der Bevölkerung Verdienst in der Nähe finden. Die Zahl der Einwohner wuchs fast konstant (ca. 1900: 278, ca. 1950: 300 und 1973: 340 Einwohner).[7]

Tarasp ist der *romanischen Sprache* treu geblieben. Dass die österreichische Herrschaft mit ihrer deutschen Amtssprache und die Tiroler Nachbargebiete mit ihrer Mundart einwirkten, war durchaus begreiflich. Aber die romanische Sprache lebte doch im Volke weiter. Sie konnte seit 1815 ihre Positionen vertiefen und erweitern.[7a] Auch geistig schloss sich Tarasp dem Unterengadin als Gemeinde des Kreises Obtasna ohne grosse Schwierigkeit an. Schon 1864 konnte Conradin von Moor, selbst ein reformierter Unterengadiner, mit allem Grund feststellen: «Die Bewohner des Dorfes Tarasp und seiner Höfe sind seither (seit 1803) so gute Engadiner geworden, als es je die übrigen waren, und nichts erinnert jetzt mehr an die alte Zeit und die Verhältnisse mit Österreich als eine katholische Bevölkerung mitten in dem rein protestantischen Engadin.»[8]

Heute würde der gleiche kritische Beobachter noch die touristisch-medizinische Bedeutung erwähnen, die Tarasp zu einem integrierenden Teil des Unterengadins machte. Zuerst sind im 14. Jh. die Salzwasser zu Schuls belegt, zu dem auch Tarasp gehörte.[9] Die Bäder müssen aber schon bald bekannt geworden sein, besonders seit Tarasp nach 1464 unter Österreich stand. Bereits Georg Rösch wusste in seinem 1558 gedruckten «Landreim der fürstlichen Grafschaft Tyrol» davon zu berichten. Er wertete die heilbringenden Wasser von Tarasp gleich hoch wie die von Ladis über Prutz. Der Inn verband beide, nur etwa 42–52 km voneinander entfernten Orte. Rösch lobte die Kraft ihrer Sauerbrunnen, da sie die Nahrungsaufnahme fördern und das Atmen erleichtern.[10]

Ulrich Campell meldet uns, dass 1561 der Zürcher Arzt Konrad Gessner und der Churer Pfarrer Johannes Fabricius Montanus die Quellen besuchten, die der erstere ausserordentlich empfahl und der zweite in gelehrten Versen beschrieb. Nach dem Bericht des gleichen rätischen Geschichtsschreibers wurde das Wasser

nicht nur zum Trinken verwendet, sondern auch zum Baden in die Häuser getragen.[11] Nicolin Sererhard weiss 1742 von mehr als einem Dutzend Mineralquellen auf dem Schulser Gebiet. Zwei Quellen lagen nahe beim Inn und noch auf Tarasper Boden.[12] Aber das war noch ein bescheidener Kurbetrieb. Erst von 1858 an wurden die Möglichkeiten grosszügig ausgenützt. So entwickelte sich nicht nur Schuls, sondern auch das auf Tarasper Boden liegende Vulpera zu einem internationalen Badeort.[13] Das bedeutete zugleich eine zusätzliche Beschäftigung für die Tarasper Bevölkerung.

Weder die Organisation eines Dorfes und noch weniger die Schaffung eines Weltkurortes lagen im Sinne der Tarasper Herren, die hier ihre Burg errichteten, aber sie legten doch mittelbar und unbewusst den ersten Grund zu diesen Entwicklungen. Wer sich heute noch an dieses einst so mächtige und ebenso hochherzige Geschlecht erinnern will, der besuche zwei Burgen. Die geistliche ist das von den Taraspern gegründete Familienkloster in Schuls und jetzt in Marienberg, wo die Gebeine der letzten Tarasper in der romanischen Klosterkirche würdevoll aufbewahrt werden und in der einzigartigen Krypta das Bild der betenden Uta von Tarasp zu erkennen ist. Der Zweck der Stiftung wird heute noch durch das Gebet der Mönche für die Gründerfamilie erfüllt. Die weltliche Burg über dem Dorf Tarasp entwickelte sich im Laufe der Jahrhunderte zu der schönsten Burg des burgenreichen Bündnerlandes und ist heute noch das weithin sichtbare Mahnmal eines einst um Land und Volk hochverdienten Geschlechts.

Abb. 31 *Die Burg von Norden im Winter*

Anhang

Anhang I.

Die Tarasper Urkunden

Die folgende Zusammenstellung will die wesentlichen Urkunden und deren Edition hervorheben und zugleich eine chronologische Orientierung geben.

1095/96	Dotation für das Kloster in Schuls (Eberhard u. Ulrich I.) BUB I. Nr. 214.
1131	Weihe des Klosters in Schuls sowie Schenkungen. TUB I. 1. Nr. 159–160 = BUB I. Nr. 288–289.
1142	Abt Adalbert von Schuls verfügt über Alp Astras (Scarltal). (Ulrich II., Friedrich I., Gebhard II.) TUB I. 1. Nr. 146 = BUB I. Nr. 308.
1148/49	Tauschurkunde Ulrichs III. mit Arnold III. von Morit. TUB I. 1. Nr. 233 = BUB I. Nr. 314.
1148/49	Abt Adalbert von St.Stephan (Burgeis) tauscht mit Bero von Tschars Güter in Mais aus. TUB I. 1. Nr. 234 = BUB I. Nr. 315.
1150	Abt Adalbert von Marienberg verleiht das Churer Ministerialen-Recht an zwei Brüder in Stanz. TUB I. 1. Nr. 239 = BUB I. Nr. 319.
1160	Schenkung Ulrichs III. an Churer Kirche. TUB I. 1. Nr. 271 = BUB I. Nr. 341.
1160	Weihe der Marienberger Krypta durch Bischof Adalgott. TUB I. 1. Nr. 272 = BUB I. Nr. 342.
1161	Schenkung Ulrichs III. und seiner Familie an Marienberg. TUB I. 1. Nr. 275 = BUB I. Nr. 345.
1163	Schenkung Irmgards und Heilwigs sowie Ulrichs III. an Müstair. TUB I. 1. Nr. 279 = BUB I. Nr. 349. (Darin Schenkungen der Frickinger und Ronsberger.)
1163	Schenkung Ulrichs III. für Berntrud. TUB I. 1. Nr. 280 = BUB I. Nr. 350.
1164	Schenkung Ulrichs III. und seiner Familie an Marienberg. TUB I. 1. Nr. 293 = BUB I. Nr. 354.
1161/64	Schenkung Gebhards III. und seiner Schwestern an Marienberg. TUB I. 1. Nr. 276 = BUB I. Nr. 355. (Darin Schenkungen von Leuten von Mals und Flies.)
1164/67	Vergleich Bischof Eginos, Ulrichs III. mit Gebhard III. TUB I. 1. Nr. 294 = BUB I. Nr. 363.

1167 Tausch zwischen Gebhard III. und Marienberg.
TUB I. 1. Nr. 312 = BUB I. Nr. 364.

1169 Bestätigung Marienbergs durch Kaiser Friedrich I.
TUB I. 1. Nr. 315 = BUB I. Nr. 369.

1173 Schenkung Ulrichs III. an Marienberg.
TUB I. 1. Nr. 332 = BUB I. Nr. 382.

1173 Schenkung der Frickinger (Albert, Burkhard, Heilwig) an Marienberg.
TUB I. 1. Nr. 333 = BUB I. Nr. 383.

1170/77 Tausch zwischen Marienberg und Diener Sigibert.
TUB I. 1. Nr. 320 = BUB I. Nr. 397.

1178 Alexander III. schützt Besitz von Marienberg.
TUB I. 1. Nr. 378 = BUB I. Nr. 399.

1182 Lucius III. schützt Besitz von Marienberg.
TUB I. 1. Nr. 403 = BUB I. Nr. 414.

1187 Belehnung mit Tarasper Gütern im Bistum Como.
TUB I. 1. Nr. 434 = BUB I. Nr. 444.

1193 Erklärung Eginos II. von Matsch über die Marienberger Vogtei.
TUB I. 1. Nr. 477 = BUB I. Nr. 461.

1220 Honorius III. schützt Besitz von Marienberg.
TUB I. 2. Nr. 767 = BUB II. Nr. 612.

1249 Innozenz IV. schützt Besitz von Marienberg.
TUB I. 2. Nr. 1243 = BUB II. Nr. 864.

Anhang II.

Besitz der Tarasper

1. Unterengadin

Pontalt/Puntota

pertinencia confinantem in Ponte alta. BUB I. Nr. 297 zu 1137

predium suum super Pontalt. BUB I. Nr. 363 zu 1164/67 (Gebhard III. gibt sein dortiges Grundstück dem Bischof, dem schon früher Ulrich III. den andern Teil geschenkt hatte: cuius predii alteram partem).

omnia tam in hominibus quam possessionibus inter Pontem Martini (Martinsbruck) et pontem altum. BUB II. Nr. 772 zu 1239 (Swiker von Reichenberg verkauft seine Tarasper Herrschaft).

Clusa

quicquid infra Clusam habui. BUB I. Nr. 341 zu 1160.

cum omnibus appendiciis suis infra Clusam. BUB I. Nr. 363 zu 1164/67.

omne quod hereditario iure infra Clusam ad eum pertinebat. BUB I. Nr. 363 zu 1164/67.

Remüs/Ramosch

curtim in vico Ramusse, que iacet super basilicam s. Florini cum adiacentibus et cum familia, Iaunit et sui infantes, Arnolt et sui infantes, et alia familia. BUB I. Nr. 345 zu 1161.

unam quartam ibidem (Fetan), quam habet Nanno de Ramusse. BUB I. Nr. 345 zu 1161.

de Ramussis Petrisa et infantes Wydonis. BUB I. Nr. 355 zu 1161/64.

de Ramüss Nannes et Dietmarus ministeriales domini Gebhardi predicti. BUB I. Nr. 364 zu 1167.

capellam s. Petri in vico Ramusse. BUB I. Nr. 399 zu 1178.

capellam s. Petri in vico Ramusse. BUB I. Nr. 414 zu 1182.

dedit dona, que fundator noster nobis dederat in Ramüss et in Nuders, de quibus anniversarium suum peragi debebatur, pro aliis bonis. Goswin 115 = BUB III. Nr. 1285 zu 1271/98. (fundator = Ulrich III.)

Sciendum est eciam, quod parrochialis ecclesia s. Petri in Ramuscia cum curte adiacente est nostra cum familia, quam dedit nobis fidelis et beatus fundator noster Udalricus de Traspis specialiter ad et ob eius anniversarium diem per nos perpetualiter celebrandum in vigilia nativitatis Domini. Urbare 107 zu 1390.

in vico Ramüss capellam sancti Petri et curtim unam cum familia. Goswin 62 (Inschrift der Krypta).

Sins/Sent

unum pratum subtus Sindes in Sillas (Seglias), unum pratum in Suppanina (Zoppanaina) in Sillas et unum mansum, quem habet de Adelbertus de Sindes in vico Vetane. BUB I. Nr. 345 zu 1161.

(testes) de familia dominorum: Marquardus de Lautz (Laatsch), Rupertus de Vettano (Fetan), Ernest de Sindes (Sent), Gebezo et Fridericus de Sclusis (Schleis). BUB I. Nr. 345 zu 1161.

(testes) de familia dominorum: Marquardus, Chunradus, Hainricus, Fridericus, Gebizo, Purchardus de Sindes, Hernest, Victor, Swikerus sacerdotes. BUB I. Nr. 355 zu 1161/64.

et in Sindes familiam. Goswin 62 (Inschrift der Krypta).

Schuls

curia in eodem monte (d.h. in loco de Schulles), curtim in Fontanaz (Funtanatsch). BUB I. Nr. 214 zu 1095/96.

omnem hereditariam proprietatem, quam habeant in hoc monte et agrum trium modiorum. BUB I. Nr. 289 zu 1131.

in Scullis partem suam in campo sicco. Goswin 34 (Vermächtnis Gebhards II., gestorben spätestens 1142). Dazu: in Scull alia bona. Goswin 15, Nekrologium zum 9. Juni.

de Sculles Heinricum et filium eius Eberhardum et Heinricum et Gertrutam matrem eorum cum omnibus filiis suis. BUB I. Nr. 341 zu 1160.

curtim ad Scullis in Biuurca (Buorcha) . . . et cum toto servicio et cum tota familia: Chunrat et sui infantes, Bonus filius et sui infantes et fratres eius, Viuencius et sui infantes, Vigilius et sui infantes, Bertha et eius infantes, Gerdrut et eius infantes, Sculla et eius infantes et alia familia multa. BUB I. Nr. 345 zu 1161.

curtim in vico Scullis ad Awalazz (Dualatsch) cum omnibus appendiciis et familia. BUB I. Nr. 349 zu 1163.

unam curtim in vico Scull, qui dicitur Fontanaza (Funtanatscha) et unam curtim Longoaqualaz (Dualatsch). BUB I. Nr. 355 zu 1161/64.

de Scull Otto et sui infantes, Liupo et eius fratres, Laurencius de Crista et sui infantes, Martzizana et eius fratres, Bertoldus, Iohannes de Falone (Fallun im Dorf Fetan), Viuencia, Laurencia, Miniga et infantes earum. BUB I. Nr. 355 zu 1161/64.

curtem unam ad Scullis sitam (Zubehör der Vogtei), aliam curtim ad Scullis sitam (an Gebhard III.) BUB I. Nr. 363 zu 1164/67.

de Scullis, Albero, filius Martini, de Wiler, Gerungus. BUB I. Nr. 364 zu 1167. (Wiler ist nicht identifiziert, hier erwähnt, weil es nach Schuls steht.)

ecclesiam baptismalem s. Georgii in vico Sculle. BUB I. Nr. 399 zu 1178.

aliam domum habuit noster fundator in principio cimiterii, ubi ascenditur, cuius indicia adhuc apertissime videntur. Goswin 54 (fundator = Ulrich III.).

in vico Schulles duas curtes cum familia. Goswin 62 (Inschrift der Krypta).

Fetan

Odalricus advocatus et sui milites . . . Rupreht de Uetane. BUB I. Nr. 319 zu 1150 (Ritter des Klostervogtes Ulrichs III.).

ministeriales meos . . . de Uetane Ropertum cum filiis suis, Heinricum, Ropertum, Pertoldum, Odalricum, Wigerum et Mahtildam. BUB I. Nr. 341 zu 1160.

terra de vico Vetane, quam laborat Liutfrid, Iannes et Liutprant. BUB I. Nr. 345 zu 1161.

unum mansum, quem habet Adelbertus de Sindes in vico Vetane. BUB I. Nr. 345 zu 1161.

unam quartam ibidem (in vico Vetane), quam habet Nanno de Ramusse in beneficio, et unam quartam in eadem villa, quam habet Fridericus de Scluse, et unam quartam ibidem, quam tenet Conradus de Ardetz. BUB I. Nr. 345 zu 1161.

falsiciam ponimus in alia familia Vetane: Chuno, Liutprant, Iustefrit. BUB I. Nr. 345 zu 1161.

testes . . . de familia dominorum . . . Rupertus de Vettano. BUB I. Nr. 345 zu 1161. (Den ganzen Passus siehe unter Sins/Sent.)

alpa in Tasina (Tasna im Val Tasna) cum LX caseis. BUB I. Nr. 349 zu 1163.

Iohannes de Falone (von Munt Fallun, Dorfteil in Fetan). BUB I. Nr. 355 zu 1161/64.

Obiit Gebhardus, filius domini Friederici fratris fundatoris nostri, qui dedit curtem in Salina cum capella et alia bona in Vetano. Goswin S. 11 zum 8. April.

falsiciam excipimus et ponimus de terra supradicta et nominata curtim Salina. BUB I. Nr. 355 zu 1161/64 (Schenkung Gebhards III. und seiner Schwestern).

unam curtem in monte de Vetano in loco qui dicitur Montilugo (Munclü). BUB I. Nr. 355 zu 1161/64 (Schenkung Sigibants von Flies).

predium suum in Vetanes situm. BUB I. Nr. 363 zu 1164/67.

unam curtem in villa Vetane. BUB I. Nr. 364 zu 1167. (Ulrich III. hatte den Hof an Marienberg gegeben, jetzt in Tausch an Gebhard III.)

alia bona in Vetano. Goswin S. 11 (Schenkungen Gebhards III. Nekrolog 8. April).

cum pratis et decimis omnibus, que habuit ex alia parte Tasenis. BUB I. Nr. 383 zu 1173 (Besitz Marienbergs in Obtasna).

in vico Vettane curtim unam cum familia. Goswin 62 (Inschrift der Krypta).

Tarasp-Vulpera

curtim in Volpaira. BUB I. Nr. 214 zu 1095/96.

alpa Mutana. BUB I. Nr. 349 zu 1163.

pratum et in una alpe Mutane. BUB I. Nr. 355 zu 1161/64 (Motana, Anhöhe in Gem. Tarasp oder Val da Muttana, Gem. Sent).

Tarasp

de Traspes Ernest cum filiis suis et Rodegerum. BUB I. Nr. 341 zu 1160.

de familia dominorum: Marquardus de Lautz (= Laatsch), Rupertus de Vettano (= Fetan), Ernest de Sindes (= Sins/Sent), Gebezo et Fridericus de Sclusis (= Schleis), de Burgus (= Burgeis), Fridericus et frater Vdalricus et Victor sacerdos. BUB I. Nr. 345 zu 1161.

de familia dominorum: Marquardus, Chunradus, Hainricus, Fridericus, Gebizo, Purchardus de Sindes (= Sins/Sent), Hernest, Victor, Swikerus sacerdotes. BUB I. Nr. 355 zu 1161/64.

Scarltal

alpem in Asta (= Astras), alpem in Scharles. BUB I. Nr. 214 zu 1095/96.

alpem illam in Aste (= Astras). BUB I. Nr. 308 zu 1142.

aliud beneficium in Scharles. BUB I. Nr. 363 zu 1164/67.

Ardez

de Ardeze Hermannum cum filiis suis, Eginonem et Gerildam cum filiis suis, Chonradum cum filiis suis et cum sororibus suis, Dietmarum cum filiis suis. BUB I. Nr. 341 zu 1160.

curtim in vico Ardetze subtus viam cum familia et omnibus adiacentibus. BUB I. Nr. 345 zu 1161.

unam quartam ibidem (= Fetan ?), quam habet Conradus de Ardetz. BUB I. Nr. 345 zu 1161.

unam alpem in Sampur (= Sampuoir), quam habet Sigfridus in beneficio. BUB I. Nr. 345 zu 1161.

curtim in vico Ardez cum familia et cum appendiciis. BUB I. Nr. 355 zu 1163.

unam curtim Ardetze supra viam cum omnibus appendiciis et in Tasina in Cumpaz (= Champatsch) unum pratum et in alpe Mutane et suam familiam. BUB I. Nr. 355 zu 1161/64.

curiam unam in Ardetz cum campis, pratis et decimis omnibus, que habuit ex alia parte Tasenis (= Obtasna). BUB I. Nr. 383 zu 1173.
in vico Ardetz curtim unam cum suo jure et familia ultra Sallacina. Goswin 62 (Inschrift der Krypta).

Guarda
de Warda Waltherum cum filiis suis et fratrem eius Chonradum et Hermannum cum septem sororibus et filiis earum. BUB I. Nr. 341 zu 1160.

Lavin
Chono Sanell de Ganda (= Gonda in Lavin) et infantes. BUB I. Nr. 355 zu 1161/64.

Süs/Susch
in vico Susis quinque solidos in merze in Sandogin (= Sandögna). BUB I. Nr. 345 zu 1161.

Zernez
da Zarnetz Boniza cum filio et cum nuro suo . . . et curtim de Zarnetz. BUB I. Nr. 355 zu 1161/64.

2. Paznaun, Inntal und Bayern

Paznaun
alpem in Ida cum decimis omnium rerum. BUB I. Nr. 214 zu 1095/96.
alpem in valle Liula (= Vallüla). BUB I. Nr. 214 zu 1095/96.
Alpem in Signes (= Zeinis). BUB I. Nr. 214 zu 1095/96.
unam alpem in Ambiam (= Jam). BUB I. Nr. 345 zu 1161.
omne predium quod in alpe que dicitur Finua possederat. BUB I. Nr. 350 zu 1163.
Albertum quendam de familia sua predicto cenobio tradidit et sibi sueque posteritati unam, quam similiter dederat Mutanam vocatam, ad modicum censum singulis annis in purificatione sancte Marie persolvendum in perpetuum dimitti precibus inpetravit. BUB I. Nr. 382 zu 1173.
in Finua alpem unam, in Mutan alteram. Goswin 62 (Inschrift der Krypta).

Martinsbruck/Martina
ad Pontem curtem meam. BUB II. Nr. 612 zu 1220 (Bestätigung von Honorius III., Herkunft des Hofes von den Taraspern unsicher).
omnia tam in hominibus quam possessionibus inter Pontem Martini et Pontem altum. BUB II. Nr. 772 zu 1239.
omnes possessiones inter Pontem Martini et Pontem altum vallis Engdine. BUB II. Nr. 932 zu 1258.

Finstermünz
predium quoque quod est in Intal cum suo iure et cunctam familiam, quam ex parte prefate Vte infra Vinestanam silvam insimul habuerunt. BUB I. Nr. 345 zu 1161.

Nauders
Udalricus monasterium in monte sancte Marie iniciavit et ad ampliacionem prebendarum fratrum omne predium quod habebat in Nuders cum quarta parte decimarum beate Marie abbate primo Alberto astante et recipiente intuitu dei contradidit. Goswin 35 zu 1150.
curtim in vico Nuders in vico medio cum quarta parte decimarum ex integro et cum aliis ad curtim pertinentibus. BUB I. Nr. 345 zu 1161.
dedit bona, que fundator noster nobis dederat in Ramüss et in Nuders, de quibus anniversarium suum peragi debebatur, pro aliis bonis. Goswin 115 = BUB III. Nr. 1285 zu 1271/98.
in vico Nuders curtim unam cum suo iure. Goswin 62 (Inschrift der Krypta).

Ried
Falsitiam mitto in aliis ministerialibus meis . . . de Riede Irmingardam cum suis filiis. BUB I. Nr. 341 zu 1160.

Flies
ministeriales meos . . . de Fle Sigebandum, Marquardum, Gebehardum, Eginonem, Fridericum. BUB I. Nr. 341 zu 1160.
Falsitiam mitto in aliis ministeralibus meis . . . de Fle Ohtmarum et sororem suam Eingildrudam cum filiis suis et alteram sororem suam cum filiis suis. BUB I. Nr. 341 zu 1160.

Stanz
Uitali de Stanuz et fratri suo Chvnoni eorumque posteritati liberius et honestius quam hactenus in servicio claustri nostri vivere concessimus. BUB I. Nr. 319 zu 1150.

Pens bzw. Wenns
falsiciam excipimus Wlpiam, Bennes, Valmal. BUB I. Nr. 354 zu 1164.

Ötztal
in Etzital predium et in Yntal familiam. Goswin 62 (Inschrift der Krypta).

Hiltenfingen
preter duo beneficia scilicet domini Hilteboldi Hiltoltvingen situm et domini Sibandi de Selwinis. BUB I. Nr. 363 zu 1164/67.

3. Churrätien ohne Unterengadin

Samaden
(beneficium) in Samadens, quod retinet Marquardus de Digizon. BUB I. Nr. 363 zu 1164/67.

Celerina
da Zalerina Fridericus et uxor et infantes, Petrisa et Mel. BUB I. Nr. 355 zu 1161/64.

Casaccia
de Casasche Iudentam cum filiis suis. BUB I. Nr. 341 zu 1160.
de Casaza Miniga et infantes. BUB I. Nr. 355 zu 1161/64.

Vicosoprano
de Uisibrane Albertum et Hermannum, filios Maphei, et sorores eorum. BUB I. Nr. 41 zu 1160.

Marmels/Marmorera
Andream de Marmorea et ipse Andreas castrum illud debet habere in beneficio. Quod si forte filios non habuerit, filie debent habere. Dazu unter Tinzen: Mahtildam sororem Andree de Marmorea. BUB I. Nr. 341 zu 1160.

Tinzen/Tinizong
Odalricus advocatus et sui milites Rudrihc de Tinezun
BUB I. Nr. 319 zu 1150 (Odalricus = Ulrich III. als Vogt von Marienberg)
ministeriales meos utriusque sexus, hos videlicet: de Tingezun dominum Odalricum presbiterum cum toto allodio suo et familia sua . . . . de Tingezun Rodericum cum fratribus et sororibus eius excepta Elisabet, Mahtildam sororem Andree de Marmorea, Widam cum filiis suis. BUB I. Nr. 341 zu 1160.
(beneficium) in Samadens, quod retinet Marquardus de Digizon. BUB I. Nr. 363 zu 1164/67.

Savognin/Schweiningen
de Sweiningen Chonradum cum fratribus suis, Hezilonem cum sorore sua et matrem eius. BUB I. Nr. 341 zu 1160.

Schanfigg
de Scanvico Mahtildam et filium eius Fridericum. BUB I. Nr. 341 zu 1160.

Chressebrunn
de Chressebrunne Friderunam cum filiis suis. BUB I. Nr. 341 zu 1160.

4. Südtirol

Graun
(beneficium) unum in Curunes. BUB I. Nr. 363 zu 1164/67.

Marienberg
curtim in Prato maiore (= Pramaiur). BUB I. Nr. 345 zu 1161.
curtim in Prato maiore. BUB I. Nr. 355 zu 1161/64.
(bona) in Prato Maiore. Goswin S. 11 (Nekrolog zum 8.April, Schenkung Gebhards III., gest. ca. 1170).
in prato maiore curtim unam, in Sliniga alteram. Goswin 62 (Inschrift der Krypta).
castrum et ea que pertinent. BUB I. Nr. 355 zu 1161/64 (Castellaz?).

Burgeis
campum Martzelag. Goswin 15 (Nekrologium zum 9. Juni), in Burgusia in Martzelago XV modialia. Goswin 34 (Chronik, Schenkung Gebhards II.)
de Burgus filiam Pertoldi et filiam Chunizanis. BUB I. Nr. 341 zu 1160.
curtim Burgus in Broilo (= Brühl). BUB I. Nr. 345 zu 1161.
curtim in medio vico Burgus. BUB I. Nr. 355 zu 1161/64.
curtim ad Burgus in medio vico cum omnibus appendiciis et familia.
BUB I. Nr. 349 zu 1163 (Schenkung der Schwestern v. Tarasp an Müstair).
curtim in vico Burgus, quod dicitur Broilo cum omnibus appendiciis. BUB I. Nr. 349 zu 1163 (Schenkung Ulrichs III. an Müstair).
curtes in Broilo et in medio vico, quas dederunt Olricus monasterii vestri fundator et filius fratris sui Gebehardus et sorores ipsius. BUB I. Nr. 399 zu 1178. (Ulrich III. und Gebhard III.).
unum mansum in vico Burgus cum omni iure. BUB I. Nr. 354 zu 1164.
capellam s. Zenonis, quam dux Welpho O(delrico) dedit, cuius solaminis et novalium decimas episcopus Conradus eidem ecclesie, cum eam consecravit, donavit (Zenokapelle von Welf VI. an Ulrich III.). BUB I. Nr. 349 zu 1163.
in vico Burgüs curtim unam et unum mansum. Goswin 62 (Inschrift der Krypta).

Schlinig
curtim in Sliniga. BUB I. Nr. 345 zu 1161.
omne predium, quod predictus Gebhardus de Traspes habuit in alpe, que dicitur Sliniga et Montfort. BUB I. Nr. 364 zu 1167.
in prato maiore curtim unam, in Sliniga alteram. Goswin 62 (Inschrift der Krypta).

Schleis
Odalricus advocatus et sui milites . . . Fridericus de Schluis. BUB I. Nr. 319 zu 1150.
de Slue Pillungum et fratrem eius cum filiis, Itam cum filiis eius, filium Friderici, Gebizonem et Friderunam cum filiis eorum. BUB I. Nr. 341 zu 1160.
unam quartam in eadem villa (Fetan), quam habet Fridericus de Scluse. BUB I. Nr. 345 zu 1161.

Laatsch
de Laude Marquardum cum uxore et filiis, Elisabetam cum filiis suis et cum beneficiis et possessionibus, que de proprietate eorum habent, et fratrem suum Chonradum et nepotem suum Chonradum, Odalricum, Richenzam et filium eius Albertum, Pertoldum filium Wicmanni. BUB I. Nr. 341 zu 1160.

Tartsch
de Tarzhes Odalricum et filios suos. BUB I. Nr. 341 zu 1160.

Glurns
terra in vico Glurnis. BUB I. Nr. 349 zu 1163.
predium quoddam Glurns situm. BUB I. Nr. 363 zu 1164/67.
et alia predia in vico Corzes et in vico Glurne. BUB I. Nr. 399 zu 1178.
in vico Glurns curtim unam et in Salina curtim et capellam cum suo iure. Goswin 62 (Inschrift der Krypta).
capellam s. Jacobi in Salina cum ipsa curte. BUB I. Nr. 399, 414 zu 1178 und 1182.

Kortsch
curtim in vico Chortzis, que appellatur Scircinis (Hirschenhof). BUB I. Nr. 345 zu 1161.
Odelricus de Traspes dedit curticulam in vico Cortis, quod dicitur Cirzin. BUB I. Nr. 349 zu 1163.
omne predium, quod in villa Chortzes . . . possederat. BUB I. Nr. 350 zu 1163.
curtim in vico Chortz. BUB I. Nr. 354 zu 1164.
et alia predia in vico Corzes (Chortzes). BUB I. Nr. 399 und 414 zu 1178 und 1182.
in vico Chortz curtes duas cum suo jure. Goswin 62 (Inschrift der Krypta).

Schlanders
curtem in ymo vico cum ecclesia confinante ab oriente in ipso Odalrico, ab occidente similiter. BUB I. Nr. 314 zu 1148/49.
curtim de Schlanders, que iacet in summo vico, que fuit Friderici. BUB I. Nr. 349 zu 1163.
curtim bonam in ymo vico Slanders cum capella s. Ingenuini. BUB I. Nr. 354 zu 1164.
curticulam Slanders summo vico cum vinea et cum aliis adiacentibus. BUB I. Nr. 355 zu 1161/64.
curtim in Montazzo cum omnibus in Montazzo pertinentibus. BUB I. Nr. 354 zu 1164.
claustrum montis s. Marie predictum montem cum omni iure proprietatis et cum ipsa lignorum seccione ex donacione pii fundatoris sui domini Vlrici de Traspes per annos XL et amplius iam in pace possederat. BUB II. Nr. 531 zu 1209.
in vico Slanders curtim unam cum Montätz et familiam. Goswin 62 (Inschrift der Krypta).

Tschars
de Scarde Bero cum comiatu domini sui ducis Hainrici et manu advocati sui Vdalrici et suis infantibus . . . dederunt Adelberto, abbati sancte Marie de sancto Stephano, unam vineam ad Madie (Mais). BUB I. Nr. 315 zu 1148/49. (Bero von Tschars gibt mit Erlaubnis Heinrichs des Löwen und Ulrichs III. einen Weingarten in Mais in Austausch.)

Töll
omnes illos, quos habui subtus Tellis. BUB I. Nr. 341 zu 1160.
curtim a Tellis cum molendino et omnibus appendiciis. BUB I. Nr. 354 zu 1164.
omnes homines suos nobiles et ignobiles infra Telles degentes sub presenti potestati eius donavit. BUB I. Nr. 363 zu 1164/67.

Plars
curtim sitam in loco Plairs. BUB I. Nr. 354 zu 1164.
predia . . . in vico Plaires (Plairs). BUB I. Nr. 399 zu 1178 und Nr. 414 zu 1182.
in vico Plairs curtim unam et molendinum cum suo jure. Goswin 62 (Inschrift der Krypta).

Algund
curtim in loco Algund. BUB I. Nr. 354 zu 1164.
predia . . . in vico Alieunde (Algundo). BUB I. Nr. 399 zu 1178 und Nr. 414 zu 1182.
in vico Algunde curtim unam cum suo jure. Goswin 62 (Inschrift der Krypta).

Mais
in superiori villa Mays curtim. BUB I. Nr. 214 zu 1095/96.
unam vineam ad Madie prope casam Cecilie. BUB I. Nr. 315 zu 1148/49. (Abt von St.Stephan in Burgeis gibt dem Bero von Tschars einen Weingarten in Mais in Austausch.)
predia . . . in vico Maies (Mages). BUB I. Nr. 399 zu 1178 und Nr. 414 zu 1182.
curtim in Mais, Velde nominato (Feldenhof in Untermais). Goswin S. 23 zum 19. September

Passeiertal

Odalricus dedit fratri suo Arnoldo unam curtim in Passyre in loco ubi dicitur sancti Martini talem partem, que ei venit et quam divisit cum fratre suo Friderico de proprio allodio. Istum proprium dedit Arnoldus Vdalrico et Vdalricus Arnoldo in rectum concambium. BUB I. Nr. 314 zu 1148/49. (Ulrich III., sein Halbbruder Arnold von Morit.)

unam curticulam in vico Nalles et aliam in monte iuxta sanctum Martinum cum omnibus ad eas pertinentibus et cum familia. BUB I. Nr. 355 zu 1161/64.

predium in Passyra. Goswin S. 23 zum 19. September (Schenkung Arnolds III. von Morit).

(Ulricus) ecclesiam s. Leonhardi in Passyra, que antea filialis erat ecclesie de Schennano, parrochialem procuravit et instituit, dans oves et alia quam plura. BUB I. Nr. 396, vor 24. Dez. 1177.

capellam s. Martini cum predio in Passire (Passyre). BUB I. Nr. 399 zu 1178 und Nr. 414 zu 1182.

Nals

Obiit Fridericus, frater domini Ulrici fundatoris nostri, qui dedit curtem in Nals pro anniversario.

Goswin S. 12 zum 10. April

solamen sancti Petri cum omnibus appendiciis in Nalles, curtim in Nalles cum omnibus appendiciis.

BUB I. Nr. 349 zu 1163.

curticulam in vico Nalles. BUB I. Nr. 355 zu 1161/64.

quidquid iuris habetis . . . in vico Nalles. BUB I. Nr. 399 zu 1178 und Nr. 414 zu 1182.

Vilpian, Pens, Valmal

De terra supranominata falsiciam excipimus Wlpiam(Vvlpiam), Bennes, Valmal.

BUB I. Nr. 354 zu 1164. Wahrscheinlich Wenns im Inntal.

Morit

Falsitiam mitto in aliis ministerialibus meis scilicet de Morit Gerildam cum filiis suis scilicet Eginone, Frederico, Henrico et cum duabus filiabus. BUB I. Nr. 341 zu 1160. Oder Mareit bei Sterzing (Sandberger).

Ried

Falsitiam mitto in aliis ministerialibus meis . . . de Riede Irmingardam cum suis filiis.

BUB I. Nr. 341 zu 1160. Möglich auch Ried im Inntal (siehe oben).

Tenna

Falsitiam mitto in aliis ministerialibus meis . . . de Tenne Gotam cum filiis Egilolfum, Marquardum, Odalricum. BUB I. Nr. 341 zu 1160.

5. Oberitalien

Como

beneficium, quod Cumana ecclesia visus est habere. BUB I. Nr. 363 zu 1164/67.

Selvino

(beneficium) domini Sibandi de Selwinis ex integro. BUB I. Nr. 363 zu 1164/67.

Anhang III.

Die Tarasper Familia

Anhand der angefügten Jahreszahlen findet man mit Hilfe der Tarasper Urkunden, die im Anhang I. aufgezählt sind, die gesuchten Belegstellen ohne Mühe. Der Zusatz familia bedeutet, dass der betreffende Mann unter dem Sammelbegriff de familia dominorum, also aus der Familia der Tarasper, urkundlich vermerkt war. Die Hinzufügung von falsicia bzw. falsitia besagt den vorbehaltenen Pflichtteil (Vierteil). Der Begriff stammt aus dem römisch-rätischen Recht. Vgl. E. Meyer-Marthaler, Römisches Recht in Rätien im frühen und hohen Mittelalter. Zürich 1968, S. 154–155, 216–218. Und Otto P. Clavadetscher in: Werner/Ewig, Von der Spätantike zum frühen Mittelalter. Sigmaringen 1979, S. 177–178.
Jede Person ist genau in ihrer urkundlichen Namensform alphabetisch eingereiht. Kommen gleiche Namen von sicher verschiedenen Personen in derselben Urkunde vor, so sind sie mit einer lateinischen Ordnungszahl versehen. Sichere Identifikationen gibt es sehr selten. Wenn Rudrihc und Rodericus in Tinzen personengleich sind, dann würde es sich 1150 um einen miles und 1160 um einen ministerialis handeln. Der gleiche Fall liegt vor in Fetan mit Rupreht (1150), Ropertus (1160). Die Zahl der uns bekannten Namen umfasst ungefähr 130.
Nur wenige Namen erinnern in ihrer Form an das Onomastikon des Frühmittelalters in Rätien, so Victor (zweimal) und Vigil und Vitalis (je einmal). Nach der Zahl ihres Vorkommens sind vom germanischen Namensgut zu nennen: Friedrich (7), Ulrich und Marquard (6), Heinrich (4), Mathilda (3) und Albert (2). Diese Namen sind schon vielfach im frühen und hohen Mittelalter belegt (vgl. E. Förstemann, Altdeutsches Namenbuch 1900, und A. Socin, Mittelhochdeutsches Namenbuch 1966, dazu jeweils auch BUB I., Register s.v.).
Bei Friedrich könnte man an den Einfluss des Staufen-Kreises denken, an Graf Friedrich von Büren † 1053, Herzog Friedrich von Schwaben † 1105 usw. (Die Zeit der Staufer. Stuttgart 3 (1977) S. 344, 346, 349.) Bei Ulrich darf erinnert werden an den Konstanzer Bischof Ulrich († 975) und vor allem auch an den Churer Oberhirten Ulrich von Tarasp (1089–96). Marquard war im ganzen deutschsprechenden Gebiete sehr verbreitet. Sehr häufig ist Heinrich nachzuweisen, wobei auch das Vorbild der deutschen Herrscher ins Gewicht fällt (König Heinrich I. † 936, Kaiser Heinrich II. † 1024, Heinrich III. † 1056 usw.). Die Welfen dürften nur für die spätere Zeit in Diskussion sein (Herzog Heinrich der Schwarze † 1126, Heinrich der Stolze † 1139. Mathilde ist ein im 10. und 11. Jh. bei den regierenden Familien sehr beliebter Name, wie etwa die Gemahlinnen Heinrichs I. und Heinrichs V. im Deutschen Reiche, die Gemahlinnen der englischen Könige Wilhelms des Eroberers und Heinrichs I. von England sowie Gräfin Mathilde von Tuszien belegen können. Albert war ohnehin sehr volkstümlich. Einfluss der Tiroler Landesfürsten, bei denen Albert im 11. und 12. Jh. als Name dominiert, ist möglich (O. Trapp, Tiroler Burgenbuch 2 (1973) S. 104).

Albero in Wiler zu 1160.
Adelbertus von Sent in Fetan zu 1161 (falsicia).
Albertus in Laatsch zu 1160, Sohn der Richenza.
Albertus in Vicosoprano zu 1160, Sohn des Mapheus, Bruder des Hermannus II.
Albertus zu 1173 (familia).
Andreas in Marmels zu 1160, Bruder der Mahtilda.
Arnolt in Remüs zu 1161.

Bero in Tschars zu 1148/49.
Bertha in Schuls zu 1161.
Bertoldus in Schuls zu 1161/64.
Boniza in Zernez zu 1161/64.
Bonus in Schuls zu 1161, Sohn des Chunrat.
Chono Sanell in Gonda/Lavin zu 1161/64.
Chonradus I. in Ardez zu 1160.
Chonradus II. in Guarda zu 1160, Bruder des Waltherus.
Chonradus III. in Laatsch zu 1160.
Chonradus IV. in Laatsch zu 1160, Neffe des Chonradus III. oder der Elisabeta.
Chonradus V. in Savognin zu 1160.
Chunizanis filia in Burgeis zu 1160 (falsitia).
Chuno in Stanz zu 1150, Bruder des Vitalis.
Chuno in Fetan zu 1161 (falsicia).
Chunradus zu 1161/64 (familia).
Chunrat in Schuls zu 1161.
Conradus von Ardez in Fetan zu 1161 (falsicia)
Conradus zu Laatsch zu 1164.

Dietmarus in Ardez zu 1160.
Dietmarus in Remüs zu 1167.

Eberhardus in Schuls zu 1160,
Sohn des Heinrich.
Egilolfus in Tenna zu 1160 (falsitia).
Egino I. in Ardez zu 1160.
Egino II. in Flies zu 1160.
Engino III. in Mals zu 1160.
Egino IV. in Morit zu 1160.
Eingildruda in Flies zu 1160 (falsicia),
Schwester des Ohtmar.
Elisabeta in Laatsch zu 1160.
Ernest in Sent zu 1161 (familia).
Ernest in Tarasp zu 1160.

Fridericus in Schleis zu 1150 (miles).
Fridericus I. in Flies zu 1160.
Fridericus II. im Schanfigg zu 1160,
Sohn der Mahtilda.
Fredericus in Morit zu 1160.
Fridericus I. in Burgeis zu 1161 (familia),
Bruder des Ulrich.
Fridericus II. von Schleis in Fetan zu 1161
(falsicia).
Fridericus III. in Schleis zu 1161 (familia).
Fridericus zu 1161/64 (familia).
Fridericus von Celerina zu 1161/64.
Friderici filius in Schleis zu 1160.
Frideruna I. in Schleis zu 1160.
Frideruna II. in Chressebrunn zu 1160.

Gebehardus in Flies zu 1160.
Gebezo in Schleis zu 1161 (familia).
Gebizo in Schleis zu 1160.
Gebizo zu 1161/64 (familia).
Gebizo zu 1164.
Gerdruta in Schuls zu 1160.
Gedrut in Schuls zu 1161.
Gerild I. in Ardez zu 1160.
Gerild II. in Morit zu 1160.
Gerungus (1160)
Gota in Tenna zu 1160 (falsitia).

Hainricus zu 1161/64 (familia).
Hainricus zu 1164.
Hatto zu 1150
Heinricus I. in Fetan zu 1160.
Heinricus II. in Schuls zu 1160,
Vater von Heinricus III.
Heinricus III. in Schuls zu 1160,
Sohn des Heinricus II.
Henricus zu Morit zu 1160.
Hermannus I. in Ardez zu 1160.
Hermannus II. in Vicosoprano zu 1160,
Sohn des Mapheus, Bruder des Albertus.
Hermannus III. in Guarda zu 1160.
Hermannus IV. in Mals zu 1160.
Hernest zu 1161/64 (familia, sacerdos?).
Hezilo in Savognin zu 1160.
Hilteboldus in Hiltenfingen zu 1164/67.

Iannes in Fetan zu 1161.
Iaunit in Remüs zu 1161.
Iohannes in Falun/Fetan zu 1161/64.
Irmingarda in Ried zu 1160 (falsitia).
Ita in Schleis zu 1160.
Iudenta in Casaccia zu 1160.
Iustefrit in Fetan zu 1161 (falsicia).

Laurencia in Schuls zu 1161/64.
Laurencius in Schuls zu 1161/64.
Liupo in Schuls zu 1161/64.
Liutfrid in Fetan zu 1161.
Liutprant I. in Fetan zu 1161.
Liutprant II. in Fetan zu 1161 (falsicia).

Mahtilda I. in Fetan zu 1160.
Mahtilda II. von Marmels in Tinzen zu 1160,
Schwester des Andreas.
Mahtilda III. von Schanfigg zu 1160.
Marquardus I. in Laatsch zu 1160.
Marquardus II. in Flies zu 1160.
Marquardus III. in Tenna zu 1160 (falsitia).
Marquardus in Laatsch zu 1161 (familia).
Marquardus zu 1161/64 (familia) =
Marquard von Laatsch zu 1161.
Marquardus zu 1164.
Marquardus von Tinzen in Samaden zu
1164/67
Martzizana in Schuls zu 1161/64.
Mel in Celerina zu 1161/64.
Mergardis in Greifenstein zu 1160.
Miniga I. in Casaccia zu 1161/64.
Miniga II. in Schuls zu 1161/64.

Nannes von Remüs zu 1167.
Nanno von Remüs in Fetan zu 1161.

Odalricus I. in Tinzen zu 1160 (presbiter).
Odalricus II. in Laatsch zu 1160.
Odalricus III. in Tartsch zu 1160.
Odalricus IV. in Fetan zu 1160.
Odalricus V. in Tenna zu 1160.
Ohtmarus in Flies zu 1160 (falsitia),
Bruder der Eingildruda.
Otto in Schuls zu 1161/64.

Pertoldus I. in Laatsch zu 1160.
Pertoldus II. in Fetan zu 1160.
Pertoldi filia in Burgeis zu 1160 (falsitia).
Petrisa I. in Celerina zu 1161/64.

Petrisa II. in Remüs zu 1161/64.
Pillungus in Schleis zu 1160.
Purchardus in Sent zu 1161/64 (familia).

Richenza in Laatsch zu 1160.
Rodegerus in Tarasp zu 1160.
Rodericus in Tinzen zu 1160.
Ropertus in Fetan zu 1160.
Rudrihc in Tinzen zu 1150 =
Rodericus in Tinzen zu 1160.
Rupertus in Fetan zu 1161 (familia).
Rupreht in Fetan zu 1150 =
Ropertus in Fetan zu 1160.

Sculla in Schuls zu 1161.
Sibandus in Selvino zu 1164/67.
Sigebant in Flies zu 1160
(Lehensmann Ulrichs III.).
Sigibant zu 1161/64
(Lehensmann Gebhards III.).
Sigfridus in Ardez zu 1161 (falsicia).
Swikerus zu 1161/64 (familia, sacerdos).

Vdalricus in Burgeis zu 1161 (familia),
Bruder des Fridericus I.
Victor in Burgeis zu 1161 (familia, sacerdos).
Victor zu 1161/64 (familia, sacerdos) =
Victor in Burgeis zu 1161.
Vigilius in Schuls zu 1161.
Vitalis in Stanz zu 1150,
Bruder des Chuno.
Viuencia in Schuls zu 1161/64.
Viuencius in Schuls zu 1161.

Waltherus in Guarda zu 1160,
Bruder des Chonradus II.
Wida in Tinzen zu 1160.
Wigerus in Fetan zu 1160.
Wydonis infantes in Remüs zu 1161/64.

Anhang IV.

Zur Karte der Herrschaft Tarasp

Die Karte im Vorarlberger Landesmuseum in Bregenz aus der Zeit um 1722 oder wenig später wurde veranlasst durch Streitigkeiten um den Besitz von Wäldern, besonders des Waldes im Val Minger (im späteren Nationalpark), wie schon die Legende in der oberen Ecke der Karte verrät: «Beylaüffiger Abriss oder Entwurff des sogenannten Ringör, auch anderer Waldungen in der Herrschaft Trasp.» Im unteren Kartenteil folgt «Information und Erklärung der Numerorum oder Züfferen in obstehenden Abrüss.» Die Hauptsache dieser gut lesbaren Angaben wird hier kurz angeführt, nicht ohne dabei zu bemerken, ob der betreffende Besitz schon im sogenannten Matscher Rodel von 1369–1371 zu finden ist.
1. «Die Vestung und Schloss Trasp.» 2. Fraktion Fontana mit Pfarrkirche und Kapuzinerhospiz. Matscher Rodel: «Hoff ze Funtana.» 3. Fraktion Sparsels, östlich des Schlosses. 4. Hof Chaposch, südlich von Fontana. 5. «Ursprung eines Sauerprunns nächst am Yhnn», die heutige Bonifaziusquelle im Val Zuort. 6. Hof Florins, nördlich des Schlosses. 7. Hof Sgnè, Weiler an der Hauptstrasse zwischen Vulpera und Tarasp, im Matscher Rodel: «Hoff in Singaw.» 8. Inner-Vulpera, auf der Karte und im Matscher Rodel Ober-Vulpera genannt. 9. «Ursprung des berüehenten Trasper Salzwasser», die heutige Luzius- und Emeritaquelle in der Trinkhalle des Kurhauses Tarasp. 10. Ausser-Vulpera, auf der Karte und im Matscher Rodel Unter-Vulpera genannt. 11. Avrona-Hof, an der linken Seite des Einganges zum Scarltal, Fraktion an der Ostgrenze von Tarasp. Matscher Rodel: «Hoff in Afranna.» 12. Avrona-Wald, so «denen Schulseren vertragsmässig zugehören soll». 13. «Bisogger Kopf oder Bisoggberg», identisch mit Piz Pisoc. 14.–15. «Mingör-Wald», rechter und linker Hand, Wald im Val Minger, heute im Nationalpark und im Gebiete der Gemeinde Schuls. 16. «Die Bisogger Alben, so die Schulser geniessen.» Alpen am Berg Pisoc. 17. «Der Bisogger Pach und dessen Ursprung in einem Näben-Thalle.» Siehe Nr. 13 und Nr. 16. 18. «Scharlpach», Bach durch das Scarltal. 19. Innfluss. 20. Güter auf dem Kreuzberg in Sparsels. Matscher Rodel: «Hoff ze dem Crütz.» 21. «Wildtsee», heute Lai Nair, oberhalb des Weges von Tarasp nach Vulpera, südlich von Sparsels. Matscher Rodel: «ze dem Schwarzzen Sew.»
22. Ein Taraspisches Gebiet («District») ober- und unterhalb des Avrona-Hofes wäre gemäss einem Vorschlag allenfalls «sambt dem Mingör» (Minger) an die Schulser zu überlassen, indes «nur so vil den Holtzwachs betrifft». 23. Das Zuorttal, dessen Bach unterhalb Tarasp in den Inn fliesst,

Beÿläüffiger Abrüß oder
Entwurff
der so genanten Ringór auch
anderer Waldüngen in der Herr
schafft Traßp
cop. Jos: Ant. Brandt

weist «Traspische Waldungen» mit Holz von Fichten und noch mehr von Lärchen auf, und zwar auf der rechten und linken Seite. Matscher Rodel: «Hoff in Surd.» 24. Der «geschwohrne Trasper Gmeindtwald» (Schnitz- und Bannwald) im Val Plavna, oberhalb Fontana, bei der ehemaligen oberen Bergwiese Pradatsch. 25. Das Plavna-Tal linker Hand einwärts und «etwelche Tschöpt Trasper Waldungen». Der rätoromanische Ausdruck tschof uaul bedeutet in der Surselva und Mittelbünden eine «einzelstehende Waldparzelle». Die Schreibung Tschopt weist auf wenig gefestigte Schreibtradition in Tarasp hin, ist aber verständlich, denn das früh verdeutschte Samnaun gebrauchte Tschopf neben tschof. Freundl. Mitt. Prof. Dr. A. Decurtins, Chur. 26. Tarasper Alpen in Val Plavna. 27. «Etwelche Schöpt Trasper Waldungen» im Laisch-Tal. Vgl. Alp Laisch im Val Plavna. 28. Die Tarasper Sägemühle, also die alte Schlossmühle am Zuortbach. Matscher Rodel: «Müli in Surd.» 29. Die Tarasper Alpen im Laisch. Vgl. Nr. 27. 30. Der Bach, der durch das Plavna- und Laisch-Tal fliesst und sich in den Inn ergiesst. 31. Der zu Tarasp gehörige Hof Vallatscha. Der Weiler Vallatscha lag am untern Ende des Plavna-Tales, eine halbe Stunde westlich von Fontana. Matscher Rodel: «Hoff in Vallacczza.» 32. «Der Weg und Strass» von Vallatscha gegen Aschera ins Oberengadin. Der Weiler Aschera liegt auf der rechten Seite des Inntales gegenüber der Burg Steinsberg. 33. Der Taraspische Hof in Aschera. Matscher Rodel: «Hoff ze Aschyra.»

34. Bannwald von Festung und Schloss Tarasp. 35. Taraspischer Wald ob Vallatscha, niedrig und jung. 36. Unter dem Weg von Vallatscha nach Aschera ein «District Holtz», der allenfalls den Leuten von Fetan und Steinsberg für ihren Anteil überlassen werden könnte, jedoch ohne das Wachstum zu beeinträchtigen und ausserhalb des Bannwaldes. Vgl. Nr. 32, 34. 37. Die Fetaner Brücke über den Inn. 38. Ein Markstein mit zwei Eisenringen, mitten in dem unter Nr. 36 genannten Traspischen Wald, der das Sammelrecht zwischen den Gemeinden Fetan und Steinsberg entscheidet. 39. Das Taraspische Gebirge gegen Zernez (?) hin.

40. Das Dorf Fetan. 41. Das Dorf Steinsberg. 42. Die Grenzen von Steinsberg. 43. Das Dorf Schuls und die Schulser Brücke. 44. Gebirge und Waldungen von Schuls. 45. Schulser Weg und Strasse zum Scarltal und Wald Minger. 46. Das Dorf Scarl. 47. Die Silberschmelzhütten im Scarltal, die noch vor hundert Jahren im Engadinerkrieg in Abgang kamen.

Abb. 32 *Karte der Herrschaft Tarasp um 1722*

Kartenskizzen des Tarasper Besitzes

I. UNTERENGADIN

II. PAZNAUN – OBERINNTAL

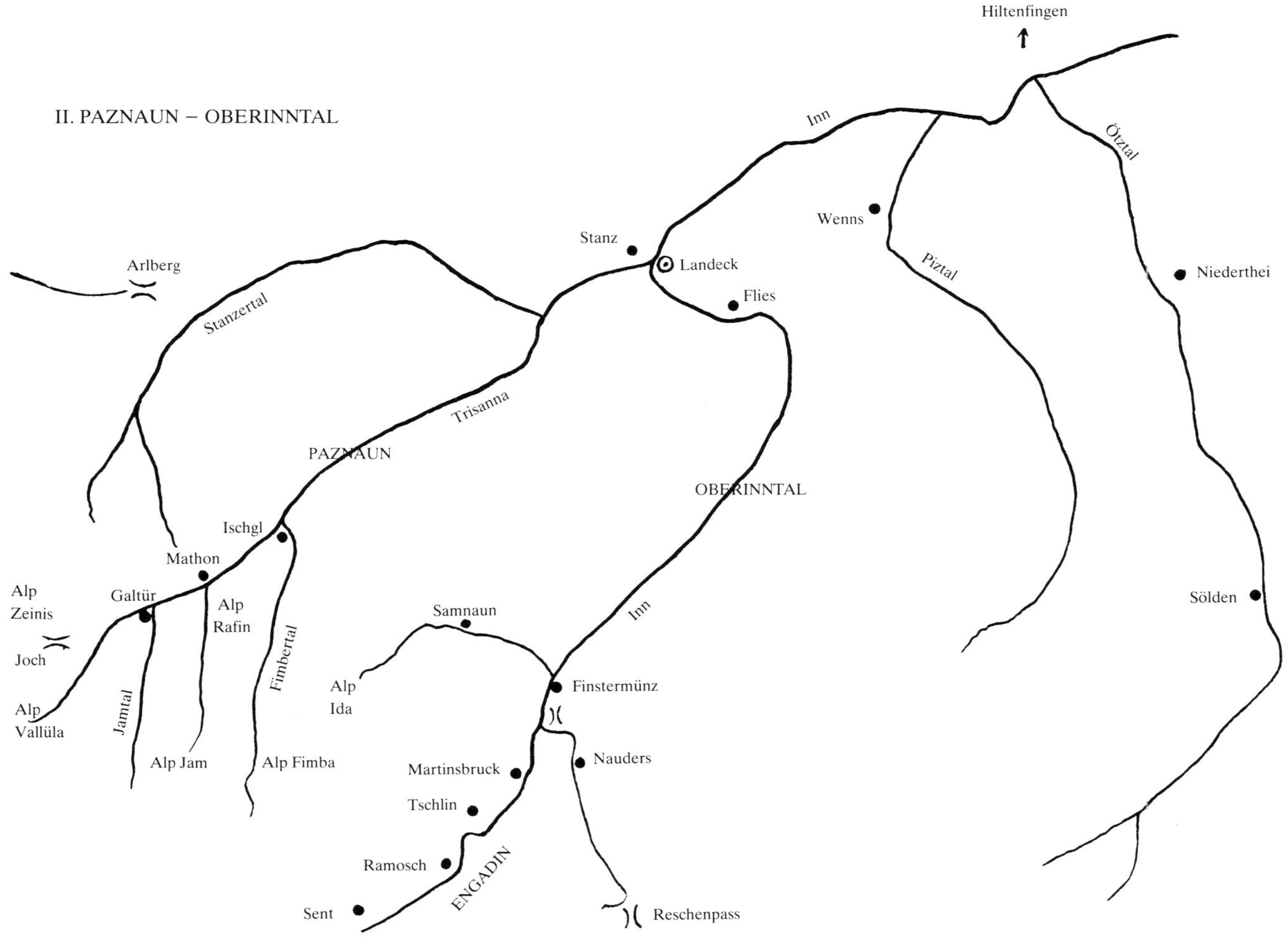

III. ÜBRIGE TÄLER RÄTIENS

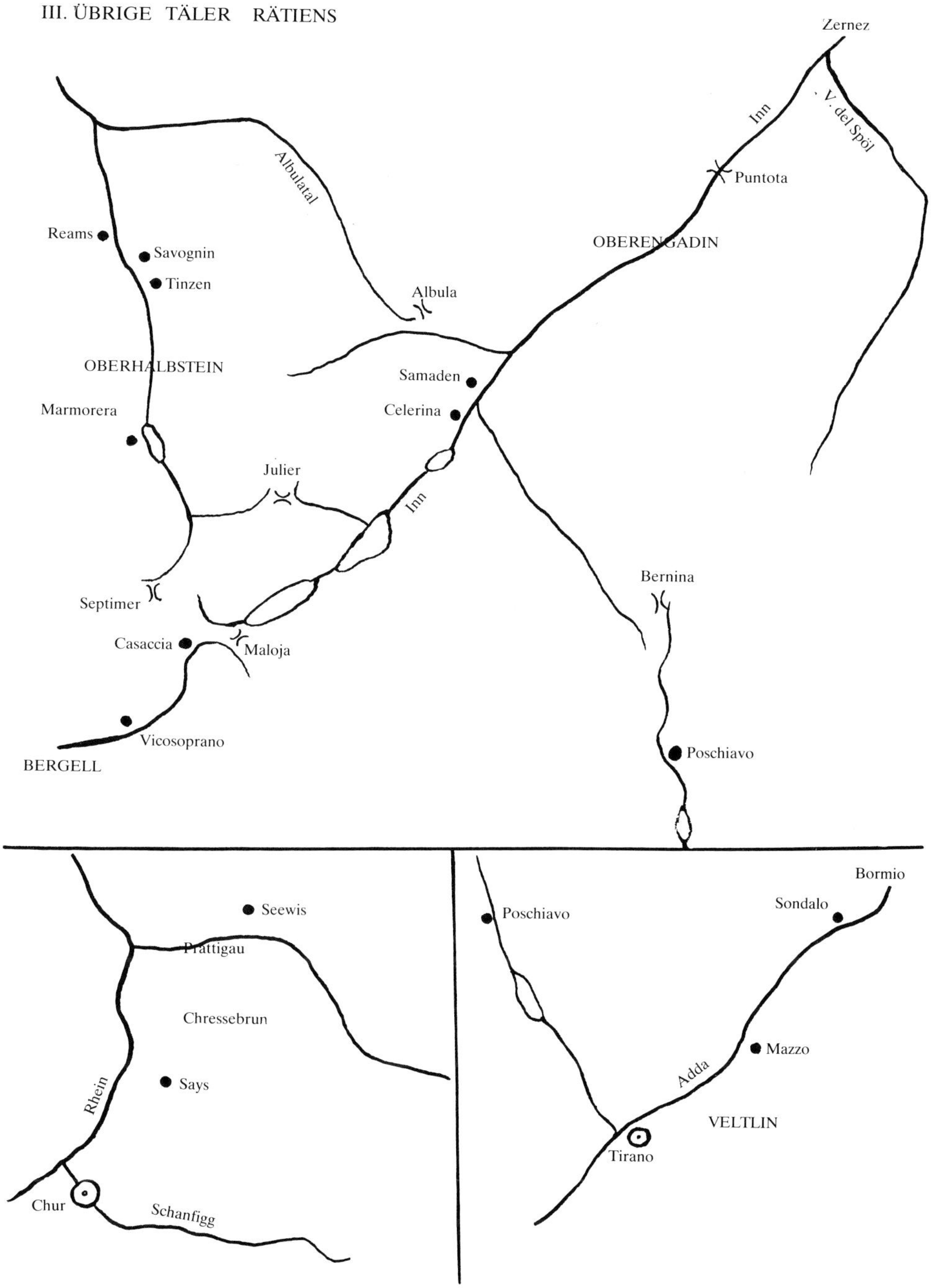

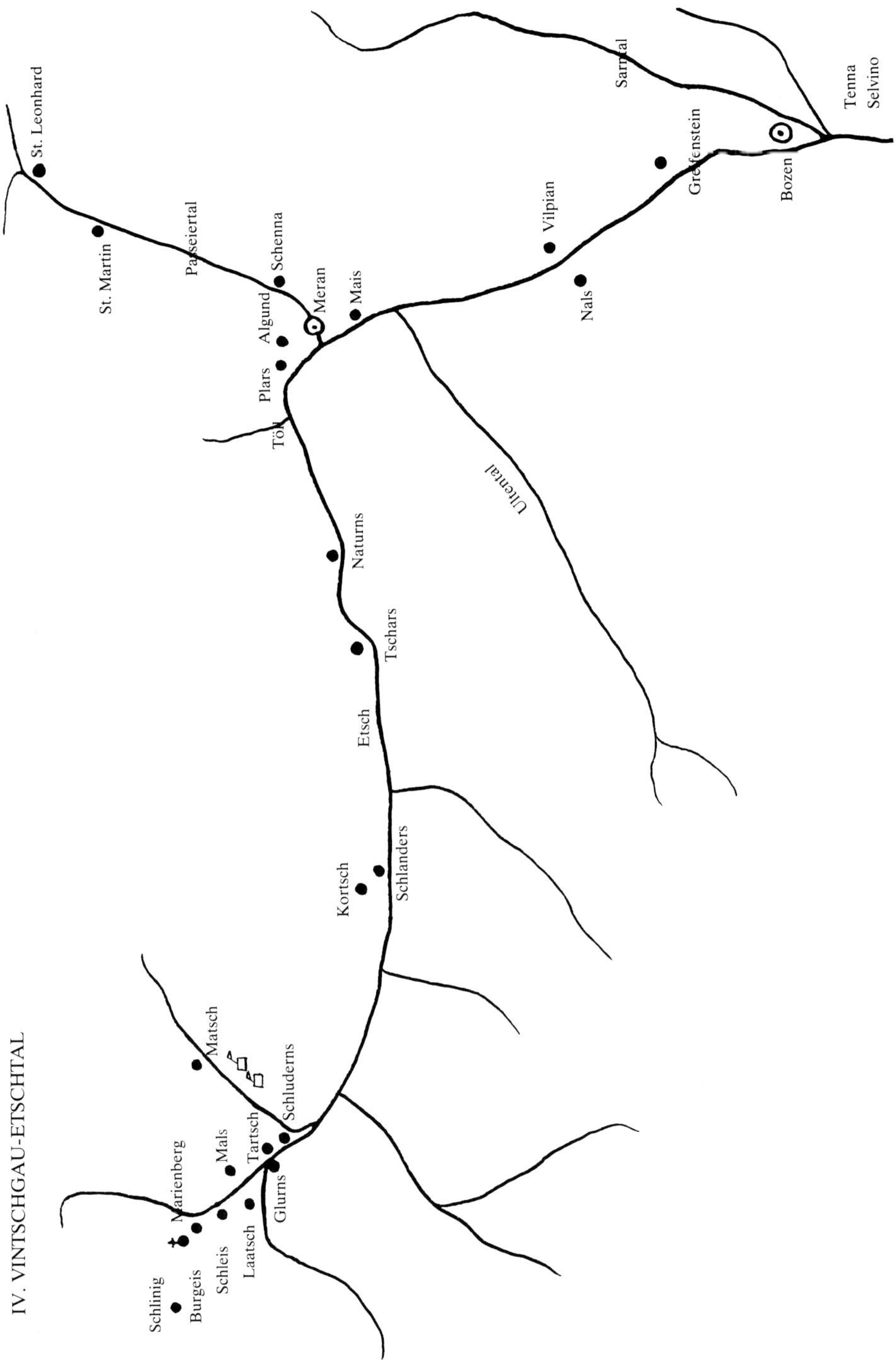

IV. VINTSCHGAU-ETSCHTAL

Verzeichnis der Abbildungen

Abkürzungen der Literatur

Anmerkungen

Register

Verzeichnis der Abbildungen

Abb. 1 Ansicht von Tarasp. Aquatinta (ca. 15 × 20 cm) aus dem Neujahrsblatt der Naturforschenden Gesellschaft von Zürich auf das Jahr 1850 («An die Zürcherische Jugend» Heft 42). Das Blatt wird dem Zürcher Maler und Kupferstecher Lukas Weber (1811– ca. 1860) zugeschrieben, der eine grosse Anzahl von Ansichten (sog. Veduten) in Aquatinta anfertigte und auch kolorierte. Im Vordergrund der Dorfteil Fontana mit der Pfarrkirche von 1678, in der Mitte die Burg mit den abbröckelnden Mauerkronen, im Hintergrund der Dorfteil Sparsels. Weber wollte und konnte nicht die Romantik der grossartigen Landschaft darstellen, sondern in realistischer Genauigkeit die einzelnen Gebäude erfassen, ganz im Sinne der Biedermeierzeit. Lebendige Stimmung verleiht dem Bilde erst die Kolorierung. Über Weber Schweizerisches Künstler-Lexikon 3 (1913) 441–442 und 4 (1917) 680, dazu Die Kunstdenkmäler des Kt. Zürich 6 (1952) 11, 15–16.

Abb. 2 Castello di Pedenale in Mazzo. Pedenale bedeutet einen befestigten Bezirk. Schon am oberen Rand des Dorfes Mazzo di Valtellina sind festungsartige Häuser zu sehen, über denen dann zwischen Kastanienbäumen und Weingärten das Castello di Pedenale thront. Seine Schwalbenschwanzzinnen sind typisch für südliche Bauten. Im ausgehenden 12. Jh. bewohnte den Turm die Familie der Venosta. Mazzo hat dem vintschgauischen Matsch den Namen gegeben. Auch für die Herkunft der Tarasper aus dem Gebiete des Bistums Como kann dieses Castello gleichsam stellvertretend hervorgehoben werden.

Abb. 3 Grundriss von Ober- und Untermatsch. Obermatsch: 1. Bergfried. 2. Burgkapelle des hl. Martin. 3. Ehemaliger Palas. Untermatsch: 1. Ehemaliges Burgtor. 2. Ehemaliger Bergfried. 3. Palas. Beide Burgen liegen im inneren Matschertal auf einem hohen Hügelrücken oberhalb Schluderns, von einander nur durch ca. 200 Meter getrennt. Das ältere Obermatsch ist 100 Meter höher als das jüngere Untermatsch. Im 14. und 15. Jh. erlebten beide Burgen keine wesentlichen Umbauten, abgesehen vom polygonalen Chor der Burgkapelle. Das fällt gegenüber vielen andern Burgen auf. Die Matscher spielten als Vögte der Klöster Marienberg und Müstair sowie der Churer Gotteshausleute im Vintschgau usw. eine bedeutende Rolle. Ihre Teilnahme an vielen Fehden und ihre blutigen Familienstreitigkeiten offenbarten ihren gewalttätigen Charakter. Nach dem Aussterben im Mannesstamme (1504) übernahmen die mit ihnen verwandten Trapp den Vintschgauer Besitz (1537). Grundriss und Text aus O. Trapp, Tiroler Burgenbuch 1 (1972) 75–82.

Abb. 4 Grundriss der Burg Tarasp. Der Burgweg ging von Sparsels an der Südseite des Hügels hinauf. Die Befestigungen am Wege, mithin die zwei Halbtürme (b und c) sowie das Wachthaus (d), existierten 1520 noch nicht und scheinen erst im 17. Jh. errichtet worden zu sein. Der Torbau (f), zweistöckig und rundbogig, wird dem 16. oder 17. Jh. zugewiesen. Das Pulverhaus (zwischen d und f) datiert 1716. Die Kapelle (g) erhielt erst später ihr Obergeschoss, das mit den Mauern des Tores und des Vorhofes zu einem Eckbollwerk umgebaut wurde. Vorbei am Glockenturm (h) führt der Torweg (l) in den Binnenhof. Linkerhand die Zisterne (m). Hier befanden sich die ältesten Wohnräume. Gegenüber, im Südflügel, lagen die Gemächer des Pflegers, im Oberstock das sog. Hauptmannszimmer. Im Nordwesten erhob sich über dem Felsen (i) das Haupthaus (Hauptturm), das die Rüstkammer und zwei Wohnetagen umfasste und früher gegen Osten frei stand. Grundriss und Text aus Poeschel, Burgenbuch S. 280–283.

Abb. 5 Burg Tarasp von Südosten

Abb. 6 Burg Tarasp von Osten.

Abb. 7 Zisterne im Erdgeschoss der Burg. Im Jahre 1732 wurde die alte Zisterne nur erweitert und vertieft, wie die Inschrift meldet: ANNO 1732 / IST DIS/EN CISTERN AVF KEISE/RLICHE KOSTEN ERWEITERT/ VND ERTIEFERT VND VON GRV/NT AVF MIT NEIEN YVADER STE/IN VÖLLIG RENOVIERT WORDEN. Nicht nur die Distinktion der Wörter, selbst die Buchstaben waren dem meisselnden Handwerker nicht vertraut, daher die Ersetzung des Q durch YV im Wort Quaderstein. Die Zisterne war zuerst unbedacht, da ihre einwärts geneigten Pultdächer Regenwasser zuleiten konnten, falls kein Quellwasser von aussen zur Verfügung stand. Sie ist 1490 belegt, geht aber auf die Anfänge der Burg zurück. Am Abhang im Norden des Burgfelsens ist heute noch eine mauerumschützte grosse Zisterne vorhanden, die 1520 schon existierte. Rahn 23, 36–39. Burgenbuch 281–282. Poeschel III. 532.

Abb. 8 Glockenturm der Burg Tarasp. Er stand ursprünglich frei und zählt fünf Stockwerke, im dritten Stockwerk finden sich auf der Süd- und Ostseite Blendarkaden. Vom Erdgeschoss aus waren durch Scharten das Kapellentor und der südliche Hof zu beaufsichtigen. Das jetzige Zeltdach mit der zwiebelförmigen Haube zeigte schon 1649 die gleiche Form (Stich von Merian) und wurde 1714 in gleicher Art erneuert. Rahn 22. Burgenbuch 281–282.

Abb. 9 Burgkapelle St. Johann. Der Sakralbau besteht aus einer halbrunden, leicht gestelzten Apsis (innere Weite 3,80 m) und einem viereckigen, sich verjüngenden Schiff (innere Länge 4,10 m, Breite 3,10–3,65 m). Nach den Erhebungen von J.R. Rahn (1909) besass die Apsis früher drei Rundbogenfensterchen, die vom Innern her noch sichtbar waren. Über dem Altar die viereckige Öffnung mit Verzierungen, darüber der Oculus. Daneben rechts die romanische Figur mit dem geschlossenen Buch (Apostel oder Evangelist). Von der Gegenfigur sind noch links des Altars Spuren vorhanden. Auf dem halbrunden Chorbogen sind auf der unteren Schicht spätgotische Malereien des 15. Jh. erkennbar, in der Mitte die Verkündigung an Maria, links der Pestheilige St.Roch, rechts der Pilgerpatron St.Jakob der Ältere. Von den Figuren der oberen Schicht fällt besonders die aussen rechts gemalte Priestergestalt auf. Die Apostelgestalten im Schiff datieren erst aus der Zeit um 1600 und sind künstlerisch nicht anspruchsvoll. Das Obergeschoss der Kapelle kam schon vor 1520 dazu und diente als Pulvermagazin.

Abb. 10–11 Messgewand der Tarasper. Das rein romanische liturgische Kleid zeigt auf der Vorderseite Christus in der Goldmandorla und auf der Rückseite das Lamm Gottes, umrahmt von Evangelistensymbolen. Die Kasel war von Anfang an unsymmetrisch, auf der einen Seite steiler als auf der andern. Höhe: 158,5 cm, Breite 133 cm. Der ganze Ornat (Kasel und Stola) ist «eine regionale Arbeit und dürfte in einem Nonnenkloster in der Nachbarschaft von Marienberg entstanden sein, zur Zeit von Ulrich und Uta oder wenig später. Es scheint aber, dass die Stickereien nicht fertiggestellt worden sind. Um die Kasel zu komplettieren, wurden die orientalischen Gewebestreifen des Kaselkreuzes aufgesetzt.» Freundl. Mitt. Dr. Sigrid Müller-Christensen, München, vom 25. Okt. 1979. Die Zutaten sind nun entfernt. Als Ort der Herstellung kommt nur das Nonnenkloster Müstair in Betracht.

Abb. 12 Porträte von Ulrich III. und Uta auf der Stola. Zur Kasel gehört auch eine Stola mit ihren 16 Heiligenfiguren. Unter dem hl. Sebastian kniet Uta im monastischen Kleide. Der hl. Bischof Sebastian, erkennbar an der durch zwei blaue Flecken angedeuteten Mitra, war der Hauptpatron von Marienberg, dessen Reliquien Ulrich III. von Köln kommen liess (Ursula-Kreis). Auch Ulrich selbst trägt ein Mönchskleid und kniet vor dem in rohes Gewand gehüllten und barfüssigen Täufer, dem Schutzherr der Tarasper Burg. Nach dem Marienberger Chronisten des 14. Jh. war der Ornat ein Geschenk der Tarasper und trug auch deren Namen (Goswin S. 62). Doch ist nur bei Uta eine dreizeilige, wohl spätere und schwer deutbare Inschrift erhalten. Das Ehepaar war auch auf einem Fastentuch dargestellt, abgesehen von den entsprechenden Porträten der Krypta.

Abb. 13 Wappen der Tarasper. Goswins Chronik von Marienberg weist auf fol. XXV zwei Schilde auf, der eine mit dem Kreuz, der andere mit dem Regenbogen, daneben die Bemerkung, dass letzterer das wahre Wappen auf dem Helm und dem Schild Ulrichs III. gewesen sei, also nicht das Kreuz. Der Regenbogen ist das Symbol des Friedens oder der göttlichen Herrlichkeit und ist auch sonst als heraldisches Zeichen nachweisbar, so in Spanien (Tahull 1123) und in der Waadt (Villeneuve 1263). Das Kreuz ist altes christliches Zeichen, das infolge der Kreuzzüge und der Wallfahrten nach Jerusalem allgemeine Verbreitung fand.

Abb. 14 Kapelle St. Stephan in Burgeis. Devotionskapelle der Pfarrei Burgeis, entstanden im ausgehenden 10. oder in der 1. Hälfte des 11. Jh. Die zwei Lichtschlitze nach Süden zeigen je eine Umrahmung von Blendbogen, im Osten wurde ein Doppelblendbogen durch ein späteres Fenster um seine Wirkung gebracht. Die Glockenmauer, die auch ähnlich bei St.Vigil in Morter erscheint, kann als Vorläufer der Glockentürme angesehen werden (M. Frei). Im Osten schliesst sich ein Friedhof an, der wohl von der hier in der Nähe weilenden Schulser Mönchsgemeinde (1146–49) errichtet wurde. Darin fand auch Friedrich II. von Tarasp sein Grab. Seit 1980 wieder Klosterfriedhof.

Abb. 15 Liturgische Weiheszene. 1971 entdeckte man an der Aussenwand der Marienberger Krypta verschiedene romanische Malereien. Eine davon stellt eine liturgische Handlung dar, etwa die Weihe der Krypta oder der Kirche oder des Klosters. Text S. 104.

Abb. 16 Marienberg von Südosten. Die Winteraufnahme gibt die basilikale Konstruktion (mit Pultdächern) der romanischen Kirche frei. Das Mittelschiff ist zwar nicht breit, wohl aber hoch. Das Querschiff und der gerade abschliessende Chor zeigen sich in aller Deutlichkeit. Nicht sichtbar sind die drei romanischen Apsiden des hochmittelalterlichen Baues, von denen die Hauptapsis heute als Chor dient, während die Seitenapsiden zur Sakristei und zur Michaelskapelle umgebaut wurden. In der Mitte der ganzen Anlage erhebt sich der romanische Turm mit drei wenig hohen Stockwerken, die nach aussen vertiefte Rundbogen aufweisen, zuoberst auch grosse Schallfenster. Erst aus der Barockzeit stammt das doppelstöckige Oktogon, das unmittelbar aus dem Turm herauswächst und schliesslich in eine Zwiebelhaube übergeht.

Abb. 17 Marienberg von Südwesten. Wie eine Burg nimmt sich das barocke Kloster aus, das Abt Jakob Grafinger (1640–53) bauen liess. Nur mit mächtigen Stützmauern konnte die Abtei an der steilen Berghalde errichtet werden. Sie besteht aus einer einfachen Anlage, deren Ostseite die Kirche bildet, die mit den drei Flügeln des Klostergebäudes den gotischen Kreuzgang umschliesst. Gegen den Berg hin reiht sich ein zweitoriger Wirtschaftshof an, gegen das Tal hinab ein kleiner Garten mit hohen Mauerzinnen.

Abb. 18 Das Uta-Bild der Krypta. Ulrich III. und seine Gemahlin Uta waren in der Krypta von Marienberg dargestellt. Einzig Utas Kopf ist erhalten, dazu ihre Hände, die sie bittend zur Hand Gottes mit dem Kreuz ausstreckt. Das Motiv der manus Domini findet sich schon im Norbertraum des Klosters Müstair (Ende 11. Jh.) und in der Darstellung der Steinigung des hl. Stephanus in der romanischen Malerei von Müstair (spätes 12. Jh.). Auf Ulrich bezieht sich das halbkreisrunde Spruchband: MVNERA FERT XRO (= CHRISTO), QUE MVNDO SVBTRAHIT ISTO. Christus bringt er die Gaben dar, die er der Welt entzieht. Eine ähnliche Inschrift auf der Darstellung der Friderun in der Klosterkirche von Müstair aus gleicher Zeit: HEC MVNERA OFFERT FRIDERVNA AD HONOREM S. JOHANNIS. Vgl. I. Müller, Geschichte des Klosters Müstair, 1978, S. 47, 236. Die folgenden Verse über dem Bilde Utas sind in konzentrischen Kreisen angeordnet, aber kaum mehr lesbar. Doch hat uns Goswin (S. 61) deren Wortlaut getreu überliefert. Er lautet:

Domnus Ulricus divino flamine tactus
Ad templi cultum studet hic impendere multum,
Et cum devota Christo benedicitur Uta.
In domini templo tua munera ferre memento!
Fecit Udalricum dantem sibi Christus amicum,
Nomine celesti donantes dextera Christi
In celis signet ac sibi consociet.
Huic operi dona donant Ulricus et Uta.
Ut deus hisque pia succurrat virgo Maria!

Abb. 19 Krypta von Marienberg nach der Restauration von 1980. Weihe durch Bischof Adalgott 1160.

Abb. 20–21 Engel. Romanische Malerei des 12. Jh. am Kreuzgewölbe der Marienberger Krypta.

Abb. 22 Romanisches Portal der Marienberger Klosterkirche. Die 1201 geweihte Kirche besitzt ein Rundbogenportal mit abgestufter Laibung aus Marmor, auf jeder Seite drei zweifarbige Granitsäulen. Im Bogenfeld sitzende Muttergottes mit Kind des weichen Stiles um 1420. Vor diesem einfachen und strengen Kircheneingang befand sich die Grablege der Tarasper, bis sie in die barockisierte Kirche übertragen wurde (1642 bzw. 1647). Links vom Eingang barocke Malerei aus der Mitte des 17. Jh., auf der Ulrich III. von Tarasp dargestellt wird (als Gegenstück Markgraf Leopold von Babenberg).

Abb. 23 Ruhestätte der Tarasper. Schwarzer Marmorstein (70 × 43 cm) mit spanischem Kreuz und Inschrift: FVNDATOR MONASTERII. Der Text der Inschrift auf der Kartusche lautet: Anno Christi MCL fundatum fuit hoc monasterium montis S. Mariae in honorem / eiusdem B(eatae) Virg(inis) ac Dei Gen(itricis) Mariae ab Illustri b(eato) Vdalrico comite et / milite de Traspis, cuius veneranda ossa cum b(eatae) vxoris suae Vtae et filii / Vdalrici ossibus e loco humili et obscuro in istu(m) qui conspicitur celebre(m) locum translata atque pie tumulata sunt sub Re(verendissi)mo et ampl(issi)mo Domino Jacobo / abbate XXXVI, qui fundatori suo aeternum hoc cenotaphium po/suit et consecrauit anno MDCXLVII VI Idus Septemberis.

Abb. 24 Grabdenkmal der Tarasper. Bei dem «Reliquiengrab» der Tarasper in der Benediktskapelle der Barockkirche stellt eine Schnitzerei Ulrich III. und Uta dar, wie sie das Klostermodell in Händen halten, unter dem ihr Sohn Ulrich IV., der spätere Prior, seine Arme betend emporhebt. Darüber eine Kopie der Madonna des Portals. Das Wappen mit Kreuz und Regenbogen ist das eigentliche heraldische Zeichen der Tarasper, das Wappen mit der Säule geht auf die bereits beim Chronisten Goswin (14. Jh.) überlieferte Legende zurück, dass die Familie aus Rom stammte, was man später auf das stadtrömische Geschlecht der Colonna konkretisierte (Barockhumanismus). Das weiss getönte Plastikwerk zeigt keine grosse Kunst, beweist indes die grosse Pietät der Barockzeit zu den Tarasper Gründern von Marienberg. Am wertvollsten ist das Baumodell, das noch den Zustand vor dem Brand von 1656 bewahrt.

Abb. 25 Fragmente von Handschriften aus Marienberg. Inhaltlich handelt es sich um die Moralia Gregors des Grossen, die das Buch Job erklären. Das obere Stück zeichnet sich durch die Initiale Q (6 cm hoch) in Quorumdam aus (Lib. VII. Kap. 1), dessen Abstrich einen schwimmenden Fisch darstellt (6,5 cm lang). Das untere Stück hebt das S (6,5 cm hoch) in Superiori hervor (Lib. XIV. Kap. 1). Die rahmenlosen Initialen gehören zu den Federzeichnungen, wie sie im 12. Jh. in süddeutschen und schweizerischen Klöstern Brauch waren. Indes unterscheidet sich diese lineare Art vom malerischen, von Oberitalien beeinflussten Stil der gleichzeitigen grossen Disentiser Handschrift (Cod. Sang. 403). Näheres in der Zeitschrift für Schweizerische Archäologie und Kunstgeschichte 36 (1929) 48 über die Fragmente des 12./13. Jh.

Abb. 26 Taler von Tarasp. Durchmesser 43 mm.

Abb. 27 Toreingang zur Burg. Dieses «untere Tor» stand noch Anfang des 16. Jh. frei. Als im 17. Jh. anschliessend ein Wachthaus errichtet wurde, erhielt das Tor eine neue Rundbogenform und das Sockelprofil. Wohl erst im 18. Jh. wurde der doppelköpfige Kaiseradler darübergemalt, der in seinen Fängen ein Szepter und eine Erdkugel hält. Den Adler als Sinnbild der Weltherrschaft nahmen die Habsburger als Nachfolger der römischen Cäsaren in Anspruch. In der Mitte des Wappentieres der österreichische rote Schild, der von einem silbernen Querbalken durchzogen ist (sog. Bindenschild). Mit diesem Torwappen sollte dem Eintretenden klargemacht werden, dass er sich auf dem Boden des Habsburgerreiches aufhalte. Rahn 13. Burgenbuch 281.

Abb. 28–29 Die verfallene Burg im Jahre 1905. Man kann sich heute kaum vorstellen, wie verlottert das Gebäude vor der Restauration war. Zwei Zeichnungen von Johann Rudolf Rahn bringen uns dies wieder näher. Die erste zeigt das zweite Wachthaus, im Grundriss mit f bezeichnet (siehe S. 36), entstanden im 16./17. Jh. Erst nach diesem Torhaus gelangt man hinauf zur Kapelle und dann über den wachsenden Felsen durch eine gewölbte Torhalle, im Grundriss mit 1 vermerkt, in den inneren Burghof. Rahn hat sogar auf der Innenseite des Tores das Madonna-

Medaillon von 1726 angedeutet. Das ganze Bild offenbart uns auch die Art und Weise der Bedachung. Im Unterschied zu den Burgen der deutschen und romanischen Schweiz, wo hohe Satteldächer den Abschluss bilden, tun dies hier in Tirol (in Nauders wie in Tarasp) die Mauerkronen, hinter denen die Dächer aus Holzschindeln in Form von Pultdächern nach dem Hofe abfallen. Das nach innen verlegte Dach war gegen Brandpfeile besser geschützt als die offenen Satteldächer. Zudem konnte man damit leichter das Regenwasser nutzbar machen. Aus Rahn Taf. V und VIII sowie Text S. 14–15, 21–24. Burgenbuch S. 280–283.

Abb. 30 Fenster im Südtrakt der Burg. Blick auf den Dorfteil Fontana. Burgenromantik.

Abb. 31 Burg Tarasp von Norden im Winter.

Abb. 32 Karte der Herrschaft Tarasp zu Anfang des 18. Jh.

Photographen: Daniel Schönbächler, Disentis, Nr. 1–9, 12–30.
Abtei Marienberg Nr. 10–11.
Rätisches Museum, Chur, Nr. 26.
Landesmuseum Bregenz Nr. 32.

Abkürzungen der Literatur

Affentranger = Urban Affentranger, Die Bischöfe von Chur in der Zeit von 1122 bis 1250. Disentis 1975.
Burgenbuch = Erwin Poeschel, Das Burgenbuch von Graubünden. Zürich 1930.
Burgenbuch 1984 = Otto P. Clavadetscher/Werner Meyer, Das Burgenbuch von Graubünden. Zürich 1984.
BUB = E. Meyer-Marthaler und Franz Perret, Bündner Urkundenbuch. Chur 1 (1955); 2 (1973); 3 (1961).
Clavadetscher, Burgen = Otto P. Clavadetscher, Die Burgen im mittelalterlichen Rätien, in: H. Patze (Hrsg.), Die Burgen im deutschen Sprachraum. Sigmaringen 2 (1976) 273–292.
Clavadetscher, Gotteshausbund = Otto P. Clavadetscher, Die Täler des Gotteshausbundes im Früh- und Hochmittelalter, in: Festschrift 600 Jahre Gotteshausbund. Chur 1967 S. 1–42.
Clavadetscher, Reichsgut = Otto P. Clavadetscher, Das Schicksal von Reichsgut und Reichsrechten in Rätien, in: Vierteljahrschrift für Sozial- und Wirtschaftsgeschichte. Wiesbaden 54 (1967) 46–74.
Goswin = Goswin, Chronik des Stiftes Marienberg, ed. B. Schwitzer. Innsbruck 1880 (= Tirolische Geschichtsquellen II).
Hammerl = Franz Hammerl, Die Rechts- und Herrschaftsverhältnisse im Unterengadin. JHGG 52 (1922) 63–146.
JHGG = Jahresbericht der Historisch-antiquarischen Gesellschaft von Graubünden. Chur 1878 ff.
Loose, Siedlungsgenese = Rainer Loose, Siedlungsgenese des obern Vintschgaus. Trier 1976 (= Forschungen zur Deutschen Landeskunde Bd. 208).
Marthaler = Elisabeth Marthaler, Untersuchungen zur Verfassungs- und Rechtsgeschichte der Grafschaft Vintschgau im Mittelalter. JHGG 70 (1940) 41–235.
Matscher Rodel = Rodel des Vogtes Ulrich IV. von Matsch über seine Besitzungen im Unterengadin 1369–1371, ediert in Fritz Jecklin, Land und Leute des Unterengadins und Vintschgaus im 14. Jh. Chur 1922 S. 1–55, bes. 1–5 über Tarasp.
Müller, Unterengadin = Iso Müller, Zur älteren Geschichte des Unterengadins. Bündner Monatsblatt 1979 S. 1–24.
Necrologium Curiense = Wolfgang von Juvalt, Necrologium Curiense. Chur 1867.
Poeschel = Erwin Poeschel, Die Kunstdenkmäler des Kt. Graubünden. Basel 1937–48. Über Tarasp III. (1940) 527–538.
Rahn = Joh. Rud. Rahn, Schloss Tarasp. Zürich 1909 (= Mitteilungen der Antiquarischen Gesellschaft in Zürich. Bd. XXVII, Heft 1).
Sandberger = Gertrud Sandberger, Bistum Chur in Südtirol. Zeitschrift für Bayerische Landesgeschichte. München 40 (1977) 705–828.
Schuls-Marienberg = Iso Müller, Die Anfänge des Klosters in Schuls-Marienberg, in: Studien und Mitteilungen des Benediktiner-Ordens. Ottobeuren 89 (1978) 597–630.
Schwarzmaier = Hansmartin Schwarzmaier, Königtum, Adel und Klöster im Gebiet zwischen Oberer Iller und Lech. Augsburg 1961.
Stolz, Unterengadin = Otto Stolz, Beiträge zur Geschichte des Unterengadins aus Tiroler Archiven, in: JHGG 53 (1923) 53–227.
Tarasper Freiherren = Iso Müller, Zur Geschichte der Freiherren von Tarasp. JHGG 107 (1977) 1–38
Tarasper Reliquiensammler = Iso Müller, Ein Reliquiensammler des 12. Jahrhunderts: Ulrich III. von Tarasp. Bündner Monatsblatt 1978, Heft 5/6, S. 12–41.
Thaler, Tarasp = P. Albuin Thaler, Tarasp. 2. Aufl. Innsbruck 1914.
TUB = Fr. Huter, Tiroler Urkundenbuch; Abt. I. Die Urkunden zur Geschichte des deutschen Etschlandes und des Vintschgaus. Bd. 1–3 Innsbruck. 1937–57 über die Zeit von 769–1253.
Urbare = Urbare der Stifte Marienberg und Münster, ediert von Basil Schwitzer. Innsbruck 1891 (= Tirolische Geschichtsquellen III).
Valèr = M. Valèr, Schloss und Herrschaft Tarasp. Chur 1917.
ZAK = Zeitschrift für Schweizerische Archäologie und Kunstgeschichte. Zürich 1939 ff.

Anmerkungen

I. Das Unterengadin

9 [1] R. Lunz, Ur- und Frühgeschichte Südtirols. Bozen 1973 S. 34–38, 42, 83–84, 88, 92, 94.

[2] H.Lieb, Lexicon Topographicum. Bonn 1 (1967) 140–142, dazu Armon Planta, Der römische Fahrweg über den Julier und den Maloja. Beilage zur: Archäologie der Schweiz 2 (1979), 4 Seiten Text und 4 Karten.

[3] Freundliche Mitteilungen von Herrn Armon Planta, Sent, vom 13. Juli 1979, der dazu bemerkt: «Die Abzweigung vom fahrbaren Römerweg ob Silvaplana (am Ausgang des Julierpasses) nach diesem Dorf hinunter und somit ins Engadin ist an einer Stelle auch aus dem Fels gehauen. Sie wäre aber als Fahrweg mit nur 80 cm Breite zu eng und weist trotz des Gefälles keine Radrinnen auf.» Zur Sache Sandberger 789–792 und jetzt O.P. Clavadetscher, Churrätien im Übergang von der Spätantike zum Mittelalter nach den Schriftquellen, in: Werner/Ewig, Von der Spätantike zum frühen Mittelalter. Sigmaringen 1979 S. 159–178, hier bes. 176.

10 [4] Text in BUB I. S. 394. Dazu Clavadetscher, Verkehrsorganisation in Rätien zur Karolingerzeit. Schweiz. Zeitschrift f. Geschichte 5 (1955) S. 15–17, 26–29 und I. Müller, Der rätische Vintschgau im Frühmittelalter. Der Schlern 34 (1960) S. 318–329. Vgl. auch Müller, Unterengadin S. 2.

[5] Otto P. Clavadetscher, Flurnamen als Zeugen ehemaligen Königsgutes in Rätien, in: Vorträge und Forschungen. Konstanz 10 (1965) S. 111–139, dazu Loose, Siedlungsgenese 135–142. Zur Diskussion siehe Schweiz. Zeitschrift für Geschichte 16 (1966) S. 598–599 (Br. Meyer) und Der Obere Weg, Bozen 1965/66 S. 230–232 (K. Finsterwalder).

[6] TUB I. 1. Nr. 26–27 = BUB I. Nr. 100–101 zu 930 April 9 und 931 April 14. Dazu Marthaler 63–65.

[7] TUB I. 1. Nr. 31 = BUB I. Nr. 134 zu 967 Juli 8.

[8] TUB I. 1. Nr. 52 = BUB I. Nr. 172 zu 1027 Juni 1. Dazu Marthaler 65–78.

[9] Über die Engadiner Pfarreien Schweiz. Zs. f. Geschichte 12 (1962) S. 460–461. Dass das Unterengadin früher bevölkert war, zeigen vor allem das Alter der Pfarrei St. Peter in Remüs (6. Jh.) und die Besitzungen Churs im Unterengadin, die Bischof Hildibald im 10. Jh. verschenkte (siehe oben). Die entsprechende Petruskirche des Oberengadins muss in Samaden und nicht in Zuoz sein, weil Petruskirchen der Mittelpunkt früh besiedelter Landschaften waren. JHGG 99 (1969) 31–36. Dann wird 1137/39 zuerst St. Peter in Samaden und erst nachher St. Luzi in Zuoz aufgezählt. Die frühe Peterskirche muss freilich archäologisch erst noch erfasst werden. Bündner Monatsblatt 1978 Heft 1/2 S. 1–2. In Zuoz und Ardez war jeweils nur ein tabernarius. Dass alte Verkehrsstationen nicht ohne weiteres als christliche Gemeinschaft oder Pfarrei gedeutet werden können, zeigen Bivio am Julierpass (Hoch- oder Spätmittelalter) und Hospental am Gotthardpass (Pfarrei 19. Jh.).

[10] Die Florinusvita des 12. Jh. in JHGG 88 (1958) S. 1–57, dazu I. Müller in der Schweiz. Zs. f. Geschichte 19 (1969) S. 308–316 und Sandberger 787–792.

[11] Oswald-Schaefer-Sennhauser, Vorromanische Kirchenbauten. München 1970 S. 269–270.

[12] BUB I. Nr. 100 zu 930 April 9. Dazu bemerkt El. Meyer-Marthaler: «Remüs ist ein gutes Beispiel für eine Gründung nach römischem Recht, die darum stets Reichsgut blieb und nie zu einer bischöflichen Eigenkirche werden konnte.» (Brief 16. Nov. 1979.)

11 [13] Necrologium Curiense S. 100 zum 8. Okt.

[14] BUB I. Nr. 260 zu 1117 März 12. Näheres über Remüs Müller, Unterengadin S. 4–6.

[15] Necrologium Curiense S. 100 zum 8. Okt.

[16] Siehe BUB I. S. 420 (Register). Über Sins/Sent, auch Müller, Unterengadin S. 6–8.

[17] Conradin von Moor, Die Urbarien des Domcapitels zu Cur. Chur 1869 S. 1

[18] Über die Kirche, Müller, Unterengadin S. 9–10.

[19] Der ältere Name von Martinsbruck lautete Buvend. Goswin 7, 37.

[20] TUB I. 1. Nr. 275 = BUB I. Nr. 345 zu 1161.

13 [21] TUB I. 3 Nr. 1131 zu 1241 Juni 5.

[22] TUB I. 1. Nr. 294 = BUB I. Nr. 376 zu 1164/67. Vgl. Urbarien des Domcapitels l. c. S. 1, 8.

[23] Berichte des archäologischen Dienstes des Kt. Graubünden, verfasst von Armon Planta. 6. Januar 1971. Dazu seine Mitteilung: «Da es anzunehmen ist, dass die urgeschichtliche Siedlung auf dem Munt Baselgia sich auch in die römische Zeit herüber rettete, lassen eine gefundene Terra Sigillata neben einer tief liegenden Mauer unter einem Mörtelboden östlich der heutigen Apsis den Schluss zu, diese Mauer könnte römisch sein. Das ist leider alles.» (Brief 28. Nov. 1979.) Daraus zieht O. P. Clavadetscher weitere Folgerungen in: Werner/Ewig, Von der Spätantike zum Frühmittelalter. Sigmaringen 1979 S. 160, 165, 176.

[24] TUB I. 1. N. 275, 312 = BUB I. Nr. 345, 364 zu 1161 und 1167.

[25] J. C. Muoth, Zwei Ämterbücher des Bistums Chur. Chur 1897 S. 144: «an sant Peters gut.» Freundl. Hinweis von Prof. Otto P. Clavadetscher, Trogen.

[26] Zur taberna Clavadetscher in Werner/Ewig, Von der Spätantike l.c. S. 165, 176. Über die Kirche im 12. Jh. Necrologium Curiense S. 30 zum 26. März. Die Anfänge einer Kirche in Ardez könnten noch in die Zeit des Frühmittelalters zurückgehen. Zur Problematik der Gründung siehe Monatsblatt 1985 S. 153–154.

[27] Über die Mithilfe der Tarasper an der Gründung der Pfarrei siehe Müller, Unterengadin S. 8–23 und unten Kap. IV. 1.

14 [28] Bericht des archäologischen Dienstes des Kt. Graubünden, verfasst 1971 von Planta und Stupan, Nauli und Rageth. Dazu Clavadetscher in Werner/Ewig, Von der Spätantike l.c. S. 160, 176. Dazu J. Rageth im Bündner Monatsblatt 1983 S. 149–153.

[29] Bündner Monatsblatt 1965 S. 302, Urk. von 1283 Januar 20: dos sancti Mauricii. Freundl. Mitt. von Prof. Otto P. Clavadetscher, Trogen.

[30] Th. v. Mohr, Codex Diplomaticus 2 (1854) S. 103: «aput Zarnets ecclesia.» Weiteres: Bündner Monatsblatt 1979 S. 23–24.

[31] H. Büttner in Zeitschrift f. Schweiz. Kirchengeschichte 50 (1956) 65–66. M. Spindler (Hrsg.), Handbuch der bayerischen Geschichte 1 (1967) 110, 217, 301.

[32] TUB I. 1. Nr. 36 = BUB I. Nr. 134 zu 967 Juli 8.

II. Die oberitalienische Heimat

15 [1] Goswin S. 55, 59–60. Für Goswin ist immer Ulrich III. († 1177) der Gründer des Klosters, dessen Wirken er vordatiert. Vgl. Goswin 48–49.

[2] P. von Planta, Chronik der Familie von Planta. Zürich 1892 S. 5–6

[3] U. Campell, Raetiae Descriptio ed. C. J. Kind, Basel 1884 S. 253.

[4] P. Peter Baptist Zierler in den Forschungen und Mitteilungen zur Geschichte Tirols und Vorarlbergs 5 (1908) 2–6.

16 [5] Josef Fleckenstein, Über die Herkunft der Welfen und ihre Anfänge in Süddeutschland, in: G. Tellenbach, Studien und Vorarbeiten zur Geschichte des grossfränkischen und frühdeutschen Adels. Freiburg/Br. 1957 S. 93.

[6] Siehe das Kapitel IV. über den Besitz der Tarasper.

[7] TUB I. 1 Nr. 434 = BUB I. Nr. 444 zu 1187 August 6. Darüber grundlegend Luitfried von Salvini-Plawen, Zum Namen Obervintschgauer Geschlechter. Der Schlern 52 (1978) 45–48, bes. 46. Dazu die brieflichen Erklärungen des Verfassers vom 9. Sept. 1978. Über die Matscher siehe Kapitel III, 2.

[8] TUB I. 2 Nr. 530: Egno von Venosta und sein Bruder teilen ihre Häuser und Güter in der Stadt Como. 1201 Febr. 4.

[9] Näheres in G. Wielich, Das Locarnese im Altertum und Mittelalter. Bern 1970 S. 226–231, 252–254, 257, 267, bes. S. 230. Dazu P. Schaefer, Das Sottoceneri im Mittelalter. Aarau 1931 S. 41, 212–220.

[10] BUB I. Nr. 214 zu 1095/96, dazu Clavadetscher, Reichsgut S. 73–74 und Gotteshausbund S. 40–42. Vgl. folgende Anmerkung.

[11] BUB I. Nr. 288. Vgl. auch die Freien in den Tarasper Urkunden überhaupt, so in BUB

I. Nr. 289, 319. Zum Ganzen Otto Stolz, Die Ausbreitung des Deutschtums in Südtirol 4 (1934) 76–85 sowie Benedikt Bilgeri, Geschichte Vorarlbergs 1 (1971) 131, 309–311.

17 [12] Clavadetscher, Reichsgut S. 73–74 und Gotteshausbund S. 40–42. Schon Stolz, Unterengadin S. 137, führte den reichen Grundbesitz der Tarasper zurück auf «Erwerbung durch Ankauf». Poeschel dachte an die Aufsaugung eines Hochgerichtes. Burgenbuch S. 81. Hier ist auch wieder an das 967 belegte erblose Gut im Vintschgau und Engadin zu erinnern. TUB I. 1. Nr. 31 = BUB I. Nr. 134.

[13] Jürg Muraro, Untersuchungen zur Geschichte der Freiherren von Vaz. JHGG 100 (1970) 37, 109–110.

[14] Th. Schieffer, Winfrid-Bonifatius und die christliche Grundlegung Europas. Freiburg/Br. 1954 S. 8. Erich Zöllner, Die politische Stellung der Völker im Frankenreich. Wien 1950 S. 30–31.

[15] Eduard Hlawitschka, Franken, Alemannen, Bayern und Burgunder in Oberitalien 774–962. Freiburg i. Br. 1960 S. 169–172 (Katalog Nr. 57)

[16] Hlawitschka S. 179–181 (Katalog Nr. 67).

18 [17] Hlawitschka S. 199 (Katalog Nr. 86).

[18] MGH DD H. II. Nr. 74–75 zu 1004. Ebendort Nr. 113: Heinrich II. schenkt der Bischofskirche von Como die Hälfte der Vizegrafschaft des Veltlins. Urkundenentwurf ohne Genehmigung des Königs.

[19] MGH DD H. III. Nr. 58, 98 zu 1040–42 und Nr. 192 zu 1047.

[20] Für das 9. Jh. siehe A. Valentini, Codice necrologico-liturgico del monastero di S. Salvatore o S. Giulia in Brescia. Brescia 1887 S. 9, 80. Für das 10. Jh. Bognetti-Marcora, L'Abbazia Benedittina di Civate. Civate 1957 S. 56, 153. Für das 11. Jh. MGH DD K. II. Nr. 84, 100.

[21] MGH DD K. I., H. I. und O. I. Nr. 272, 364, dazu Hlawitschka S. 243–245 (Katalog Nr. 125).

[22] F. Savio, Gli antichi vescovi d'Italia. La Lombardia II. 1 (1932) 33–39.

[23] MGH DD H. II. Nr. 129, 465–467 zu 1007 und 1022.

[24] Savio L.c. II. 1 (1929) 209–211.

[25] Italia Pontificia VI. 1. S. 53.

[26] Italia Pontificia VI. 1. S. 399.

[27] Hlawitschka S. 241–242 (Katalog Nr. 123).

[28] Hlawitschka S. 242–243 (Katalog Nr. 124).

[29] Hlawitschka S. 243–245 (Katalog Nr. 125).

[30] Valentini L.c. S. 4. MGH DD.O. III. Nr. 323 zu 999 und Nr. 394 zu 1001.

[31] Goswin 33, 41–42 = BUB I. Nr. 214, 345, 355. Siehe auch Goswin, Register S. 249.

[32] Hlawitschka S. 184–185 (Katalog Nr. 72)

[33] Valentini L.c. S. 7, 48.

[34] MGH DD K. II. Nr. 208, 240 zu 1034, 1037.

[35] Lexikon f. Theologie und Kirche 4 (1960) Sp. 557

19 [36] E. Förstemann, Altdeutsches Namenbuch 1 (1900) Sp. 36–37. Goswin S. 248 (Register)

[37] Valentini S. 45, 53.

[38] Lexikon f. Theologie und Kirche 3 (1959) Sp. 672.

[39] Hlawitschka S. 236 (Katalog Nr. 118).

[40] Hlawitschka S. 106 (Katalog Nr. 4).

[41] Hlawitschka S. 257–258 (Katalog Nr. 144).

[42] Lexikon für Theologie und Kirche 3 (1959) 627–628.

[43] Die Ansicht von Stolz zusammengefasst bei Oswald Trapp, Tiroler Burgenbuch 1 (1972) 17.

20 [44] Clavadetscher, Reichsgut 73–74, Gotteshausbund 40–42, bes. 41.

[45] Karl Schmid, Heirat, Familienfolge, Geschichtsbewusstsein, in: Il Matrimonio della società altomedievale. Spoleto 1977 S. 100, 128–129.

III. Die genealogischen Zusammenhänge

1. Die Familie der Tarasper

21 [1] BUB I. Nr. 214 zu 1095/96. Nur Regest in TUB I. 1. Nr. 114*

[2] TUB I. 1. Nr. 147–148 = BUB I. Nr. 281–282 zu 1118/26.

[3] TUB I. 1. Nr. 186 = BUB I. Nr. 308 zu 1142. Erklärungen dieser Urkunde in Schuls-Marienberg 605–606.

[4] TUB I. 1. Nr. 159–160 = BUB I. Nr. 288–289 zu 1131 Juli 7. Zu Ulrich II. siehe Die Urbarien des Domcapitels zu Cur, ed. C. von Moor, Chur 1869 S. 5. Zur Urk. von 1131 siehe Tarasper Freiherren S. 3–5. Wie indes Prof. Otto P. Clavadetscher, Trogen, richtig bemerkte, war Ulrich II. nicht Vogt der in der Urk. nicht genannten Schulser Pfarrkirche, sondern des Bistums, wie die vorherige zweimalige Nennung des Bischofs der Churer Kirche nahelegt. (Brief vom 7. August 1979.) Die Urkunde von 1131 nennt uns auch die Söhne Eginos I., nämlich Egino II. und Heinrich wie auch deren Vetter Gebhard II.

[5] TUB I. 1. Nr. 275 = BUB I. Nr. 345 zu 1161, vor März 9: patris Vdalrici et uxoris Irmgarde.

[6] TUB I. 1. Nr. 280 = BUB I. Nr. 350 zu 1163, nach März 9.

[7] Necrologium Curiense S. 97.

[8] Goswin 23 zum 19. September.

23 [9] TUB I. 1. Nr. 233 = BUB I. Nr. 314 zu 1148 März 13./1149 März 12.

[10] Sandberger 797–801 identifiziert Morit mit Mareit bei Sterzing im Wipptal. Greifenstein liegt bei Terlan (Prov. Bozen). TUB I. 1. S. 335.

[11] TUB I. 1. Nr. 64–72, 76, 80–83, 88–89, 92–94, 105–107, dazu BUB I. 1. Nr. 86 zu ca. 1050/65 und Nr. 105 zu ca. 1085/90.

[12] TUB I. 1. Nr. 109, 122, 127, 133–135, 137, 140–141. Dazu TUB I. 1. Nr. 133 zu ca. 1110/22. Vgl. TUB I. 1. Nr. 64 zu 1050/65 mit Erklärung. Danach war Arnold II. auch Graf von Bozen.

[13] Sandberger S. 800, 813. Das Nekrolog von Marienberg meldet zum 7. April: Obiit Gebezo, qui eciam fuit de genere Friderici abbatis. Es handelt sich hier um einen von Eppan, nicht von Tarasp, wie schon Goswin S. 11, 37 ausdrücklich bemerkt. Abt Friedrich (ca. 1180–94) war der Sohn des Grafen Friedrich II. von Eppan und Ulten († 1185) und dessen Gemahlin Mathilde. Goswin 26–27, 36, 85. Über die Seitenlinie der Eppaner in Ulten siehe O. Stolz, Die Ausbreitung des Deutschtums in Südtirol 2 (1928) 1–6.

[14] TUB I. 1. Nr. 151 zu 1124/25. Über Arnold III. siehe F. Huter, Zur älteren Geschichte der Eppaner Grafen, in: Der Schlern 16 (1935) 394–398 sowie Sandberger 796–813.

[15] TUB I. 1. Nr. 153–154, 156–157 usw. Siehe Register S. 303 s. v. Arnold von Brixen. Zuletzt TUB I. 1. Nr. 298, 300 zu 1165/70.

[16] TUB I. 1. Nr. 172 zu 1140 und Nr. 300–302 zu 1165/73.

[17] TUB I. 1. Nr. 233 zu 1148/49.

[18] TUB I. 1. Nr. 243–244, 250–251, 284–287, 298, 318, 354, 360 zu 1153–1177.

[19] TUB I. 1. Nr. 311 zu 1166 Okt. 31. Über die Dotationsgüter F. Huter in: Der Schlern 16 (1935) 398.

[20] TUB I. 1. Nr. 336 zu 1174 Januar 30.

[21] TUB I. 1. Nr. 429, 450 zu 1186 April 11 und 1189 Mai 1.

[22] Über Gries Germania Pontificia I. S. 407–409, dazu Ambros Trafojer, in: Stifte und Klöster im Kulturleben Südtirols 1962 S. 277–292 und Plazidus Hungerbühler, Stiftskirche Muri-Gries. Bozen 1977 S. 1–8.

24 [23] G. Sandberger, Ein Brief der Gräfin Mathilde. Der Schlern 52 (1978) 503–507. Vgl. auch Sandberger 804, 806. Zum Ende Arnolds III. siehe auch F. Huter in: Der Schlern 16 (1935) 399–400.

[24] Das Nähere bei Sandberger 804.

[25] TUB I. 1. Nr. 311 zu 1166 Okt. 31.

[26] H. Simonsfeld, Jahrbücher des deutschen Reiches unter Friedrich I. 1 (1908) 622–623. F. Huter in: Der Schlern 16 (1935) 399–400 und N. Rasmo, Hocheppan. Bozen 1968 S. 4–6.

27 TUB I. 1. Nr. 398, 452 zu 1181 und 1189.
28 Goswin 34–35. Näheres Schuls-Marienberg 606–607.
29 TUB I. 1. Nr. 271 = BUB I. Nr. 341 zu 1160 März 25.
30 Sicher belegt ist Ulrich III. zu 1160 März 25. TUB I. Nr. = BUB I. Nr. 341. In den weiteren Urkunden TUB I. 1. Nr. 275, 279, 280, 293 = BUB I. Nr. 345, 349, 350, 354 zu 1161–64 handelt es sich um spätere oder nachgetragene Datierungen, ohne damit die Substanz der Urkunden zu beeinträchtigen. Dazu die Vorbemerkungen der beiden Urkundenbücher und Schwarzmaier 171 Anm. 3.
31 TUB I. 1. Nr. 280 = BUB I. Nr. 350 zu 1163 (?).
32 Goswin 28, 35–36. Dazu Schwarzmaier 171 Anm. 3.
33 Schwarzmaier 72, 79, 88, 90–91, 104–108, 112, 152–153.
34 TUB I. 1. Nr. 147–148 = BUB I. Nr. 281–282 zu 1118/26, dazu Romuald Bauerreiss, in: Festschrift Ottobeuren. Augsburg 1964 S. 109, wonach auch Otto von Ursin (1130) in Verbindung mit Rottenbuch stand. Dazu Sandberger 800 Anm. 32.
25 35 TUB I. 1. Nr. 241 zu 1121 (Chronik) und 1152 (Urkunde). Zur Gemengelage Schwarzmaier 79–89, bes. 85 und Sandberger 745–746. Zur Vogtei Bauerreiss, in: Festschrift Ottobeuren 86–89, 109.
36 Schwarzmaier 69, 172, Bauerreiss 89–90, 109.
37 TUB I. 1. Nr. 279 = BUB I. Nr. 349 zu 1163, vor März 9. Die Urkunde ist von 19 Zeugen beglaubigt. Uta wird als Gemahlin Ulrichs III. von Tarasp und Irmgard als Schwester des Abtes Adalbert von Schuls-Marienberg angesehen von Schwarzmaier 69, 83, 171–172.
38 Schwarzmaier 171.
39 Schwarzmaier 107, 114, 116–117.
40 Goswin 60. O. Trapp, Tiroler Burgenbuch 1 (1972) 33. Zur Lage R. Lunz in den «Dolomiten» vom 24./25. April 1974 Nr. 95.
41 Für eine solche Heirat E. H. von Ried in: Forschungen und Mitteilungen Tirols und Vorarlbergs 8 (1911) 116–118.
42 TUB I. 1. Nr. 275–276, 279, 312 = BUB I. Nr. 345, 349, 355, 364 zu 1161, 1161/64, 1163, 1167. In der Urk. von 1163 erscheint nur Heinrich von Burgeis, nicht Albero.
43 TUB I. 1. Nr. 477 = BUB I. Nr. 461 zu 119 (3) Febr. 5.
26 44 TUB I. 1. Nr. 298 = BUB I. Nr. 380 zu 1165/70.
45 TUB I. 1. Nr. 326 = BUB I. Nr. 376, vor Sommer 1170.
46 TUB I. 1. Nr. 333 = BUB I. Nr. 383 zu 1173 vor März 9. Heinricus de Burgus recepit in vice advocati.
47 TUB I. 1. Nr. 335 zu 1174/78.
48 Über Wangen O. Stolz, Politisch-historische Landesbeschreibung von Südtirol. Bozen 1971 S. 270, 307–311.
49 TUB I. 1. Nr. 355, 414–415, 439 zu 1177–88. Zur Abhängigkeit von den Eppanern vgl. auch TUB I. 1. Nr. 273 zu 1160. Eine Charakteristik Alberos bietet Sandberger 793–796.
50 Zur Genealogie siehe E. H. von Ried in: Forschungen und Mitteilungen zur Geschichte Tirols und Vorarlbergs 8 (1911) 358 (Tafel).
51 Goswin 12, 36. 52 Goswin 36.
53 TUB I. 1. Nr. 233 = BUB I. Nr. 314 zu 1148/49.
54 TUB I. 1. Nr. 279 = BUB I. Nr. 349 zu 1163, vor März 9.
55 TUB I. 1. Nr. 294 = BUB I. Nr. 363 zu 1164/67.
56 TUB I. 1. Nr. 378 = BUB I. Nr. 399 zu 1178 Okt. 18. curtes, quas dederunt Olricus monasterii vestri fundator et filius fratris sui Gebehardus et sorores ipsius.
57 Goswin 11 (Nekrolog zum 8. April): Obiit Gebehardus, filius domini Friderici, fratris fundatoris nostri, qui dedit etc. pro anniversario suo et patris sui. Vgl. Goswin 36.
27 58 TUB I. 1. Nr. 279 = BUB I. Nr. 349 zu 1163, vor März 9.
59 TUB I. 1. Nr. 276 = BUB I. Nr. 355 zu 1161/64: Gebhardus de Traspes . . . et sorores Irmgart, Adelhait, Helwic dederunt etc.
60 TUB I. 1. Nr. 378 = BUB I. Nr. 399 zu 1178 Okt. 18.
61 Über die fraglichen Einträge im Nekrolog von Müstair siehe Tarasper Freiherren. S. 9

62 Sandberger 794 Anm. 7. Für Burgeis-Wangen siehe Forschungen und Mitteilungen zur Geschichte Tirols und Vorarlbergs 6 (1909) 22–34, 127–140, 250–268, 348–358, wo E.H. v. Ried jedenfalls die nahe Verwandtschaft mit den Taraspern belegen kann, bes. S. 27, 135, 351, 355–358.

63 Über Steinsbergs. Burgenbuch 1930 S. 284–285 und Poeschel III. S. 495, 505, zuletzt Burgenbuch 1984 S. 192–195, wonach es sich zuerst um ein frühmittelalterliches Kirchenkastell handelt. Das Kastell wurde Ende 12. Jh. zur Kernburg der Frickinger ausgestaltet. Zum Besitz der Frickinger in der Grafschaft Vintschgau bemerkt E.Meyer-Marthaler: «Es war Frauen- bzw. Muttergut und wurde deshalb auch früh wieder abgestossen.» (Briefl. Mitt. vom 16. Nov. 1979.)

64 TUB I. 1. Nr. 279 = BUB I. Nr. 349 zu 1163, vor März 9.

65 TUB I. 1. Nr. 333 = BUB I. Nr. 383 zu 1173, vor März 9. Albert von Frickingen ist auch belegt für 1169 in BUB I. Nr. 368, dazu JHGG 100 (1970) 7–8.

66 Zur Vorsicht mahnt stets der Umstand, dass damals noch die Einnamigkeit herrschte. Es kann mehrere Heilwigs gegeben haben.

67 TUB I. 2. Nr. 520* = BUB II. Nr. 524 zu 1194–1209. Über die weiteren Schicksale der Burg siehe Clavadetscher, Burgen 286.

68 TUB I. 1. Nr. 294 = BUB I. Nr. 363 zu 1164/67.

69 TUB I. 1. Nr. 378 = BUB I. Nr. 399 zu 1178 Okt. 18.

70 TUB I. 1. Nr. 279 = BUB I. Nr. 349 zu 1163, vor März 9.

71 TUB I. 1. Nr. 276 = BUB I. Nr. 355 zu 1161/64.

72 TUB I. 1. Nr. 312 = BUB I. Nr. 364 zu 1167, nach März 9.

28 73 TUB I. 1. Nr. 294 = BUB I. Nr. 363 zu 1164/67. Inhaltsangabe in: Tarasper Freiherren S. 10–12.

74 Goswin 11, 36. Anfang 1170, vor März 9, trat Gebhard noch als Klostervogt auf. TUB I. 1. Nr. 323 = BUB I. Nr. 372, dann auch als Zeuge vor 1170 Juni 28./August 9. TUB I. 1. Nr. 326 = BUB I. Nr. 376. Gebhards Name, abgekürzt mit G., steht auch in der Urk. des Papstes Lucius III. von 1182. TUB I. 1. Nr. 378 = BUB I. Nr. 399.

75 Edition Loose-Müller in: Tiroler Heimat. 42 (1978) 95–108, bes. 101,106.

76 Goswin 83 erzählt von einem Gehbardus, miles de Traspes, einem minister monasterii, der für die Einkünfte der Abtei aus dem Paznauntal tätig war, aber in der Zeit des Abtes Hermann († 1304) lebte, da es keine Nachkommen der eigentlichen Tarasper Herren mehr gab. Verwechslung mit Gebhard III.?

77 TUB I. 1. Nr. 320 = BUB I. Nr. 397 zu 1173/77.

78 Goswin 29, 58.

79 TUB I. 1. Nr. 275, 293 = BUB I. Nr. 345, 354 zu 1161 und 1164.

80 TUB I. 1. Nr. 332 = BUB I. Nr. 382 zu 1173, vor März 9.

81 TUB I. 1. Nr. 320 = BUB I. Nr. 397 zu 1173/77.

82 TUB I. 2. Nr. 599 = BUB II. Nr. 536 zu 1210 Februar 22.

83 Goswin 7. 84 BUB I. Nr. 368 (Rückvermerk).

85 TUB I. 1. Nr. 285 = BUB I. Nr. 385 zu 1164/73.

86 Stolz, Unterengadin S. 112, 207.

2. Die Familien der Matsch und der Venosta

1 Luitfried v. Salvini-Plawen, Zum Namen Obervintschgauer Geschlechter. I. Matsch. Der Schlern 52 (1978) 45–48.

29 2 TUB I. 1. Nr. 159–160 = BUB I. Nr. 288–289 zu 1131 Juli 7: per peticionem ac per consensum consanguineorum suorum Eginonis, Heinrici, Ghebizonis. Wenn letzterer ein Sohn Eginos I. gewesen wäre, dann hätte die Urkunde alle drei als Brüder oder als Söhne Eginos I. charakterisieren können. Vermutlich war Gebhard II. jünger als Egino II. und Heinrich und wurde daher zuletzt genannt.

3 Ugo Cavallari, Nicola Visconti Venosta 1752–1828. Memorie spettanti alle Famiglie dei Venosta di Valtellina e ai Signori di Mazia di Val Venosta. Pubblicazioni della Società storica Valtellinese. Sondrio 1958 S. 15, 93–94: Placito in Tirano. 1. November 1130 (1131). (Urk. des Staatsarchivs Mailand): missi domini Eginonis de Valle Venusta.

4 TUB I. 1. Nr. 264 = BUB I. Nr. 340 zu 1158 Juli 10: Vdalrico de Traspis, Hartwico de Matcis.

5 Cavallari S. 15, 94–95. Eintrag ins Notariatsregister. Oktober 1150. (Bischöfl. Archiv Como): ex altera parte Hartuicum filium q(uondam) Eganonis de Venosta et Eganonem filium ipsius Hartuichi.

6 Karl Vossler, Einführung ins Vulgärlatein. München 1954 S. 85–90.

31 7 BUB I. Nr. 214, 288 zu 1095/96 und 1131. Dazu BUB I. Register S. 429.

8 BUB I. Nr. 444 zu 1187 und II. Nr. 490 zu 1201.

9 Schwarzmaier 90–91, 152–153 zu Ursin-Ronsberg. Sandberger 793–796 zu Burgeis-Wangen. E. Poeschel, Die Familie von Castelberg. Aarau 1959 S. 15–16, 58 zu Übercastels-Castelberg und Sax-Räzüns. O. P. Clavadetscher, in: Die Stadt Uznach und die Grafen von Toggenburg. Uznach 1978 S. 11 zu Bubikon-Toggenburg. B. Bilgeri, Geschichte Vorarlbergs 1 (1971) 150–151 zu Tübingen-Montfort. Blätter aus der Walliser Geschichte X. 5 (1950) 416 zu Gluringen-Mörel (Mutternamen). Bemerkenswert ist, dass sich Freiherr Ulrich (1240–53) abwechselnd von Attinghausen und von Schweinsberg nennt, je nach seinem Aufenthalt in Burgund oder in der Innerschweiz. Peter Hubler, Adel und führende Familien Uris im 13./14. Jh. Bern 1973 S. 48 (Europäische Hochschulschriften. III. Bd. 26).

10 Oswald Trapp, Tiroler Burgenbuch. Bozen 1 (1972) S. 80.

11 TUB I. 1. Nr. 279 = BUB I. Nr. 349 zu 1163: Odelricus (= Ulrich III.), Gebehardus (= Gebhard III. von Tarasp), Hartwigus, Egeno, Fridericus, Conradus. TUB I. 1. Nr. 294 = BUB I. Nr. 363 zu 1164/67: dominus Hertwicus advocatus cum tribus filiis suis Egnone, Friderico, Cunrado.

12 TUB I. 1. Nr. 293 = BUB I. Nr. 354 zu 1164, nach März 9: Artuuichus de Macis, Fridericus, Chunradus, Hainricus de Burgus.

13 TUB I. 1. Nr. 275 = BUB I. Nr. 345 zu 1161, vor März 9. Vdalricus, qui pennam levavit, Hertwicus de Macis et filius Fridericus, Heinricus de Burgus. TUB I. 1. Nr. 276 = BUB I. Nr. 355 zu 1161/64: Artwic de Macia et filius Fridericus, Heinricus de Burgus.

14 TUB I. 1. Nr. 271 = BUB I. Nr. 341 zu 1160 März 25.

15 TUB I. 1. Nr. 312 = BUB I. Nr. 364 zu 1167, nach März 9: Vdalricus, qui pennam levavit, de Mazes Egino et frater eius Chunradus, de Burgus Hainricus.

16 TUB I. 1. Nr. 294 = BUB I. Nr. 363 zu 1164/67.

17 TUB I. 1. Nr. 332 = BUB I. Nr. 382 zu 1173, vor März 9.

18 TUB I. 1. Nr. 449 = BUB I. Nr. 449 zu 1189 April 20. Chronologisch wäre hier TUB I. 1. Nr. 407 = BUB I. Nr. 420 zu 1182 einzureihen (betrifft Ereignisse in Matsch), doch sind die Hintergründe unklar.

19 TUB I. 1. Nr. 325–326 = BUB I. Nr. 375–376 vor Sommer 1170.

20 Die Urbarien des Domcapitels zu Cur, ed. C. v. Moor. Chur 1869 S. 1 mit Urbar aus der Mitte des 12. Jh.

21 Necrologium Curiense S. 116 zum 25. November: Machtilda, uxor domini Eginonis de Mazie, obiit, que nobis aureum calicem dedit. Anno domini MCLXXIII. Cod. C und D aus dem 12. Jh. Dazu Necrologium von Marienberg zum 26. November: Obiit Mathilda, uxor domini Egnonis de Maze, sepulta apud nos; dedit pro suo anniversario predium in Sculles solvens LX siliquas casei et ad lumen ecclesie. Goswin 27, 36.

32 22 TUB I. Nr. 312 = BUB I. Nr. 364 zu 1167, nach März 9.

23 TUB I. Nr. 477 = BUB I. Nr. 461 (S. 519) zu 1193 Februar 5.

24 Necrologium Curiense S. 52 zum 26. Mai, Text auch in TUB I. 2 Nr. 579* = BUB II. Nr. 535. Mithin muss Konrad vor dem 26. Mai 1209 gestorben sein, indes nicht vor 1194, dem Regierungsanfang des Bischofs Reinher.

25 Necrologium Curiense S. 88 zum 2. September. Eintrag der 2. Hälfte oder des ausgehenden 12. Jh.

26 Hier ist noch zu bemerken, dass wir Bischof Arnold von Matsch (1209–1221) nicht in die Genealogie einreihen können, weil Hinweise fehlen. Bündner Monatsblatt 1965 S. 264–266. Helvetia Sacra 1 (1972) 477.

27 TUB I. 1. Nr. 477 = BUB I. Nr. 461 zu 119 (3) Febr. 5. Das Siegel stammt nicht von Egino, sondern von Hartwig I. oder II. Es stellt einen Reiter mit offenem Helm dar. Das

Wappen der Matscher, drei Adlerflügel, findet sich erst 1272 in BUB I. Nr. 1038 (Egino III.)

[28] TUB I. 1. Nr. 494–495 = BUB I. Nr. 474–475 zu 1196 Januar 30.

[29] TUB I. 2. Nr. 528 = BUB II. Nr. 496 zu 1201 (ohne Tagesangabe).

[30] TUB I. 2 Nr. 591 = BUB II. Nr. 531 zu 1209 Juli 30.

[31] TUB I. 2 Nr. 599 = BUB II. Nr. 536 zu 1210 Februar 22.

[32] TUB I. 1. Nr. 518, 533, I. 2 Nr. 644 = BUB II. Nr. 485, 491, 567 zu 1200, 1201, 1213.

[33] TUB I. 2 Nr. 658* = BUB II. Nr. 575 zu 1214 Mai 13.: vendidit domino Egenoni advocato et filio eius Hartwico.

[34] BUB II. Nr. 759 zum 25. Nov. 1238: Artuichus de Matia, filius quondam domini Eginonis de Mazia.

[35] TUB I. 2 Nr. 658* = BUB II. Nr. 575 zu 1214 Mai 13.: Egenoni advocato et filio eius Hartwico. Vielleicht ist auch Huto de Meze identisch mit Hartwig. TUB I. 2. Nr. 622 = BUB II. Nr. 545 zu 1211.

[36] TUB I. 2. Nr. 745 = BUB II. Nr. 607 zu 1219 August 17./18.: excepto domino Artuicho de Macio et eius hominibus et bonis et terris.

[37] TUB I. 2 Nr. 764–765 = BUB II. Nr. 611 zu 1220, dazu BUB II. Nr. 673 zu 1228. In der ersten Urkunde handelt es sich um Artuichus filius quondam domini Egeni de Venosta, dann wieder um Artuicho filio quondam domini Egini de Macio de Venosta, ferner um Gabardus filius domini Egini de Macio de Venosta, in der zweiten Urkunde um Artuhico de Uenosta, was als de Macio de Venosta zu lesen ist, wie schon das BUB festlegte. Die schwankenden Bezeichnungen erschweren die Identifikationen.

[38] TUB I. 2. Nr. 904 = BUB II. Nr. 679 zu 1228 Nov. 11. (Glurns): in presentia dominorum . . . H. advocati de Mac.

[39] In der Urkunde von 1187 August 26 (nicht 6, da es heissts: sexto die exeunte mensis Augusti) ist von einer Belehnung durch Bischof Henricus de Turri und nicht Renatus de Turri (wie BUB Nr. 446 und TUB Nr. 434) die Rede. Siehe Ugo Cavallari, Nicola Visconti Venosta. Sondrio 1958 S. 99 und Pedrotti, I Venosta S. 96. Freundliche Mitteilung von Universitätsprofessor Dr. Josef Riedmann, Innsbruck.

34 [40] TUB I. 1. Nr. 434 = BUB I. Nr. 444 zu 1187 August 6. Cavallari l.c. S. 99–102. Dazu v. Salvini in: Der Schlern 52 (1978) 46.

[41] TUB I. 2. Nr. 532 = BUB II. Nr. 490 zu 1201 April 16. (Greco/Como): salva concordia, que fuit facta inter comune de Cumis et quondam dominum Egenonem, patrem domini Egenonis et domini Gabardi.

[42] BUB II. Nr. 759 zu 1238 Nov. 25 (Mazzo): Gabardum et Conradum fratres, filios quondam Gabardi de castro Pedenali. Offenbar konnte die Burg Eganus II., der Bruder des Gabardus I., erben, dem es 1201 im Frieden zwischen Como und Bormio nicht verwehrt wurde, seine Burg zu vergrössern: quod dominus Egeno possit meliorare castrum suum, si ei placuerit. TUB II. 2 Nr. 532 = BUB II. Nr. 490 zu 1201 April 16.

[43] TUB I. 2 Nr. 764–765 = BUB II. Nr. 611 zu 1220 Juli 3: dominus Gabardus, filius quondam domini Egini de Macio de Venosta.

[44] BUB II. Nr. 652 zu 1226 April 30 (Como): in parte domini Gabardini, filii domini Gabardi Venosta in divisione . . . . . . et Corradus et Eganus eius fratres et filii infrascripti quondam domini Gabardi de Venosta.

[45] TUB I. 3 Nr. 1072 zum 13. April 1238: cum dominus Hartwicus advocatus de Mazia dedisset ad legale feudum dominis Gebardo et Conrado fratribus et filiis quondam domini Gebardi de castro Pedenalli, quod situm est in episcopatu Cumarum (Urkundenauszug Ladurners 19. Jh.).

[45a] TUB I. 3 Nachtrag Nr. 1080* und 1080a = BUB II. Nr. 758–759 zu 1238 November 24–25 (Mazzo): dominus Artuichus de Matia, filius quondam domini Eginonis de Mazia.

[46] TUB I. 3 Nr. 1099 = BUB II. Nr. 763 zu 1239 Juni 16 (Pedenale, Mazzo). Die Gebrüder Gabardus und Konrad gelten als Söhne domini Gabardi de Macio de Venosta, qui habitat in castro Pedenale. Sie hatten Lehen a domino Artuicho de Macio de Venosta, eorum consanguineo, filio quondam domini Eginonis de Venosta, qui habitat in castro de Macio de Ultramontes. Hier ist ersichtlich, wie schwankend die Herkunftsbezeich-

nungen waren, die durch ihren Wohnort genau auseinandergehalten werden. In unserer Darstellung handelt es sich immer wieder um Hartwig II. von Matsch, sofern wir uns nicht täuschen. In der Urk. von 1220 heisst Hartwig filius quondam domini Egeni de Venosta und ebenso Egini de Macio de Venosta. TUB I. 2 Nr. 764–765 = BUB II. Nr. 611 a und b. Über wechselnde Familienbezeichnungen siehe oben S. 190 Anm. 9.

47 Oswald Trapp, Tiroler Burgenbuch 1 (1972) 75–82.

48 TUB I. 3. Nr. 1101 = BUB II. Nr. 771 zu 1239 Sept. 3./10. (Müstair): nobili viro domino Hartwico advocato Curiensis ecclesie. (Der Churer Bischof verpfändet Hartwig den Markt von Müstair.)

35 49 TUB I. 3 Nr. 1110 zu 1240 März 15. Testes nobilis vir Hartwicus advocatus de Matsche.

50 TUB I. 3 Nr. 1164 (Text) = BUB II. Nr. 803 (Regest) zu Okt.–Dezember 1143: dominum Har(tuichum). Die Herkunftsangabe ist infolge einer Lücke nicht mehr überliefert.

51 TUB I. 3 Nr. 1163 = BUB II. Nr. 102 zu 1243 November 24 (Pedenale, Mazzo): domini Gebhardus et Conradus, fratres filii condam domini Gabardi de Uenosta, fecerunt finem et refutacionem domino Hartuicho advocato de Amacia, filio condam domini Egenonis de Amatia.

52 Goswin 29.

53 Renzo Sertoli Salis, I. Principali Toponomi in Valtellina e Val Chiavenna. Milano 1955 S. 76.

54 MGH DD Lotharii I. et Lotharii II. ed. Th. Schieffer. Berlin-Zürich 1966 Nr. 3 S. 54–59. Der Herausgeber betrachtet den Passus der drei Pfarreien als echt, da er in den späteren Interpolationen nicht erscheint.

55 Abgedruckt von Justinian Ladurner, Die Vögte von Matsch. Zeitschrift des Ferdinandeums III. 16 (1871) 270–271. Dazu Egidio Pedrotti, Castelli e Torri Valtellinesi. Milano 1957 S. 5, 34 und Fig. 39–40, sowie Bascape-Perogalli, Torri e Castelli di Valtellina e Val Chiavenna. Sondrio 1966 S. 125–127.

56 Über Pedenale vorhergehende Anm. 55.

57 TUB I. 1. Nr. 434 = BUB I. Nr. 444 zu 1187 August 6.

58 Siehe vorhergehende Anm. 46.

37 59 Die ausführlichen Hinweise von Luitfried v. Salvini-Plawen in: Der Schlern 52 (1978) S. 45–47.

60 TUB I. 1. Nr. 294 = BUB I. Nr. 363 zu 1164/67.

61 TUB I. 1. Nr. 434 = BUB I. Nr. 444 zu 1187 August 6.

IV. Besitz und Familia

1. Unterengadin

38 1 Die Belege für das folgende Kapitel IV finden sich im Anhang II, nach Orten zusammengestellt. Vgl. auch Anhang I, wo bei Jahreszahlen die betreffenden Urkunden leicht gefunden werden können. Eine etwas andere Aufzählung in Tarasper Freiherren S. 14–24.

2 infra Clusam im Sinne von intra Clusam gemäss dem Mittellatein. Strecker-Palmer, Introduction to Medieval Latin. Dublin/Zürich 1968 S. 64–65 und Benedicti Regula ed. B. Linderbauer. Metten 1922 S. 188. Zur Sache Burgenbuch 280, 282. Matscher Rodel S. 1 («ze Therasps . . . hinderhalb der Clus»).

3 Zu Martinsbruck siehe Müller, Unterengadin S. 10, und Stolz, Unterengadin S. 77.

4 Zur kirchlichen Einteilung die Belege von ca. 1380–1520 in der Zeitschrift für Schweizerische Kirchengeschichte 38 (1944) 279, 281, 283–284, 288. Finstermünz ist nur als Kaplanei 1500–1520 erfassbar.

5 Zu Finstermünz siehe O. Stolz, Unterengadin 164 und Ausbreitung des Deutschtums in Südtirol 4 (1934) 6, 31. Dazu Müller, Unterengadin 13.

6 Schwarzmaier 84–86, 89, 171–172.

39 7 Näheres Müller, Unterengadin 11–12, wozu indes noch der Matscher Rodel S. 61–67, 70 zu ergänzen ist.

[8] TUB I. 2. Nr. 767 = BUB II. Nr. 612 zu 1220 bzw. ca. 1300. Dazu TUB I. 2. Nr. 1243 = BUB II. Nr. 864 zu 1249 bzw. ca. 1300.

[9] Goswin 83. Zu den Besitzungen und Lehensmännern in Samnaun siehe Urbare 106–107, 133.

[10] TUB I. 2 Nr. 599 = BUB II. Nr. 536 zu 1210 Februar 22.

40 [11] De familia dominorum Ernest de Sindes BUB I. Nr. 345 zu 1161 und de familia dominorum Purchardus de Sindes BUB I. Nr. 355 zu 1161/64

41 [11a] Im Scarltal heisst eine Alp Tamangur, deren Namen auf attegia (gallisches Wort) monachorum, d.h. Alphütte der Mönche, von Schuls-Marienberg gedeutet werden könnte. A. Schorta, Rätisches Namenbuch 2 (1964) 856.

[12] Zu curtim Salina siehe Loose, Siedlungsgenese 78.

42 [13] Conradin von Moor, Die Urbarien des Domcapitels zu Cur. Chur 1869 S. 1.

[14] Matscher Rodel 16–22, bes. 16–17 «ob dem Turn» «under der Vestin». Dazu Burgenbuch 283.

[15] Die Eigenleute in Lavin, die Gebhard von Matsch-Venosta 1226 geerbt hatte, dürften wohl aus der familia der Tarasper herkommen. BUB II. Nr. 652. Dazu Müller, Unterengadin 22–23.

43 [16] Necrologium Curiense S. 30 zum 26. März: Egino de Macie ob(iit), qui quartam partem ecclesie de Ardez cum decima S. Marie ad serv(itium) fr(atrum) dedit. Aus Cod. C 12. Jh.

[17] l.c. S. 116 zum 25. November: Machtilda uxor d(omi)ni Eginonis de Mazie obiit, que nobis aureum calicem dedit. Cod. C 12. Jh. Siehe über die Matsch oben Kap. IV. 2.

[18] TUB I. 3. Nr. 1102 = BUB II. Nr. 772 zu 1239 Nov. 5 (Prutz bei Landeck). Dazu Hammerl 92 und Stolz, Unterengadin 113–114, 152, 160, 162.

[19] Berechnung nach Stolz, Unterengadin 162.

[20] Stolz, Unterengadin 160.

2. Paznaun, Inntal und Bayern

44 [1] Reinhard Jaufer, Die romanischen Orts- und Flurnamen des Paznauntales. Innsbruck 1970 S. 13–15. Zur späteren Entwicklung Töna Schmid in den Annalas de la Società Retorumantscha 83 (1970) 54–96 und 84 (1971) 37–82, ferner: Das Tal Paznaun in den Engadiner Urkunden und Chroniken, SA Deutscher Alpenverein, Sektion Heidelberg 1976 S. 1–16

[2] 1390 erwähnt im Urbar von Marienberg. Urbare S. 107. Dazu 1369/71 Matscher Rodel S. 39 «gut in Yscla», indes unter Remüs eingeordnet, doch gefolgt von Nauders. Vgl. H. Fink, Die Kirchenpatrozinien Tirols. Passau 1928 S. 155–156, 160, 231, ferner Erläuterungen zum Histor. Atlas der österr. Alpenländer II. Abt. 5. Teil: Nord- und Osttirol. 2. Lieferung. Wien 1954 S. 113–114. Jaufer 64–65.

[3] Stolz, Unterengadin S. 197–198. Dort überhaupt 192–198 über Paznaun.

[4] Jaufer 63–64.

[5] Urbare 106–107.

[6] BUB I. Nr. 214 zu 1095/96. Jaufer 70–71.

[7] BUB I. Nr. 350 (zu 1163), Nr. 612 (zu 1220 bzw. Ende 13. Jh.), Nr. 864 (zu 1249), Goswin 117 (zu 1274). Urbare 106, 120. Jaufer 52–53.

[8] BUB I. Nr. 382 zu 1173. Jaufer 69–70. Urbare 107.

45 [9] Urbare 107, 133. Jaufer 16, 58. Hist. Atlas der österr. Alpenländer l.c. S. 114–115.

[10] Jaufer 43–44.

[11] Jaufer 75.

[12] Urbare S. 107: Item Alpis una in Seines dicta, quam colebat Cristanus in Cultüra.

[13] Jaufer 65.

[14] Matscher Rodel S. 4: «It (em) ain alp in Amyamm». Dazu ebendort Anm. 7 mit Belegen aus den Urbaren 1723 und 1787.

[15] Hist. Atlas der österr. Alpenländer l.c. 100–101.

[16] Fink S. 45.

[17] TUB I. 1. Nr. 239 = BUB I. Nr. 319 zu 1150 März 11. Dazu Schuls-Marienberg 611–612.

18 Hist. Atlas der österr. Alpenländer 1. c. 99–100. Fink 80.
46 19 Urbare 108–109, 120.
20 Sandberger 739.
21 MGH SS XXIII S. 617, 619–620 (Chronicon Ottenburanum), dazu Schwarzmaier 83–85, 88, 125.
22 TUB I. 1. Nr. 279 = BUB I. Nr. 349 zu 1163: Ota et Irmengart de Rvmesberg dederunt duas curtes in Ezetal in loco quod dicitur Tubris ad monasterium s. Iohannis Baptiste. Dass Ezetal = Ötztal ist, ergibt sich aus dem Sprachgebrauch der Urbare des 14. Jh. Urbare 164, 168, dazu Stolz, Unterengadin 116, 209. Sandberger 738 nimmt einen Ort Tuberis im Ötztal an, was nicht notwendig erscheint, da der Schreiber offensichtlich an das monasterium in loco qui dicitur Tuberis dachte.
23 M. Feyerabend, Jahrbücher Ottobeurens. 2 (1814) 784–785.
24 Schwarzmaier 161.
25 Schwarzmeier 88 und bes. A. Steichele/A. Schröder, Das Bistum Augsburg 8 (1932) 221–226, Kopien dieses Werkes verschaffte uns Dr. H. Thumerer, Diözesanarchivarin von Augsburg. Auf die Lage Hiltenfingens wies uns Dr. G. Sandberger, München, hin.

3. Churrätien ohne Unterengadin

1 BUB I. Nr. 119, 142, 148, 156, 177, 181, 197.
2 Näheres Clavadetscher, Reichsgut 72–73 und Gotteshausbund 32–35.
47 3 BUB I. Nr. 297–299 zu 1137–39. Näheres Affentranger S. 24–28.
4 Vgl. Sandberger 801.
5 BUB I. S. 394, dazu Hans Lieb, Lexicon Topographicum 1 (1967) 140–142.
6 BUB I. S. 383. Dazu H. Büttner in der Festschrift Hektor Ammann, Wiesbaden 1965 S. 244–245 und Lieb 101–103.
7 Burgenbuch 78, 109, 260–261. Poeschel 3 (1940) 247.
8 Wenn es in der Schenkungsurkunde BUB I. Nr. 341 heisst: ipse Andreas castrum illud debet habere, ist mit dem illud nicht etwa auf die vorher genannte Burg Tarasp verwiesen, denn im Mittellatein bedeutet ille und iste einfach den bestimmten Artikel. Strekker-Palmer, Introduction to Medieval Latin. Dublin/Zürich 1971 S. 63. Darüber schon Benedicti Regula ed. B. Linderbauer. Metten 1922 S. 169–170.
9 Jürg L. Muraro im JHGG 100 (1970) 112–114.
10 Clavadetscher, Gotteshausbund 26–29.
11 BUB I. S. 396. Lieb 139–142. Poeschel III. 302–304.
12 Näheres JHGG 99 (1969) 59–61.
13 Necrologium Curiense S. 40 zum 20. April.
48 14 BUB I. Nr. 341 zu 1160.
15 BUB I. Nr. 383 zu 1173.
16 Poeschel III. 280–281 (St. Martin) und Bündner Monatsblatt 1967 S. 233–248 (St. Michael).
17 BUB II. Nr. 86 zu 904 Juni 14.
18 BUB II. Nr. 926 zu 1258 Februar 8. Zur Zahlung BUB II. Nr. 927 zu 1258 Februar 15. Zur Jahrzeit Berals in Chur BUB II. Nr. 942 zu 1259 Okt. 11.
19 Über Bischof Heinrich B. Bilgeri, Geschichte Vorarlbergs 1 (1971) 336–337 sowie U. Affentranger im Bündner Monatsblatt 1977 S. 209–240, bes. 212, 216–217.
20 Sandberger 793–796, 800.
21 Ähnlich schon Clavadetscher, Herrschaftsbildung 151 und Reichsgut 64–65.
22 BUB I. Nr. 17 zu 765.
23 BUB I. S. 393 (St. Peter) und BUB I. Nr. 61 = MGH DD Lotharii I. Nr. 63 zu 841 (Eusebiuskirche unbekannter Lage).
24 Th. v. Mohr, Codex Diplomaticus 2 (1854) Nr. 255–257 zu 1338. Zum Lehen des Bischofs in Maladers BUB II. Nr. 680 zu 1229. Zum Ganzen Poeschel II. 177–178 und Muraro in JHGG 100 (1970) 88–89.
49 25 A. Schorta, Rätisches Namenbuch 2 (1964) 445.

[26] BUB I. Nr. 113 zu 955. Dazu Poeschel VII. 359–360 (Landquart-Chur) und II. 57–58 (Prättigau).

4. Südtirol

[1] TUB I. 1. Nr. 180 = BUB I. Nr. 303 zu 1140. Dazu Loose, Siedlungsgenese 100–115 (St. Valentin und Graun).

[2] Urbare 391 (Register). Dazu Loose, Siedlungsgenese 116–118, 120.

[3] Darüber schon E.H. v. Ried in Forschungen und Mitteilungen zur Geschichte Tirols und Vorarlbergs 6 (1909) 28–31, 351–352. Siehe nun Reimo Lunz, Rund um die Ortschaft Burgeis. Dolomiten 24./25. April 1974 Nr. 95.

[4] Goswin 41 Anmerkung. Über Castellaz siehe Oswald Trapp, Tiroler Burgenbuch 1 (1972) 33–35.

[5] Goswin 48–49. Die hier erzählte Mordepisode könnte sich auch auf eine andere Burg von Burgeis beziehen. Vgl. Lunz in der zweitletzten Anmerkung.

[6] So suchten die Äbte von Pfäfers die unterhalb des Klosters gelegene Burg Wartenstein, seit 1208 Sitz des Vogtes, 1257 und 1261 an sich zu bringen. Die Kunstdenkmäler des Kt. St. Gallen 1 (1951) 245. Die Kartäuser im Schnalsertal schleiften die ihnen 1236 geschenkte Burg Schnals zur Sicherheit um 1350. Trapp, Tiroler Burgenbuch I. S. 199.

[7] J. Weingartner, Die Kunstdenkmäler Südtirols, 5. Aufl. 2 (1973) 339, zweifelt an der Datierung ins 12. Jh. Anders 6. Aufl. Bd. II (1977) S. 368 von A. von Zallinger.

50 [8] Urbare 385 (Register)

[9] Lokalisation bei Loose, Siedlungsgenese 95–100 und in Zeitschrift für Agrargeschichte und Agrarsoziologie 1972 S. 30.

[10] fundum unum una cum horto in villa Burgvsi. BUB I. Nr. 397 zu 1170/77.

[11] in vico Burgus ecclesiam s. Marie. BUB II. Nr. 612 zu 1220. Darüber S. 50, 121, 123.

[12] TUB I. 1. Nr. 161 = BUB I. Nr. 290 zu 1131. Über die Herkunft des Zeno-Patroziniums siehe Der Schlern 34 (1960) 329. Zur Lage der Kirche Loose, Siedlungsgenese 99–100 und Zeitschrift für Agrargeschichte und Agrarsoziologie 1972 S. 31.

[13] TUB I. 1. Nr. 235, 279 = BUB I. Nr. 349, 351 zu 1151–63.

[14] Erich König, Historia Welforum. Sigmaringen 1978 S. 11, 13, 77, 103–104, 154.

[15] Über Welf VI. siehe Allgemeine Deutsche Biographie 41 (1896) 671–76.

51 [16] TUB I. 1. Nr. 236 = BUB I. Nr. 351 zu 1151/63. Zur Urkunde Sandberger S. 735, 787, 789 und Benedikt Bilgeri, Geschichte Vorarlbergs. Wien 1 (1971) 311.

[17] BUB I. Nr. 319, 341, 363, 376 zu 1160–1170. Swiker schenkte Marienberg auch 1161/64 ein Grundstück in Mals. TUB I. Nr. 1. 276 = BUB I. Nr. 355.

[18] TUB I. 2 Nr. 622 = BUB II. Nr. 545 zu 1211. Zu den Freien von Mals siehe auch O. Stolz, Die Ausbreitung des Deutschtums in Südtirol 4 (1934) 77.

[19] Urbare 83. Zu Schlinig Loose, Siedlungsgenese 115–122.

[20] Zu Schleis siehe Loose, Siedlungsgenese 82–89.

[21] Zu Laatsch Loose, Siedlungsgenese 65–73.

[22] TUB I. l. Nr. 293 = BUB I. Nr. 354 zu 1164.

52 [23] Loose, Siedlungsgenese 77–78, 138.

[24] Siehe die vortreffliche Arbeit von R. Loose über die Siedlungsstruktur des Schlanderer Etschtales in: Der Schlern 51 (1977) 409–419, bes. 411. Sandberger S. 799 Anm. 30 vermutet für dieses Gut Herkunft aus «Irmgards Erbe». Zur Urk. von 1164 siehe folgende Anmerkung.

[25] TUB I. 1. Nr. 293 = BUB I. Nr. 354 zu 1164, nach März 9. So einwandfrei die Schenkung an sich ist, so dürfte doch das Jahr 1164 nicht stimmen, da ja Uta damals schon gestorben war. Der Kanzler Hezilo hat hier ungewöhnliche Formeln angebracht. Aus den Königsurkunden stammt die Wendung secundum ius regium. BUB I. Nr. 103, 119, 142, 148, 156, 331. MGH DD Fr. I. Nr. 80, 92, 96, 114, alles Dokumente von Otto I. bis Friedrich I. Adolf Helbock, Regesten von Vorarlberg und Liechtenstein bis 1260 1 (1920) 34 charakterisiert die Urkunde als «rätisierendes Stück», auch wegen secundum leges, und schlägt irrigerweise raetium statt regium vor. Selten ist secundum scita pa-

trum sanctorum. Eine Besitzbestätigung Friedrichs I. für das Kloster Benediktbeuren von 1155 weist die Stelle auf: abbas vero, qui secundum scita canonum et regulam beati Benedicti preest. MGH DD Fr. I. Nr. 106 zu 1155. In den päpstlichen Urkunden des 12. Jh. sind mit den scita patrum sanctorum die Bestimmungen der Konzilien oder Synoden gemeint. BUB I. Nr. 240: adversus decretales, constitutiones sanctorum patrum. Paschalis II. an Bischof Wido von Chur. Ende 12. Jh.

Noch auf eine weitere Unstimmigkeit ist hinzuweisen. Dass im Text der Name des hl. Ingenuin bei der Kapelle zu Algund in mundartlicher (in sancto Genuino) und bei der Kapelle zu Schlanders in klassischer Form (cum capella s. Ingenuini) erscheint, weist auf nicht ganz verarbeiteten Urkundentext hin. Es handelt sich um zwei verschiedene Gotteshäuser, wie der Wortlaut deutlich sagt. Loose, Der Schlern 51 (1977) 411, 418. Vgl. capellam s. Ingenuini cum curte in Sclandre. BUB I. Nr. 399, 414 zu 1178 und 1182. Ferner erinnern die Qualifikationen Ulrichs III. wie beatus et felix, bonus et honestus, auch Vta felix an die Urkunde von 1193 von Egino II. von Matsch: felicis memorie, bonus fundator. TUB I. 1. Nr. 477 = BUB I. Nr. 461.

Bislang konnte man den Begriff iursalt nicht recht deuten. Hier hat die Direktion des mittellateinischen Wörterbuches in München (Frau Dr. Theresia Payr) das Rätsel gelöst (13. Sept. 79). Es ist nicht iursalt, sondern uirsalt zu lesen und zum althochdeutschen Wort ver–sal (a) bzw. versellen = Tradition bzw. tradere zu stellen. Vgl. E. G. Graff, Althochdeutscher Sprachschatz VI (Berlin 1842) S. 174–176. Dass hier tradere = verraten überwiegt, geht nur auf die zahlreich herangezogenen Bibelglossen zurück. Zu sal(e) = Übertragung von Liegenschaften siehe Haberkern-Wallach, Hilfswörterbuch für Historiker. Basel 1935 S. 487 bzw. Bern-München 1964 S. 545. So bezeichnet versalt genau den Traditionsakt, den die Urkunde selbst angibt: hanc terram . . . sub fidei nostre pollicitatione conmisimus, quod vulgo dicitur uirsalt. Aber auch so ist der alt- bzw. mittelhochdeutsche Begriff in der Urkunde beachtenswert.

[26] O. Stolz, Politisch-historische Landesbeschreibung von Südtirol. Innsbruck-Bozen 1971 S. 119–120. Dazu vgl. BUB I. Nr. 340 zu 1158.

53 [27] Zu infra Telles vgl. infra Clusam siehe S. 38.

[28] TUB I. 1. Nr. 234 = BUB I. Nr. 315 zu 1148/49. Bero von Tschars gab dem Kloster in St. Stephan zu Burgeis einen Weinberg bei Mais mit Erlaubnis Heinrichs des Löwen (ca. 1130–1195) und Ulrichs III. von Tarasp. Mithin war Bero offenbar Lehensmann beider Herren. Heinrich d. Löwe war der Neffe Welfs VI. Abt Adalbert gab dafür in Mais einen andern Weinberg mit Erlaubnis Ulrichs III., der Klostervogt war. Der Familienbesitz kam dann an die Welfenstiftung Steingaden, was Welf VI. noch 1188 bestätigte. TUB I. 1. Nr. 408, 436 zu 1188.

[29] Goswin 23. Nekrolog zum 19. September.

[30] TUB I. 1. Nr. 233 = BUB I. Nr. 314 zu 1148/49. Die Handlung wurde zuerst in Gratsch bei Meran und endgültig in Schlanders abgeschlossen. Daher auch die acht Zeugen aus Tirol bei Meran und neun aus Kortsch bei Schlanders.

[31] TUB I. 1. Nr. 235 = BUB I. Nr. 344, ohne genaueres Datum, einfach unter der Regierung des Bischofs Adalgott.

[32] Sandberger 745–748

[33] H. Fink, Die Kirchenpatrozinien Tirols. 1928 S. 183.

54 [34] TUB I. 1. Nr. 142 = BUB I. Nr. 268 zu 1120/24. Frau Dr. E. Meyer-Marthaler erhellte den Rechtsinhalt der Urkunde (Brief vom 23. Okt. 78). Dazu Sandberger 734.

[35] TUB I. 1. Nr. 362* = BUB I. Nr. 396, vor dem Tod Ulrichs III. († 24. Dez. 1177). Dazu Fink, Kirchenpatrozinien l.c. S. 108, 183, 185, wonach die endgültige Verselbständigung erst 1777 erfolgt sei.

[36] Neue Deutsche Biographie 8 (1969) 343

[37] TUB I. 1. Nr. 147–148 = BUB I. Nr. 281–282 zu 1118/24. Über das Kloster siehe Germania Pontificia 1 (1911) 374–375.

[38] TUB I. 1. Nr. 233 = BUB I. Nr. 314 zu 1148/49.

[39] Goswin S. 23 zum 19. September: Arnoldus comes de Grifenstain . . . dedit predium in Passyra pro suo anniversario faciendo.

[40] TUB I. 1. Nr. 276 = BUB I. Nr. 355 zu 1161/64.

41 Die weiteren Schwierigkeiten zwischen Chur und Trient siehe BUB I. Nr. 417, 430, 442, II. Nr. 649, 938 zu 1182–1259. Zum Ganzen Schuls-Marienberg 621–622.

42 Urbare 27–28. Hier sind auch zweimal Güter ad sanctum Petrum genannt. Diese Petruskirche ist aber schon durch die Urk. von 1163 (solamen s. Petri) belegt. Sie ist heute verschwunden. Fink 52.

43 Siehe die Möglichkeiten in BUB I. Nr. 354 Anm. 17. Am ehesten im Val Tasna.

55 44 BUB I. Nr. 341 Anm. 19 und 20 lokalisiert Morit bei Bozen und lässt Riede unbestimmt. Schwarzmaier 85 notiert ein Ried im Passeier als Besitz Ulrichs von Ulten (Anfang 13. Jh.). Sandberger 794, 801 identifiziert Morit und Riede mit Mareit und Riede bei Sterzing im oberen Eisacktal. B. Schwitzer dachte an Ried im oberen Inntal. Goswin 240.

45 In der Urk. von 1160 sind die Orte des Erbviertels folgendermassen aufgezählt: Morit, Riede, Tenna, Greifenstein, Burgeis, Flies.

5. *Oberitalien*

1 Siehe Näheres oben in Kap. II.

6. *Die Familia*

56 1 BUB I. Nr. 206 zu 1084.

2 Blätter aus der Walliser Geschichte X 5 (1950) 417–418.

57 3 Vgl. Clavadetscher, Burgen 280, dazu Nobilis, Edel, Fry in: Historische Forschungen für Walter Schlesinger. Köln-Wien 1974 S. 242–251, bes. 248.

4 Clavadetscher, Gotteshausbund 27

5 BUB I. Nr. 319 zu 1150 März 11. Darüber Schuls-Marienberg 611–613.

6 Karl Bosl, Die Grundlagen der modernen Gesellschaft im Mittelalter, Stuttgart 1 (1972) 190 (für Bamberg).

7 MGH SS XXIII. 433: Familia ministerialis, que etiam militaris directa dicitur, adeo nobilis et bellicosa, ut nimirum libere condicioni comparetur. K. Bosl, Die Reichsministerialität der Salier und Staufer, Stuttgart 1 (1950) 96.

8 TUB I. 1. Nr. 294 = BUB I. Nr. 363 zu 1164/67: Egno Curiensis episcopus et prefatus Odalricus et dominus Egino advocatus cum ministerialibus Curiensis ecclesie castrum predictum obsiderunt.

9 TUB I. 1. Nr. 312 = BUB I. Nr. 364 zu 1167: de Ramuss Nannes et Dietmarus ministeriales domini Gebhardi.

10 Zum Begriff miles siehe Bosl, Grundlagen I. S. 202 und J.F. Niermeyer, Mediae Latinitatis Lexicon Minus. Leiden 1976 S. 676–678, bes. Nr. 5: miles de aliquo loco.

11 BUB I. Nr. 363 zu 1164/67.

12 BUB I. Nr. 319 zu 1150 März 11.

13 BUB I. Nr. 341 zu 1160 März 25.

14 BUB I. Nr. 363 zu 1164/67.

58 15 BUB II. Nr. 652 und Nr. 772, dazu die Bemerkungen von E. Meyer-Marthaler in Tarasper Freiherren S. 26 Anm. 21.

16 BUB I. Nr. 319 zu 1150 März 11. In der gleichen Urkunde walteten liberi homines als Zeugen.

17 BUB I. Nr. 354 zu 1164.

18 BUB I. Nr. 345 zu 1161 und Nr. 355 zu 1161/64.

19 BUB I. Nr. 288–289 zu 1131 Juli 7.

20 Otto P. Clavadetscher in: Vorträge und Forschungen. Konstanz 10 (1965) 118, 129–130 und Clavadetscher, Gotteshausbund 40–41.

21 Otto Stolz, Die Ausbreitung des Deutschtums in Südtirol 4 (1934) S. 76–85. Benedikt Bilgeri, Geschichte Vorarlbergs 1 (1971) S. 131, 309–311. Sandberger 733–734.

22 Siehe am Schlusse Anhang II. mit den einzelnen Namen der Familia. S. 167–169.

V. Die Burg der Tarasper

59 1 Goswin 59

2 Matscher Rodel S. 16. Burgenbuch S. 283.

3 Müller, Unterengadin S. 16–18.

4 Matscher Rodel S. 46. Burgenbuch S. 280. 5 Goswin 54.

6 Müller, Unterengadin S. 14–16. Siehe oben S. 13, 40.

7 Hans Patze (Hrsg.), Die Burgen im deutschen Sprachraum. Sigmaringen 1 (1976) 148–149 (Patrozinium), 2 (1976) 357 (Verbindung mit Pfarrei).

8 Man hat Castellaz oberhalb Burgeis als Stammsitz der Tarasper vermutet. Vgl. O. Trapp, Tiroler Burgenbuch 1 (1972) S. 33–35. Als Stammsitz der Tarasper müsste sie doch ins 10. oder 11. Jh. datieren und anders aussehen. «Bautypologisch scheidet Castellaz für einen frühen Dynastensitz aus.» (A. v. Zallinger-Thurn). Erst ins 13. Jh. versetzt den Bau Martin Bitschnau, Burg und Adel in Tirol zwischen 1050 und 1300. Wien 1983 S. 142 Anm. 1.

9 Dass sie irgendwelche Erlaubnis zu ihrem Bau einholte oder einholen musste, ist nicht überliefert und wohl auch kaum anzunehmen. Poeschel I. 59–60 und Burgenbuch 83–84 zu BUB II. Nr. 911 zu 1256.

60 10 Goswin 59–60.

11 JHGG 69 (1939) 155–156, 181; 70 (1940) 31–34.

12 JHGG 63 (1933) IX; 91 (1961) 20.

13 JHGG 59 (1929) XI.

14 JHGG 98 (1968) 13.

15 JHGG 74 (1944) XVI.

16 JHGG 98 (1968) 13. Dazu Ur- und Frühgeschichtliche Archäologie der Schweiz. Bd. VI. Das Frühmittelalter. Basel 1979 S. 191.

17 Über die Burg und ihre Lage siehe Burgenbuch 80–82, 280–293, dazu Poeschel III. 531–534. Das grundlegende Hauptwerk stammt indes von Johann Rudolf Rahn, Schloss Tarasp. Zürich 1909 (= Mitteilungen der Antiquarischen Gesellschaft in Zürich, Band XXVI, Heft 1).

64 18 Gründungsbericht Goswin 33 = BUB I. Nr. 214. Zu den Belegen und der Etymologie des Namens siehe übernächste Anmerkung.

19 Goswin 59–60.

20 Andrea Schorta, Rätisches Namenbuch. Bern, 2 (1964) 26, 857–858.

21 Heinrich Boxler, Die Burgnamengebung in der Nordostschweiz und in Graubünden. Frauenfeld/Stuttgart 1976 S. 61–62, 84 (= Studia Linguistica Alemannica. Bd. 6). Werner Meyer/Eduard Widmer, Das grosse Burgenbuch der Schweiz. Zürich 1977 S. 64.

22 BUB I. Nr. 214 zu 1095/96.

23 Boxler l.c. 62.

24 Ulrici Campelli Raetiae Descriptio ed. C. J. Kind. Basel 1884 S. 208.

65 25 Über die Zisterne Rahn 23, 39, Poeschel III. 532. Burgenbuch 1984 S. 202–204.

26 Ulrici Campelli Raetiae Alpestris Topographica Descriptio ed. J. C. Kind. Basel 1884 S. 208: inter arcem et montem lacusculus seu piscina in campestri loco optimis piscibus scatet.

27 JHGG 101 (1971) 16 und 104 (1974) 26.

28 Goswin 33 = BUB I. Nr. 214 zu 1095/96.

29 Burgenbuch 1984 S. 205.

30 Burgenbuch 1984 S. 205.

31 Poeschel I. S. 38; IV. S. 339, 355. VI. S. 339. Zu St. Eusebius in Brigels Jahrbuch der Schweiz. Ges. für Ur- und Frühgeschichte 59 (1976) 271.

67 32 W. Frodl, Kunst in Südtirol. 1960 S. 45–46. Burgenbuch 1984 S. 201 datiert den Tarasper Turm (Unterbau) 12./13. Jh.

33 Burgenbuch 281. Poeschel III. 531–532. Vgl. die gestelzte Apsis der Brigelser Eusebiuskirche aus dem 11. Jh. Jahrbuch der Schweiz. Ges. für Ur- und Frühgeschichte 59 (1976) S. 271. Zur Placiduskirche in Disentis Vorromanische Kirchenbauten 1971 S. 61–62. Burgenbuch 1984 S. 201 datiert die Tarasper Kapelle 12. oder 13. Jh.

[34] Reglement für den Sakristan der Pfarrkirche Tarasp vom 15. März 1756 (romanisch) S. 5 (Archiv Fanzun, Tarasp). Dazu Thaler, Tarasp 41.

[35] Über Hochrialt Schweiz. Zeitschrift f. Geschichte 12 (1962) 452–453. Über Bergheiligtümer mit Johannes-Patrozinium H. Fink. Die Kirchenpatrozinien Tirols. Passau 1928 S. 74–75.

[36] Rahn 17–18 mit Fig. 13. Poeschel III. 534.

[37] Rahn 17 Anm. 1. mit Verweis auf Zemp-Durrer, Das Kloster St.Johann zu Münster in Graubünden. Genf 1906/10 Taf. XXXVII und S. 46 Fig. 37. Während noch Poeschel V. 351–353 2. Hälfte 12. Jh. datiert, kehrt Beat Brenk, Die romanische Wandmalerei in der Schweiz, Bern 1963 S. 16–20, wiederum zum 11. Jh. zurück.

[38] Freundliche Mitt. von Restaurator Oskar Emmenegger, Merlischachen, vom 6. September 1979. In Diskussion steht auch die priesterliche Figur am rechten Ende des Triumphbogens, deren glockenförmige Kasel und eigenartiger Besatz des Ärmels der Alba (alba parata) auffällt. Man fragt sich, ob der Maler noch selbst der romanischen Stilepoche angehörte oder ob hier ein späterer Renovator nach einer romanischen Vorlage malte. Der Kopf der Figur und diese selbst dürfte eine neuzeitliche Zutat sein.

68 [39] Angaben über die Neuzeit siehe bei Rahn S. 11–35, dazu dessen Ergänzungen im Anzeiger für Schweizerische Altertumskunde 12 (1910) S. 46–49, ferner im Burgenbuch S. 280–283 und Poeschel III. S. 531–535. Ein aufschlussreicher Rundgang durch die heutige Burg bei Christian Fanzun sen., Schloss Tarasp. Schnell-Kunstführer. 2. Aufl. 1976, 3. Aufl. 1982. Siehe jetzt Burgenbuch 1984 S. 203–206.

[40] Goswin 62: duo vela quadragesimalia, in quorum uno ipse dominus Ulricus et uxor sua Uta depicti continentur cum illo versu: nostri sint memores precibus nos inspicientes, in quo de veteri testamento plures figure ac historie pulcro zemate sunt depicte. Dazu I. Müller, Die Tarasper Freiherren als Förderer der Kunst. ZAK 36 (1979) 44–50, bes. S. 44.

[41] Bischoff, Mittelalterliche Schatzverzeichnisse. München 1967 I. Nr. 150.

[42] Goswin 62: Ornatus quoque et albas, que eorum nomina continent; . . . post se eorum fundacioni reliquerunt.

[43] Bischoff, Schatzverzeichnisse I. Nr. 139, dazu S. 187: Register zu ornatus.

70 [44] Über die Kasel ZAK 24 (1965/66) 159–161 und 36 (1979) 44–45. Dazu Tarasper Reliquiensammler 23, 32, 35.

[45] Brigitta Schmedding, Mittelalterliche Textilien in Kirchen und Klöstern der Schweiz. Bern 1978 S. 323 s. v. Kasel.

[46] Schmedding l.c. Nr. 289 S. 302–304.

[47] Goswin 62: et calicem cum signo yridis in votro ob perpetuam sorum memoriam post se eorum fundacioni reliquerunt. Über das Regenbogenwappen siehe oben S. 72, 77.

[48] Necrologium Curiense S. 116 zum 25. Nov. BUB I. Nr. 375–376 zu 1170, vor Sommer. Goswin 27, 36.

71 [49] Bischoff, Schatzverzeichnisse S. 26–27 Nr. 18 zu ca. 940. Über Kelche im 10. und 11. Jh. siehe Victor Elbern, Der eucharistische Kelch im frühen Mittelalter. Berlin 1964 S. 34–57.

[50] Weiteres über den Tarasper Kelch ZAK 36 (1979) 45–46.

[51] Goswin 62: aliud velum de quibusdam gestis, curis ac laboribus secularibus post se reliquerunt.

[52] Dazu ZAK 36 (1979) 44.

[53] Goswin 55 Anm. 1.

[54] Necrologium Curiense ed. W. v. Juvalt. Chur 1867 S. 24 zum 11. März. Dazu Beat Brenk, Die romanische Wandmalerei in der Schweiz. Bern 1963 S. 24 Anm. 1.

72 [55] Näheres ZAK 36 (1979) 46.

[56] Goswin 63 Anm. 1 TUB I. 1. Nr. 294 = BUB I. Nr. 363 zu 1164/67.

[57] ZAK 36 (1979) 46–48 über sonstige Handschriften. Die Libri moralium Gregors des Grossen hatte Goswin noch gesehen. Er berichtet, dass nach der klösterlichen Überlieferung der Vater jenes Swiker von Reichenberg, der 1274 das Kloster plünderte, die beiden Codices dem Kloster gegeben hätte. Goswin 116.

[58] D.L. Galbreath/Léon Jéquier, Lehrbuch der Heraldik. München-Lausanne 1978 S. 22–23.

[59] Goswin 59. Das Original der Goswinschen Chronik fol. XXV. und die entsprechende Zeichnung auf dem Innendeckel seines Urbars zeigen beide Wappen getrennt. Das erste weist ein gelbes (goldenes) Kreuz auf weissem (silbernem) Feld, das zweite einen nach rechts geöffneten roten Bogen in gelbem (goldenem) Feld.

[60] P. E. Schramm, Herrschaftszeichen und Staatssymbolik. Stuttgart 1 (1954) 965.

[61] Galbreath/Jéquier 122, 138, 153, indes nur mit Beispielen seit der 2. Hälfte des 14. Jh.

[62] Galbreath/Jéquier S. 23, 96.

77 [63] Hans Dürst, Rittertum. Schweizerische Dokumente. Hochadel im Aargau. 2. Aufl. Aarau 1964 S. 94–95, 97, 167, 182, 272. Galbreath/Jéquier l.c. S. 133, 181, 193.

[64] Zur Entwicklung des Helmes siehe H. Schneider in: Bündner Burgenarchäologie und Bündner Burgenfunde. Chur 1970 S. 25. Auch die Form des «gotischen Dreieckschildes» kam erst im 13. Jh. auf und wäre bei den Taraspern des 11. und 12. Jh. nicht möglich gewesen. Hugo Schneider, Adel, Burgen, Waffen 1968 S. 87–90.

[65] Goswin 62: calicem cum signo yridis in votro ob perpetuam eorum memoriam fundacioni reliquerunt. votro = botro zu botrus bzw. botryo im Sinne einer Weinbeere oder Traube. Eigentliche Wappen auf Kelchen kommen erst im 14. und 15. Jh. vor. Joseph Braun, Das christliche Altargerät. München 1932 S. 193.

[66] Lexikon der christlichen Ikonographie 3 (1971) 521–522.

[67] Galbreath/Jéquier S. 155.

[68] Galbreath/Jéquier 26, 217. Vgl. auch Boscardin in: Burgenforschung in Graubünden. Olten 1977 S. 42–46. Nach Goswin S. 60 gaben die Tarasper ihr Wappen an die von Wasegun weiter.

[69] TUB I. 3 S. 519, 521, 523. Dazu die Urk. von 1216 für die Vazer in BUB II. Nr. 593. Die Matscher Urk. von 1193, die Egino II. veranlasste, weist das Siegel Hartwigs II. von Matsch († 1250) auf. TUB I. 1. Nr. 477 = BUB I. Nr. 461 zu 1193 Februar 5.

[70] Vgl. Boscardin, Burgenforschung 44–45: Heraldik in Rätien.

[71] Dies berichtet der Marienberger Bibliothekar P. Coelestin Hebenstreit (Profess 1737, gest. 1786): Nolo hic silencio praeterire rem ex relatione seniorum quorundam Patrum nostrorum perceptam, quam et sibi a maioribus traditam affirmabant. Archiv Marienberg, Chronik Hebenstreit Msc. SKC /18 S. 77. Freundliche Mitteilung von P. Josef Joos, Stiftsarchivar

79 [72] Mittellateinisches Wörterbuch 1 (1967) Sp. 1376–79.

[73] MGH SS XI. S. 40 (Vita posterior Gebehardi episcopi).

[74] TUB I. 1. Nr. 264 = BUB I. Nr. 340 zu 1158 Juli 10: domnis, comitibus A(dalberto), B (ertoldo), Vdalrico de Traspis, Hartwico de Matcis, ceteris barronibus, nobilibus, ignobilibus. Vgl. auch BUB I. Nr. 349, 375 zu 1163 und ca. 1170, wo jeweils barones und ministeriales erwähnt werden.

[75] TUB I. Nr. 298 = BUB I. Nr. 380 zu 1165/70: Perchtolt comes, Cunrat comes, Vlrich nobilis, Albero nobilis. Zu nobilis siehe Clavadetscher, Burgen S. 280, 284, dazu Nobilis, Edel, Fry, in: Historische Forschungen für W. Schlesinger. Köln-Wien 1974 S. 245–247 über nobilis = edelfrei und S. 250–251 über nobilis im 14. Jh. = Freiherr.

[76] TUB I. 1. Nr. 315 = BUB I. Nr. 369 zu 1169 Okt. 9.

[77] MGH SS XXIII. S. 433. Dieser Passus und ähnliche sind zitiert in Karl Bosl, Die Reichsministerialität der Salier und Staufer. Stuttgart 1 (1950) 96 und 2 (1951) 379, 474, 607–608.

[78] Bosl, Reichsministerialität II. S. 579–580.

[79] TUB I. 1. Nr. 326 = BUB I. Nr. zu 1170, vor Sommer. In Tarasper Freiherren S. 27 lies statt Heinrich von Räzüns Heinrich und Albero von Burgeis-Wangen.

[80] z. B. BUB I. Nr. 354, 364 zu 1164 bzw. 1167. Dazu BUB I. Nr. 397 zu 1173/77: Dominus Odalricus de Traspis. Vgl. Clavadetscher, Nobilis, Edel, Fry l. c. S. 247, 250.

[81] z. B. BUB I. Nr. 345 und Nr. 355 zu 1161 bzw. 1161/64.

[82] J. F. Niermeyer, Mediae Latinitatis Lexicon Minus. Leiden 1976 S. 353–354 Nr. 1 und Nr. 4. Die Bezeichnung Herr setzt einen adeligen Stand voraus und kommt in den Urkunden neben den Klerikern vorzüglich den Edelfreien zu. So Robert Durrer im Jahrbuch für Schweizerische Geschichte 24 (1899) 8–9.

VI. Das Wirken der Tarasper Familie

1. Bischof Ulrich I., Klostergründer Eberhard, Kloster- und Bistumsvogt Ulrich II.

80 [1] Die Reihe der Churer Bischöfe in Helvetia Sacra 1 (1972) 474–475.

[2] MGH SS V. S. 316, Text abgedruckt bei E. Meyer-Marthaler, Bischof Wido von Chur im Kampf zwischen Kaiser und Papst, in: Aus Verfassungs- und Landesgeschichte, Festschrift Th. Mayer 1 (1954) 188, ebenso in I. Müller, Geschichte des Klosters Müstair. Disentis 1978 S. 246 Anm. 2.

[3] MGH SS V. S. 323 zu 1079: His etiam diebus Curiensi aecclesiae, iam plus quam annum episcopo suo orbatae, Nortpertum Augustensis aecclesiae praepositum, symoniacum, avarissimum et, quo sui erroris non facillime sibi parem consensorem adinvenire nequiverit, illo quem clerus, militia et populus aecclesiae ipsius canonice elegerant eiusdem domus praeposito, viro valde religioso, reprobato, invitis et nolentibus universis violenter praefecit. Qui mox omnibus modis et artibus suae, ut semper solebat, avaritiae industrius suberat. Auch die Annales Augustani berichten zu 1079 die Erhebung Norberts zum Bischof von Chur. MGH SS III. S. 130.

[4] BUB I. Nr. 203 zu 1080 Juni 25.

81 [5] MGH SS III. S. 131 und VI. S. 723. Texte bei Meyer-Marthaler, Bischof Wido l.c. S. 190. Nach den Annales Bertholdi in MGH SS V. S. 323 bemühte sich Norbert zuerst um eine Weihe durch den Mailänder Erzbischof, freilich vergeblich, was er nur tat, weil Chur früher unter Mailand stand. Dazu O. P. Clavadetscher in Festschrift L. Petry. Wiesbaden 1968 S. 80–82.

[6] MGH SS V. S. 442–443, ediert auch bei Meyer-Marthaler, Bischof Wido S. 190. Wichtigste Teile daraus in BUB I. Nr. 208 zu 1085 April 20.

[7] Meyer-Marthaler, Bischof Wido S. 190–191

[8] H. Büttner in Zeitschrift f. Schweiz. Kirchengeschichte 50 (1956) 69–72 und I. Müller, Geschichte des Klosters Müstair. 1978 S. 24–29.

[9] MGH SS V. S. 448–449, dazu Germania Pontificia II. 1 (1923) 130 Nr. 24 und Regest in BUB I. Nr. 210 zum 18. April 1089. Zum Ganzen A. Hauck, Kirchengeschichte Deutschlands 3 (1920) 858–860.

[10] Vgl. Annalen von Augsburg zum Todestag Norberts, dem 26. Januar 1087 (recte 1088): Nortpertus Curiensis, pridem praepositus Augustensis ecclesiae, obiit. Uodalricus substituitur. MGH SS III. S. 133. Der Churer Bischofskatalog von 1388 sowie Goswin schreiben: Dominum Norpertum successit Vdalricus. Zeitschrift f. Schweiz. Kirchengeschichte 45 (1951) 50, 57.

[11] BUB I. Nr. 212 zu 1095 März. Dazu H. Büttner, Staufer und Zähringer im politischen Kräftespiel zwischen Bodensee und Genfersee während des 12. Jh. Zürich 1961 S. 11–12 (= Mitt. der Antiquar. Ges. in Zürich Bd. 40).

82 [12] Meyer-Marthaler, Bischof Wido l.c. 191.

[13] Necrologium Curiense S. 74 zum 30. Juli: Udalricus Cur(iensis) episc(opus) ob(iit) anno dom(ini) MLXXXXVI., aus Cod. C aus der Mitte des 12. Jh., auf ältere Vorlagen zurückgehend.

[14] Meyer-Marthaler, Bischof Wido l.c. 192–203.

[15] BUB I. Nr. 214. Bericht über die Gründung des Klosters in Schuls. Die bisherige Datierung 1089–96 stützt sich auf die Regierungszeit des Bischofs Ulrich von Tarasp, der Mitstifter war.

[16] Ad. Reinle, Die hl. Verena von Zurzach. Basel 1948 S. 65–66. Zum ganzen Problem Karl Schmid, Heirat, Familienfolge, Geschlechterbewusstsein, in: Il Matrimonio nella società altomedievale. Spoleto 1977 S. 122–128 (= Settimana di studio del Centro italiano di studi sull'alto medievo. XXIV.).

[17] MGH SS. rer. germ. Vita Bennonis II. episcopi Osnabrugensis ed. H. Bresslau 1902 S. 2–3. Kap. I. Die Vita stammt vom Ende des 11. Jh.

83 [18] H. Jakobs, Die Hirsauer. Köln-Graz 1961 S. 6–23 über die Hirsauer Bewegung, S. 35–76 über die Ausbreitung der Hirsauer Gewohnheiten. Zu den einzelnen Klöstern auch Germania Pontificia I. Wallach-König-Müller, Die Zwiefalter Chroniken Ortliebs und Bertholds, Sigmaringen 1978 S. 322–324, zählt 20 Klöster Schwabens auf, die 1075–1105 gegründet oder reformiert wurden.

[19] BUB I. Nr. 214 zu 1095/96. Dazu Nr. 288 zu 1131, wo sogar Ulrich an erster Stelle erwähnt wird: Odalricus Curiensis ecclesie episcopus simul cum fratre suo Heberardo ipsius loci fundatore.

[20] Über Kardinal Gregor siehe R. Hüls, Kardinäle, Klerus und Kirchen Roms 1049–1130. Tübingen 1977 S. 249. Zum Itinerar des Papstes 1095 siehe Ad. Waas, Geschichte der Kreuzzüge 1 (1956) 67–76. Merkwürdig ist, dass die Marienberger Tradition einzig den Namen des Kardinals bietet. Goswin 34 = BUB I. Nr. 214.

[21] G. Schreiber, Kurie und Kloster im 12. Jh. 2 (1965) 1–3.

85 [22] Clavadetscher, Reichsgut 73 und Gotteshausbund 40. Dazu Clavadetscher in: Vorträge und Forschungen. Konstanz 10 (1965) 733–735.

[23] TUB I. 1. Nr. 159, 239 = BUB I. Nr. 288, 319 zu 1131 und 1150.

[24] Goswin 27.

[25] TUB I. 1. Nr. 271 = BUB I. Nr. 341 zu 1160. Vgl. Churer Jahrzeitbuch des 12. Jh. zum 29. November: Heberardus de Sculle obiit. Necrologium Curiense S. 118.

[26] Darüber ausführlich Bündner Monatsblatt 1979 S. 24–29. Goswin 54 sagt genau nur, dass beim Kircheneingang das Haus der Mönche war, was über die Lage der Klosterkirche nichts aussagt. Vielleicht gab es auch Eingänge im Süden der Kirche. Wie uns Armon Planta, Sent, mitteilt, hat man westwärts der heutigen Kirche keine archäologischen Untersuchungen gemacht, aber auch beim Aushub der Gräber ist man auf keine Mauerreste gestossen. Es ist zu beachten, dass es bei der Schulser Friedhofanlage möglich war, alle unbequemen und hindernden Gebäudereste einfach in den Inn hinunterzuwerfen. Freundl. Mitt. 28. Nov. 1979.

[27] Goswin 34, 53.

86 [28] TUB I. 1. Nr. 159 = BUB I. Nr. 288 zu 1131 Juli 7. Dazu vgl. Sandberger 787–790, Schuls-Marienberg 601–604, Tarasper Freiherren 3–4. Zur Quart Clavadetscher, Gotteshausbund 40.

[29] TUB I. 1. Nr. 160 = BUB I. Nr. 289 zu 1131 Juli 7.

[30] Über die Verwandtschaft der Ronsberger mit den Taraspern siehe R. Bauerreiss in Festschrift Ottobeuren, Augsburg 1964 S. 89–91, 109, 130. Schwarzmaier 67–71, 171–172. Rupert II. bei Bauerreiss ist identisch mit Rupert III. bei Schwarzmaier, nur die Zählung ist verschieden.

[31] TUB I. 1. Nr. 186 = BUB I. Nr. 308 zu 1142 (ohne Monatsdatum). Die Bestellung des Abtes steht nur bei Goswin 34.

[32] Goswin 5, 35.

87 [33] Schwarzmaier 125–126, 144, 147.

[34] TUB I. 1. Nr. 186 = BUB I. Nr. 308 zu 1142 (ohne Monatsdatum).

2. Ulrich III. und die Verlegung des Klosters

88 [1] Goswin 34–35. Dazu TUB I. 1. Nr. 221 und BUB I. Nr. 311 sowie Helvetia Pontificia, 1927 S. 123 Nr. 2.

[2] Näheres Schuls-Marienberg 606–607.

[3] Freundl. Mitt. von Prof. Dr. N. Rasmo, Bozen. Als karolingischen Bau und als alte Pfarrkirche ist St. Stephan angesehen bei Martin Angerer, Geschichte der Dorfgemeinschaft Schlinig 1981 S. 2–4, 45–52.

[4] TUB I. 1. Nr. 234 = BUB I. Nr. 315 zu 1148/49.

90 [5] Näheres siehe Schuls-Marienberg. 608–609. Bündner Monatsblatt 1985 S. 154.

[6] Goswin 35.

[7] Goswin 35.

8 Goswin 141 zu 1357 Jan. 2.: Eadem nocte facta fuit ruvina magna ultra solitum in valle nostra, ubi Almeina decurrit, que inicium habuit in Castelletz.

9 Goswin 35. Regesten davon in TUB I. 1. Nr. 234* = BUB I. Nr. 321 = Helvetia Pontificia 1927 S. 123 Nr. 3. Der ganze Text jetzt ediert in Schuls-Marienberg 610 Anm. 32.

10 Näheres Schuls-Marienberg 609–610.

91 11 BUB I. Nr. 447, 460 zu ca. 1188 und 1192/98. Dazu Schuls-Marienberg 610–611.

12 Vgl. die ähnlichen Verhältnisse beim Kloster Beinwil. L. Schenker, Das Benediktinerkloster Beinwil im 12. und 13. Jh. Solothurn 1973 S. 97–104 (= Jahrbuch für solothurnische Geschichte, Bd. 46).

13 Goswin 36. Hier sei noch die Tradition erwähnt, wonach drei brennende Fackeln an drei Ecken zur Nachtzeit den heutigen Klosterplatz bezeichnet hätten, nachdem das Klostergebäude in St. Stephan eingestürzt war. Selbst Goswin berichtet darüber nichts, sondern erst das Urbar von Maria Theresia S. 9–10 und Josef Ladurner († 1832), Die Klöster im Vinschgau, S. 81 (Hss. des Stiftsarchivs Marienberg). Zu bedenken ist, dass die Klosterverlegung gut vorbereitet war, wie die rechtlichen Schritte in Rom zeigen. Dann sind anzeigende Lichterscheinungen in der christlichen Legende reichlich bekannt. St. Beissel, Wallfahrten zu Unserer Lieben Frau in Legende und Geschichte. Freiburg/Br. 1913 S. 30, 32, 311, 358, 451–452, 457, 466–68, 472–473. Gerade Klostergründungen wurden so erklärt (Salzburg, Schaffhausen). H. Günter, Psychologie der Legende. Freiburg/Br. 1949 S. 270. Bei den Freskenresten an der Kryptamauer (siehe unten) sind keine Fackeln, sondern Lampen in einem Raum dargestellt, vielleicht die Weihe des neuen Klosters von 1149/50, was obige Erzählung veranlassen konnte.

14 TUB I. 1. Nr. 239 = BUB I. Nr. 319 zu 1150 März 11.

15 K. Hallinger, Woher kommen die Laienbrüder. Rom 1956 S. 14, 50–57, 74–79 und H. Jacobs, Die Hirsauer. Köln 1961 S. 23–26. Dazu äusserte sich Prof. K. Hallinger: «Marienberg hängt sicher von Hirsau ab, und in Hirsau machten die conversi (der neuen Ordnung) im 12. Jh. noch keine Mönchsprofess, waren überhaupt scharf von den eigentlichen Mönchen geschieden, genau wie in Vallumbrosa, wo die Professablegung erst nach 1128 (Gelübdetrias) kommt.» Brief vom 14. Februar 1979.

94 16 Goswin 35.: ad ampliacionem prebendarum fratrum.

17 BUB I. Nr. 280. Dazu Schuls-Marienberg 613–614.

18 Goswin 35. Schuls-Marienberg 615. Zur Abstammung Schwarzmaier 69, 172.

95 19 TUB I. 1. Nr. 239 = BUB I. Nr. 319 zu 1150 März 11. Dazu F. Beyerle in der Zs. für Rechtsgeschichte. Germ. Abt. 74 (1957) 307, ferner W. Müller, Entwicklung und Spätformen der Leibeigenschaft am Beispiel der Heiratsbeschränkungen. Sigmaringen 1964 S. 24–25. Vgl. auch Schuls-Marienberg 614–615.

3. Bischof Adalgott und Ulrich III.

1 BUB I. Nr. 330, 334–337. Zum Ganzen siehe Affentranger S. 40–64.

2 TUB I. 1. Nr. 271 = BUB I. Nr. 341 zu 1160 März 25.: consilio domni Adalgoti venerabilis sancte Curiensis ecclesie episcopi . . . Hec autem omnia predicta recepit domnus Adalgotus prefate ecclesie episcopus cum manu advocati Chonradi.

98 3 G. Schnürer, Kirche und Kultur im Mittelalter 2 (1926) 328–334. Dazu K. Bosl, Armut, Arbeit, Emanzipation im 11.–13. Jh., in: Beiträge zur Wirtschafts- und Sozialgeschichte des Mittelalters. Festschrift H. Helbig. Köln-Wien 1976 S. 136.

4 Josef Siegwart, Die Chorherren- und Chorfrauengemeinschaften in der deutschsprachigen Schweiz bis 1160. Fribourg 1962 S. 123, 138, 254, 298.

5 Bosl l.c. 139. Vgl. auch 128–146.

6 K. Schib, Das Buch der Stifter des Klosters Allerheiligen. Aarau 1934 S. 11.

7 Geschichtsfreund 8 (1852) 102–103 (Grosse Annalen 12./13. Jh.), 108 (Kleine Annalen 15. Jh.). F. Güterbock, Engelbergs Gründung und erste Blüte. Zürich 1948 S. 17.

8 Über Heinrich IX. siehe Neue Deutsche Biographie 8 (1969) 343.

9 Siehe Affentranger l.c. 24–27.

[10] MGH Necrologia I. S. 110, Nekrolog von Ottobeuren 1180–1228 zum 17. Juli: «Ruopertus advocatus monachus.» Dazu Festschrift Ottobeuren 1964 S. 90, 109.

[11] Burgenbuch 81–82.

[12] Clavadetscher, Gotteshausbund 33 bringt dies insofern in Diskussion, als er die Schenkung «wohl nur als Rückzug der Tarasper vor der überlegenen Stellung des Bischofs» anzusehen geneigt ist. Nach J. C. Muoth, Zwei sog. Ämterbücher des Bistums Chur, Chur 1897 S. 102, hatte die Schenkung «wohl zum Teil den Charakter einer Restitution».

[13] I. Müller, St. Adalgott. Analecta Sacri Ordinis Cisterciensis 16 (1960) 96–97, 100–101, 107.

[14] Sandberger 737–738.

[15] MGH DD K. III. Nr. 268 und Fr. I. Nr. 15, 53 zu 1152–53, Regesten in BUB I. Nr. 324–325, 328. Dazu Affentranger 42–52.

102 [16] TUB I. 1. Nr. 477 = BUB I. Nr. 461 zu 119 (3) Februar 5.

[17] TUB I. 1. Nr. 272 = BUB I. Nr. 342 zu 1160 Juli 13.

[18] z.B. sanctorum xi milium virginum, sanctorum virginum, sancte Speciose virginis. Tarasper Reliquiensammler 36, 38.

[19] Poeschel VII. 52, 97.

[20] MGH XXIII S. 621 (Chronik von Ottobeuren).

[21] Goswin 82: prefatus dominus Adelgotus consecravit criptam sub anno MCLVI, in qua eciam depictus invenitur cum his versibus: Presul usw. Bild und Verse gehören zur Konsekration von 1160.

[22] So lautet der Vers richtig bei Goswin 82, denn zu promptus geht im Reim nur Adelgotus. Hingegen weist Goswin 24, 61, 94–95, 160 bzw. TUB I. 1. Nr. 236, 272 = BUB I. Nr. 342, 351 Adelgosus und Adelgozo auf. Die Weiheinschrift vom linken Altar bietet jetzt auch Nicolò Rasmo, Affreschi del Trentino e dell'Alto Adige. Trento 1971 S. 259. Dazu vgl. Goswin 94–95 und BUB I. Nr. 342 zu 1160 (Vorbemerkung).

103 [23] Dazu I. Müller, St. Adalgott, in: Analecta Sacri Ordinis Cisterciensis 16 (1960) 92–119, bes. 114–115. Dazu vgl. die als Reuebekenntnis zu deutende Grabinschrift des römischen Abtes Johannes Canaparius († 1004): Tardus ad omne bonum, promtus ad omne malum. MGH Poetae lat. 5 (Neudruck 1970) S. 343.

[24] Goswin 49, 75. Regesten in TUB I. 1. Nr. 235* = BUB I. Nr. 344 zur Regierungszeit des Bischofs Adalgott, ohne Angabe des Jahres.

104 [25] Otto Demus, Romanische Wandmalerei. München 1968 S. 14, 62, 129–131. In die Richtung Nord-West weist auch die Tatsache, dass Ulrich III. Reliquien aus Köln kommen liess. Adelheid von Zallinger fand zu den Kryptafresken «qualitativ allerdings viel schwächere Parallelen in der rheinischen Buchmalerei». (Brief vom 2. Okt. 1978.) Die ältere Literatur jetzt bei N. Rasmo, Affreschi del Trentino e dell'Alto Adige. Trento 1971 S. 38, 44–47, 50, 52, 54, 58, 259.

[26] Näheres Helmut Stampfer/Hubert Walder, Die Krypta von Marienberg. Bozen 1982 S. 9–36. P. Josef Joos, Die Restaurierung der Krypta von Marienberg, in: Studien und Mitteilungen des Benediktinerordens 93 (1982) S. 1035–1048. Josef Weingartner/Adelheid von Zallinger-Thurn, Die Kunstdenkmäler Südtirols 2 (1977) S. 373–374.

[27] Nicolò Rasmo, Affreschi del Trentino e dell'Alto Adige. Trento/Milano 1971 p. 44, 46, 259 Abb. 43. Die Lampions sehen beinahe aus wie Weihrauchfässer des 10./11. Jh. Zeitschrift für Schweiz. Archäologie und Kunstgeschichte 27 (1970) 176 Abb. 6. Vgl. die lampades bei B. Bischoff, Mittelalterliche Schatzverzeichnisse. München 1 (1967) Nr. 16, 27–28, 74, 136. Zur Charakteristik der Malereien A. v. Zallinger-Thurn: «Die Freskenreste an der Aussenseite der Krypta sind von anderer Hand und anscheinend etwas älter als die Kryptafresken.» (Briefliche Mitt. vom 23. Juni 1979.)

[28] Goswin 60–61: Seniores eciam fratres referre solebant, quod primitus in domo, que est apud capellam sancte Marie, conventus reficere ac dormire solebant, quippe quia adhuc superior domus facta non erat; cuius indicium videtur manifeste, quia ymago crucifixi et alia devota pictura et Mazelinus abbas in refectorio eorum, quod pro tunc ibi erat, depicti videntur.

[29] Goswin 24. Dazu weitere Nekrologiumseinträge bei Affentranger S. 64–65.

4. Ulrich III. und die Klöster Marienberg und Müstair

105 1 TUB I. 1. Nr. 275 = BUB I. Nr. 345 zu 1161, vor März 9.

2 TUB I. 1. Nr. 161, 236 = BUB I. Nr. 290, 351 zu 1131 und 1150/63.

3 TUB I. 1. Nr. 428 = BUB I. Nr. 441 zu 1186 (Fälschung ca. 1300). Dazu O.P. Clavadetscher in der Festschrift K. S. Bader. Zürich 1965 S. 98–99 und I. Müller, Geschichte des Klosters Müstair. Disentis 1978 S. 33–35, 54.

4 TUB I. 1. Nr. 279 = BUB I. Nr. 349 zu 1163, vor März 9. Zur Urkunde Schwarzmaier, 171.

106 5 Über die Frickinger siehe oben Kap. III. 1. S. 27.

6 Vgl. Bauerreiss R. in Festschrift Ottobeuren 1964 S. 89, 109. Uta wird von Schwarzmaier 69, 171 mit der Gemahlin Ulrichs III. von Tarasp indentifiziert.

7 MGH SS XXIII. S. 617, dazu Festschrift Ottobeuren 1964 S. 109.

8 Tarasper Reliquiensammler 41 (Wiborada-Reliquien 1160).

107 9 TUB I. 1. Nr. 280 = BUB I. Nr. 350 zu 1163, nach März 9: Berntrudis, que itineris eius comes extitit, cum magna rerum ac thesaurorum domine sue copia omnibus videlicet fideliter reservatis prospere ac fideliter rediit . . . pro remedio uxoris sue beate memorie, quam de exteris finibus terrarum ad paternos lares collegit. Zur Urk. auch Schwarzmaier 171.

10 TUB I. 1. Nr. 293 = BUB I. Nr. 354 zu 1164, nach März 9.

11 Darüber Kap. IV. 4 S. 52.

12 Urbare S. 16, 36–37, 115, 117, 119, 273.

13 Die Schenkung ist bestimmt: abbatibus, monachis et aliis utriusque generis ibidem Deo servientibus, woraus man auf ein Frauenkloster bei Marienberg geschlossen hat. Valer 20. In den Tarasper Urkunden sind indes stets die servientes tam clerici quam laici oder die fratres loci bzw. cenobii oder monachi angesprochen. Ein claustrum monialium (BUB I. Nr. 351) wäre schon früher in die Zeit Utas anzusetzen.

14 TUB I. 1. Nr. 276 = BUB I. Nr. 355 zu 1161/64. Über das castrum der Urkunde siehe im Register unter Castellaz.

15 Über die Lage des Kleinhofes in summo vico siehe Loose in: Der Schlern 51 (1977) 413, 417.

16 Der Hof in Burgeis in medio vico siehe Loose, Siedlungsgenese 99.

17 Über den Söleshof in Fetan siehe Loose, Siedlungsgenese 78. Dazu das Nekrolog bei Goswin 11, 36: Obiit Gebhardus . . . qui dedit curtem in Salina cum capella et alia bona in Vetano.

18 BUB I. Nr. 345 zu 1161: de Burgus Victor sacerdos.

108 19 Melanz war eigentlich ein über das ganze Vintschgau verstreuter Güterbestand. Loose in: Der Schlern 51 (1977) 413–414

20 TUB I. 1. Nr. 332 = BUB I. Nr. 382 zu 1173, vor März 9. Identisch wohl mit Prior Ulrich IV. von Tarasp. Möglich wäre auch der Konverse Odalricus, der uns 1170/77 begegnet. TUB I. 1. Nr. 320 = BUB I. Nr. 397 zu 1170/77.

21 TUB I. 1. Nr. 276 = BUB I. Nr. 355 zu 1161/64.

5. Der Tarasper Familienstreit: Gebhard III. gegen Ulrich III.

1 TUB I. 1. Nr. 294 = BUB I. Nr. 363 zu 1164/67. Alles, was wir über den Streit wissen, stammt aus dieser Versöhnungsurkunde, die nur durch Goswin überliefert ist und einige nicht leicht zu verstehende Stellen aufweist.

109 2 Ulrichs III. Grossvater und Eginos Urgrossvater waren Brüder gewesen. Siehe die Genealogie in Kap. III.

3 TUB I. 1. Nr. 477 = BUB I. Nr. 461 zu 119 (3) Februar 5. Dazu vgl. BUB I. Nr. 343 zu 1160.

110 4 Zu dieser Stelle Tarasper Freiherren S. 9.

111 5 Sandberger 794, 801 sucht Morit nicht bei Bozen, sondern in Mareit, westlich von Sterzing

6 Zu proximus heres siehe TUB I. 1. Nr. 40, 317, 368 aus Urkunden des 11. und 12. Jh. zugunsten des Domkapitels. Zu heres senior bzw. maior aetate siehe die folgenden Anmerkungen. Zum Ganzen Haberkern-Wallach, Hilfswörterbuch für Historiker. Basel 1935 S. 361 (Majorat, Seniorat).

7 A. Kocher, Solothurner Urkundenbuch 1 (1952) Nr. 7: unus de legitimis heredibus eius, qui sit maior etate . . . de stirpe mea.

8 Solothurner Urkundenbuch I. Nr. 123 zu 1152: proximus heres ipsius in officium advocatie succedat.

9 TUB I. 1. Nr. 311 zu 1166: heredibus eorum semper seniori.

10 TUB I. 1. Nr. 450 zu 1189: senior semper heres eorum.

11 Solothurner Urkundenbuch I. Nr. 221 zu 1180: ad heredes, quos possessor ex se genuerit, transeat.

12 Solothurner Urkundenbuch I. Nr. 260 zu 1207: quicumque autem inter legitimos heredes meos post discessum meum maior etate fuerit.

13 Solothurner Urkundenbuch I. Nr. 7 zu 1036: advocatum constringat . . . prevaricantem advocatum abiciat usw.

14 BUB I. Nr. 283–284 zu 1127 Januar 23.

15 Hermann Jakobs, Die Hirsauer. Köln 1961 S. 20–21, 153–170.

16 MGH DD Fr. I. Nr. 106 zu 1155 Mai 15: nullus ibi advocatus hereditario iure existat, sed abbas communicato fratrum consilio iustum sibi et idoneum licenter eligat.

112 17 TUB I. 1. Nr. 312 = BUB I. Nr. 364 zu 1167, nach März 9.

18 eoque (resignante) domino Gebhardo (statt Egnone), filio fratris sui, ea condicione sicut ante domino Egnoni fideliter delegavit.

19 TUB I. 1. Nr. 323 = BUB I. Nr. 372 zu 1170, vor März 9. Zur gleichen Zeit ist Gebhard III. Zeuge TUB I. 1. Nr. 326 = BUB I. Nr. 376 zu 1170, vor Sommer.

20 TUB I. 1. Nr. 326 = BUB I. Nr. 376 zu 1170, vor Juni/August.

21 Edition des Malser Jahrzeitbuches in Tiroler Heimat. 42 (1978) 95–108 bes. 101, 106.

113 22 TUB I. Nr. 378, 403 = BUB I. Nr. 399, 414.

VII. Das Ende der Tarasper und ihr Nachleben in Marienberg

1. Das Erlöschen der Familie

114 1 TUB I. 1. Nr. 315 = BUB I. Nr. 369 zu 1169 Oktober 9. Dazu Schuls-Marienberg, 626–627.

2 BUB I. Nr. 373 zu 1170 Mai 15. Dazu H.Büttner, Staufer und Welfen im politischen Kräftespiel zwischen Bodensee und Iller während des 12. Jh. Zeitschrift f. Württembergische Landesgeschichte 20 (1961) 58–59, wieder abgedruckt in: Schwaben und Schweiz im frühen und hohen Mittelalter. Sigmaringen 1972 S. 377–378.

115 3 TUB I. 1. Nr. 251 = BUB I. Nr. 381 zu 1156–72.

4 TUB I. 1. Nr. 298 = BUB I. Nr. 380 zu 1165–70.

5 TUB I. 1. Nr. 362* = BUB I. Nr. 396, vor 1177 Dez. 24.

6 TUB I. 1. Nr. 362 = BUB I. Nr. 395, vor 1177 Dez. 24. Vgl. BUB I. S. 443 (Register).

7 Goswin 8, 158. Schuls-Marienberg 616. Der Klostereintritt darf wohl nach dem 9. März 1173 (siehe folgende Anmerkung) angesetzt werden, da unter diesem Datum wohl Mönche, nicht aber Konversen von Marienberg angeführt werden.

8 TUB I. 1. Nr. 332 = BUB I. Nr. 382 zu 1173, vor März 9. Dazu Schuls-Marienberg 616.

116 9 TUB I. 1. Nr. 320 = BUB I. Nr. 397 zu 1173–77.

10 Patrologia Latina 180 Sp. 1084. Zum ganzen Problem G. Schreiber, Kurie und Kloster im 12. Jh. 2 (1910) 132–134.

11 Siehe oben S. 97–98.

12 Goswin 29 (Nekrologium), 58 (Chronik). 13 TUB I. 1. Nr. 293 = BUB I. Nr. 354 zu 1164, nach März 9. Zu deren Formelgut siehe aber unten S. 196.

14 TUB I. 1. Nr. 477 = BUB I. Nr. 461 zu 1193 Februar 5.

15 Näheres in Kap. III. 1.

118 [16] Goswin 61. Dazu BUB I. Nr. 350 zu 1163: in itinere s. sepulcri in monastico habitu feliciter de hac vita migravit. Dazu Goswin 28 (Nekrologium zum 2. Dezember): obiit domina Uta monialis.

[17] Goswin 61.

[18] Siehe im Register unter Jerusalem.

[19] Adolph Franz, Die kirchlichen Benediktionen im Mittelalter. 2 (1909) 275. Percy Ernst Schramm, Herrschaftszeichen und Staatssymbolik. Stuttgart 2 (1955) 412 (Münze von 1152 mit Darstellung Friedrichs I.). Albert Hochheimer, Die Strassen der Völker. Zürich-Köln 1977 S. 219–220.

[20] Goswin 61. Ausführliches über die Inschriften in: Zeitschrift für Schweizerische Kirchengeschichte. 73 (1979) 235–242, wozu noch zum Spruch über die Uta-Figur ein ähnlicher aus St. Gallen zur Zeit der Ottonen zitiert werden kann aus MGH Poetae lat. V (Neudruck 1970) S. 404: Galle pater, librum quisquis tibi subtrahat istum.

2. Die Sicherung des Hausklosters

119 [1] TUB I. 1. Nr. 378 = BUB I. Nr. 399 zu 1178 Okt. 18. Die Urkunde nennt die Georgskirche in Schuls, die Petruskapelle in Remüs, die Jakobskapelle in Glurns und die Martinskapelle in Passeier. Für die übrigen Besitzungen sei verwiesen auf BUB I. Nr. 345, 353, 355. Dass die Grundstücke in Mais von den Taraspern stammen, wird schon durch die Gründungsurkunde von Schuls 1095/96 nahegelegt. Für Naturns haben wir keinen Beleg für Taraspischen Ursprung, für Ezintal = Ötztal haben wir nur Belege für Müstair.

[2] Schuls-Marienberg S. 627–629.

[3] Goswin 11 (Nekrolog) gibt 1180 als Todesjahr an, Goswin 36, 85, 150 indes 1181. Vgl. dazu die übernächste Anmerkung 5.

[4] Hermann Jakobs, Die Hirsauer. Köln-Graz 1961 S. 79–103. Benno Hegglin, Der Benediktinische Abt in rechtsgeschichtlicher Entwicklung und geltendem Kirchenrecht. St. Ottilien 1961 S. 45–51, 59, 130–134.

[5] Über ihn Schuls-Marienberg S. 617–618. Über seine Abkunft Goswin S. 26–27, 36, 85.

[6] TUB I. 1. Nr. 403 = BUB I. Nr. 414 zu 1182. Die Urkunde ist an Abt Volger gerichtet, der sie mithin angefordert hatte. Doch könnte sie erst nach dem Tod dieses Abtes ausgefertigt und nach Marienberg gekommen sein. Zur Pfarrei St. Stephan siehe Schuls-Marienberg S. 608–609.

[7] TUB I. 1. Nr. 462 = BUB I. Nr. 452 zu 1191 Januar 6. Dazu Schuls-Marienberg S. 629–630.

120 [8] TUB I. 1. Nr. 477 = BUB 1. Nr. 461 zu 1193 Februar 5. Egino II. waltete vielfach für Marienberg. Vgl. TUB I. Nr. 495 = BUB I. Nr. 475 zu 1196, ferner TUB I. 2. Nr. 591, 599 = BUB I. Nr. 531, 536 zu 1209–1210. Zum Ganzen Schuls-Marienberg S. 622–623.

[9] TUB I. 1. Nr. 425 = BUB I. Nr. 429 zu 1185. Dazu J. Weingartner, Die Kunstdenkmäler Südtirols, 6. Aufl. Bd. II. (1977) S. 375 von A. von Zallinger, und Schuls-Marienberg 624–625.

[10] TUB I. 2 Nr. 535 = BUB II. Nr. 492 zu 1201 Okt. 28. Am folgenden Tage weihte der Oberhirte in der Klosterkirche den Altar des hl. Johannes Baptista ein. TUB I. 2 Nr. 537 = BUB II. Nr. 494 zu 1201 Okt. 29. Goswin 95.

[11] Über das Portal Walter Frodl, Kunst in Südtirol. München 1960 S. 47 und Taf. 11. Auf dem Kapitell der zweiten Säule linker Hand vom Eingang sind drei Köpfe sichtbar, in der Mitte einer mit einem zentralen Haarscheitel und Bart, auf beiden Seiten je einer ohne Bart und mit parallel gescheiteltem Haar. Ebenso finden sich auf den Kapitellen der äussersten beiden Säulen je ein unbärtiger Kopf, indes mit Haarscheitel in der Mitte. Die Gesichter unterbrechen die ganze Reihe der ornamentalen Kapitelle und stehen deshalb isoliert da. Es fehlen jegliche symbolischen Beigaben, so eine Buchrolle für einen Propheten oder ein Kirchenmodell für einen Stifter. Sonst werden Stifter mehrfach im 12. Jh. im Tympanon dargestellt, so in der Stiftskirche Moosburg (Oberbayern) und in der sog. Galluspforte des Basler Münsters. Uta kann hier kaum gemeint sein, denn sie

wird in der gleichen Zeit in der Krypta und auf der Stola mit einer Haube dargestellt und ist in monastico habitu begraben worden. Das Mittelalter stellte keine hochstehende Frau ohne jede Kopfbedeckung dar. Daher erscheint Uta selbst im barocken Stifterdenkmal der Klosterkirche höchst dezent mit einer Haube. Endlich fehlt jeder Hinweis, den andern jugendlichen Kopf für denjenigen des Sohnes und Priors Ulrich IV. zu erklären. Bärte wie bei der Hauptfigur finden sich im 12. Jh. plastisch oder malerisch mehrfach, so bei der Figur des Täufers an der Basler Münsterpforte oder bei dem bärtigen Mann einer Konsole im dortigen Chor. H. Reinhardt, Das Basler Münster. Basel 1939 Abb. 58, 70. Siehe auch die romanischen Fresken in der Maria-Trost-Kirche zu Untermais. N. Rasmo, Affreschi del Trentino e dell'Alto Adige. Trento 1971 Taf. 45, 48–51. Es ist schliesslich zu fragen, ob in unseren Marienberger Gesichtsmasken nicht einfach ein künstlerischer Einfall, ein Verlangen nach Abwechslung vorliegt. Zum Problem äusserten sich in verschiedener Weise brieflich Prof. F. Wölcken, München, und Prof. Adolf Reinle, Zürich.

121 [12] So schon Th. Wieser, Abt Matthias Lang, in: Studien und Mitteilungen des Benediktinerordens 34 (1913) 716. Modifiziere Tarasper Reliquiensammler 35. Im Verzeichnis der Kölner Sendung steht der Martyrer-Bischof Sebastian gleich nach Johannes dem Täufer am Anfang. Goswin 94.

[13] TUB I. 2 Nr. 536 = BUB II. Nr. 493 zu 1201 Okt. 28. Goswin 96. Weingartner l.c. 2 (1973) 347. Zum Egidiusaltar TUB I. 2 Nr. 599 = BUB II. Nr. 536 zu 1210 Februar 22.

[14] Die Belege für den Kult der beiden Heiligen siehe Tarasper Reliquiensammler S. 25, 29. Zur Leonhardkapelle in Passeier siehe oben Kap. IV. 4.

123 [15] TUB I. 2. Nr. 528 = BUB II. Nr. 496 zu 1201 (ohne Tagesangabe). Zum Alter der Pfarrei siehe Schuls-Marienberg 625–626.

[16] TUB I. 2. Nr. 705–707, 709 = BUB II. Nr. 595–598 zu 1217. Die Urk. 1186 in TUB I. 1. Nr. 428 = BUB I. Nr. 441 ist eine Fälschung von ca. 1300. Vgl. O. P. Clavadetscher, in: Festschrift K. S. Bader. Köln/Graz 1965 S. 98–99. Weiteres über den Streit um die Pfarrei Burgeis siehe BUB II. S. 406 (Register).

3. Die Grablege in Marienberg

[1] Schwarzmaier 116, 149–150, 153. Festschrift Weingarten. Abtei Weingarten 1956 S. 29, 53.

[2] Büttner-Müller, Frühes Christentum im schweizerischen Alpenraum. Köln-Einsiedeln 1967 S. 51.

[3] Goswin 36.

[4] Goswin 158.

[5] TUB I. 1. Nr. 280 HZ BUB I. Nr. 350 zu 1163, nach März 9.

[6] Goswin 58: creditur, quod ipse fundator noster et domina Uta et filius suus et forte fratres sui in tumba, quam sibi paraverat, sint tumulati.

124 [7] Goswin 58: cum autem super eandem tumbam crebra per transeuntes fieret sessio, quidam abbas hoc ferre non volens, ut super tam felicia corpora indebita fierent acta, venustum de lignis sculptis cum debita pictura fieri iussit sepulcrum, sicut huc usque cernitur. Daran schliesst Goswin eine Nachricht über Abt Johannes II. (1304–20) an: Dominus eciam Johannes secundus venerabilis abbas istius loci altare in honore sancte Katherine apud eundem locum in monasterio ad austrum fabricavit.

[8] Goswin 61–62: Dominus Udalricus in forma militis super sepulcrum suum depictus, dona, que huic domui donavit, in carta sunt depicta . . . hanc depictam cartam tenet sua manu. Darüber Zeitschrift für Schweizerische Kirchengeschichte 73 (1979) 235–242.

[9] Inschrift von 1647 bei den Tarasper Reliquien in der neuen Barockkirche.

[10] J. Weingartner, Die Kunstdenkmäler Südtirols, 6. Aufl. Bd. II. (1979) 369 von A. von Zallinger.

[11] Stiftsarchiv Marienberg: Diarium des Abtes Jakob Graffinger zum 5. Oktober 1644: In festo s. Placidi ossa nostrorum Fundatorum quae ante duos annos ob templi destructionem exhumata fuerunt, incluso nouo sarculo in proprio sacello ante medium altaris collata sunt ob maiorem reverentiam.

12 Stiftsarchiv Marienberg: Ausgabenbuch des Abtes Jakob Grafinger zu 1645 September 10: «Den 10. für den schwarz Märmblstain sambt dem gloggspeysinen spännischen Creiz, so ich auf der Begröbnis vnsers Stiffters machen lassen, bezalt in allem 15 Fl.» Glockenspeise ist eine Legierung von Metall.

13 Lexikon für Theologie und Kirche 2 (1958) Sp. 935. Lenz Kriss-Rettenbeck, Bilder und Zeichen des religiösen Volksglaubens. München 1965 S. 47–48, 55, 144–145.

14 Diarium Grafinger l.c. zum 4. August und 8. September 1646.

15 Nach dem Wortlaut des Textes sind nur die Überbleibsel Ulrichs III. und Utas sowie des Priors Ulrichs IV. im Mauergrab niedergelegt. Es fehlt mithin z. B. Friedrich II., der ja von St. Stephan nach Marienberg übertragen worden war.

126 16 Goswin 55 Anm. Später bezeichnete P. Coelestin Hebenstreit († 1786) Uta als de nobilissima Romana Columnensium familia. Goswin, Einl. S. XXVII–XXVIII. Beachtenswert ist, dass auch die Matscher, die Klostervögte von Marienberg und Müstair waren, die Säule der Colonna im Wappen aufwiesen. Ein weisser Turm im blauen Feld war ferner das Phantasiewappen der hl. Scholastika. I. Müller, Geschichte des Klosters Müstair. 1978 S. 137, 239.

17 Eduard Zimmermann/Friedrich Blendinger, Augsburger Zeichen und Wappen. 1970 Nr. 4775. Ferner Ed. Zimmermann, Alte Allgäuer Geschlechter. 1951 Nr. 768. Freundl. Mitt. von Herrn Dr. Friedrich Blendinger, a. Stadtarchivdirektor, Augsburg (25. Febr. 79). Pfarrvikar P. Georg Gärtner, Irsee, teilt mit, dass die Stiftertafeln im Kloster Irsee wegen Restaurationsarbeiten momentan nicht sichtbar sind (22. März 1979).

18 Diarium Grafinger l.c. zu 1645 April 24: maiores statuae fundatorum ordinum advectae.

19 Diarium Grafinger zum 27. Februar 1646, zum 20. Juni 1647 und 27. Dez. 1650. Der letzte Beleg bezieht sich auf das Altarblatt der Benediktskapelle, wo die Tarasper Reliquien eingemauert sind. Die Bilder von Leopold und Ulrich sind neu aufgedeckt und restauriert.

VIII. Charakter und Geistigkeit der Tarasper

128 1 Dazu Karl Schmid, Heirat, Familienfolge, Geschlechterbewusstsein, in: Il Matrimonio nella società altomedievale. Spoleto 1977 S. 106, 129–130. Dazu Schwarzmaier 70–71.

2 Neue Deutsche Biographie 8 (1969) 343.

3 Schwarzmaier 72–73.

129 4 Vgl. Schwarzmaier 125–126, 144.

5 Zum Ganzen Tarasper Freiherren S. 32–35. Zur Pilgerfahrt Welfs VI. siehe Allgemeine Deutsche Biographie 41 (1896) 671–676.

131 6 Zum Ganzen siehe Tarasper Reliquiensammler S. 12–41. Zu den Erinnerungsstücken aus Palästina siehe Goswin 49 und BUB I. Nr. 350 zu 1183.

7 Goswin 5–30 und vielfach in der Chronik.

8 Vgl. allgemein G. Schreiber, Gemeinschaften des Mittelalters. Münster 1918 S. VI., 18–19, 75, 103–107, 222–224.

9 G. Schreiber. Kurie und Kloster im 12. Jh., Stuttgart 2 (1910) 108.

10 Tarasper Freiherren 27–32: Tarasper Urkunden als geistesgeschichtliche Dokumente.

11 Tarasper Freiherren S. 28 zu dieser Stelle. Vgl. dazu die Vita Gebehardi episcopi posterior (nach 1181): Christum sibi inibi heredem instituerunt. MGH SS XI. 40. Von den Gründern des Klosters Zwiefalten (1089) heisst es: Dei Genitricem sibi specialiter heredem instituerunt. Wallach-König-Müller, Die Zwiefalter Chroniken Ortliebs und Bertholds. Sigmaringen 1978 S. 36–37. Lütold von Rümlingen gründete um 1070 das Kloster Rüggisberg: dulci filiorum carens successione . . . filium virginis (= Iesum) pro aeterna hereditate adipiscenda suum heredem constituit. MGH SS XII. S. 258: Vita S. Udalrici Cellensis, Kap. 21. Dazu B. Egger, Geschichte der Cluniazenser-Klöster in der Westschweiz. Freiburg/Schweiz 1907 S. 34–35.

132 12 Reihenfolge der Bischöfe in Helvetia Sacra 1 (1972) 472–477.

13 Zeitschrift f. Schweiz. Kirchengeschichte 44 (1950) 276–278.

14 Schweizerischer Familienforscher 26 (1959) 84–93 (nicht sicher).

15 H. Büttner, Vom Bodensee und Genfersee zum Gotthardpass. Vorträge und Forschungen 10 (1965) 94.

16 Zum Ganzen Vox Romanica 14 (1954) 137–146 und 18 (1959) 94–106. Bündner Monatsblatt 1960 S. 273–316, bes. 288–293. K. Finsterwalder in: Festschrift K. Pivec, Innsbruck 1966 S. 57 60. Clavadetscher, Burgen 281.

17 Über die Doppelsprachigkeit im frühmittelalterlichen Rätien siehe I. Müller, Geschichte der Abtei Disentis. Einsiedeln 1971 S. 14.

IX. Das Erbe der Tarasper

1. Chur-Reichenberg-Tirol-Matsch 1177–1464

134 1 Hypothesen darüber bei M. Valèr, Schloss Tarasp l.c. S. 46.

2 Th. v. Mohr, Codex Diplomaticus 2 (1854) Nr. 101 zu 1301 Okt. 18. Vgl. Hammerl 112–113.

3 Rudolf Thommen, Urkunden zur Schweizer Geschichte. Basel 2 (1900) Nr. 32 zu 1373 Nov. 2. Vgl. Rahn 7.

4 TUB I. 1. Nr. 325 = BUB I. Nr. 375 vor 1170 August 9. Dazu O. Trapp, Tiroler Burgenbuch 1 (1972) 59–63.

5 TUB I. 1. Nr. 454 = BUB II. Nr. 489 zu 1190/1200.

6 BUB II. Nr. 772 zu 1239 Nov. 5 (Prutz bei Landeck). Über die dazu geforderte Zustimmung des Bischofs siehe Paul Valèr, Die Entwicklung der hohen Gerichtsbarkeit und Ausbildung der Landeshoheit im Unterengadin. Zürich 1927 S. 6.

7 BUB II. Nr. 911, 1023 und III. Nr. 1046 zu 1256–1273.

8 BUB II. Nr. 941 zu 1259 Okt. 9 (München): castra nostra . . . Draps.

135 9 BUB III. Nr. 1188a zu 1288 Juni 5: castra ipsorum de Traspes. Zu der Meldung Goswins 51–52, dass die Matscher den Tarasper Sitz als Ersatz für die ihnen entzogene Grafschaft Sarntheim erhielten, siehe Otto Stolz, Politisch-historische Landesbeschreibung von Südtirol. Bozen 1971 S. 294–295, wonach es sich eher um das Gericht Nauders gehandelt hätte. Über die Reichenberger siehe Hammerl 100–101 (Viztum) und Stolz, Unterengadin 164–165 (Marschallamt).

10 BUB III. Nr. 1275 Juli 8 (Churburg).

11 Der ganze Matscher Rodel S. 1–5 enthält Tarasper Besitz. Dazu siehe Anhang IV. über die Karte der Tarasper Herrschaft, bei deren Erklärung jeweils auf den Matscher Rodel zurückgegriffen ist.

12 1486 wird nicht nur die Kapelle, sondern auch ein Kaplan erwähnt. Rahn 36.

13 J. Ladurner, Die Vögte von Matsch, in der Zeitschrift des Ferdinandeums 16 (1871) 139–149. L. Deplazes, Reichsdienste und Kaiserprivilegien der Churer Bischöfe von Ludwig dem Bayern bis Sigmund. 1973 S. 36–41 (= JHGG Bd. 101, Jahrg. 1971). Oswald Trapp, Tiroler Burgenbuch 1 (1972) 76–77, 84.

136 14 Ladurner l.c. S. 170–177.

15 Ambros Eichhorn, Episcopatus Curiensis. St. Blasien 1797, Codex Probationum Nr. 117 S. 134–140 und L. Deplazes in JHGG 101 (1971) 302, 303–313. Nach freundl. Mitt. des Bischöfl. Archivars Dr. Bruno Hübscher, Chur, datieren sowohl die zeitgenössische Abschrift wie die späteren Kartulare auf den Mittwoch vor Pfingsten, also auf den 7. Mai, wie Eichhorns Text zeigt. Andere Datierungen sind daher nicht haltbar. Zur rechtsgeschichtlichen Problematik siehe Paul Valèr, Die Entwicklung der hohen Gerichtsbarkeit und die Ausbildung der Landeshoheit im Unterengadin. Zürich 1927 S. 6–7 Anm. 28.

16 Justinian Ladurner, Die Vögte von Matsch. Zeitschrift des Ferdinandeums 17 (1872) 124–125.

17 C. Jecklin, Urkunden zur Verfassungsgeschichte Graubündens. 1 (1883) 25–26 Nr. 17 zum 7. September 1429.

18 Ladurner, Zeitschrift des Ferdinandeums 18 (1873) S. 9–10, Stolz, Unterengadin 105.

1 Über die Ereignisse 1465–75 siehe U. Campell, Historia Raetica ed. Pl. Plattner. Basel 1 (1887) 545–547. J. Ladurner, Zeitschrift des Ferdinandeums 18 (1873) 10–18. Thaler, Tarasp 29–31. Valèr 57–61. Stolz, Unterengadin 164.

2 Fritz Jecklin, Materialien zur Standes- und Landesgeschichte Gem. III Bünde 1464–1803. Basel 2 (1909) S. 15–16 Nr. 8 zu 1467 Mai 4. Vgl. auch S. 17–20 Nr. 9. Vielleicht gehört hierher das Memoriale von Müstair. I. Müller, Geschichte des Klosters Müstair. Disentis 1978 S. 260 Anm. 2.

3 C. und F. Jecklin, Festschrift zur Calvenfeier. Davos 1899 S. 93, 202. Das Verzeichnis der Pfleger 1464–1575 bei Thaler, Tarasp 30–31. Tarasper Keramikfunde und eine eiserne Lanzenspitze dieser Zeit. JHGG 91 (1961) 20 und 102 (1972) 17.

137 4 Conradin v. Moor, Geschichte von Currätien und der Republik G. III Bünde. Chur 1 (1870) 485. Thaler, Tarasp 31.

5 Rahn 20–21. F.H. Hye, Das Andreaskreuz im Vintschgau, in: Der Schlern 51 (1977) 459–470. Vgl. I. Müller, Geschichte des Klosters Disentis. Einsiedeln 1971 S. 76, 241, 255–256.

6 Oskar Vasella, Abt Theodul Schlegel von Chur und seine Zeit 1515–29. Fribourg 1954 S. 114–115.

7 A. Schorta, Rätisches Namenbuch 2 (1964) 370.

8 BUB I. Nr. 214 zu 1095/96.

138 9 TUB I. 1. Nr. 271 = BUB I. Nr. 341 zu 1160.

10 Th. v. Mohr, Codex Diplomaticus 2 (1854) 122: aput Traspes XL mod(ii) et XL siliq(uae) et ii boues et i porcum. Der Eintrag kann sehr wohl noch vor das 13. Jh. zurückgehen, weil Urbareinträge sehr oft Fossilien vergleichbar sind, die immer noch weiter getragen werden. Man müsste einmal das ganze Antiquum Registrum edieren und kommentieren. Freundl. Hinweis von Prof. Dr. Peter Rück, Lausanne. siliqua = Schot = Käseleib von ca. 5 kg, modius = Mutt oder Scheffel = ca. 40 Liter Getreide. Stolz, Unterengadin 149–162. Nur allgemeine Erwähnung bischöflicher Güter in Tarasp in: Codex Diplomaticus 3 (1861) 8 Nr. 3 zum 13. Jh. und 4 (1865) 5 Nr. 4 zu 1377.

11 Bündner Monatsblatt 1958 S. 209–211.

12 R. Thommen, Urkunden zur Schweizer Geschichte. Basel 1 (1900) Nr. 762 zu 1368 Okt. 20. Dazu auch Ladurner, Zeitschrift des Ferdinandeums 16 (1871) 189–191, ferner Hammerl 144 und Stolz, Unterengadin 133.

13 Nach einem Aktum von Glurns vom 17. Dez. 1533 gaben die Schulser schon damals den Taraspern das traditionelle, geweihte Osterlamm nicht mehr. Innsbruck, Schatz-Archiv, Repertorium. L 6 fol. 225. So Kopie von 1957 im Privatbesitz des Schlossverwalters.

14 Grundlegend ist der Bericht des Eustachius von Stampa von 1551, ediert im Bündner Monatsblatt 1958 S. 201–216. U. Campell, Raetiae Descriptio ed. C. J. Kind. Basel 1884 S. 208–210. Thaler, Tarasp 31–33 E. Camenisch, Bündnerische Reformationsgeschichte. Chur 1920 S. 346–353.

15 Poeschel III. S. 527–530. Thaler, Tarasp 79–81. Chr. Willi, Die Kapuziner-Mission im romanischen Teil Graubündens. Brienz 1960 S. 119–123. (Kapuziner in Tarasp seit 1625.)

140 16 Rahn 36–37 Thaler, Tarasp 31.

17 Bündner Monatsblatt 1958 S. 201–216 zu 1551, dazu R. Jenny, Landesakten der Drei Bünde 843–1584. Chur 1974 1/Nr. 1085, 1151, 1196, 1625, 1627 zu 1560–68. Stolz, Unterengadin 198, 225 zu 1562 und 1567.

18 Bündner Monatsblatt 1958 S. 201–203, 215. Wohl schon unter Eustachius von Stampa versah Österreich 1548 die Burg mit Proviant, da man bedrohliche Absichten der Eidgenossen befürchtete. Rahn 9, 37. Dass sich damals die Schulser um den Pfleger wenig kümmerten, darüber Stolz, Unterengadin 181–182.

19 Vertrag von 1559 im Archiv der Gemeinde Tarasp in einer Kopie von 1654. Dazu Stolz, Unterengadin 133. Auf die Urkunde von 1559 nimmt der Vertrag von 1593 oft Bezug, Kopie von 1655 bzw. 1919 im Privatbesitz des Schlossverwalters.

20 Fritz Jecklin, Materialien zur Standes- und Landesgeschichte Gem. III Bünde

1464–1803. Basel 2 (1909) 549–550 Nr. 514 zu 1590 April 11. Erzherzog Ferdinand an die Eidgenossenschaft.

[21] Campelli Historia Raetica ed. Pl. Plattner 2 (1890) 613. In die 2. Hälfte des 16. Jh. gehört eine im Taraspersee gefundene Eisenklinge mit Griff aus Hirschhorn. JHGG 101 (1971) 32.

[22] Landesakten l.c. 1/Nr. 1816, 1821, 2048, 2426 zu 1573–84. Dazu Stolz, Unterengadin S. 145, 177 zu 1580 und 1588, ferner Urk. Erzherzog Ferdinands an die Eidgenossenschaft vom 11. April 1590 in Jecklin, Materialien II. S. 549–550 Nr. 514. Über Jecklins Lebensgang siehe Historisch-Biographisches Lexikon der Schweiz 4 (1927) 393–394.

[23] Rahn 9 (Statthalterei-Archiv in Innsbruck).

[24] Fortunat von Sprecher, Geschichte der Kriege und Unruhen in Bünden, ed. C. v. Mohr 1 (1856) 302–303, 384, 398–399, 407–409. Rahn 9.

141 [25] Christian Fanzun, Schloss Tarasp. Schnell-Kunstführer. 3. Aufl. 1982 S. 8.

[26] Poeschel III. 530. Thaler, Tarasp. S. 80–82.

[27] F. Sprecher, Pallas Rhaetica. Basel 1617 S. 237. Über die Familie von Mohr siehe JHGG 32 (1902) 10–11. Schon in einem Spruch des Schiedsgerichts vom 1. Juni 1602 (Innsbruck) erscheint Johann Jakob Mohr von Liechtenegg als Hauptmann des Schlosses und der Herrschaft von Tarasp. Mohrsche Dokumentensammlung. Regest von P. A. Thaler (1935) im Privatbesitz des Schlossverwalters Joh. Fanzun.

[28] Thaler, Tarasp 33. Im Privatbesitz Joh. Fanzun befindet sich eine Liste der Burgbewohner von 1625 bis 1798, die P. Albuin Thaler aus den Pfarrbüchern zusammengestellt hat.

[29] Fortunat v. Sprecher, Geschichte der Kriege und Unruhen in Bünden. l.c. S. 521. Rahn 38.

[30] F. Sprecher, Rhetische Cronica. Chur 1672 S. 300, wo immer noch die Mohr als Pfandinhaber angegeben werden.

[31] Poeschel III. 520. Thaler, Tarasp 82.

[32] P. von Planta, Chronik der Familie von Planta. Zürich 1892 S. 231–239. Thaler, Tarasp 34–39. S. 39 bietet die Namen weiterer Kastellane zwischen 1647–86, so auch Hans Christoph Trapp (1678).

142 [33] M. Valèr, Die Beziehungen der III Bünde zu Tirol 1632–52. JHGG 32 (1902) 45–70. Thaler, Tarasp 82–85.

[34] Orig. von 1652 Juli 3. Dazu J. Robbi, Die Urkunden-Regesten des Staatsarchivs des Kt. Graubünden 1914 Nr. 267. Romanische Übersetzung von 1776 in einer Kopie von 1918 im Privatbesitz des Schlossverwalters Joh. Fanzun.

[35] Valèr l.c. 70.

[36] Stolz, Unterengadin 105–107. Thaler, Tarasp 85.

[37] J. A. Vulpius, Historia Raetica ed. C. von Moor. Chur 1866 S. 193.

[38] Über die Familie siehe Allgemeine Deutsche Biographie 5 (1877) 197–206. Neue Deutsche Biographie 3 (1971) 700–702. Österreichisches Biographisches Lexikon 1815–1960. 1 (1957) 185.

[39] Stolz, Unterengadin 107 laut Tarasper Herrschaftsurbar von 1713.

143 [40] F. C. Trachsel, Die Münzen und Medaillen Graubündens. Berlin 1866–98 S. 323–326 Nr. 1110–1112. Leodegar Coraggioni, Münzgeschichte der Schweiz. Genf 1896 S. 110, 176. Taf. 35 Abb. 21. L. Joos in JHGG 86 (1956) 121. Poeschel I. S. 278–279 Abb. 139.

[41] Rahn 9, 38.

[42] Rahn 38.

[43] Thaler, Tarasp. S. 40.

[44] Rahn 39.

[45] Rahn 39. Thaler, Tarasp 40–41 (mit der Liste der Pfleger 1698–1767). Nach dem Tarasper Urbar von 1785 fol. 24 recto/verso befindet sich «unter dem Schloss ein von Herrn Hauptmann Tanaglia erbaut worden seyn sollendes Sommer- oder Schiesshäuslein». Urbar im Besitz des Schlossverwalters zu Tarasp.

145 [46] Siehe den Kommentar im Anhang IV. Auf den Streit um Wälder weisen folgende Nummern hin: 12, 14–15, 24–25, 27, 35–36, 38. Die indirekte Datierung in Nr. 47. Streit um die Wälder gab es 1718–22. Statthaltereiarchiv Innsbruck, Auszüge aus den Akten betr. Minger und Pisoc. Kopien im Privatbesitz des Schlossverwalters. Das Photo der Karte

ist der Direktion des Vorarlberger Landesmuseums (Prof. Dr. Elmar Vonbank) zu verdanken.

[47] Matscher Rodel S. 1–5.

[48] Stolz, Unterengadin 104–105.

[49] Statthaltereiarchiv Innsbruck zum 1.–3. und 20. April 1598. Auszüge aus neuerer Zeit im Privatbesitz Joh. Fanzun, Tarasp. Ebenso der Lehensbrief für Paul Gethung vom 8. Juli 1613 (Sordthof). Orig. Urk. Zum Ganzen Stolz, Unterengadin 166–168, und Thaler, Tarasp 34.

[50] Stolz, Unterengadin 148. Eine eigentliche Geschichte der Tarasper Herrschaft müsste besonders dieses Urbar von 1717 im Tiroler Landesarchiv, 948 Blätter, ausführlich behandeln, ebenso das dort aufbewahrte Urbar von 1767, 302 Blätter. Freundl. Mitt. von Landesarchivdirektor Dr. F. Dörrer, vom 28. März 1979. In Tarasp befindet sich eine memoria del fitt des Schlosses von 1718 (11 Seiten, Papier, wohl Original) mit Einträgen über acht Höfe.

[51] Siehe die genaueren Angaben im Anhang IV. S. 170–172.

146 [52] Nicolin Sererhard, Einfalte Delineation aller Gemeinden gemeiner dreyen Bünden, herausgegeben von O. Vasella. Chur 1944 S. 126–127, 193.

[53] Kalligraphischer Wappenbrief von 6 Seiten Text und einer Zeichnung im Besitze des Rätischen Museums in Chur.

147 [54] Urbar der Tarasper Herrschaft von 1785 fol. 6 verso/7 recto, dazu fol. 27 verso zu 1772. Urbar im Besitz des Schlossverwalters zu Tarasp.

[55] Stolz, Unterengadin 107. [56] Rahn 9.

[57] Wilhelm Oechsli, Geschichte der Schweiz 1 (1903) 441–442 über Tarasp.

[58] Thaler, Tarasp 90–93.

[59] Karl Kasthofer, Bemerkungen auf einer Alpenreise. Bern 1925 S. 158–159. Kopie auch im Privatbesitz Joh. Fanzun. Zur aufklärerischen Einstellung Kasthofers siehe Zeitschrift f. Schweizerische Kirchengeschichte 39 (1945) 225–228.

3. Kanton Graubünden seit 1803

150 [1] Alfred Meier, Abt Pankraz Vorster und die Aufhebung der Fürstabtei St.Gallen. Fribourg 1954 S. 248–250. Dazu Repertorium der Abschiede der eidgenössischen Tagsatzung 1803–1813. 1a (1886) 67–68. Über Joh. Baptist von Dietrichstein († 1808) siehe Constantin von Wurzbach, Biographisches Lexikon des Kaiserthums Österreich 3 (1858) S. 302, über die ganze Familie S. 295–305.

[2] Joh. B. von Tscharner, Was soll aus dem Ländchen Graubünden werden? Anonym, ohne Druckort, Februar 1814 S. 9, 12. Dazu A. Rufer, Johann Baptista von Tscharner. Chur 1963 S. 559.

152 [3] Über die Schicksale des Baues in neuerer Zeit siehe Rahn 34–35, 39–40, ferner Thaler, Tarasp 40–41 sowie Burgenbuch 283 und Poeschel III. 532–538 mit Inventar der schweizerischen Glasgemälde. Christian Fanzun, Schlossverwalter seit 1925, verfasste in der Reihe von Schnells Kunstführern (München) auf 16 Seiten eine gut illustrierte Beschreibung, «Schloss Tarasp» 3. Aufl. 1982.

153 [4] Campelli Raetiae Descriptio ed. J. C. Kind. Basel 1884 S. 208: Taraspum, quem possessores vel familiae numero quadraginta quinque fere incolunt. Dazu vgl. S. 196–197, 204.

[5] Constant Wieser, Tarasp. Familiengeschichtliche Untersuchungen und erbbiologische Bestandesaufnahme. Zürcher Diss. Lausanne 1952 S. 6.

[6] Helvetischer Almanach 1806 S. 43.

[7] Näheres bei Wieser S. 6–22 mit Aufzählung der einzelnen Familien und Angabe ihrer Herkunft.

[7a] Vgl. Neujahrsblatt der Naturforschenden Gesellschaft von Zürich 42 (1850) 11: «Jetzt (nach 1815) allmälig verschwinden die alten Eigenthümlichkeiten und selbst die deutschen Klänge, die vormals gehört wurden, haben aufgehört, Volkssprache zu sein.» Dass Tarasp vor 1815 romanisch war, darüber N. Sererhard, Einfalte Delineation ed. O. Vasella. Chur 1944 S. 127 und Helvetischer Almanach 1806 S. 43.

8 Conradin von Moor, Tarasp, in: Rätia 2 (1864) S. 102, zitiert auch bei Thaler, Tarasp S. 93–94. Dazu E. Camenisch, Bündner Reformationsgeschichte. Chur 1920 S. 352. Thaler 103–115 bietet Biographisches über den 1781 in Tarasp geborenen Kaspar Karl von Hohenbalken, der 1843–59 als Bischof die Diözese Chur leitete. Vgl. Helvetia Sacra 1 (1972) 502–503.

9 Matscher Rodel S. 26: «Awasalsa», heute Duasasa, im Sinne von Salzwasser, Salzbrühe. A. Schorta, Rätisches Namenbuch. Bern 2 (1964) 299.

10 Georg Rösch von Geroldshausen, Tiroler Landreim ed. Conrad Fischnaler. Innsbruck 1898 Vers 696–699: «Vndr Trasp vnd vmb Laudegg her fliessn / Edl Sawrprün, die dem Menschn erspriessn / Machen zu Essn angnämen Lusst / Gebm guet Attem, ringern die Prust.» Freundl. Mitt. von Univ.-Prof. Dr. Franz Huter, Innsbruck. Laudegg ist keine Verlesung für Landeck, sondern die grosse Burg Laudegg, einst Eigentum der Grafen von Tirol, die über Ladis thront. Über sie Beda Weber, Das Land Tirol. Innsbruck 1 (1837) 818–819.

155 11 Campelli Descriptio l.c. S. 199, 210.

12 Nicolin Sererhard, Einfalte Delineation aller Gemeinden gemeiner dreyen Bünden ed. O. Vasella. Chur 1944 S. 121–122 über Schuls, S. 127–128 über Tarasp.

13 Vgl. Ad. Hartmann, Die Entstehung der Mineralquellen von Tarasp-Schuls und der andern Bündner Säuerlinge, in: Vierteljahrschrift der Naturforschenden Gesellschaft in Zürich 72 (1927) 237–290 (geologisch-chemisch). Siehe auch Sprecher-Jenny, Kulturgeschichte der Drei Bünde im 18. Jh. Chur 1951 S. 541–543. Dazu J.Th. Stecher, Die Mineralquellen von Tarasp. Verlag des Verfassers in Tarasp 1977 (109 Seiten).

Register

Vorbemerkung: Das Register will die Bedeutung der Dörfer ins Licht setzen und stellt daher die Personennamen unter die betreffenden Orstnamen. Ist eine Person an einem andern Orte als an dem seiner Herkunft tätig, so wird deren Name an beiden Orten angegeben.